泉州文庫

選平題

（明）黃居中 著
陳 煒 點校

千頃齋初集

泉州文庫整理出版委員會 編

商務印書館
The Commercial Press

前　言

　　泉州建制一千三百多年，爲中國歷史文化名城和古代海外交通的重要港口。"比屋弦誦，人文爲閩最"，素稱海濱鄒魯、文獻之邦。代有經邦緯國、出類拔萃之才，歐陽詹、曾公亮、蘇頌、蔡清、王慎中、俞大猷、李贄、鄭成功、李光地等一大批傑出人物留下了大量具有歷史、文學、藝術、哲學、軍事、經濟價值的文化遺産。據不完全統計，見載於史籍的著作家有一千四百二十六人，著作多達三千七百三十九種，其中唐五代二十九人三十二種，宋代二百人三百九十一種，元代二十一人四十種，明代五百三十六人一千五百八十五種，清代六百四十人一千六百九十一種；收入《四庫全書》一百一十五家一百六十四種，《四庫全書存目叢書》五十六家七十四種，《續修四庫全書》十四家十七種。二〇〇八年國務院頒布第一批國家珍貴古籍名録，屬泉人著述、出版者十三種。

　　遺憾的是，雖然泉州典籍贍富，每一時代都有一批重要著作相繼問世，但歷經歲月淘汰、劫難摧殘，加上庋藏環境不良，遺存至今十無二三，多成珍籍孤本。這些文化遺産，是歷史的見證，是泉州人民同時也是中華民族的寶貴文化財富，亟待搶救保護，古爲今用。

　　對泉州地方文獻的搜集與整理，最早有南宋嘉定年間的《清源文集》十卷，明萬曆二十五年《清源文獻》十八卷繼出，入清則有《清源文獻纂續合編》三十六卷問世。這些文獻彙編，或已佚失，或存本極少。二十世紀四十年代，泉州成立"晉江文獻整理委員會"，準備整理出版歷代泉人著作，因經費短缺未果。八十年代，地方文史界發起研究"泉州學"，再次計劃編輯地方文獻叢書，可惜後來也因爲各種條件的限制，其事遂寢。但是這兩次努力，爲地方文獻叢書的整理出版做了準備，留下了珍貴的文獻資料和書目彙編。

　　二〇〇五年三月，中共泉州市委、泉州市政府決定將地方文獻叢書出版工作列爲國民經濟和社會發展第十一個五年規劃的一項文化工程。翌年,正式成立"泉州地方典籍《泉州文庫》整理出版委員會",着手對分散庋藏於全國各大圖書館及民間的古籍進行調查搜集,整理出《泉州文庫備考書目》二百六十七家六百一十四種,以後又陸續檢索出遺漏書目近百家一百八十餘種。經過省內外專家學者多次論證,最後篩選出一百五十部二百五十餘種著作,組成一套有一定規模、自成體系、比較完整,可以概括泉人著作風貌、反映泉州千餘年文化發展脈絡的地方文獻叢書,取名《泉州文庫》,二○一一年起陸續出版發行。

整理出版《泉州文庫》的宗旨是:遵循國家的文化方針政策,保護和利用珍貴文獻典籍,以期繼承發揚中華民族優秀文化傳統,增進民族團結,維護國家統一,提高民族自信心和凝聚力,加強社會主義核心價值體系建設,增強文化軟實力,爲泉州的物質文明和精神文明建設服務。

《泉州文庫》始唐迄清,原著點校,收錄標準着眼於學術性、科學性、文學性、地域性、原創性、權威性,具有全國重要影響和著名歷史人物的代表作優先。所錄著作涵蓋泉州各縣(市、區),包括金門縣及歷史上泉州府屬同安縣,曾在泉州任職、寄寓、活動過的非泉籍人氏的作品,則取其內容與泉州密切相關的專門著作。文庫採用繁體字橫排印刷,內容涉及政治、經濟、歷史、地理、哲學、宗教、軍事、語言文字、文化教育、文學藝術、科學技術等領域,其中不乏孤稀珍罕舊槧秘笈,堪稱溫陵文獻之幟志。

值此《泉州文庫》出版之際,謹向各支持單位、個人和參加點校的專家學者表示誠摯的感謝!由於涉及的學科和內容至爲廣泛,工作底本每有蛀蝕脫漏,加之書成衆手,雖經反復校勘,但限於水平,不足或錯誤之處還是難免,敬請讀者批評指教。

泉州地方典籍《泉州文庫》整理出版委員會
二○一一年三月

整理凡例

一、《泉州文庫》(以下簡稱"文庫")收録對象爲有關泉州的專門著作和泉州籍人士(包括長期寓居泉州的著名人物)著作,地域範圍爲泉州一府七縣,即晋江(包括現在的晋江市、石獅市、鯉城區、豐澤區、洛江區)、南安、惠安(包括泉港區)、同安(包括金門縣)、安溪、永春、德化。成書下限爲一九四九年九月以前(個别選題酌情下延)。選題内容以文學藝術、歷史、地理、哲學、政治、軍事、科技、語言教育等文化典籍爲主,以發掘珍本、孤本爲重點,有全國性影響、學術價值高、富有原創性著作優先,兼及零散資料匯總。

二、每種著作盡量收集不同版本進行比較,選擇其中年代較早、内容完整、校刻最精的版本爲工作底本,并與有關史籍、筆記、文集、叢書參校,文字擇善而從。

三、尊重原著,作者原有注釋與説明文字概予保留。後來增加者,則視其價值取捨。

四、凡底本訛誤衍漏,增字以[ ]表示,正字以( )表示,難辨或無法補正的缺脱文字以□表示,明顯錯字逕直改正,均不作校記。

五、凡底本與其他版本文字差異,各有所長,取捨兩難,或原文脱訛嚴重致點讀困難,或史實明顯錯誤者,正文仍從底本,而於篇末校勘記中説明。

六、凡人名、地名、官名脱誤者,均予改正,訛誤而又查不到出處之人名、地名、官名及少數民族部落名同異譯者,依原文不予改動。

七、少數民族名稱凡帶有侮辱性的字樣,除舊史中習見的泛稱以外,均加引號以示區别,并於校記中説明。

八、標點符號執行一九九六年實施的國家《標點符號用法》。文庫點校循新版二十四史及《清史稿》例,一般不使用破折號和省略號。

九、原文不分段者，按文意自然分段。

十、凡異體字、俗體字、通假字，如非人名、地名，改動又無關文旨者，一般改爲通用字；異體字已經約定俗成、容易辨認者不改。個別著作爲保持原本文字語言風貌，其通假字則不校改。

十一、避諱字、缺筆字盡量改正。早期因避諱所產生的詞彙成爲習慣者不改正。

十二、古籍行文中涉及國家、朝廷、皇帝、上司、宗族等所用抬頭格式均予取消。

十三、文庫一般一册收録一種著作，篇幅小的著作由兩種或若干種組成一册，篇幅大的著作則分成兩册或若干册。

十四、文庫採用橫排、繁體字印刷出版。每册前置前言、凡例。每種著作仿《四庫全書》提要之例，由編者撰寫《校點後記》，簡略介紹作者生平、著作內容及評價、版本情況，説明其他需要説明的問題。

泉州地方典籍《泉州文庫》整理出版委員會辦公室
二〇〇七年二月五日

千頃齋集序

韓昌黎文起八代之衰,學者仰之如泰山北斗。嘗爲四門博士,已自法曹參軍、權知博士,以職方郎復爲博士,才高,數黜官,又下遷,作《進學解》自論,所云"於業勤於儒,勞於文,閎中而肆外",蓋非虛語。

溫陵國子先生黃明立者,教諭上海,擢助教,遷監丞,三仕不離皋比席,然皆德選,非常除左官比,而其文學高峙一時,余於《千頃齋集》窺其大略焉。今爲文者,工形似之言,無學問之功,竊性理緒談,則味如嚼蠟,拾鉤棘餘吻,則音若鴂舌,視所謂八代之衰滋甚矣。明立於六藝百家,靡不研綜,提要鉤玄,含英咀華而後出之爲文,非以襞積故實爲富,非以雕鏤句字爲新,博能反之約,遠能見之近,大能人之微,小能使之著,縣而不亂,肆而不流。昔之評韓文者曰:"奧衍宏深,不襲前人。障隄末流,粹然一出於正,日光玉潔,龍翔虎躍。長江秋注,千里一息。萬怪惶惑,不可迫視。"其庶幾乎。昌黎嘗以和平之音,不若愁思之聲爲要眇;懽愉之辭,不若窮苦之言爲易好。明立爲人士師,色笑伊教,辭多懽愉,音多和平,一洗俗尚無病呻吟之態。國子先生世號冷局,與唐略同,曾不及貴人門,上書不羨二鳥光榮。至於四六之文與五七言、古選歌行、近體諸詩,章妥句適,各中其則,似昌黎所未兼也。非夫茹古含今之學,深探本元,安能引物達類、窮情盡變、卓然樹立,成一家言若是哉!

昌黎之徒及所從遊者,若李翱、李漢、皇甫湜、孟郊、張籍、賈島輩,皆莫能與之並驅。明立門下多名士,頃日,留京諸郎數十人,爲白門社,與上下其議論,較昌黎所遇合尤廣,品第而推尊之歙然同聲,博士且以明立取重,夫《進學解》亦多言矣。

大泌山人李維楨本寧甫撰。

千頃齋全集序

余小子以文字受知喬君平先師，師之庠師則今海鶴先生是也。嘗從彭宣之留述，沉瀣一氣，衣鉢授受，厥有源流。已滋白門寓舍伏謁先生，與縱談千古上下，亦似詔小子可與進者。別去又數年，忽翩然過我江外，童顏鶴髮，神明加遒，望之如神仙中人。猶持書三篋自隨，夜則燃燭照讀，間作蠅頭細楷，丹鉛滿幅，貫穿經史，明晰掌故，隨人叩問，應答如流，真一代靈光也。

先生名山之藏，幾於連屋充棟。其行世者，有《千頃齋》二集，皆色褿繡黻，音中韶夏，羽儀清麗，軌範弘深，所謂盛世之音，大雅之製。才爲盟主，學爲輔佐，非若後進獎氣挾聲當軒嚋，欲飛之時已騰擲，而羞跼步也。蓋先生家世華盛，石渠天祿，在其架笥，七業重光，咸工著作，且少而好學如祖瑩藏火，任末燃蒿，覃精注思，總無他務；敏而好學如馬略龍潛，朱穆馬足，銳意滿志，併忘食寢；宦達而好學，如景君明不出庭户，柳仲郢手自錄書，揭抱日深，識見日進。老而好學如袁伯業，手不放卷，見賞曹公；如沈麟士，織簾讀書，受推張永。常編鐵鏑，晚益勤渠，故能傳音振逸，出言爲經，發舒王伯之略，闡繹性命之旨，古人所稱"三不朽"，先生以立言賅而存之，豈猶取青妃白與世人爭粉帨之叢哉？

史稱揚子雲恬澹寡營，以賣文自贍，文不虛美，蜀中富人嘗賫餞千萬，願載於册，子雲不聽。而先生有其孤潔。郭有道品題海內之士，或在幼童，或在里肆，後成英彥六十餘人，自著書一卷，論取士本末。而先生有其藻鑑。若司馬季主入委羽山，服明丹之華，挹技晨之暉，顏色嘗如二十女子。賀知章黃冠歸去後又四十餘年，人見其賣藥市上，行走如飛，而先生有其仙骨，先生殆古之博大真人也。即區區以立言一事求之先生，又別自有十二事五千言在矣。

庚辰長冬，晚學陳函煇頓首拜題。

千頃齋初集序

　　文章之道,莫之予奪,而巧者有餘,拙者不足。巧者時收其半,至爲中行之外護,而拙者時乘其過,甚爲寄旺之旁門。惜夫,塪井之黽之不覩于百谷王也。俯仰昭代,先民緒業可得而言,北地具體而微,信陽非有韻之文,烏能聲施後世哉! 後李、何而爲諸子,歷下用擬議勝新安,用捃拾勝婁江,富有日新,用薈蕞諸家勝兵車玉帛之會,無不奉三子登壇,蓋至于今,戈操同室,風爐高林,章甫縫掖之儒,降而行辭命之任,喝捧鉗椎之侶,竄而逃文字之禪,而修辭之譜系,日失其序矣。善之乎,能爲獻吉輩者,乃能不爲獻吉輩者乎? 此非歷下自言之,而歷下爲明立言之也。

　　異時明立篤古嗜學,顏其齋"二酉",朝莫發秘册,誦讀自娛,不願隸諸生籍,勉應都試,拔置冠軍者,婁江王敬美奉常也。試即得雋,雋且高等,刻其先資之論若策,矜式多方者,醉李黃懋中學士也。兩先生負人倫鑒,得明立,驥然恨定交之晚。君家宗伯,不敢浗溟弟之。明立亦自愛其鼎,嶽嶽不相下,第斥衣食之羨,輦四方之圖史,結胴緵之裝,賫千里之賓從。每一興至,荒祠古蹟,無所不尋,月夕花朝,無所不賞,子卿辭客,無所不游,郵亭旅次,無不帶經而鋤,精藍歌館,無不側弁而哦也。嘖之而珠,屑之而玉,墨之而量,筆之而花,即令李、王、汪三子復起,定當把臂入林。北地、信陽生得與明立犄角中原,一則以喜,一則以懼矣。從來學古文奇字者厭薄舉子業,爲三家村餕飣,稍染指輒相戒引去,毋溷乃公事。明立酷嗜如菖芰,獎進寒畯,以身後先之,雖復榮華,不棄顚頷,吾以覘其材。文人相輕,自古實然。明立接引聲氣,常如不及,於同里得何儀郎穉孝,於同年得李解元宗謙,於三泖得陳徵君仲醇,於同宗得文學堯衢,甚或屈泰岱溟渤之尊,下而讓纖塵細流之士,吾以覘其量。上宇下宙,方内外之書,丹鉛不去手,而一逢結搆,寧抽秦漢廡間之籥,不拾唐宋口中之珠,寧與貞觀、開元二帝結緣,不向廬陵、眉山諸賢投贄,吾以覘其守。蓋明立甚年而業就,中歲而書成,過此未之或知,而略約編摩,居然作者矣。

家世仕宦,而不欲以資格顯。生小山叢竹之間,爲紫陽過化之地,而講學之名不著王道,思其鄉之先輩也。文章舊擅聲價,而不借其派及婁江、醉李之門稱高足,而不守其耳輪目廓,翛群弟子,暖暖姝姝。蓋予嘗讀《二酉集》,兩涘渚涯,不覩牛馬,妄意美盡矣。及流覽其大全,東面而視,不見水端,望洋向若,始適適然驚,規規然自失也。而標《千頃》之集曰初,明立之所志遠矣,大矣,難究度矣。

毘陵友弟張師繹頓首撰。

千頃齋集叙

　　黃公明立官海上時，每入郡，數過余草堂，香消燭跋，猶娓娓談藝不住。去郡二十里外有干將、細林、小崑及余將軍山，多偉木老藤，鮮雲空水，余考室其中。每約公入山以瘦行清坐，時相與共商霸王釣弋之業，而逡巡不果諾。公既入白門，寄《千頃集》奏余，展卷卒業，始歎向日之得公者膚耳。

　　公溫陵世家，貂弁輪戟，宗多顯人，而被服操履如寒書生。初舉高科，以伯兄少宗伯典試，避不入郡，繫博士弟子師者若而年。至是益博綜六藝百家之言，以著述爲務，都忘寢食，或有箴其過篤者，公頷而不答。樂府古詩直逼漢魏，五七言專師少陵，而潤以高、岑，箋、啓本之六朝，叙、記、志、策，兼總唐宋諸大家。其才如神龍，其學如同海水，其識如翕張挐攫，出入上下而唯其所之，觸實若虛，蹈虛如實，而又挾之以字句之明珠，聲調之風雨雹電，讀者其不震掉駴瞀而走，幾希矣。初見公重遲簡淡，未能涯涘其淺深，稍進，則使人易親而難疏，已酬數語，則又使人雖疏而難忘。更與之談論古今，衡量當世人物及朝野得失，譽悱之故，單言可以紳，長言可以史，嘲詠談笑，可以佐兩京三唐之鼓吹，所謂瞻之在前，忽焉在後者，昔聞其語，今見其人矣。余每嘆黃叔度汪洋千頃，僅于荀淑、袁閎、郭林宗諸君子所推賞，略見其彷彿，而尤惜其著述不傳，爲千古最恨事。叔度所遭當天地龍戰玄黃之候，故身與文俱潛。公際清朝，可以昌言無諱，而今且飛且躍去，吏隱無幾，凡胸中浩浩落落，悉發之于詩若文，讀其集，可以觀世焉。昔陳蕃爲三公，臨朝嘆曰："叔度若在，吾不敢先佩印綬矣。"司世教者，當必有感於余言。

　　雲間友弟陳繼儒頓首撰。

千頃齋初集序

　　余自束髮，則聞諸長老言，方内文儒，惟閩之晉江爲盛，家絃户誦，書燈相映，吾伊聲相聞，而閩又爲紫陽先生之所過化，故制舉博士之學甲於天下。而古文辭自王道思、蘇君禹外，乃不甚大著，即著矣，亦博士業掩之，不必兼擅風雅之名，此非獨風氣才情之所鬱其志，亦各有所竟也。

　　往予從行卷中窺見明立一斑，輒私心向往，以爲亦制舉博士之雄而已。歲丁未，識明立於句曲督學署中，相與津津譚古文辭，以爲亦如今之文學掌故，代邦君使相慶弔、書、疏、酬應應作而已。

　　比庚戌過明立長安邸中，雖偕計游乎，而鄴書滿架，見案頭一編，皆明立所手著四六啓事及他序、記諸作，讀之不能去手，恨未卒其業，忽忽若有所失。

　　今年來南雍，乃得盡讀其所爲文若詩，始知往於高文大册中所覷記，當世薦紳先生之所爲作，目炫心駭，舌撟而口哆者，半屬明立爲牀頭提刀人，余始歎明立之難窮也。而明立之所以爲此者，其難有二：朝家以古文辭擅聲者，非山林立塈之夫，放棄於制科之外，以成一家言，則少年高第，清曹散局，畫脱於制科之中，而賈其餘勇，研精殫力，僅而克就，明立雖弱冠登壇，而婁陟公車，幾與制舉義相終始，此其難一；世或乘其登高順風之勢，自爲傾瀉，得恣其胸中之所欲言而無所顧，明立所謂以文學掌故代邦君使相之作者居其半，抑而狥之，或不快於吾心，而否則或不快於其所代，此其難二。二者既難於外，而文人豪舉往往酒杯棋局，聲利之習，又難於内。明立於之數者，一無所嗜，故精心以入，無難於内；而中有所自立，故四應以出，復無難於外。嘗試妄爲之擬，其整贍類孟堅，其渾涵類子由，其博綜類子政，而研究深覈則抽紫陽之精而削其蔓，至於有韵之語，則取法杜陵，自爲杼軸，而無摩擬之迹，乃其緒餘猶足以陶鑄都人士，而褆躬端軌,言笑舉心,魚魚雅雅,皆有常度。寧獨都人士之樞楷,而吾黨二三兄弟實有所矜式。然則明立殆以制舉義兼古文辭,以古文辭兼風雅,而其以行誼兼文學,則又舉千古文人習氣之謗,而一洒之,明立殆有道者也。

余以羸劣逃之空虛,即制舉一藝,爲之不終,遑問其它,而明立顧不鄙夷而問序焉,是知者言之,而使不知者聽之,能者爲之,而使不能者定之也。余愧明立矣,余愧明立矣!

武林友弟羅大冠撰。

目　　録

千頃齋集序 ……………………………………… 李維楨　1
千頃齋全集序 …………………………………… 陳函煇　2
千頃齋初集序 …………………………………… 張師繹　3
千頃齋集叙 ……………………………………… 陳繼儒　5
千頃齋初集序 …………………………………… 羅大冠　6

千頃齋初集卷一 ………………………………………… 1
　樂府 …………………………………………………… 1
　　天封壽節爲貞母吳太君題有序。 ………………… 1
　　達磨圖四言古詩。 ………………………………… 1
　　茗之水爲沈介姑壽有引。 ………………………… 2
　　秦淮禊事分得六麻 ………………………………… 2
　　女士篇 ……………………………………………… 2

千頃齋初集卷二 ………………………………………… 4
　五言古詩 ……………………………………………… 4
　　太白樓 ……………………………………………… 4
　　鳳將雛爲吳茂才壽母賦 …………………………… 4
　　魏司封贈君詩 ……………………………………… 4
　　久旱喜雨 …………………………………………… 5
　　貞烈篇有序。 ……………………………………… 5
　　題潘穉恭閩游卷有小引。 ………………………… 6

1

姜神超盛雲來二孝廉招游長水塔院同用湖字 ⋯⋯⋯⋯ 6
贈倪仰山相士 ⋯⋯⋯⋯⋯⋯⋯⋯⋯⋯⋯⋯⋯⋯⋯⋯ 6
孝女篇爲歸德相公題 ⋯⋯⋯⋯⋯⋯⋯⋯⋯⋯⋯⋯ 6
題詔安郭氏四節卷爲千戶復暘賦 ⋯⋯⋯⋯⋯⋯ 7
游滿井 ⋯⋯⋯⋯⋯⋯⋯⋯⋯⋯⋯⋯⋯⋯⋯⋯⋯⋯ 7
贈王士澹二首 ⋯⋯⋯⋯⋯⋯⋯⋯⋯⋯⋯⋯⋯⋯⋯ 7
壽沈母爲君典太史元配 ⋯⋯⋯⋯⋯⋯⋯⋯⋯⋯⋯ 8
貞項篇壽劉母爲太學子福題有引。⋯⋯⋯⋯⋯⋯ 8
春日游靈谷寺 ⋯⋯⋯⋯⋯⋯⋯⋯⋯⋯⋯⋯⋯⋯⋯ 8
春日西園讌集 ⋯⋯⋯⋯⋯⋯⋯⋯⋯⋯⋯⋯⋯⋯⋯ 9
中秋登鳳凰臺移尊西園看月 ⋯⋯⋯⋯⋯⋯⋯⋯⋯ 9
至後藏春園探梅 ⋯⋯⋯⋯⋯⋯⋯⋯⋯⋯⋯⋯⋯⋯ 9

千頃齋初集卷三 ⋯⋯⋯⋯⋯⋯⋯⋯⋯⋯⋯⋯⋯⋯ 10

七言古詩 ⋯⋯⋯⋯⋯⋯⋯⋯⋯⋯⋯⋯⋯⋯⋯⋯⋯ 10

秋江行 ⋯⋯⋯⋯⋯⋯⋯⋯⋯⋯⋯⋯⋯⋯⋯⋯⋯⋯ 10
題張贈公册爲大理司務一翰之父 ⋯⋯⋯⋯⋯⋯ 10
送費無學歸鉛山 ⋯⋯⋯⋯⋯⋯⋯⋯⋯⋯⋯⋯⋯⋯ 11
九如歌壽寶安周翁 ⋯⋯⋯⋯⋯⋯⋯⋯⋯⋯⋯⋯⋯ 11
金陵看春行 ⋯⋯⋯⋯⋯⋯⋯⋯⋯⋯⋯⋯⋯⋯⋯⋯ 11
椿萱圖爲蔡封翁七十壽 ⋯⋯⋯⋯⋯⋯⋯⋯⋯⋯⋯ 12
題喬松圖爲傅朋台大夫壽 ⋯⋯⋯⋯⋯⋯⋯⋯⋯⋯ 12
啓融宗丈以民部郎出守袁州長歌賦別情見乎辭 ⋯ 13
和可賦亭歌贈唐仲言有引。⋯⋯⋯⋯⋯⋯⋯⋯⋯ 13
丁巳生朝自述 ⋯⋯⋯⋯⋯⋯⋯⋯⋯⋯⋯⋯⋯⋯⋯ 14
賦得蘇易簡母贈文碩人姚孝廉希孟母也 ⋯⋯⋯ 14

千頃齋初集卷四 ⋯⋯⋯⋯⋯⋯⋯⋯⋯⋯⋯⋯⋯⋯ 15

五言律 … 15

南歸書懷 … 15

訪顏範卿不遇作此奉訊 … 15

黃道薦卜居 … 15

瑞巖書事 … 15

客中九日呈李仲猶 … 16

中秋再游若下呈劉元兆明府 … 16

京中除夕立春柬張叔弢洪爾介潘士觀李仲猶諸子 … 16

月蝕 … 16

賦得落日池上酌分得平字 … 16

德州除夕 … 16

賦得朝雲 … 17

利國驛阻雨 … 17

雨霽發利國道中口占 … 17

送劉仲熙游北雍有引。 … 17

鄆北道中即景 … 17

道遇王鴻磐讀所著行卷有贈 … 18

句曲院中別董于庭陸廷表鄭明初索詩爲贈率爾口占 … 18

過龍華寺讀先肇慶懷陸文裕詩并屬和諸什因紀其事有引。 … 18

寄兒 … 19

遼后洗粧臺 … 19

夏日同姚叔乂戴冠卿林若撫泛舟石湖遍游治平上方諸寺拈得村字四首 … 19

改姚叔乂二首 … 20

龔與嘉自海上逆予金閶因過竹影庵夜集舟次賦此爲別兼訂秣陵之約 … 20

秋日宿水明樓 …………………………………………………… 21
陸伯生載酒欸余水明樓賦謝 …………………………………… 21
葛處士撫孤詩 …………………………………………………… 21
送黃典籍宰溧陰 ………………………………………………… 21
春日同莊虞卿游梅花塢二首 …………………………………… 21
訪陳眉公乞花場不遇 …………………………………………… 21
送張則美博士上計入都 ………………………………………… 22
南粵曾封翁以四月六日開八裘壽厥嗣柱史公亦以八日初度為賦
　　五言近體二章 ……………………………………………… 22
題傅柱史儼思錄有引。………………………………………… 22
劉節母詩 ………………………………………………………… 23
陪京初夏南郊分得齊遊二韻 …………………………………… 23
題扁舟五湖冊 …………………………………………………… 24
閏冬社集永慶寺因登謝公墩四首 ……………………………… 24
題小山玄賞冊 …………………………………………………… 24
送鄒道卿守江州 ………………………………………………… 25
朱輿仲守秦州羅拙夫守廣安同日拜命詩以送之 ……………… 25
送吳翁晉之廣西別駕 …………………………………………… 26
夏月雜詩 ………………………………………………………… 26
迎春日賦得雨中春樹 …………………………………………… 27
懷黃貞父得途中書却寄 ………………………………………… 27
五日社集有懷蔡伯達司馬 ……………………………………… 27
送杜思兼之大理倅 ……………………………………………… 27
送孫子京北上兼應秋試 ………………………………………… 28
陳立之理郢都奉其尊人體軒先生就養官邸壽開八裘恭效三祝 … 28
送黃履常京兆開府閩中黃為先師學士子，故末章及之。……… 28

賦得日之升壽剡城王令 29

千頃齋初集卷五 30

五言排律 30

清風嶺道中六韻 30

雪後汶陽道中 30

觀察蔡公以奏最貤恩三代小詩恭賀且致私感得五言排律二十韻 30

七月十三夜同羅玄父董于庭鄭明初陸廷表登崇明寺塔 31

冬日南臺協恭堂賦得孤松疏竹十八韻 31

燈夕篇分得斑字十四韻 31

贈少司成溫公榮晉宮諭管理誥勅二十二韻 31

七月一日集俯玉閣賦得迢迢望斗牛遙分飛字 32

上大司馬黃公三十八韻 32

張克雋比部與余舊領雍教雅稱臭味出守朗州黯然賦別得五言長律十四韻 33

喜黃履素世兄登第因感先師舊日之知賦得五言十韻 33

送蘇弘家符卿賫千秋箋入賀先期省覲時有奉常之推故章末及之 33

賦得霜臺籠日送沈宗伯入賀時方考績北上 34

千頃齋初集卷六 35

七言律 35

過建陽縣望考亭 35

題郡太守程蘿陽公望雲獻壽冊 35

覺性亭為明家兄題 兄頗營生，書此諷之。 35

送以簡叔之五羊 35

臘月立春 35

立春日林子發過訪信宿言別 36

雨中集神山觀時予將北上	36
賦得岸容待臘將舒柳得家字	36
題李與熙齋中畫松得松字	36
送明順武舉弟北上	36
彭城懷古	36
虞美人	37
雨不絕	37
南樓積雨	37
紫雲精舍聽李斯成彈琴得淹字	37
感事	37
九日登高次明臣弟潯字	37
壽劉師七十	37
贈竇淮南太守	38
七日再題神山觀	38
送明疇弟應試留都兼柬明臣弟庚子。	38
龍潭閣別朱願良丘思舉	38
送曉峰兄之邠州	38
貞節章媼壽言為史進士之大母	38
壽袁太公八十	39
送卞刺史之安順卞滇南人，時妾方孕。	39
送姑孰王使君遷四川憲副分守巴東	39
壽東陽許翁八秩為孝廉和卿之祖	39
中秋雨中過嚴瀨	39
黃道薦四十七舉子走筆贈之	39
余與汪堯卿為攝山之游今別去者六載矣余北上再過秣陵同舒仲符鄔章父集堯卿宅酒間出游草相示賦此留別分得開字	40

賦得螺岫晴雲送吳恒初守吉州	40
白下逢潘景升率爾賦別兼以爲贈	40
兗州元日同袁廣文小集有懷蔡弘甫太史	40
壽姜翼龍禮郎姜八子。	40
浦城梅叟行年六十其母年八十有五子籍上舍諸生丏言爲壽	41
送張澤臞太史册封襄藩	41
松風亭留宿	41
哭故沈丘令淮陰劉師五首	41
淮陰舟次逢鄧汝高使君話滇楚諸勝以詩扇贈余之海上作此奉酬	42
學宮東署蓮開並蒂詩以志喜	42
送奚朝援少尹左遷王官致政還南康	42
楊自逼孝廉拉同龔與嘉茂才丹鳳樓望雪	42
三友齋述懷	42
送劉仲弢明府榮擢春官便道還里	43
送吳伯玉北上謁選兼奉家兄	43
漕使胡以惠移鎭陽羡作此奉寄	43
送龔與嘉游北雍兼應秋試	43
爲龔生與嘉壽其師夏翁翁系出天台其先世以博士占籍海上凡數傳而得翁苦志獨行教授里中里中人奉爲祭酒今秋八月哉生明其七袠初度也	43
聞屠緯真之訃夢中賦挽詩得海上神山不可求之句爲續成之	44
冬日姜神超祝無殊林若撫張茂卿小集明致軒	44
小至同張長輿祝無殊集潘士從中翰五石山房同用深字	44
客邸逢薄味玄孝廉以梅雪諸咏見示賦此爲贈	44
古薛道中	44
早發利國驛有懷	44

題李選部贈公册 ………………………………………… 45
同汪堯卿游凈業寺堯卿策蹇失道時余將南發矣 ………… 45
南歸道遇南昌黃道庸豐城李章江二孝廉小酌夜談賦此爲別 … 45
海上朱翁以六月幾望九十初度其子諸生禮端乞余言上壽偶憶王元
　美詩用白香山贈裴緇（淄）州起語壽九十者五余亦如韻爲賦近體
　二章觀者勿曰依樣畫胡盧也 …………………………… 45
姚叔義至自金閶俞君寶至自華亭招同張長輿夜集三友齋分得豪字
　……………………………………………………………… 45
杜鳳林漕使按節雲間留宿官署有賦用韻裁答 …………… 46
王子與孝廉五十初度兼上春官詩以賀之 ………………… 46
蔣中黃中葆自東甌郡署以詩札惠問久失裁答作此酬寄 … 46
人日喬君求龔與嘉顧寅美陳太初吳伯張過集三友軒有賦 … 46
送張君一太史還朝 ………………………………………… 46
寄懷張無畫太史 …………………………………………… 47
立春日陽谷道中 …………………………………………… 47
春盡日別林祖憲年丈時予將赴南雍 ……………………… 47
張功伯黃君礪王士澹邀予宴別時春盡前一日 …………… 47
都門別李端裒 ……………………………………………… 47
五日高唐道中呈王士澹 …………………………………… 47
夏日同戴冠卿林若撫重過潁上人木仙閣小集因訪雪嶺上人有賦 … 48
將赴南雍別海上諸故人 …………………………………… 48
題喬耕孺總春齋 …………………………………………… 48
以簡叔來自嶺表謁余南雍留數日報返書此送之 ………… 48
送嚴道載文學歸虎林嚴爲都諫從子以刲臂療母手纂文廟禮樂志
　有功聖門云 ………………………………………………… 48
送吳留守之中都督理屯政 ………………………………… 49

早春夜集同王粹夫費無學林茂之兒子虞龍分賦得聞字 …… 49

上元宴集鷄鳴寺同羅玄甫登千佛閣兼覽玄武湖諸勝 …… 49

得張茂卿明府書却寄四首時方奏績兼以爲贈 …… 49

七夕集秦淮舟中同羅玄父張克儁胡彭舉劉熙君林子丘吳聖初李祥卿輯卿用八庚韻 …… 50

又得九青 …… 50

送李信卿博士奏最北上時冢君擬授御史 …… 50

壽陳任齋先生 …… 50

重陽後一日登木末亭分得初字時余方病起 …… 51

送師九二之鄖陽司馬 …… 51

秋日陪祀介公祠和史少宰原倡七陽韻 …… 51

清涼山翠微亭小集次史少宰韻 …… 51

帶雨桃花 …… 51

向日桃花 …… 51

王氏雙節詩 …… 52

春杪清涼臺送曹公遠使歸陽羨得五微韻 …… 52

九日藏春園社集分得七虞韻 …… 52

友寰宗丈以皖李最拜民部郎一見叙譜譚詩驪逾夙昔茲假歸裏事率爾賦別情見乎辭 …… 52

十月四日留春堂看菊分得八齊 …… 53

霜月下菊花分得五歌 …… 53

爲朱大司成壽其從兄運倅倅以貢入貲爲郎於司成篤在原之誼今花甲一週矣 …… 53

史公世程由南少宰轉少宗伯纂修玉牒六首 …… 53

社中各拈一景賦得燕子磯 …… 54

壬子守歲 …… 54

元日禮部賀歲遇雪有述 54
春日丁繕部歸壽王母 54
送周晉明守廣南 54
賦得王喬鶴壽毛母 55
羅山劉載甫昌陽高孩之二曹郎上計之京賦別三首 55
舊父母蔡伯達司馬以中秋奏最與聖節會詩以送之 55
送盧少從民部上計之京時有副郎之命。 55
秋日登蔣山同用十灰 55
杪秋社集憑虛閣同登聚遠亭 56
社集牛首弘覺寺值雨留宿分一先 56
楚人胡仁常令古嵺改治茂苑三載政成詩以紀之 56
胡屯部歸壽李太君太君爲汝州元配 56
五月三日社集秦淮水閣 57
送曾瑞憲之兗州司馬還閩省覲 57
春日姚黃門壽母 57
吳興蔡伯達君侯司馬留曹居中以舊民同社雅稱臭味茲拜泉州守賦
　詩志喜兼以勸駕 57
送李本石之雲安司馬 58
麻源羅母九十母二子方宰邑爲鄭應尼同年 58
送韓价卿守昭武 58
送曾頑夫歸武昌 58
卜居拈得十三覃八庚二韻四首 58
夢賦春草得不除堦砌憐生意忽感池塘起夢思之句因續成之 59
以詩代柬寄史武定 59
正月二十七日蔡總戎招同黎參府靈谷觀梅時兒龍倩斗在坐 59
同洪仲弢袁又玄看梅吉祥寺期周爾昌不至分得飛字 60

和兒龍期字 60

周爾昌遊南雍爲余入室弟子夏日北上詩以送之 60

姜神超戴清之林若撫許慎夫過集秦淮水閣次若撫韻二首 60

答許慎夫用來韻 61

林若撫梅花百二詠成於西泠雨夕李本寧顧太初二先生各有贈言同用九佳索余屬和勉焉續貂不復計其工拙也 61

孟秋朔日李本寧先生同諸詞人集秦淮俯玉閣余不及赴分得歸字 61

中秋次日陸伯生唐仲言孫令弘林若撫過集千頃齋同用時字 61

喜周爾昌北闈得雋却寄二首 61

龔在王北上以閩中秋過余話別即席送之二首 62

千頃齋初集卷七 63

七言排律 63

壽潘封公六襄十韻代家兄。 63

題蔡觀察貤恩册 63

辛亥元日書懷示兒龍十二韻 63

南還海上宿褚氏山莊六言排律附。 64

送畢養志之兩當令 64

王孫巨源以好修顔其堂旁構宴坐齋最樂處群鷗閣命曰小山玄賞爲賦六言六韻 64

青州陳孝廉上災民指掌圖圖系以詩讀未終篇不覺嗚咽宋比玉有賦漫成十韻答之口占紀實不復計其俚語也 64

千頃齋初集卷八 65

五言絶句 65

陳都孺二橋園玉筍、金鸞,二橋名。 65

贈陳生 65

舟夜呈與熙宸甫 65

松陵夜泊	65
渡澱湖	66
作家書	66
春日梅花塢十六絕	66
月臺顯上人北游取經改請南藏護歸溫陵送之四絕	67
悼侍兒	68

千頃齋初集卷九 … 69
六言絕句 … 69
小齋襍咏 … 69

千頃齋初集卷十 … 70
七言絕句 … 70
清洲夜泊	70
九日白下小集有懷明臣弟	70
題湘姬蘭竹	70
南樓九品蓮始花明臣弟拉余同賞病未及赴詩以酬之	70
白蓮	70
九品蓮	71
初秋送明臣弟省試	71
武夷山中喜晴	71
贈馬朝雲	71
新城道中	71
高唐州宿靜觀亭	72
宿桐城驛	72
東阿道上書所見	72
歸自句曲宿戴氏新樓	72
代壽喬氏姬其子翰卿方赴北闈秋試	72

落第後悼阿至 72
　　戲柬王士澹末致黃君礪 73
　　畫史韓景升索題便面 73
　　夢阿至 73
　　送林彝愼之鄂州司馬兼柬張子環觀察家惟聚太守 74
　　贈僧 74
　　豐湖春晝壽葉翁_{太保龍潭公子也。} 75
　　陸伯生以秋日歸啓申相國賦有懷舊詩送之二絕 75

千頃齋初集卷十一 76
　序 76
　　奉賀右都御史兼少司空總理河道霖寰李公晉秩少保兼大司馬序 76
　　奉賀參知溫陵蔡公晉秩憲長序 77
　　贈計部大夫涇陽武公擢守上谷序 79
　　贈上海令南昌劉侯榮擢禮郎序_{代家兄。} 80
　　贈由拳長金侯雅初擢南比部郎序 81
　　贈同寅莊虞卿大夫擢南水部序 83
　　贈雲間司馬肖魯李侯擢守邕州序 84
　　贈同寅畢君養志之兩當令序 86
　　贈李信卿博士擢南廷尉平序 87
　　送高文甫比部榮差歸省序 88
　　送助教朱輿仲出守秦州序 89
　　贈大冢宰襄陽鄭公奏績序_{代衛司徒。} 91
　　送姚膳部守杭州序 92
　　送蔣祠部備兵賓州序 93

千頃齋初集卷十二 95
　序 95

贈比部郎雲間王公守建州序 95
贈郡博沈太始先生助教成均序 96
送黃典籍之瀔陰令序 98
贈夏司訓掌石埭教序 99
贈陳肖軒先生封司寇郎序 100
壽大中丞旭山李先生七十一序 代溫直指。 101
贈上洋侯李斗冲公三載考最序 代。 103
贈高母姚碩人旌節序 104
壽前海澄令瞿永山先生序 代溫直指。 106
壽前沈丘令豐津劉太公七衮序 107

千頃齋初集卷十三 109

序 109

蘇松四郡武舉錄序 丙午科。 109
蘇松四郡武舉錄序 己酉科。 110
江西武舉鄉試錄後序 己酉科。 112
重刻周易全書序 113
合刻范文正公忠宣公全集序 114
又 116
稗史彙編序 117
又 118
吳關使者渤海王公關政續志序 119
方本菴先生心學宗序 代。 120
顧涇陽先生小心齋劄記後序 代。 121
柳南先生歸來稿序 122
丙午南畿同年齒錄序 代。 123
須江課士錄序 代。 124

冰節録序 ………………………………………………… 125

千頃齋初集卷十四 ………………………………………… 126
序 ……………………………………………………… 126
錢肇陽四書證義序 ……………………………………… 126
又 ………………………………………………………… 127
刻禮記明文正鵠序 ……………………………………… 128
刻明表練影編序 ………………………………………… 129
南國觀風録序 …………………………………………… 129
孺初毛公制義叙 ………………………………………… 130
張茂卿初硎草序 ………………………………………… 131
范文若十三篇序 ………………………………………… 132
龔生北游草序 …………………………………………… 133
刻王台承戴記言泉叙 …………………………………… 133
孫子京制義叙 …………………………………………… 134
刻李伯玉二十七草叙 …………………………………… 134
周葢和白下音叙 ………………………………………… 135
方生南游試草序 ………………………………………… 136
堯衢古樂府序 …………………………………………… 136
姚如龍臥雪齋詩序 ……………………………………… 137
龍符子賦小序 …………………………………………… 137
省括編題後 ……………………………………………… 138
凌有孚詩草序代。 ……………………………………… 139
喬處後歷試草序 ………………………………………… 139
白下音二編序 …………………………………………… 140
[題原缺] ………………………………………………… 140
廣陵雍士共學録序 ……………………………………… 141

15

王獻叔詩草序························142

　　洪爾昌澹如齋稿序····················142

千頃齋初集卷十五························144

　記······································144

　　[題原缺]··························144

　　日新書院記··························145

　　須江清湖鎮新造九清橋記················146

　　上海令豫章劉侯去思碑記················147

　　重修郡西城大士閣記····················148

　　歲修學宮東署紀事······················149

　　重修大覺禪院記························150

　　郡侯汝陰竇公重修安平鎮紫陽院記········151

千頃齋初集卷十六························153

　論······································153

　　君子和而不同己酉鄉試墨卷。刻程。······153

　　上下同欲者勝··························155

千頃齋初集卷十七························158

　策······································158

千頃齋初集卷十八························166

　啓······································166

　　賀王太倉相公代。······················166

　　壽申長洲相公并賀存問代。··············166

　　賀李九翁相公代。······················167

　　賀葉臺翁相公代。······················168

　　賀南大司馬孫公榮加宮保代。············168

　　賀總漕李公加銜户部尚書代。············169

目　錄

賀操院耿公擢南少司馬代。 ……………………………… 169
候李九翁相公代。 ……………………………………… 170
候葉臺翁相公代。 ……………………………………… 170
同鄉合請史少宰公 ……………………………………… 171
候少宰楊公代。 ………………………………………… 171
迎操院丁公代。 ………………………………………… 172
賀黃九石中允 …………………………………………… 173
賀兩浙開府甘公代。 …………………………………… 173
候大司馬舊總河李公代。 ……………………………… 174
候李總漕代。 …………………………………………… 174
上大司徒趙公代。 ……………………………………… 175
謝南少司徒總督趙公代。 ……………………………… 175
復大同巡撫霍公代。 …………………………………… 176
候大京兆徐公代。 ……………………………………… 176
候姚冏卿 ………………………………………………… 177
迎陳漕院代。 …………………………………………… 177
候馬直指代。 …………………………………………… 178
候毛侍御 ………………………………………………… 178
賀張孟奇關使代。 ……………………………………… 179
復徐職方 ………………………………………………… 179
賀杜漕使 ………………………………………………… 180
報孫繕部代。 …………………………………………… 181
與程台任民部 …………………………………………… 181
賀董思白起建南兵使 …………………………………… 182
與洪爾介左轄 …………………………………………… 182
謝蔡參知代。 …………………………………………… 183

17

迎李兵使代。……………………………………… 183

奉蔡虛臺觀察 ……………………………………… 184

復蔡情符參知 ……………………………………… 185

奉李兵使 …………………………………………… 185

代蔡觀察復蘇學使 ………………………………… 186

代蔡觀察復各府 …………………………………… 186

謝蔡太府代。 ……………………………………… 187

謝毛司李 …………………………………………… 187

請毛司李交代代。 ………………………………… 187

與陽生白郡公 ……………………………………… 188

復張曙海郡公 ……………………………………… 188

與汪還虛郡丞 ……………………………………… 189

與殷別駕 …………………………………………… 189

復丁和州 …………………………………………… 190

復蘇撫州 …………………………………………… 190

與劉仲弢明府 ……………………………………… 191

與俞德化代。 ……………………………………… 191

代張茂卿候李明府 ………………………………… 192

與韓長洲 …………………………………………… 192

與聶華亭 …………………………………………… 193

與姚江都 …………………………………………… 193

賀周開府生第二子代。 …………………………… 194

壽楊學史代。 ……………………………………… 194

壽李總漕代。 ……………………………………… 195

奉按院長至代。 …………………………………… 195

送曹總河年節代。 ………………………………… 195

賀曹總河正旦代。 …… 196

  迎蔣大司成公 …… 196

千頃齋初集卷十九 …… 198

  啓 …… 198

  迎溫少司成公 …… 198

  與吳司李薦馬巽父 …… 198

  與施漕使 …… 199

  賀竇右轄 …… 199

  賀劉廷尉代。 …… 200

  與南安史明府 …… 201

  復史南安 …… 201

  復謝比部 …… 202

  錢劉奉常 …… 202

  同羅玄父張克雋請李本寧先生 …… 202

  中秋復柯關使 …… 202

  冬至復柯民部 …… 203

  與吳納言代。 …… 203

  復黎參戎定婚 …… 204

  代周參軍回伍氏贅婿 …… 204

  爲季弟娶曾 …… 204

  代黃贅周 …… 205

  代黃娶丁 …… 205

  代陳繼娶洪 …… 206

  代答王納采 …… 206

  上黃學士老師 …… 206

  上馬直指代。 …… 207

奉楊學史(使)	208
兒龍娶張迎書	208
與徐選部	209
賀方中翁大拜代。	210
侯申相公代。	210
賀韓璧哉兵使	211
賀葉相公六年奏績進爵加恩代。	211
同鄉公賀韓觀察	212
與楊世叔	213
與毛侍御	213
與沈太始	213
再與韓兵使	214
與丁吏部	214
與趙鈐岡觀察	215
同鄉公賀蔡伯達太守	215
又	216
復趙東流	217
賀鄭冢宰代。	217
復江水部中秋	218
通陳宜蘇明府	218
代屯馬回各道	218
代屯馬回各府	219
請黃京兆	219
復陳立之司理	219
復啓圖關使年節。	220
南中九列公賀吳曙老大拜代。	220

賀施漕使擢長楚臬……………………………… 220
　端午復黃關使………………………………… 221
　報傅文學……………………………………… 221
　復傅朋台觀察………………………………… 222
　賀蔡伯達府公………………………………… 222
　壽王開府代。………………………………… 223
　候掌詹劉大宗伯代。………………………… 223

千頃齋初集卷二十

祭文……………………………………………… 225
　祭黃學士老師………………………………… 225
　祭前沈丘令淮陰劉師………………………… 225
　祭故南京太常少卿王麟翁老師……………… 226
　祭唐抑所侍郎………………………………… 227
　　又代曹總河。……………………………… 227
　祭甘紫庭開府代周撫院。…………………… 227
　祭潘充菴方伯………………………………… 228
　同官會奠潘冲和助教………………………… 229
　同寅合奠黃泉教授學錄正垣父也。………… 229
　祭吳封君大行伯玉父也。…………………… 230
　祭給諫六橋兄………………………………… 230
　會祭伍母黃太孺人博士際隆母也。………… 231
　祭黃浥軒學院太夫人代兩道。……………… 232
　祭唐抑所夫人………………………………… 232
　祭王洪洲少參元配陳宜人…………………… 233
　祭何母馬太孺人紹興司李士抑母也。……… 233
　同官公奠顧母王太夫人……………………… 234

祭陸平翁大宗伯文 ……………………… 235

祭唐汾洲分水令文 ……………………… 235

祭張受所憲使 …………………………… 236

祭方伯林象川公 ………………………… 236

祭周懷白憲副代。 ……………………… 237

祭劉雲橋少宗伯代。 …………………… 238

祭何公露少參發引代。 ………………… 238

祭贈比部郎黃公焚黃 …………………… 239

祭姚封君此部通所父也。 ……………… 239

同官公奠封翰林檢討徐翁太史子先父也。 …… 240

又代兩道。 ……………………………… 240

祭陸丞 …………………………………… 241

祭史處士代。 …………………………… 241

祭楊敬西處士 …………………………… 242

祭黃處士代。 …………………………… 243

祭姑夫陳朋淮 …………………………… 243

祭陳室趙孺人 …………………………… 244

祭陸母張孺人孝廉明揚母也。 ………… 244

祭誥封恭人顧母王太夫人發引 ………… 245

祭四姑 …………………………………… 245

祭蕭母夏太夫人 ………………………… 246

祭朱母□太夫人 ………………………… 247

三忠祠告文 ……………………………… 247

祭俞母代。 ……………………………… 248

祭涂母邵太安人同鄉公奠。 …………… 248

祭王參知代。 …………………………… 249

千頃齋初集卷二十一 … 250

疏 … 250

重修上海縣城隍廟募緣疏為劉明府題。 … 250

海上重修丹鳳樓募緣疏 … 250

攝山西林募建淨土閣疏 … 251

募刻胎骨血盆諸經疏 … 252

募修靈谷寺四天王殿疏 … 252

為王母周孺人乞言 … 253

千頃齋初集卷二十二 … 255

志銘 … 255

明勅封晉階文林郎前河南沈丘縣知縣豐津劉先生暨元配封孺人李氏合葬墓誌銘 … 255

祁門大坦汪次公墓誌銘 … 258

明登仕郎江西吉安府知事鳳臺黃公墓誌銘 … 260

明處士西川孝友長公暨配孝節李孺人合葬墓誌銘 … 261

明故處士西衢楊季公暨配孺人顏氏合葬墓誌銘 … 263

明安平處士顏次公配柯氏合葬墓誌銘代。 … 264

明黃室鄭孺人墓誌銘 … 266

黃室陳孺人墓誌銘 … 267

千頃齋初集卷二十三 … 269

墓表 … 269

明承直郎禮部精膳司署員外郎事主事悝予沈公墓表代。 … 269

明中憲大夫福建提刑按察司提學副使明齋方先生墓表代。 … 271

千頃齋初集卷二十四 … 274

行狀 … 274

明柱國光祿大夫少保兼太子太保兵部尚書兼都察院右都御史經略

陝西四鎮宣大山西邊務召還戎政予告贈太保範溪鄭公暨元配誥
贈一品夫人陳氏行狀代。················· 274
明奉直大夫南京工部營繕司員外郎止菴方公行狀代。········ 284
明敕封孺人劉母范氏行狀代。················ 288

千頃齋初集卷二十五 ················· 292
傳 ························· 292
史母黃孺人貞節傳 ··················· 292
沙村吏隱傳 ······················ 293

千頃齋初集卷二十六 ················· 295
誄 ························· 295
明故中大夫江右行省參知情符蔡公誄 ············ 295
劉母贈孺人王氏誄代。··················· 297

校點後記 ·························· 298

千頃齋初集卷一

樂　府

天封壽節爲貞母吳太君題有序。

貞母吳太君者,東甌守蔣公有崇之母也。弱閨矢《柏舟》,間關荼苦。玉守公于成,法當旌以守公封,格于令甲,不得旌。然一命而孺,再命而安,三命而恭。煌煌制詞,艷稱其節烈才智,以視表閭加耀矣。守公令江陽,郎度支,守東甌郡,所至有冰蘗聲。板輿奉太君稱觴燕喜,聞治狀,加妣焉。東人食其實,奋進千秋之曲,而居中以年家子獲附姻婭之末,謹援之以作頌。凡七解。

烏夜啼,繞庭樹。將厥雛,靡朝暮。烏母頭白,烏雛反哺。一解
雛雄飛,出上林,母啞啞,淚哀音。赤日青霜夜夜心。二解
女貞亦有木,女清亦有臺。帝恩三錫貴蒿萊,阿母慈顏開。三解
雁宕雲集于牖,龍湫水瀉作酒,誰其進之東甌守。四解
吹臺笙,引鳳鳴。雲璈曲,奏不停。珠珮羽幢來紫庭。五解
芝蘭秀,玉樹芳,熒星耿耿曜清光。含飴弄孫,婆娑戲綵堂。六解
梁有懸魚,野有留犢。鳳集潁川,阿母詒穀。何以報之籌海屋,後天而老雕且穆。七解

達磨圖四言古詩。

一葦長江,隻履震旦。婆娑樹下,先登彼岸。西來西歸,泡影聚散。葦既非筏,履亦非真。而況凡手,能描法身。笑彼世人,永疲梁津。

苕之水爲沈介姑壽有引。

沈宫庶仲雨先生有姑字于徐，再期殞所天，稱未亡人者若而年。飲冰茹蘖，拮据營窀穸，既子其夫之從子㛰，更捐奩珥、易祊田以授㛰，給春秋祠事。其於㛰，不賣一縷一粟之共焉。蓋葬祭畢舉，而後歸于沈。沈失其父母，則謂見姑如見父母，爲別宅奉姑，父而母之。姑之婦於徐，沈之姪於姑，糟貞篤懿，式禮莫諐，並足術也。故因姑設帨之辰，爲賦《苕之水》詒宫庶，以備康爵云。

苕之水，出天目。展彼貞媛，發祥昭族。
苕之水，水清遠。展彼貞媛，姆教婉婉。
沈氏女，徐氏妻。儀于兩髦，終身一齊。
徐氏母，沈氏姑。以似以續，拮据卒瘏。
送往無猜，襘嘗有主。沈以姑來，庶子是撫。
庶子曰咨，我將我養。父母之思，以姑亡恙。
翳姑弱笄，霜心白首。彤管千秋，庶子是壽。
苕之水七章，章四句。

秦淮禊事分得六麻

上禊三巳，餘春景賒。節序融爍，風日柔嘉。自公退食，人吏休衙。集華林侶，汎秦淮艖。清溪暗柳，緑樹藏鴉。渠躍修鱗，岸暎鮮葩。開樽蘭渚，板栧河涯。撫琴鼓缶，藉草披沙。詩成謝睡，談啓張華。素卵蔽水，羽觴乘波。流漾浮棗，影度落花。山陰可續，曲洛詎誇。情惜川逝，懽洽照斜。新故遞換，悲樂交加。隨化歸盡，昔賢所嗟。冥心真契，逸軌非遐。

女士篇

相門女，儒門妻，別摯宿孚矢壹齊。匹翼乖翔不再棲，雉鳴求牡意何迷。
儒門妻，相門女，事姑如母舅如父。旨甘瀡瀡必充俎，嗟哉取篝立詳語。

屏袨靚,謝膏沐,曰妾自有隱居服。脱簪警雞忠以告,孤檠敗幃止夜哭。爺無男,女無兄,饔湯循厨視寢興。尸饔虞噎寐虞驚,阿爺有女得長生。不佞佛,不問醫,安之若命荼如飴。笑彼男子空鬢眉,非夫人慟復誰爲。

宋共姬,鮑女宗,並見《歸德志》。壺德猶存《周召》風。女也士行古少雙,相國千秋等河嵩。

千頃齋初集卷二

五言古詩

太白樓

曉出任城陬，綠楊垂道周。雉城隱萬家，環壑入衆流。下有浣筆池，上有謫仙樓。樓空人語響，暮色黯然收。賀李名相亞，俠氣自千秋。不愛身後名，肯惜千金裘。海岱如可築，即此營糟丘。王侯皆腐草，天地等浮漚。斗酒百篇詩，歌絶令人愁。金龜事已陳，大雅寧復留。鑑湖亦榛莽，仙踪不可求。所嗟人代曠，邈矣想前脩。惟有城下水，山月照悠悠。

鳳將雛爲吳茂才壽母賦

有鳥居積石，翽翽下南禺。威文成五采，覽德集高梧。攜來雙鸞鷟，毛羽一何殊。東方星爲歲，西母顏亦朱。睠茲蟠桃實，佳種出玄都。試問執戟兒，曾憶三偸無？阿母涧丹穴，兒身自鷯雛。神物標靈異，瑞色顯苞符。一鳴叶清廟，再鳴中韶虞。凌風振六翮，鸑鳩失搶榆。行止帝阿閣，翱翔向天衢。

魏司封贈君詩

有美南州彦，玄扈探其秘。灝灝破鴻濛，眈眈雄虎視。折角傾逢衣，鼓篋擁皋比。生徒紛及門，問奇錯趾至。力田少逢年，公車惜屢躓。蘭玉忽以摧，朝華忽以悴。遺言誡之子，弓箕汝勿墜。尺蠖會有伸，卞璞豈終棄。之子騄駬姿，兼抱珪璋器。特達薦明堂，蹀躞登天駟。昇之鮫錦裁，初爲牛刀試。大瓠方奏驌，盤錯斯別利。葉縣飛雙舃，中牟詫三異。驪歌動七閩，帝心嘉乃勣。遂含粉署香,日啓山公事。水鏡擅清標,綸綍表幽懿。用答一經遺,亦酬三釜志。天道猶張弓,責券取若寄。昭哉世澤光,永作松楸賁。

久旱喜雨

肥蟲久作災,天心隱仁愛。千里澤若焦,郊原半蕪穢。二麥失三春,黃塵飛九塞。睠茲憫農情,憂同雲漢嘅。密禱桑林虔,受釐宣室戒。皇穹忽垂慈,中夜結沆瀣。陽石無勞鞭,豐隆布靈轡。滂沱須臾間,四野盡霑溉。大地草回枯,閭閻色起菜。懽歌舞商羊,鳴鴻集還狹。污邪應滿車,春祈復秋賽。悠悠造化功,群生仰汪濊。

貞烈篇有序。

貞烈女者,出陳氏,許字姚楷。楷家故食貧,而能讀父書,窮日夜不休,歇積人欱死。女聞而大慟,絕粒誓必殉,所親或諫止之,曰:"女未事人,何殉爲?"女曰:"臣不易主,女不庚夫。且死夫而吾生乎,毋寧死於夫而生吾也。"父母憐其志,許之,乃爲之笄而髽,以輿櫬歸于姚。入門拜翁媼,而後臨楷喪,朝夕哭奠如禮。寢柩下,水漿不入口者彌旬日亦死。瀕死,語其父曰:"殮我如其夫,布素周身,毋煩苦吾舅姑也。"一時都人士、大夫以逮閭巷之氓,或泣或歌,汝南黃生耳其事而壯之曰:"烈哉!陳女。從容就死,夫非詩書保姆之訓,而式禮莫愆,殆天植耶?且不死水,不死縊,而死餓,死善矣!"因紀之聲詩,以詒女史,備觀風者采焉。

姚生四壁貧,埋玉何酸辛。陳女有至性,高節凌秋旻。結束方待年,而遽捐所寶。聞訃即投簪,哀號感四鄰。抗顏辭父母,願爲泉下殉。所親或諫止,毋輕委泥塵。女未及事夫,一死徒汶汶。女心不可轉,含淚語更諄。許字爲夫婦,妾身即郎身。豈必生同室,乃顧房帷恩。不聞在三訓,食土皆王臣。寧同蘭芷死,羞爲桃李春。殯殮如吾夫,斂形亦全真。吾自畢吾事,勿以溷二親。阿父從女志,輿櫬歸于門。上堂拜翁媼,哭奠盡朝昏。氣息奄垂盡,絕粒死彌旬。

從容就大義，慷慨扶人倫。嗟哉世喪道，名教久荆榛，豈謂貧家女，乃涉周行津。烈爲女士規，氣與天壤存。鬱鬱幔亭山，千秋等嶙峋。我來書彤管，亦以勵冠紳。

題潘穉恭閩游卷有小引。

新安潘穉恭，余友景升介弟也。冒雪過余衙齋云："且入閩客阮堅之許。"出曹能始、陳元凱手題行卷索余屬和。籌燈呵凍，率爾搦管，不復計其工拙也。

吾友潘景升，意氣故儗儻。難弟有穉恭，二惠乃競爽。投刺叙通家，促膝談今曩。行卷皆新詩，韻致亦高朗。扁舟破雪來，歲晏復長往。言從七閩游，山水恣幽賞。九曲訪靈蹤，彭嶼觀沆瀁。新知別已難，況發故鄉想。題書問所懷，松桂幾何長。

姜神超盛雲來二孝廉招游長水塔院同用湖字

三泖標靈勝，中川湧震區。縹緲樓噓蜃，空濛水弄珠。乍覺諸峰近，翻憐一柱孤。江樹迷翠靄，雲鳥入青蕪。振衣千仞獨，放屐二妙俱。荷沼齊初葉，蘆渚競新蒲。習習風生袂，溶溶月照湖。縱飲傾三雅，雄談驚四隅。客玄與僧白，會心趣豈殊。晤言兩不厭，解纜故踟躕。

贈倪仰山相士

少小羚蛾眉，而今成老醜。本無封侯相，空挾不龜手。梁肥非所期，富貴亦何有。錯認空中華，毋乃肘生柳。余不受人窺，爾能發余蔀。以余躍馬心，憑爾懸河口。九淵豈翅三，天機失牝牡。翛然返吾宗，季咸毋反走。

孝女篇爲歸德相公題

薄俗爭新飾，名教委荆榛。有煒相門媛，布素亦全真。服共梁鴻隱，饎如冀氏賓。所天忽見背，矢柏抱醉辛。孤燈瘦形影，寒幃勤績紃。捐生固匪吝，睠此高堂親。晨昏問几杖,春秋潔藻蘋。姑嬙安婦養,不知兒隕身。父曰有令女,和顏悅且闇。骨肉長相倚,能令白髮春。一朝嗟喪淑,三號獨愴神。愛女豈賢子,所慟爲夫人。

題詔安郭氏四節卷爲千戶復暘賦

埋玉苦相仍,侯門何太厄。身殪軍務勞,豈殊殉馬革。嗟哉兩月遺,而況婦也隻。五世一身擔,不死存宗祏。菇荼八十春,霜心如髮白。孫婦亦釐寡,相依風雨夕。代撫藐諸孤,和熊兼荻畫。煢煢有共姜,靡它獨矢柏。睠兹堂上姑,忍作山頭石。四節永嗣徽,家聲總一脉。旌綸待國恩,彤史標先澤。

游滿井

步出城東門,長堤蔭高柳。睠兹風日和,嚶鳴復求友。興至隨所之,逢人即爲偶。但了區中緣,豈問罇中酒。石泉旱不乾,老藤枯不朽。斷蔓發初芽,寒淙瀉空瀏。鑑可燭鬚眉,纓亦浣塵垢。一歃試新茶,芬馥已盈口。夕陽促歸鞭,西山來馬首。

贈王士澹二首

王生雅負奇,弱齡充國瑞。如何破五車,未曾用隻字。毋乃命憎文,翻使名爲祟。日困長安塵,容同楚澤顇。瘦骨與雄心,陶然寄一醉。青白眼中珠,雌黃舌底慧。那知磊磈澆,偏招禮法誶。昂藏七尺軀,骯髒千秋事。蜇鳴自有時,莫作窮途淚。

其 二

君是我輩人,綺歲欣蠅附。廿載九公車,胡然靳一遇。嬝娜雙娥眉,禁得幾迴妒。俗目任妍媸,悠悠何足數。未必承恩者,盡是傾城顧。衰老逼紅顏,流光奔不駐。縱憐舊日芳,已歎年華暮。顦顇有誰知,悔被嬋娟誤。天公苦相仇,生我亦何故?我衰無復望,守玄安若素。爲容須及春,君其善愛護。

壽沈母爲君典太史元配

吾憐沈太史，抗節凌秋旻。上書忤時宰，慷慨扶天倫。偕耕有菜婦，能甘四壁貧。殉夫寧捨臂，菇蘗倍酸辛。課兒乃畫荻，孤燈勤織紉。尺楚起雛皇，裒然充國賓。衣翻舊日錦，膳割大官珍。酌彼金莖露，壽此高堂親。遠膝跪致辭，慈顏悅且誾。父志嗣能子，君恩寵世臣。何以酬忠孝，諫獵動楓宸。

貞項篇壽劉母爲太學子福題有引。

劉生子福之母項碩人，年十四歸故太學劉君敬止，二十一而寡，稱未亡人者四十年。奉舅方伯公、嫗錢淑人以孝，撫子福以慈，送往事居，卹鄰收族。蓋婦而子母而父，翁嫗無子而有子，子福無父而有父也。則碩人之大造於劉宗，洵乎從三而終一者矣。碩人晚年皈依象教，子福既以刲股起母疾，比復齋素祈年，一門節孝，格當旌。今秋九月爲碩人六袠悅辰，諸縉紳含豪纂德，紀之彤管，而予於子福有一日之雅，遂題之曰"貞項"，而系以詩。

黃鵠悲故雄，單棲啼寒月。卵翼撫孤雛，一顧一嗚咽。勸學斷孟機，延賓剪陶髮。丙夜吾伊聲，窮巷長者轍。母也持清齋，兒亦耽禪悅。療親臂可刲，祈算葷可絕。同歸不二門，自瀝一腔血。百年蕡草心，九月菊花節。蕿樹堂背春，菊爲霜後傑。持此獻慈闈，千秋祝大耋。願駐三春暉，白首傲霜雪。

春日游靈谷寺

探春春不極，出塵塵未已。何如丘壑佳，況逢風日美。鍾阜忽東來，靈石空中起。秀竹交菁葱，長松互攢倚。拍手奏琵琶，清音快人耳。浮圖四望通，烟華入鏡裏。山開一字天，泉涌八功水。對此滌炎歊，因之悟禪喜。香臺豈世情，化城無俗軌。轉覺圭組煩，終日紛朝市。清福徒與僧，役役同圈豕。願畢三生緣，彼岸共棲止。

春日西園讌集

匝月閉重陰,春深寒未薄。已惜文杏殘,更憐青柳弱。條風動微暄,吟胸差不惡。名園愜幽約,佳招矜夙約。亭俯帝城闉,市藏山水墅。蘿徑鬱紆威,卉木互參錯。片石立似人,孤松得所托。混沌豈天開,窔窱疑鬼鑿。曲池繞崇岡,叢阿蔭修篁。屧步陟林端,生目騁寥廓。渺渺江上峰,盈盈水中閣。欲往悵無梁,徘徊日將落。臨渚促飛觴,酣歌恣懽謔。不停醉後杯,無算花前酌。磊塊正須澆,中聖匪狂藥。劣飲憨予醒,未識拍浮樂。魚鳥解笑人,懽場何寂寞。明朝非此日,陰晴未可度。因之感廢興,往事忽如昨。陶官幾劫灰,鳳臺亦蕭索。茲地入侯家,空門轉丹雘。瞥眼見滄桑,豪華已銷鑠。物理無恒持,今古一丘貉。營營百歲憂,空爲六塵縛。遨遊須及春,請訂重來諾。

中秋登鳳凰臺移尊西園看月

乍西大火流,已白兼葭露。風輪無定端,炎涼倏異趣。撫景發深情,訪古有餘慕。鳳臺空昔名,瓦官亦非故。二水渺難期,三山若可遇。人代幾滄桑,猶傳李白句。徘徊意轉悽,盻覽神復注。移屧向西園,頗識舊遊路。蒙茸草帶迷,灌莽松條互。蒼蘚雜芩通,前行乃却步。徑荒無復理,花落更誰護。惟有當軒石,矻然抱孤樹。谿谺虎豹蹲,拏攫虯龍怒。婆娑松石間,少焉纖月吐。舉杯問明月,胡爲員缺屢?月既不長圓,春亦不長住。百年懽幾何,聚散一朝暮。願言愛景光,山水信杖屨。

至後藏春園探梅

陰盡即陽升,造化無終極。來復見天心,萌華表地德。幽園春意藏,群芳動微息。芸茁雪中芽,荔含冰後色。更覓隴頭梅,翻起去年憶。舊枝凍欲摧,初萌寒猶塞。忽訝雪是花,有花不堪摘。暗中燧律催,天工人未識。一點漏先春,何嫌香味嗇。亦知物序新,無奈流光逼。且謀花前醉,花開頭易白。

千頃齋初集卷三

七言古詩

秋江行

大江東下水迢迢，楓舟蘆白秋蕭蕭。尊鱸有客動歸興，扁舟直破廣陵潮。潮來每挾禺强怒，潮落又趁巨鼇漂。一派潮流分吳楚，半空浪影射金焦。我來觀濤秋八月，欲注長江貯一瓢。掀髯鼓掌發長嘯，天吳罔象豈敢驕。我家亦在滄海上，十洲三島恣逍遥。有時鼇背弄朝旭，有時鵬翮乘扶搖。長竿獨掛珊瑚樹，盧敖安期手可招。胸中溟渤吞八九，笑看龍伯等僬僥。世路於今風波惡，人間平地轉岧嶤。君不見，東國旄頭喧下瀨，陰山犬羊正射雕。樓船一去無消息，漢家誰起霍嫖姚。又不見，開採紛紛地肺竭，四郊遍起中澤謡。書生有懷空短鋏，叩閽無力金門遼。太傅桁楊甘就吏，相門炙手灰亦消。容華自古難久恃，君恩颷忽不可料。虧盈去來隨逝水，電光變幻朝復朝。不如歸去臥山椒，泛泛虛舟天地闊，優游卒歲樂漁樵。

題張贈公册爲大理司務一翰之父

臨汾山水古堯都，澮灤宛宛接姑射。世德由來重清河，乾坤灝氣鍾名碩。名碩代興有贈公，詞場赤幟稱無敵。下帷十載不窺園，研朱滴露點周易。鐵鏑三折絶韋編，先天一悟契無畫。上書往往陑公車，都講時時傾逢掖。里塾還聞絳帳開，春風桃李紛南陌。皓首一經啓後人，子姓蟬聯登桂籍。老驥未忘伏櫪思，雙雛已振扶搖翮。博士成均分半氈，平亭棘寺寬三尺。自是廷尉無冤民，奚翅疑獄斷四百。帝曰休哉汝祥刑，制詞一一標先澤。異數移恩寵所生，榮賁泉臺光五色。我聞天道如張弓,豈謂力田鮮秋獲。珥貂七葉是君家,竚看高門容列戟。

送費無學歸鉛山

鉛山費郎吾老友,胸中雲夢吞八九。丁年文史足三冬,子夜圖書搜二酉。白眼向人空古今,班揚屈宋盡豼狗。新詩字字挾風霜,雄文一一吐璵玖。大言小言何瑰奇,真詫目中未曾有。霍然萬疾辭頑躬,讀之惟恐終百首。我今識君恨已遲,那堪把臂復分手。人生聚散本無常,古云三立誰不朽。文章得失寸心知,豈在窮通論好醜。千秋著作待藏山,莫以榮名輕敝帚。君家閥閱七世卿,君才磊磈誇八斗。鵝湖一片芙蓉峰,玄成相業今在否?君歸肇結六朝烟,燕子牛頭等培塿。勖哉努力嗣青箱,慶源必復公侯後。

九如歌壽寶安周翁

我聞羅浮朱明之洞天,琪花瑤草簇雲烟。峰巒四百三十二,崒嵬直與霄漢連。外環溟渤瀦巨浸,吞吐日月滙萬川。蒼松翠柏幾千尺,摩空傲歲不知年。其中靈閟多仙宅,驂鸞控鶴下翩躚。周翁家在鵬嶺住,迥接羅浮薄紫霧。日精月華秀所鍾,玉樓銀海生而鑄。堅貞無改歲寒姿,矍鑠豈緣大藥助。園種陵瓜五色奇,洲引珊瑚六物具。一經教子金不如,三舍育材名已附。陟岵遙望東官雲,循陔忽憶閒居賦。雙袖掇盡攬山霞,遺翁使翁朱顏駐。詞人競獻南山章,意匠更圖天保句。山不騫,川不腐。升恒之運與天長,岡陵嵂崒奚足數。陰陽呼吸貯元苞,泠泠御風不用羽。但餐氣母谷神完,何必餌苓茹脂覓懸圃。

金陵看春行

正月哉生明,春向雨中迎。臘月月既望,春先隔歲生。歲來歲去春復春,綵燕綵旛兩度新。也知節物無愆候,其奈韶華不待人。人情自愛春光好,更喜江南春色早。流澌一泮桃葉冰,香風十里長干道。長干道上游冶郎,白馬青絲紛若狂。粗豪不解文字飲,但索歌樓醉紅妝。歌樓遥集百花行,恍惚當窗半面頰。伴整雲鬟偷覷眼,暗綰春愁脉脉情。朱輪忽擁京兆來,春仗春花逐隊開。娥眉宛轉簾前出,掩扇呈身近却迴。更有農人歌帝力,入市看春長歎息。豐凶未卜勾芒神,雨暘先辨土牛色。去年無雪一冬忙,割祠祈靈記四方。大儺旁磔送寒氣,蟄蟲未振已憂蝗。今年雨脚隨春有,可憐春意釀於酒。風光又見隴頭梅,鶯聲依舊秦淮柳。梅柳渡江春日遲,逢春不覺鬢邊絲。悠悠戲場逐伓子,轉憶兒童竹馬時。兒童一老不復少,曾似春還期可料。惟願天公玉燭調,春花春月長相照。

椿萱圖爲蔡封翁七十壽

吴興苕水發天目,北崎蒼弁西長瀆。怪石嶙嶙皆嵌空,群峰盎盎撑奇木。木有大椿草有蘐,蓊鬱薋菲遍林簏。梳風勒雨傲冰霜,琪花瑶草豈其族。度歲八千春復秋,萬六千歲何悠悠。笑彼冥靈與彭祖,猶如朝菌陰蜉蝣。乃知莊叟言非寓,詩人亦爲堂背樹。耀色祛痎香可均,忘憂能使朱顔駐。何人寫此壽蔡翁,大年永日將無同。綵絨稱觴歌燕喜,靈椿丹桂古少雙。椿兮桂兮翁父子,春暉之報亦似此。賀客披圖前致詞,更祝南山比橋梓。橋梓承家世澤厚,天封再賜榮黄耉。行年甲辰豈爲雌,白日庚申不用守。願傾震澤湖,瀉作烏程酒。歲歲爲翁祝長生,此樹一萬六千亦何有。

題喬松圖爲傅朋台大夫壽

古來圖松韋與畢,木文離披疏間密。烟籠翠蓋雨濛濛,寒戛枯龍風瑟瑟。偃蹇石上老盤根,樛枝古幹參差出。遠勢直欲干雲霄,高並兩峰瘦山骨。此物由來長巖阿,礧砢千丈節非一。孤標不羨大夫五,貞性寧知處士七。松間趺坐兩仙翁,歔苓采芝餐其實。風濤謖謖耳邊聲,千秋氣韻生毫筆。蘇州司馬築巖人,清時隆棟帝良弼。郡齋日坐蔥翠中,歲寒愛此傲霜質。祇疑意態難形似,彼畫我詩未能悉。何如君家夢腹生,丁固三公徵可必。

啟融宗丈以民部郎出守袁州長歌賦別情見乎辭

五兩風帆去何速，千騎東方擁出牧。宜陽太守舊含香，粉署仙郎新剖竹。香含雞舌重漢官，符分虎竹光南蕃。一麾豈道君恩薄，四履應知郡宇寬。此郡由來山水繞，人安吏循事亦少。秀江一帶水東西，袁谷霫螺山大小。朝來爽氣好題詩，不羨三山二水奇。行訪都官讀書處，更探學士洗硯池。風騷何地不弔古，井邑家家問疾苦。褰帷十道開春雲，白鹿夾輪龍望府。公暇有亭樂宴需，西陂李渠也應疏。四子中和歌樂職，千郊安作咏袴襦。我聞自昔韓州史，計傭得贖歸男女。治理文章學者宗，一時遺愛垂千祀。君今先躡景韓堂，潁川之政可重光。耕桑畜養贍鰥寡，從此州民盡姓黃。又聞豫章名學使，爾祖醇儒推赤幟。惟敦風尚樹楷模，豈尚佔傳衡文字。膠庠俎豆遍江西，泰山北斗比昌黎。廣屬學官太守事，一變文風與祖齊。我族與君同源本，社櫨橑槁憖宗袞。腹中剩有數行書，萬物菀枯付朝菌。世人欲殺獨憐才，感君意氣出塵埃。萍梗可堪同聚散，夢魂夜夜宜春臺。<small>啟融，未軒公玄孫。</small>

和可賦亭歌贈唐仲言有引。

雲間唐仲言，五歲失明，從其兄耳受十三經、二十一史，輒上口如流，精通大義，所纂《編蓬集》、《唐詩解愁賦》價重一時。茲移家白下，友人許稺則為構茅屋以居，而亭其前楹，黃貞父復取已上人《茅齋詩》顏之，曰"可賦"，因作《可賦亭歌》，索余屬和，得十八韻三十四句。

王畿翼翼厥民陝，六朝佳麗宜小築。東來紫氣山嵯峨，北引玄湖水洞洑。橫槎疑過虎溪橋，刈草偶成已公屋。屋裏青山屋外亭，林水翳然自結束。雲間畸客唐先生，大隱胸中富丘壑。携琴擔簦向此栖，日侶沙鷗群野鶩。數家雞犬便成村，到處馬牛堪量谷。先生兀坐孤亭中，客去不送來不速。牀頭花影月纖纖，枕上松聲風謖謖。賦愁或如張，說詩應類卜。一家已就詹詹言，五經全笥便便腹。有耳慣能聰，何用開眸讀。乃知慧眼足大千，翻嫌丁豚多一目。余於山水亦情深,清音信不在絲竹。與君同作流寓人,乘興不時來信宿。親人魚鳥可會心,相對泠泠想濠濮。安得杜陵賦新詩,重爲衡門賁膏沐。

丁巳生朝自述

少小矜書淫,老更作魚蠹。纂言每鈎玄,疑義必刊誤。九上公車靳一收,十載寒官淹掌固。但知著作可千秋,不識公卿起徒步。苦無媚俗姿,空挾匡時具。誰信烈士心,偏受壬夫妒。甕褐寧甘原憲貧,溝壑忍爲子思汙。由來生性恥問家,肯將軒冕易韋布。龍不可馴,鳳不可笯。鴻飛已翩翩,弋人何猶慕。井泥不食應無禽,虛舟相觸逢彼怒。人情翻覆變晴陰,吾道行藏等朝暮。宜我薜荔衣,適我遂初賦。炎炎會有滅熄時,漠漠乾坤總寄寓。世間何物能久存,惟有文章垂竹素。荏苒韶華春復秋,昨日迷途今始悟。黃花晚節自憐香,厭浥能毋畏多露。有斐聯誦抑之篇,五十六年豈虛度。

賦得蘇易簡母贈文碩人姚孝廉希孟母也

太平天子渴求賢,公車覆試必臨軒。西蜀貢士蘇易簡,彤墀立對三千言。重瞳一顧大稱賞,敕領正奏居盧前。翰苑八年參大政,賈黃宋白豈敢先。曲宴賦詩陪日御,輕綃飛白玉堂署。自盟忠孝一生心,願答君臣千載遇。有母承宣入禁中,和顏命坐賜從容。如聞天語襃鄒母,錫之冠帔何其隆。母云教子無它物,禮讓詩書爲四術。廣以墳奧發帝聲,家之令子帝良弼。是時天子孝治獎人親,母子並膺榮遇新。不獨兼威慈代父,亦使移忠君有臣。煌煌義訓齊師氏,我聞姚母亦如是。菇苦常調柳媼九,延賢廣製孟宗被。況丁險釁撫嬰難,口瘃手捋摧心肝。孤幃婦媼形相弔,十月呱孩鼻幾酸。母也拮据不遺力,送往事居心靡懕。未亡三十七年身,長延百世一絲息。蘇母薛,姚母文,一經成子以子聞。表廬復門恩世沐,千秋彤管嗣清芬。又聞大孝在錫類,古來科名應不媿。通編朱紫總浮塵,何必區區談宋事。

千頃齋初集卷四

五言律

南歸書懷

飄零千里劍,寂寞一床書。病怯容華減,愁催鬢髮疏。乾坤容骯髒,日月任居諸。自笑干時左,誰爲薦子虛。

訪顏範卿不遇作此奉訊

漫滅懷間刺,來從竹下過。秋風太亡賴,旅況更如何。中散非題鳳,右軍欲換鵝。幾時重載酒,爲我醒詩魔。

其二

從君開白社,文酒得從容。此道元孤偶,知音不易逢。自慚虛負驥,敢謂失登龍。寂寞山陰道,歸舟興未濃。

黃道薦卜居

憐爾謀身拙,旁行失路岐。未能營兔窟,聊此寄鷦枝。風雨猶堪庇,壎篪好共吹。吾生元逆旅,何處問安危。

瑞巖書事

愛河偏欲障,忍草亦情牽。那識慈悲地,翻成離恨天。去來都是幻,境界却依然。錯認空中色,猶貪結後緣。

客中九日呈李仲猶

一雨妬佳節，初霜趣物華。可憐羈客酒，不入故園花。鬢逐雙萸短，心隨五柳賒。天涯有朋好，相對即爲家。

中秋再游若下呈劉元兆明府

地接弁山翠，溪分苕水流。扁舟同訪戴，貧鋏再依劉。月滿中秋勝，醪醇下若蒭。臨卭能欵客，不用賦登樓。

京中除夕立春柬張叔發洪爾介潘士觀李仲猶諸子

殘梅驅臘盡，除夜怨羈人。有約春光早，無情歲月新。鄉心兒女戀，旅食友朋親。願託椒花頌，因風入紫宸。

月　　蝕

輪廓規全減，山河影漸稀。鉤懸猶隱曜，鏡破祇餘輝。兔或驚無地，蟾應亂欲飛。清光些子欠，依舊照書幃。

賦得落日池上酌分得平字

溶溶一鑑平，蕩漾水風清。倏爾山容夕，泠然酒思生。芳樽翻浪綠，虛榻蘸霞明。已識拍浮樂，寧論身後名。

德　州　除　夕

歲晏尚風塵，行藏媿此身。相逢同舍客，總是異鄉人。羈旅新如故，奚僮遠更親。明朝賞菼換，短髮又經春。

其　　二

京國程還遠，殘冬日易西。長征孤客倦，暫借一枝栖。世事同雞肋，浮生信馬蹄。年華俱逆旅,何必問燕齊。

其 三

萬里羈除歲,無家度此宵。長途金易盡,多恨酒難澆。兒女音書絕,江湖客夢遙。鷄聲驚覺後,猶戀故山椒。

賦 得 朝 雲

漠漠豐隆使,朝朝馭碧空。暫辭仙苑籍,誤落楚王宮。湘水情難斷,巫山夢易通。詞人如宋玉,幽怨在墙東。

利 國 驛 阻 雨

風雨來何迅,霏霏阻去程。蓬蒿迷古驛,烟靄失孤城。濕竈晨炊冷,虛堂客夢驚。腰懸雙劍氣,猶向夜深明。

雨霽發利國道中口占

宿雨苦連綿,栖栖古驛前。泥濘驚老馬,樹密隱鳴蟬。翠靄含殘照,蒼茫隔暮煙。陰晴元未定,疾策向南天。

送劉仲熙游北雍有引。

劉生仲熙者,雄姿絕代,接江左之機雲;高韵照人,推菰蘆之僑盻。胸藏百斛,吐琳瑯於毫端;筆埽千軍,落煙霞於紙上。棄繻南國,負笈北雍。此時壁水談經,應折角於五鹿;他日燕臺致士,定誶骨以千金。五月蘭舟,鵬搏萬里;一罇桂醑,燕集百朋。離情繾綣於飛花,別意慇懃於折柳。諸子臨岐分賦,不佞授簡先鳴。

五兩風帆遠,啣杯此送君。青藜頻照夜,綵筆欲凌雲。願養溟南翮,終空薊北群。明經推漢代,今日正同文。

鄭北道中即景

茅店三家聚,烽烟十里屯。輪蹄當孔道,鷄犬自成村。淡瀍青蒻飯,濁醪老瓦盆。當鱸呼客到,擁馬欵柴門。

其　二

此地多車馬,無風亦自沙。馬頭常帶雪,人面似塗鴉。凍解冰仍結,春深柳未芽。紅塵看已慣,何必戀京華。

道遇王鴻磐讀所著行卷有贈

並轡長安道,何緣見大巫。詞壇無敵國,風雅信吾徒。得句頤能解,知音興不孤。春明雙闕近,待爾賦三都。

句曲院中別董于庭陸廷表鄭明初索詩爲贈率爾口占

問家知世雅,因姓識儒醇。意氣驩如昔,文章合有神。戴經分大小,漢策奏天人。此日盟松去,論交莫戀新。于廷治戴氏《禮》,爲余友董孝廉猶子。　右別董于廷

已得朋來樂,才名況似君。交情忘孔禰,世業羨機雲。把酒頻秋夕,譚詩幾夜分。明宵清梵起,能不悵離群。　右別陸廷表

調合何嫌晚,入林意轉濃。披襟忘爾汝,送難出機鋒。幾望當軒月,初更隔寺鐘。泠然清興愜,相憶在吳淞。　右別鄭明初

過龍華寺讀先肇慶懷陸文裕詩并屬和諸什因紀其事有引。

余讀陸文裕公集,有《答黃純玉再遊龍華》詩,意爲先肇慶公,而宦轍所至,不及上洋,或姓字之偶同也,詢之故老,無知者。一日,舟行阻風,過龍華少憩,散步法堂,則肇慶文裕詩扁在焉。始知其以民曹郎持使節按部兹土,諸薦紳觴之寺中,宴集賦詩,而文裕以同年友病不克赴,次韻酬答,亦一時勝事也。文裕藻雅風流,爲一代詞人之冠。二扁出其手書,有趙吳興筆意,肇慶公卓、魯治行,《一統志》列之良吏,並足千古。而余於百年後薄遊海上,不期而獲瞻斯美,豈不稱會合大奇?感逝懷賢,勉効續貂,即工拙不計矣。純玉,肇慶字,爲余曾從祖云。

繫馬江干寺,尋僧古佛堂。潮聲來歇浦,塔影落禪床。叔度曾游處,士衡有

和章。舊題雙比玉,珍重碧紗囊。

其　二

雲林栖古刹,冠蓋集時賢。爲憶同袍侶,因廣紀勝篇。流風今不泯,遺墨總堪傳。續句慙宗袞,空懷玉署仙。

寄　兒

愛子遥相送,臨岐轉憶家。囊空嗟久客,歲晏又天涯。鬢逐風塵短,心驚道路賒。離情兼旅思,一倍惜年華。

其　二

兒還遵谷水,余發及丹陽。一去人千里,相看淚萬行。離情話不盡,別語細端詳。薄宦淹歸計,上洋是故鄉。

其　三

行行幾匝月,未得汝來書。不識旋家日,猶堪及歲除。室人勞行役,兒女問征車。此夕團圞會,大慵慰倚閭。

其　四

吏隱功名薄,家人生事微。憐予淹蠖伏,願汝奮雄飛。二酉探周穴,三冬下董幃。漢庭多貴少,猛力振前徽。

遼后洗粧臺

畫閣銷胡粉,香奩盡日封。花空迷蛺蝶,石亂瘦芙蓉。弱絮風前柳,晴嵐雨後峰。西來朝爽氣,飛翠入重重。

夏日同姚叔乂戴冠卿林若撫泛舟石湖
遍游治平上方諸寺拈得村字四首

睠此丘中賞,泠然避俗喧。維舟紅蓼渚,放屐紫薇村。望遠亭堪借,憑高石可捫。上方吾欲到,不必待黃昏。

其　二

一犬吠花源，僧窺客到門。松陰含日腳，石齒漱雲根。殘碣餘苔蘚，荒祠缺藻蘩。風流懷往哲，寥落不堪論。

其　三

水抱山間寺，雲歸湖上村。臨流舒遠目，席地倒芳罇。舟子憑風力，農人記水痕。田家有舊咏，傳說與兒孫。

其　四

微雨因風霽，瀟瀟散鬱煩。山蔬無俗供，野酌有清言。帆影青峰入，杯光白浪翻。茲游良不惡，覽勝亦窮源。

改姚叔乂二首

欲試登山屐，先爲泛水游。山凝巖翠重，水拍浪花浮。卷石開精舍，賢祠寄古丘。乘風凌絕頂，爽氣已如秋。

其　二

風來山欲雨，雲度碧湖陰。席地啣杯淺，尋僧臥竹深。帆檣翻塔影，鐘梵雜歌音。濟勝吾猶健，陶然愜賞心。

龔與嘉自海上逆予金閶因過竹影庵夜集舟次賦此爲別兼訂秣陵之約

海上存知己，如君意更真。才堪推一士，氣故壓千人。放逐同蕭艾，蹉跎嘆積薪。似憐青眼舊，不作白頭新。

其　二

知己遙相過，扁舟慰寂寥。尋師將適越，爲子復停橈。攜手竹間寺，披襟江上橋。匆匆話不盡，秉燭坐通宵。

其　三

萬里辭家久，居停即當歸。今宵誰過問，舊雨客來稀。夜燭三枝盡，秋聲一葉飛。白門期已定，莫使賞心違。

秋日宿水明樓

猶餘三伏火，暫借一枝安。入夜涼風滿，爭秋暑雨殘。樓含山翠重，亭護竹陰寒。徙倚池前月，誰同握手懽。

陸伯生載酒欵余水明樓賦謝

虛閣秋生早，深林客到稀。多君憐縞帶，載酒問緇衣。野竹傳清籟，溪雲送落暉。玄言聽不厭，輟棹且遲歸。

葛處士撫孤詩

嬰臼今云邈，誰全兩世孤。無兒嗟伯道，撫姪見淳于。雙頰時含飯，三荊忍異株。香囊猶解佩，千里羨家駒。

送黃典籍宰潞陰

鳧舃乘風去，驪駒不可停。花封新剖竹，槐市舊橫經。京國分支邑，人烟接潞亭。水衡猶未罷，霖雨望郎星。

春日同莊虞卿游梅花塢二首

夙有觀梅約，春晴興不孤。枝枝皆玉綴，樹樹若瓊敷。素質誰同賞，清芬迥自殊。吟看兼醉嗅，歸騎故踟躕。

其　二

列樹成邨塢，南枝遍野塘。未調商鼎實，先點壽陽粧。淡月移疏影，柔風度暗香。呼童勿輕摘，爲護此春光。

訪陳眉公乞花場不遇

頗覺朝參懶，言從谷水游。何人來結夏，此地最宜秋。石徑斜通戶，花場曲抱洲。鴻冥隨意適，豹隱故難求。

其 二

小築依山寺,遐心寄釣磯。玄雲留半榻,白日掩雙扉。長水浮空界,平原隔翠微。伊人渺何許,巖下一僧歸。

送張則美博士上計入都

宗官新禮樂,聖祖舊豐岐。委佩春曹列,清齋曉漏時。常伸劉愷議,每陋叔孫儀。朝望推儒雅,綸褒下赤墀。

其 二

勃窣有張憑,明光奏績凝。司存周俎豆,歲閲漢園陵。驛路將抽柳,關河未泮冰。猶餘衣裏粟,莫厭酒如澠。

其 三

斗酒別江皋,多君意氣豪。含情遲去馬,握手戀同袍。匣劍飛霜白,檐帷帶月高。長安春草綠,蚤晚向銓曹。

其 四

君已登華選,余猶被墨磨。所嗟懽會少,更惜別離多。聞鐸知金奏,趨朝振玉珂。行垂宣室召,賜錦沐恩波。

南粵曾封翁以四月六日開八襃壽厥嗣柱史公亦以八日初度爲賦五言近體二章

南海多仙侶,東方聚歲星。揆初同佛日,問算總椿齡。鳩杖何防噎,龜楮已伏靈。苟龍齊下食,豸繡正趨庭。

其 二

長日朱明候,大年絳縣翁。逸情安豹隱,元氣韞鴻蒙。野老猶爭席,都人已避驄。後車應有載,蚤晚問非熊。

題傅柱史儼思錄有引

柱史傅公幼孤,不逮事王父母,攀慕沉痛,靡朝伊夕,想極而神爲告之生卒生月。會有挾少君術者,云齋三日,神可致,圖厥形肖焉。誠願宿憑冥感,昭徵愛慼之至,則存則著矣。因志其事,而系以詩。

祖範何言邈,孫思永不窮。少君非幻攝,孝緒有冥通。形影神惟肖,丹青鬼自工。當年傳硯意,總入畫圖中。

其　二

思成因結象,合漠優音容。色自空中設,魂疑夢裡逢。羹牆終日見,尸祝百年供。孫子瞻詁厥,綿綿肅道宗。

劉節母詩

坤道臣妻母,人綱孝節慈。百年機杼訓,千古柏舟詩。白首孚初筮,青雲慰夙期。煌煌天語重,應爲襁中兒。

其　二

存趙心如日,儀髦鬢已霜。單棲悲鵠頸,均愛比鳩桑。縣譜流南國,旌綸賁北堂。年年萱草色,不改歲寒芳。

陪京初夏南郊分得齊遊二韻

南陸開朱夏,芳郊萬綠齊。尋真來紫府,謁帝上丹梯。閌殿惟雲到,長松有鶴棲。何時逢石髓,相與證無倪。

其　二

泰時何年闢,空壇草樹迷。瞻星七曜動,望闕百靈棲。金鑰開還澁,畫廊東復西。因思肇祀日,聖德與天齊。

其　三

兩都今並建,二祖意何悠。壇宇存初祀,燔埋閟古丘。曲傳仙樂奏,瑞應醴泉流。臣朔觀周典,依然扈從遊。

其　四

永日公餘暇,玄都物外遊。空青搖桂闕,積翠繞璃樓。蒼璧憑誰護,丹砂若可求。曲終還奏雅,不爲酒人留。是日演百戲罷,出道童鼓琴佐酒。

題扁舟五湖册

自託鷗夷子,五湖泛一槎。隨行山作供,到處水爲家。杜若洲前草,桃源渡口花。秦人遥指點,此地足烟霞。

其　二

拾月江天夜,御風水國秋。延山簾外入,招客鏡中游。促席親魚鳥,支機問女牛。去來應不繫,身世總虛舟。

閏冬社集永慶寺因登謝公墩四首

香火梁朝寺,江山謝傅墩。我來公已去,名是蹟空存。欲證超然志,先參不二門。登臨能幾屐,合檢舊苔痕。

其　二

金陵多古刹,此地更幽偏。雅集來吾黨,高吟起昔賢。林餘千嶂雪,樹冷六朝烟。過眼風流盡,空歸不住禪。

其　三

覽勝腸如渴,沉陰約屢更。茲游風日美,忽感古今情。雲物仍鍾阜,人烟尚冶城。未能忘小草,徒爾負蒼生。

其　四

冬暑長初閏,清樽竟日懽。經聲傳竹杳,塔影落江寒。樹可雲中辨,山宜雨後看。不妨歸路晚,纖月吐林端。

題小山玄賞册

好　修　堂

帝澤承家遠,仙源積慶饒。薰修皈净業,解脱破塵囂。大道元無静,玄心故自超。西園多法侣,不用小山招。

宴　坐　齋

自得安禪法,清齋坐宴如。匡牀無俗供,一室秖藏書。花雨晨鐘後,篆烟午夢餘。何來王子宅，不減化人居。

最樂處

至樂尋何處，琴罇趣最真。門無車馬喝，日與典墳親。簾外青山出，堦前綠玉新。陸沉吾羨汝，朱邸有幽人。

群鷗閣

江閣親魚鳥，海翁久息機。素波同汎汎，清影各依依。並宿因沙煖，争飛逐浪微。雲心與水趣，一一寄漁磯。

送鄒道卿守江州

同時稱賦客，出守讓君先。風月能爲主，湖山自宿緣。門留徵士柳，社託遠公蓮。簿領多休暇，来參文字禪。

其二

一麾尊岳牧，剖竹大江西。治豈陶公異，名應白傅齊。潯陽初渡虎，省署舊含鷄。夙有匡廬尚，今朝入品題。

其三

地介荆揚域，山分大小孤。褰帷窺石鏡，拄笏想香爐。津吏疲郵傳，關商困澤虞。隨車有霖雨，千里慰來蘇。

其四

江花迎去鷁，溢草引鳴騶。水品康王谷，山光庾亮樓。雙旌時問俗，五袴日興謳。會見中和理，州民盡姓鄒。

朱輿仲守秦州羅拙夫守廣安同日拜命詩以送之

聞剖雄州竹，爲彈貢禹冠。三刀應共夢，六館況同官。莫倚秦關險，須知蜀道難。專城千里寄，保障遠人安。

其二

聖主勤西顧，綏懷藉歲星。行春過篆水，問俗到街亭。異草紛蟠冢，層巒列秀屏。政成多暇日，黛憶舊氊青。

送吳翁晉之廣西別駕

詰戎分半刺，乍輟步兵廚。車雨懷先澤，翁晉尊人舊開府黔中。星屏慰後蘇。食生鷄作醢，交易貝爲租。安遠宜因俗，折衝仗廟謨。

其　　二

聖主憐荒服，邊夷重漢官。驊騮開瘴癘，椎結襲衣冠。賦以江山麗，文因爨棘寬。他時吳季子，添作國風觀。

其　　三

賜履連交粵，名邦亦廣西。風烟隨地隔，崖谷與天齊。佩爲休徵贈，輿應仲舉題。行看荒徼外，征馬不聞嘶。

夏　月　雜　詩

一夕遷涼燠，南州候始和。疏花辭密葉，舊藕發新荷。春去詩情減，日長睡思多。空齋無客到，狎鳥或來過。

其　　二

暑雨苦相仍，霉天氣鬱蒸。風喧扇無力，汗垢衣有稜。夢鹿非真鹿，驅蠅轉益蠅。薄茶難解渴，時想玉壺冰。

其　　三

裸體肌猶汗，科頭髮未晞。簷低風力軟，庭小月光微。繞帳饑蚊沸，欺燈點鼠窺。翛然成隱几，團扇不停揮。

其　　四

官廨僅容膝，禪心到處安。自公疲案牘，對客強衣冠。俗耳聞能遣，新書見即懂。生平多欠事，不受酒腸寬。

其　　五

絕交疎酒譜，閉戶把詩刪。涼倚風前樹，晴看雨後山。逢場觀世局，蒿目歎時艱。守黑存吾道，升沉一夢間。

其　　六

水漲經旬雨，出門即畏途。隨他蠻觸鬭，遮莫馬牛呼。老至才應盡，狂來興未沮。無因河朔飲，贏得理文逋。

迎春日賦得雨中春樹

帝里風光早，先春雨澤敷。俄看烟樹合，漸覺土膏濡。城闕連青霭，人家隱綠蕪。濃山與淡水，應入米顛圖。

懷黃貞父得途中書却寄

二年欣把臂，文酒幾追隨。同姓休論譜，初盟似夙期。青樽憐別易，白首恨交遲。尤憶銷魂際，匆匆未賦詩。

其　　二

亦知期即返，無奈見猶慳。忽得途中耗，差開別後顏。書應懷白社，記每戀青山。處處烟霞債，憐君不暫閑。

五日社集有懷蔡伯達司馬

投合新如故，襟期淡更真。重開白門社，遙憶素心人。未厭聞詩砭，難忘醉酒醇。殘春方送却，結夏又經旬。

其　　二

自子還山去，看看雅會稀。三春悠勝賞，五日戀清暉。譚久文情洽，杯長燭影微。車公不在坐，何以慰調饑。

送杜思兼之大理倅

萬里休辭遠，監州重一方。長材宜驥展，顯化自鷹揚。洱水濺珠白，屏山列點蒼。邦人迎杜母，泥軾有輝光。

其 二

漢室循良吏，由來掌故多。君爲南詔倅，更續海沂歌。地以蠻烟闢，天應瘴雨和。葉榆西去路，握別意如何。

送孫子京北上兼應秋試

閉户有孫生，攤書映雪明。齒應寒石漱，賦可作金聲。抱璞宜三獻，驚人始一鳴。聯翩升鳳苑，不道郄枝榮。

其 二

久負圖南翼，今爲知北遊。棄繻驚候吏，倒屣重諸侯。時子京應馬德州辟。名下傳先輩，闈中詫晚收。都門知紙貴，一日已千秋。

陳立之理鄆都奉其尊人體軒先生就養官邸壽開八袠恭效三祝

族姓旴江舊，德星聚太丘。澆胸無宿物，度世有虛舟。文酒耆英社，山川汗漫游。鄆人歌白雪，一曲自千秋。

其 二

稱觴依子舍，就養亦君恩。問政惟開網，明刑已照盆。陽春生下里，陰德擬高門。行矣褒詒轂，煌煌帝語温。

其 三

憲老隆膠序，周年及渭濱。鹿門能耦德，鳩杖不扶身。舞袖翻萊綵，詩章祝楚椿。願將千日酒，散作萬家春。

送黃履常京兆開府閩中 黃爲先師學士子，故末章及之。

十載旬宣吏，初登節使壇。徵黃何訝晚，借寇已知難。南國書方奏，東郊政不刊。都人猶臥轍，繡袞幾時看。

其 二

聖主東南顧，安危仗異才。炎天分雨露，瘴海肅風雷。晝偃旗門静，春生幕府開。折衝多暇日，好上釣龍臺。

其　　三

山海無諸國，年來潦旱頻。長鯨翻水怪，涸鮒仰波臣。望雨雲垂野，占星歲在閩。澄清今攬轡，應少泣珠人。

其　　四

麟玉旌樊史，鼇圭錫召公。棠陰懷故老，竹騎走新童。防島春秋汛，憂民大小東。劬勞心獨苦，百堵宅鳴鴻。

其　　五

六纛分符節，雙龍合斗文。帷褰閩嶠月，旆引建溪雲。化日扶桑窟，秋風細柳軍。題詩當草檄，先寄武夷君。

其　　六

學士衡文處，至今草木香。榕枝青偃蓋，荔子絳爲囊。門託生三誼，塵叨授一方。寧云私燕厦，萬里壯金湯。

賦得日之升壽剡城王令

和馭無停轡，陽烏影若馳。扶桑初汎海，若木忽升枝。瑞應三光首，雲開五色披。神君應比德，散作萬家曦。

其　　二

團團離遠樹，煜煜上高臺。乍向咸池起，仍從暘谷來。桐陰圭未正，菱彩鏡方開。一片傾葵意，丹青不易裁。

千頃齋初集卷五

五言排律

清風嶺道中六韻

嶺盡蹊猶折,峰移徑復旋。危亭疑竹護,絕壑借橋連。夾道松陰合,經秋草氣鮮。鳴絲雙澗水,錯繡半山田。雞犬三家聚,桑麻十里烟。朝朝車馬跡,來往夕陽前。

雪後汶陽道中

兗東逢暮歲,汶上復宵征。正喜春先發,偏憐雪後行。彌天開玉宇,大地聳銀城。着樹枝枝白,飛花點點瑩。應嫌人跡破,更惜馬蹄輕。素色侵衣冷,寒光入劍明。孤衾閨婦怨,望繢戍夫情。授簡誰能賦,鄒枚動漢京。

觀察蔡公以奏最貤恩三代小詩恭賀且致私感得五言排律二十韻

梧嶼標靈秀,華源積慶緜。箕裘方鷁起,圭組合蟬聯。半刺甘棠在,雄藩列柏先。然藜垂素業,擢桂接英躔。南紀初簪豸,東曹舊握荃。持衡羅後譽,解網泣顛連。晝擁旗鈴靜,春明鎧甲鮮。吳儂回菜色,海嶠净烽烟。績課諸侯最,綸襃參世延。十行頒赤陛,三錫貢重淵。遺硯追貽厥,芳鄰述母遷。徵黃揆望峻,借寇主恩偏。文武邦爲憲,安危國杖賢。袞衣還信宿,鎖鑰制中權。隸也枌榆末,公兮剪拂專。片言噓羽翮,一氣轉鈞甄。瓦礫寧居後,粃糠媿獨前。詶知良不易,頌德總難宣。識履星辰近,銘鐘日月懸。行看登鼎鉉,是某報珠年。

七月十三夜同羅玄父董于庭鄭明初陸廷表登崇明寺塔

大火西流夜，招提瑞色澄。金輪光七級，舍利湧千層。聚足還留憩，振衣已絕凌。應邀明月下，似挾片雲升。鐸亂驚栖鴿，鐘催入定僧。諸君頻指點，一語是傳燈。

冬日南臺協恭堂賦得孤松疏竹十八韻

柏府饒嘉植，南天不受冬。亭亭當砌竹，冉冉立臺松。歲歷春秋老，恩偏雨露濃。盤根依北戶，洗籜見前峰。綠玉初飄粉，蒼鱗舊蔭茸。烟莖搖翠羽，風響雜宵鐘。結實宜招鳳，樛柯欲化龍。材良充禹貢，介特耻秦封。直節惟孤挺，貞心共協恭。梅兄差可友，石丈許相從。肯爲藤蘿附，羞窺桃李容。何來君子黨，恰與正人逢。有斐文堪咏，後凋秀獨鍾。應施隆棟用，勿負會稽供。況值微陽復，行看萬物雍。青回苞軋苗，翠引葉葱蘢。常貫四時色，寧知造化庸。凌寒自至性，一任雪霜重。

燈夕篇分得斑字十四韻

一歲輪初滿，千門夜不關。管絃吹雨散，簫鼓鬧春還。烟樹浮蓬島，星毬結綵山。花疑天女撒，燭自漢官頒。假面嬉侲子，纖腰舞小蠻。鸞笙終夕奏，魚鑰此宵閒。寶騎紛珠履，香車擁翠鬟。行行桃葉口，轉轉雀橋灣。袨服美無度，靚妝妖且嫻。聯鑣歸月下，記曲譜雲間。殘馥聞羅綺，餘音雜珮環。傳梅齊索笑，對酒各開顏。遮莫更籌盡，其如飲興慳。婆娑燈影裡，不覺鬢毛斑。

贈少司成溫公榮晉宮諭管理誥敕二十二韻

㳽水涵真氣，蓬山引上僊。藏書抽酉穴，射策起丁年。賦草凌雲麗，宮花映日鮮。銅龍開冊府，金馬集名賢。筆載螭頭注，珂隨豹尾旋。量波持萬斛，學海滙群川。南國人倫表，西膠弟子員。章相歸械樸，俊選屬陶甄。運挽江河逝，春滋桃李妍。蛭方成蛾術，林亦改鴉翮。漢室臨雍頌，周京有芑篇。雄談高折鹿，佳瑞兆啣鱣。鶴禁班聯切，鳳池寵數偏。清銜原比玉，直節更如弦。彤管三長擅，黃麻兩制宣。虎幃頻勸講，鴻碩廣登延。道以三賓重，經因二傅傳。重輪垂霽色，列宿拱台躔。啓沃心扶日，絲綸藻淡天。片言回造化，全力取虞淵。德契都俞上，功施羽翼先。行看張宿處，大業振無前。

七月一日集俯玉閣賦得迢迢望斗牛遙分飛字

流火莫初換，先秋葉未飛。爲懂懷帝子，幽怨寫靈妃。一水盈盈隔，雙星望望歸。如何經歲別，尚爾兩情違。想極欣期近，離多悵會稀。妝開來夕鷰，淚檢去年衣。所嘆河流廣，翻憂鵲力微。橋成堪渡否，日至却疑非。巧綫無勞乞，香筵且莫祈。君平今不作，誰與辨支機？

上大司馬黃公三十八韻

當代文章伯，揚鑣自七閩。雄詞凌漢魏，灝氣逼周秦。風雅推盟主，春秋擬素臣。吳鈎方試刃，卞璧豈懷珍。飾吏緣儒術，明刑廣帝仁。三刀曾入夢，五馬復行春。留犢心如水，烹鮮政若神。談經巴蜀國，擁節楚湖濱。木以從繩正，金因入範純。冰壺清可鑒，械樸美俱掄。攬轡霜稜肅，隨車雨澤勻。威行豺虎遁，俗返魯鄒淳。瓠子紆籌策，菜黎急拊循。治惟寬杼柚，疏爲減征緡。遂起溝中肉，兼蘇釜底鱗。忠能迴逆耳，直不顧危身。運泰壬夫退，衢亨吉士伸。康候膺錫賚，聖主出絲綸。南紀樞機重，東歸袞繡新。萬年廣虎拜，九罭賦鴻遵。晉福承王母，師貞卜丈人。謙光猶固讓，巽命已重申。武備開戎幕，文昌贊化鈞。旌幢搖日月，劍佩切星辰。赤舄姬公遜，丹書尚父陳。螭頭行聽履，鵷首合垂紳。瑞應圖啣鳳，功成閣畫麟。緇衣元好士，白屋肯延賓。愛日欣依趙，占星喜御荀。休休頻吐握，侃侃莫疎親。隷也維桑末，居然散櫟倫。卑棲寧躍冶，拙守願爲錞。久矣懷先達,瞠乎接後塵。披肝忘分隔,促膝見情真。片語投針芥,玄言破莽榛。追懽何太晚,感德總難泯。欲獻如風誦,敢爲無疾呻。期公登鼎鉉,勿使積前薪。

張克雋比部與余舊領雍教雅稱臭味出守朗州黯然賦別得五言長律十四韻

四門分講席,三舍日交親。酒政欣相命,文心合有神。千秋期共轡,參夕必連茵。倏爾明刑署,居然結德鄰。嚶鳴良可悦,蘭臭總堪紉。所信終如始,寧知詘與伸。一麾尊岳牧,五馬寵詞人。耕織遺風舊,中和布令新。山應探善德,宅或弔春申。蒲節先招屈,桃源更訪秦。霍岐歌麥秀,百甌貢茅陳。白璧陂啣鶴,丹砂井壽民。行看刀買犢,已見室懸鱗。霄漢須君致,漂零任此身。

喜黃履素世兄登第因感先師舊日之知賦得五言十韻

代起明光草,飛騰爾弟昆。爲箕稱令子,傳硯識文孫。業以韋經授,書從孔壁繙。一枝先擢桂,三載不窺園。臺買千金駿,溟搏萬里鯤。題名輝雁塔,載筆續龍門。共詫憐才報,因思舊德存。華零方啓秀,葉茂乃盤根。世胙誇麟趾,儀刑感虎賁。憨余雌伏者,國士未酬恩。

送蘇弘家符卿賫千秋箋入賀先期省覲時有奉常之推故章末及之

漢室呼嵩使,周廷典瑞臣。垂衣瞻斗極,曳履上星辰。繼體歌元子,多男祝聖人。南山天孔固,少海月重輪。吉誕生同物,豐詒世蹟仁。彤弓行錫帝,綵服暫寧親。願輟循陔戀,須馳畏壘身。常懷金作鑑,快覩牓爲銀。曲奏千秋壽,詩陳七月豳。虞松儀合正,劉愷議應伸。況值文明晝,還看禮樂新。無因隨百獸,率舞拜楓宸。

賦得霜臺籠日送沈宗伯入賀時方考績北上

　　玉女凝陰候，金烏逗早曦。瞳瞳看欲上，杲杲出應遲。凍結光逾瑩，冰含色更宜。凌寒規半隱，衝靄鏡全披。對此懷康樂，因之想趙衰。願傾葵藿意，先煖萬年枝。

千頃齋初集卷六

七 言 律

過建陽縣望考亭

滄洲晚築近何如？爲感先賢問故居。天借潭陽成闕里，地連東壁足圖書。千秋俎豆微言在，百代衣冠世澤餘。欲采江蘋愁日暮，又牽小草逐征車。

題郡太守程蘿陽公望雲獻壽册

望裏停雲憶倚閭，循陔歌發意何如？百年壽母邦人頌，千里寧親咫尺書。冰壺全貯松蘿月，雕饌時供浙水魚。聞道一星高婺女，未須愛日戀潘輿。

覺性亭爲明家兄題兄頗營生，書此諷之。

亭倚晴村散午嵐，諸峰盡處見曇雲。種花自識根中品，啖蔗誰知淡後甘。大覺開時空夢幻，餘痴了却戒嗔貪。維摩法界元清净，會得無生禪可參。

送以簡叔之五羊

里社追隨結舊鄰，匆匆別去又風塵。疎狂世態容吾拙，落穆人情見汝真。畏路從教霍眼白，流光莫遣二毛新。天南瘴癘行看盡，蚤晚歸裝慰老親。

臘月立春

南州地僻春偏早，北極天高雪尚寒。爆竹未應隨臘盡，椒花巧已媚人看。無衣漸喜朝暾煖，短髮翻驚歲序闌。況是條風催物候，沈冥肯負酒盃寬。

35

立春日林子發過訪信宿言別

海上相思歲欲闌，誰憐寂寞老漁竿。偶逢佳客乘春至，況有芳梅帶雪看。盤試青蒿隨令節，樽開綠醑破餘寒。扁舟一夜山陰興，未罄平原十日懽。

雨中集神山觀時予將北上

茫茫烟水繞兼葭，一片神山落晚霞。何處樓臺喧羯鼓，誰家雲雨墮靈媧。頻將短髮看流歲，且對芳樽戀物華。興劇從教嚴漏轉，明朝馬首又天涯。

賦得岸容待臘將舒柳得家字

一陽吹琯動飛葭，堤柳凌寒半欲芽。碧眼全含春意小，纖腰猶怯雪花斜。暗隨煖律回天地，先逐窮冬管歲華。若到芳菲三月暮，風流可愛屬張家。用《齊書》張緒事。

題李與熙齋中畫松得松字

生綃一幅數株松，盤礴何人作老龍。蕭爽如聞清籟發，離披忽訝綠陰重。虬枝蟠石全飛動，羽蓋干霄半淡濃。自是君家千丈樹，貞心不改歲寒冬。

送明順武舉弟北上

爾祖桓桓義烈聲，曾留短劍作干城。憐君投筆成先志，從此封侯屬後生。半篋陰符噓虎氣，十年膏鬐淬龍精。猶聞瀚海風波惡，為挽天河一洗兵。

彭城懷古

南北河漕壯此州，古來形勝控咽喉。歌臺寂寞花空舞，戰地蕭條水自流。楚國猴冠無故里，張家燕子有高樓。可憐伏臘村中老，香火千年獨祀劉。戲馬臺今改為先主廟。

虞美人

南國佳人艷骨殊，至今墓草亦名虞。君王自愛傾城色，尤物偏能害霸圖。帳下曼聲歌數闋，樽前怨別淚霰珠。所嗟血污烏江水，不及西施泛五湖。

雨不絕

宿雨空齋睡起遲，苦吟驟長鬢邊絲。香銷襆被難禁冷，竈斷榆烟但忍饑。無奈堦苔侵履屐，更憐園菊瘦腰肢。先生隱几蕭然坐，何似袁安臥雪時。

南樓積雨

穩臥柴門晝不開，窮冬雨意似迎梅。天低海色明還沒，風捲潮流去復迴。南國年年憂桂玉，東郊處處長蒿萊。危樓突兀長江上，安得朝曦破靄來。

紫雲精舍聽李斯成彈琴得淹字

南薰一曲散蒸炎，兀坐精藍竟日淹。清度梵鐘風隱隱，寒生菩樹月纖纖。雅音已覺渝巴變，幽興還於水竹兼。酒思琴心空不住，經聲况復聽華嚴。

感事

老看交情似九疑，悠悠徵逐總貪痴。人間雲雨翻難定，天上陰晴不可期。蝸國空為蠻觸鬭，鵬溟未許鷽鳩知。萬緣到底終歸盡，舟壑須防大力移。

九日登高次明臣弟潯字

強為佳節一登臨，白鳥黃花解此心。濟勝未知屐幾兩，啣盃莫惜裘千金。瞳瞳初月飛松杪，點點疎鐘到海潯。此日茱萸欣共插，憐余短髮不勝簪。

壽劉師七十

花甲再週又十春，歸來正喜及江蓴。傳經自昔推劉向，濟勝于今屬許詢。

健質不須煩壽杖，徵書端合起蒲輪。看看洛社誰爭長，可信人間有大椿。

贈寶淮南太守

簿領能兼詞賦工，西京良吏許誰同。泉山色色回春雨，閩海泱泱起大風。穉子笑聲迎郭伋，諸生儒術變文翁。猶聞礦稅關租急，四野須公集雁鴻。

七日再題神山觀

一壑粘天滙衆溪，垂虹霓跨塔東西。客來譚麈飛濤壯，人去浮槎拍浪低。沆瀣空中疑結蜃，扶桑海底待鳴鷄。乘風欲訪支機石，咫尺銀河路轉迷。

送明疇弟應試留都兼柬明臣弟庚子

石城佳氣鬱葱葱，射策知君藻思雄。經術舊傳三世業，文章今變六朝風。家駒久矣名千里，國色終然寵漢宮。伯仲連翩繩祖武，公車一日薦書同。明疇乃祖以庚子領薦。

龍潭閣別朱願良丘思舉

湖海相看總布衣，江城半日坐忘機。乍驚紫氣霅龍合，忽聽秋聲一雁飛。座上青山留客醉，樽前白雪和人稀。春明裘馬長安道，猶憶滄洲舊釣磯。

送曉峰兄之邛州

憐君佐牧古邛州，萬里風烟亦壯遊。但使名家裁錦綺，何妨迂地展驊騮。蓮花冉冉春生幕，棠樹陰陰月滿樓。舊日馬卿稱上客，可能虛左待名流。

貞節章媼壽言爲史進士之大母

黃鵠歌聲徹夜聞，赤城霞色散秋熏。文孫久擬宗曾子，王母今稱鮑少君。研席依依存荻蹟，庭堦簇簇長蘭芬。宮衣此日初娛綵，倚杖含飴看鶴群。

壽袁太公八十

吏隱歸來賦碩寬，汝南耆舊正推袁。人如蕭相文無害，門擬于公法不冤。白髮相將依里社，斑衣更得奉家園。他年定有安車詔，況復虞庠已乞言。

送卞刺史之安順卞滇南人，時妾方孕。

除書朝拜出明光，荒服況連桑梓鄉。自是三刀符刺郡，居然五馬領黔陽。徵蘭已入燕姬夢，剖竹初懷漢守章。別意匆匆何所贈，相期銀管紀循良。

送姑孰王使君遷四川憲副分守巴東

三年姑孰紀清聲，一日觀風寵漢京。叱馭遠從天外度，乘槎偏向峽中行。夔城近接蠻煙黑，魚復新開鳥道平。到日雄文堪諭蜀，莫忘羽檄乍休兵。

其二

使星宛宛向巴東，建節提封憲府崇。舊日行春歌召父，今朝化俗見文翁。褰帷曉散巫山雨，攬轡秋寒劍閣風。熊軾它年擁旄去，定應峴首比蠶叢。

壽東陽許翁八秩爲孝廉和卿之祖

耆舊當年重鹿門，黃冠葛屨古風存。枌榆有里標通德，膠序何人禮上尊。綵紬毿翻萊子服，蒲輪獨拜漢宮恩。靈椿自是千秋物，咫尺天池見化鯤。

中秋雨中過嚴瀨

瀟瀟風雨奈愁何，兩度中秋客裡過。繫鼎一絲終寂寞，臨江片石自嵯峨。山凝翠黛藤蘿古，洲引清流荇葉多。便向羊裘覓真隱，五湖烟水老漁簑。

黃道薦四十七舉子走筆贈之

玉樹由來秀晚枝，名花不厭子開遲。年幾半百初稱父，門正中衰合紹箕。

墜地此時欣躍驥，過庭他日喜聞詩。龍文虎氣應如祖，看爾飛騰自解頤。

余與汪堯卿爲攝山之游今別去者六載矣余北上再過秣陵同舒仲符鄔章父集堯卿宅酒間出游草相示賦此留別分得開字

登高猶憶子雲才，白社重逢此日開。爾已還山辭越巂，時堯卿歸自黔中。余仍挾策上燕臺。風塵袠馬囊雙劍，賓主東南酒一杯。自是汪倫情不淺，長江西望幾徘徊。

賦得螺岫晴雲送吳恒初守吉州

神螺五采燭天明，白鷺洲前一水平。十里嵐光開晚黛，千家曙色報秋成。褰帷北顧烽烟静，挂笏西來爽氣生。此日使君應臥理，不妨快閣倚春晴。

白下逢潘景升率爾賦別兼以爲贈

萍蹤南北惜居諸，落拓潘郎氣未除。戶外縱無花滿樹，袖中已有菓盈車。千秋作賦窺藜火，二酉函書悶石渠。莫謂長游堪傲世，故園松菊待歸予。

其二

他鄉最苦別離難，況復風塵逼歲闌。不覺中年悲謝傅，懸知愁鬢老潘安。樽前桃葉偷春艷，馬首梅花鬭雪寒。明發思君何處所，夢魂夜夜到長干。

兗州元日同袁廣文小集有懷蔡弘甫太史

廿年歲晏半天涯，東兗王正又一時。爲愛譚心人比玉，何妨撲面雪如絲。他鄉杯酒懷家宴，望國衣冠嘆魯儀。遥想春明温室樹，遷鶯肯許借全枝。

壽姜翼龍禮郎姜八子。

含雞建禮動楓宸，却遂初衣蚤乞身。但使明廷無諫獵，何妨清世有垂綸。門標才子高陽里，家近姜公渭水濱。此日八龍同下食，懸知太史奏真人。

浦城梅叟行年六十其母年八十有五子籍上舍諸生丐言爲壽

子舍朝瞻婺女輝，萱花桂樹倍芳菲。即看五鳳翀宵（霄）起，忽湧靈魚入饌肥。阿母朱顏還大藥，佳兒白首舞斑衣。由來梅福真仙隱，綿上偕耕願豈違。

送張澤臞太史册封襄藩

詞臣啣命出天閶，看看文星入楚湘。冠蓋里中榮使節，銅鍉曲裏動家鄉。茅圭五等周屏翰，帶礪千秋漢德蒼。聞道鹿門存故事，可能耆舊訪襄陽。

松風亭留宿

車馬紅塵困遠征，小亭乍得一班荆。瀟瀟林水濠間想，謖謖松風枕上聲。繞檻花陰逗晚翠，窺人月色媚新晴。坐來頓覺炎歊盡，幾度敲詩夢不成。

哭故沈丘令淮陰劉師五首

新昌榷李總無年，謂黃學士、蔡少參二師也。故舊雕零倍慘然。不謂長淮驚絕澗，翻悲叢菊悴寒烟。藜窺劉向還吹火，烏化王喬已上仙。去住知師隨物理，傷心燕子泣花鈿。

其 二

蚤還初服臥滄州（洲），家傍河淮當遠遊。自適鴻冥甘一壑，誰知鶴化忽千秋。當年棠蔭垂南國，此日桐鄉屬沈丘。最是羊曇思不淺，幾番回馬慟西州。

其 三

鍾情有淚灑西河，時長公已先殁。白髮蕭蕭可奈何。秋露忽凋彭澤柳，殘暉難挽魯陽戈。小星三五依櫟木，烏鳥悲號感蓼莪。猶喜遺編傳七略，佇看靈玉振鳴珂。

其 四

三年消息歎浮沉，一別悲哀變古今。書牖塵封蛛網暗，藥欄秋冷薜蘿深。靈行宿草門人淚，萬里生芻孺子心。自是王孫慙漂母，逡巡不敢過淮陰。

其　五

同門諸子並先鞭，呫呫侯芭獨守玄。豈謂蛾眉堪姤漢，空嗟駿骨未酬燕。盟心許掛延陵劍，乘興應迴剡曲船。今日淮陰祠下過，山陽聞笛總悽然。

淮陰舟次逢鄧汝高使君話滇楚諸勝以詩扇贈余之海上作此奉酬

文星一別夜郎西，楚澤三秋又解攜。鷁首渡淮逢舊友，扇頭歌郢出新題。樓窺江漢誇黃鶴，山入蒼牢話碧雞。自笑鄭虔氈獨冷，龍門何幸得攀躋。

學宮東署蓮開並蒂詩以志喜

秋水芙蕖別樣紅，誰移玉井泮池東？同心縷結鴛鴦帶，連理枝添錦繡叢。黛色爭妍齊笑日，柔情欲語競含風。趙家姊妹新承寵，點綴霙娥入漢宮。

送奚朝援少尹左遷王官致政還南康

一官世業起明經，白日哦松不負丞。拙宦自憐滄海月，清員人比玉壺冰。虛傳占氣遷張鷟，却爲思蓴返季鷹。自是甘棠遺蔭在，攀轅處處酒如澠。

楊自邇孝廉拉同龔與嘉茂才丹鳳樓望雪

四野同雲暗綺城，層樓巀嶪俯江清。光含隴樹枝枝白，細逐風花點點輕。客比梁園抽簡賦，人如剡曲泛舟行。一樽相對斜陽裡，斗北天高想玉京。

其　二

稚子堦前報雪殘，翛然僵臥起袁安。乍消冰片光猶濕，不盡瑤華色可餐。龍浦歸潮吹棹去，鳳樓落照捲簾看。共言盈尺占豐歲，其奈嚴城夜柝(栬)寒。

三友齋述懷

軒窗結束舊誅茅，翠引菁葱水竹交。腹笥徒然虛講席，俸錢半是給書巢。疎慵不受長官罵，嬾嫚何妨弟子嘲。睡起高齋無箇事，一簾明月靜花稍。

送劉仲弢明府榮擢春官便道還里

三春桃李遍河陽，一日徵書下建章。馴雉已飛山縣舄，含雞猶挾令君香。南宮禮樂聯鵷列，東觀文詞集雁行。群從才名工淡藻，可無諫獵賦長楊。

其　　二

百里壺漿擁去旌，吳謳半入舊絃聲。花封久擅循良最，蘭省仍高建禮名。衣繡暫容過里第，鳴珂促入侍承明。攀轅父老留無計，妒殺風帆五兩輕。

送吳伯玉北上謁選兼奉家兄

僑盼菰蘆自昔聞，幾從伯氏望清芬。歌風此日推吳季，奏賦當年羨陸雲。玉筍應聯鵷鷺列，絳帷爭詫鳳皇群。元方若問囊中劍，猶有寒光射斗文。

漕使胡以惠移鎮陽羨作此奉寄

爲轉漕艘急往還，匆匆仙鶴去雲間。褰帷震澤秋臨水，拄笏張公日看山。簿領文心應自賞，巖巒屐跡許誰攀？懸知劍履趨朝後，詞賦名高玉筍班。

送龔與嘉游北雍兼應秋試

絳帷弟子爾稱雄，挾策今過碣石宮。曲裡朱絃飛是雪，匣中紫氣吐成虹。三春未老看花興，一戰應收橫草功。漢苑于今誰諫獵，莫將曲學負家風。

其　　二

數載公車白尚玄，幡然負笈北游燕。聲名一日翹材館，詞賦三都應制篇。但及龍門當上客，何須狗監始知賢。五雲望裏瞻霓闕，猶記懸弧自昔年。與嘉産于燕中。

爲龔生與嘉壽其師夏翁翁系出天台其先世以博士占籍海上凡數傳而得翁苦志獨行教授里中里中人奉爲祭酒今秋八月哉生明其七袠初度也

百年譜系出天台，千里寓公海上來。傲世松筠堪自老，及門桃李向誰栽？

家聲未輟青氊舊，里塾猶聞絳帳開。七十洵稀何足頌，久知名姓注丹臺。

其　　二

蓬篳蕭然絕世緣，尊生不是學逃禪。鹿門耆舊惟龐德，馬帳諸生有鄭玄。秋色平分黃浦月，霞光遥暎赤城天。稱觴此日應無限，四座先傳抑戒篇。

聞屠緯真之訃夢中賦挽詩得海上神山不可求之句爲續成之

蚤還初服臥滄洲，白氎黃冠恣遠遊。豈謂鴻冥猶五嶽，翛然鶴化已千秋。寰中風雅今誰屬，海上神山不可求。脱却塵緣歸帝所，遮須兜率總丹丘。

冬日姜神超祝無殊林若撫張茂卿小集明致軒

寒雨蕭齋入夜清，相逢斗酒聽嚴更。交從風雅稱昆弟，美盡東南屬友生。喜有玄言傾四座，慚無佳句答連城。寥寥千古誰同調，願托青松結遠盟。

小至同張長輿祝無殊集潘士從中翰五石山房同用深字

風雨連朝小至臨，高齋暝色結寒陰。一時坐客皆同調，千里論交愜素心。曲奏渝巴堪佐酒，琴鳴山水爲知音。由來潘岳能投分，傾蓋迺然意轉深。

客邸逢薄味玄孝廉以梅雪諸咏見示賦此爲贈

客路逢君詩思添，文詞風雅況才兼。題梅句裡知調鼎，賦雪篇中陋撒鹽。乍喜南津霙劍合，何緣北闕五雲瞻。慚余下里應難和，馬首風烟信口占。

古薛道中

草碧沙黃凍日昏，舊傳薛國祇孤村。荒阡莫訝題毛遂，綿蕞猶然說叔孫。彈鋏貧生能市義，偷關俠客總酬恩。悠悠車馬經過地，銷盡豪華萬古魂。

早發利國驛有懷

閱盡間關行路難，聞鷄幾度促星倌。霜餘月色猶含凍，霧裡風威倍覺寒。

廿載塵容驚短髮，半生傲骨媿彈冠。美人何處嗟遲暮，中夜頻將匣劍看。

題李選部贈公册

白首寒氊老一丘，儒林文苑自千秋。道尊絳帳微言在，業紹青緗世澤留。銀管題才懸水鑑，金函錫命貢松楸。他年鼎鉉勳名重，浩蕩君恩不易酬。

同汪堯卿游淨業寺堯卿策蹇失道時余將南發矣

日日長安陌上塵，翳然林水自相親。寺依北郭炎歊盡，門望西山爽氣新。乍許一罇同選勝，何緣霓屐有迷津。知君不淺濠梁想，況是明朝送遠人。

南歸道遇南昌黃道庸豐城李章江二孝廉小酌夜談賦此爲別

繋馬啣杯醉夕曛，相逢對榻得論文。何緣歇浦交黃叔，道庸曾過予海上。更喜龍門御李君。彭蠡波汪千頃月，豐城劍射九霄雲。游踪從此各南北，莫遣音書隔歲聞。

海上朱翁以六月幾望九十初度其子諸生禮端乞余言上壽偶憶王元美詩用白香山贈裴絪（淄）州起語壽九十者五余亦如韻爲賦近體二章觀者勿曰依樣畫胡盧也

九十不衰真地仙，籌添東海有弧懸。生逢宿柳欣長日，瑞應莊椿卜大年。甲子重開週曆半，庚申不守得昌全。四朝遺老誰清福？宜爾靈光獨巋然。

其二

九十不衰真地仙，閑看子孝與孫賢。伏生未了傳經願，衛武猶勤抑戒篇。帝錫山中私日月，人從物外飽雲烟。薰風爲養圖南翮，來歲稱觴樂更偏。

姚叔乂至自金閶俞君寶至自華亭招同張長輿夜集三友齋分得豪字

寒氊蕭瑟似禪逃，秉燭開樽集勝曹。酒態多因窮後減，叔乂、長輿故善酒，今不喜飲。詩情偏向客中豪。披襟恰爾成三友，問齒何須歎二毛。同是菰蘆名下士，可能痛飲讀離騷？

杜鳳林漕使按節雲間留宿官署有賦用韻裁答

使星的的照江濆，把臂今宵得御君。節擁吳天垂雨露，詩成澤國吊機雲。披襟猶憶絲袍舊，抗禮都忘榮戟分。三匝幸依溫室樹，寒氈何問雪紛紛。

王子與孝廉五十初度兼上春官詩以賀之

廿載公車縶數奇，漢宮應不妬娥眉。乍逢伯玉知非日，正是宣尼學易時。秋水鵬搏南海翩，春風花發上林枝。君行總遂懸弧志，彩筆翩翩集鳳池。

蔣中黃中葆自東甌郡署以詩札惠問久失財答作此酬寄

鍾山記別晚秋時，幾折瑤華慰所思。入洛童遊能作賦，趨庭今日喜聞詩。池塘夢繞西堂草，桃李春窺上苑枝。況復右文逢聖主，看花可負少年期。

其二

疎嬾無因問絲袍，多君風雅亦吾曹。六年惜別麕魚斷，千里相思一夢勞。即席人誇鸚鵡賦，承家世有鳳凰毛。憐予潦倒應才盡，幾度裁詩病骨高。

人日喬君求龔與嘉顧寅美陳太初吳伯張過集三友軒有賦

儒林又見草青青，有客相過問字亭。韶光欲放千門柳，春色先歸七葉蓂。令節今朝人作日，高朋此會德爲星。頌椒賦柏應同調，子夜深杯醉莫停。

送張君一太史還朝

湘靈有賦動楓宸，聖主臨軒第一人。藜照圖書窺太乙，花迎劍佩廠鉤陳。

寧親袖舞宮衣綵，華國文裁帝衮新。鼎鉉需君調玉燭，竚看四海遍陽春。

寄懷張無畫太史

唱第曾占五色雲，爐烟墨彩共氤氲。望氣吳鈎知異寶，探書漢篋辨遺文。藜窺東觀月初動，花煖上林春正紛。遥想仙郎裁白雪，瑶華莫惜寄餘芬。

立春日陽谷道中

陽谷峰前報早春，韶華又是一番新。乍吹煖律回青草，忽散條風轉綠蘋。去去巾車隨岸柳，迢迢馬足逐征塵。幾迴佳節忙中過，且進村醪莫厭頻。

春盡日別林祖憲年丈時予將赴南雝

長安爲客每經春，幾度春歸倍愴神。落拓一官仍苜蓿，飄零霍劍又風塵。燕山匹馬愁黃鳥，淮水孤舟怨綠蘋。南北萍踪分去住，憐君猶是異鄉人。

張功伯黃君礪王士澹邀予宴別時春盡前一日

廿載公車歎積薪，天涯共作未歸人。窮看世態深仍拙，老覺交情舊更真。怨別可堪多聚散，思家恰喜話鄉鄰。今宵有酒休辭醉，明發飛花又送春。

都門別李端衷

參商六載憶同舟，乍見不禁霪淚流。刻羽猶傳春雪句，看花虛負少年遊。知希敢謂文憎命，別易惟憑酒破愁。垂老交情翻戀舊，相思一夜鬢如秋。

五日高唐道中呈王士澹

驅車客過緜駒里，弔屈人傳宋玉詞。同調驪歌應不惡，異鄉節物總堪悲。茅柴且醉消愁酒，柳絮權當續命絲。從此圖南心更遠，休將憔悴怨江蘺。

夏日同戴冠卿林若撫重過穎上人木仙閣小集因訪雪嶺上人有賦

縈纜平橋認故蹊,翳然林水有禪棲。一樽乍許傾河朔,三笑何緣渡虎溪。梵引松風清籟遠,蟬鳴竹雨綠陰齊。因過別院逢僧話,又悵歸舟促日西。

將赴南雍別海上諸故人

六年海上再傳經,兩度公車別帝京。移局仍爲秦博士,彈冠應笑魯諸生。官閒儘足容疎散,才拙重慚負聖明。桃李成蹊陰幾許,願言歲歲發春榮。

題喬耕孺總春齋

江城小隱薜蘿深,管領群葩集錦林。九轉幻成醫國手,三生種得活人心。扶欄蓊鬱迷蒼蘚,繞舍漣漪度綠陰。更喜庭階留晚翠,芝蘭玉樹已森森。

其二

茅茨半畝碩人寬,點綴芳菲在筆端。亭子春開花爛熳,園丁日報竹平安。池疏浦水歸丹井,門引松風護藥欄。自是韶光收不盡,杏林先放一枝看。

以簡叔來自嶺表謁余南雍留數日輒返書此送之

西泠惜別意如何,畫舸欣從建業過。顧我長爲吳下客,對君難和鄴中歌。三年南北容華改,六代山川感慨多。有酒休辭今夜醉,明朝相憶在關河。

其二

中年每苦親知別,況復他鄉轉憶家。此去五羊多瘴癘,全憑雙鯉問烟霞。綈袍戀爾心如昔,薄祿羈余鬢已華。十日平原懽未足,可能重汎白門槎。

送嚴道載文學歸虎林嚴爲都諫從子以刲臂療母手纂文廟禮樂志有功聖門云

扁舟遙自白門還,家在吳丘涮水灣。武林人物推曾閔,文廟祠官志孔顏。

鳳藻恩榮青瑣闥,羊裘漁隱富春山。期君朱紱承先世,愛日娛親舞袖斑。

送吳留守之中都督理屯政

推輪分閫拜牙璋,坐控咽喉況帝鄉。三輔提封依日月,二陵列戍護金湯。武侯渭上紆籌策,蕭相關中給饋糧。從此軍心如挾纊,論功不數曹平陽。

其　二

西風獵獵動旌竿,七萃前驅簇馬鞍。搜粟中都新授鉞,掄材南國舊登壇。朱旗晝擁轅門靜,畫戟霜飛玉帳寒。聖主應憐湯沐地,藉君一劍壯維翰。

早春夜集同王粹夫費無學林茂之兒子虞龍分賦得聞字

殘雪新晴曖夕曛,相將秉燭坐宵分。論交半屬閩中侶,得士全空冀北群。為愛陽春傾柏葉,更從風雅結蘭芬。豚兒亦喜看賓客,今日趨庭有異聞。

上元宴集雞鳴寺同羅玄甫登千佛閣兼覽玄武湖諸勝

湖水空明照四禪,金輪突兀近諸天。毫光普現千身佛,落日蒼茫萬戶烟。說法人從初地轉,窺燈月向此宵圓。六街歌舞香塵動,肯負春風不醉還。

得張茂卿明府書却寄四首時方奏績兼以爲贈

相思每嘆別時難,忽到霎魚自萬安。苜蓿憐予仍采藻,風塵藉爾一彈冠。橋環璧水清堪挹,座擁鍾山秀可餐。不是故人交誼重,深秋肯復念氊寒。

其　二

童牙嘖嘖盛稱奇,弱冠能酬國士知。製錦正當游刃地,書屏尤喜及瓜期。訟庭棠茇先成蔭,公府蒲鞭不用施。聞道漢家方貴少,徵綸早晚下彤墀。

其　三

烹鮮誰不頌神君,簿領公餘雅右文。融帳道尊宗北斗,韶山樂奏引南薰。豸衣問俗徵三異,鳧舄朝天起五雲。補袞埋輪須特立,于今朔洛正朋分。

其 四

河陽桃李發春溫，三載循良達至尊。孝養魚軒娛子舍，榮頒象服佽天恩。霜威且避乘驄客，陰德應高結駟門。諫獵何人憂社稷，憑君大力轉乾坤。

七夕集秦淮舟中同羅玄父張克雋胡彭舉劉熙君林子丘吳聖初李祥卿輯卿用八庚韻

三伏争秋暑未平，一樽河朔泛舟行。垂楊夾岸迷桃葉，落炤迴波暎綺城。簾幕因風吹酒散，樓臺傍水簇燈明。似憐牛女今宵會，巧織纖雲媚太清。

又 得 九 青

臨流引滿復揚舲，檻外群峰落酒青。偶爾秦淮逢七夕，何來夜雨妬霆星。天孫有巧應難乞，朋會無多忍獨醒。興劇不妨歸棹晚，滄浪一曲也堪聽。

送李信卿博士奏最北上時冢君擬授御史

三年博士久棲遲，五業兼通羨國師。此去鵷班趨闕日，恰逢豸服過庭時。子華講論應重席，匡鼎譚經定解頤。聖主如垂宣室問，好從稷下起朝儀。

壽陳任齋先生

晉安陳明經先生古德醇微，發祥長公令古曒，稱東南茂宰第一。先生以謁銓過曒，視令官邸，與初度，會都人士祝華封者三矢之金石，友人范孝廉景文、沈文學弘正，謂余小子叨枌榆世講，不可無一言，敬裁近體二章，以備惇史。

五十公車意未平，秋風又向薊門行。太常幾奏賢良籍，都講仍高博士名。問政邦人呼大父，傳經弟子識先生。鱣堂有兆毋勞祝，掌固官曾至九卿。

其 二

翩翩鳧舃忽趨庭，南國何因識典刑。墨綬已翻雙袖彩，絳帷未厭一氊青。吳兒騎竹齊稱壽，閩士擔簦半執經。自是太丘真道廣，賢人聚處歲爲星。

重陽後一日登木末亭分得初字時余方病起

木落天空雁影疎,霜華乍試菊華初。登高偏愛重陽後,濟勝尤憐病骨舒。省樹雲深雙闕迥,禪林秋冷六朝餘。西風蕭颯寒原草,似染萇弘血未除。

送師九二之郾陽司馬

先生無意乖啣鱸,絳帳初聞半刺遷。虢國旄倪迎道左,龍門山水擁車前。由來岸幘惟司馬,此去徵書定潁川。獨有同心驚離索,未知劍合是何年。

其　二

蘭橈欲發住江干,解袂難忘握手懽。似惜青氈牽別恨,不妨綠酒破餘寒。行春車雨初分陝,蒞事斤風試佐藩。莫以勞人輕外吏,含雞指日侍鵷鸞。

秋日陪祀介公祠和史少宰原倡七陽韻

祠額新題舊講堂,監門姓字有遺芳。春秋遂作枌榆社,俎豆頻來桑梓鄉。霖雨終朝嗟遇合,清風一拂想行藏。澤中鴻雁今如許,誰寫流民獻尚方。

清涼山翠微亭小集次史少宰韻

臺荒避暑只孤亭,四望晴空列翠屏。萬井烟浮吳樹碧,三山影落楚江青。玄言佛日閑相對,仙梵松風静可聽。公衮登臨留墨處,春生南國自清寧。

帶雨桃花

一番花信逐風寒,點點夭桃怯雨殘。似厭鉛華先洗艷,微凝脂粉欲流丹。楊妃浴罷香猶濕,湘女斑成淚未乾。劉阮不來春又去,無言寂寞倚欄干。

向日桃花

度索山頭破早霜,穠華灼灼媚春陽。凌晨巧作新妝艷,向暖齊含曉曙光。

照面渾疑朝虹彩，傾心不獨野葵芳。成蹊結影垂垂樹，一任蜂顛與蝶狂。

王氏雙節詩

婦姑雙咏柏舟篇，白髮青燈影共懸。志矢程嬰存趙日，情深李密報劉年。千秋慈慕烏生感，萬里飛騰鳳翩翩。表宅恩褒門閭耀，制詞猶自說三遷。

春杪清涼臺送曹公遠使歸陽羨得五微韻

臺聳清涼俯翠微，登臨有客送將歸。數聲林鳥催春盡，一片江帆帶夕暉。彥會君應憐去住，宦情吾豈愛輕肥。辭家十載青氈冷，故里松杉大幾圍。

其　二

春草王程四牡騑，名山拚與賞心違。宦遊正喜家鄉近，休澣應思蕨笋肥。洞有張公堪訪道，潭過玉女一披衣。君看白鷺洲前石，何似荊溪舊釣磯。荊溪有任昉釣臺。

九日藏春園社集分得七虞韻

蘆白楓丹草漸枯，疎林風雨老秋梧。朋游肯負登高興，彥會何辭折簡呼。把菊不須人送酒，敲詩遮莫吏催租。習池如許來車馬，還醉山公舊飲徒。

其　二

故園三徑久荒蕪，幾見他鄉節物殊。強爲芳辰登藻井，羞將蓬鬢插茱萸。山容巧媚藏春塢，人籟清翻子夜歈。何事秋英慳早放，遲余霜月撚花鬚。

友寰宗丈以皖李最拜民部郎一見叙譜譚詩驪逾夙昔茲假歸裏事率爾賦別情見乎辭

萍聚都城却有緣，新懽轉爲別情牽。宗風敢附香瓊後，詩法應推沈宋先。我媿無功隨虎幄，君歸何處訪牛眠。泉山極目腸堪斷，汗漫辭家已十年。

其　二

與君相見即相違，里社誼傳晝繡歸。三載祥刑無肺石，一時郎署有光輝。

行邊漸覺霜華少,到日應憐海錯肥。千里總同明月夜,緘書莫遣雁來稀。

十月四日留春堂看菊分得八齊

黃花秋後怯風淒,冬意如春葉尚齊。冷艷自能堅晚節,寒香正好伴幽棲。陶家盈把宜供酒,楚客餐英費品題。醉倒東籬山景夕,霜空點綴幾枝低。

霜月下菊花分得五歌

群芳已逐三秋老,叢菊爭開九日過。南國凝霜香未減,東籬受月影偏多。金英的的欺青女,玉斝盈盈漾素娥。病骨憐予應比瘦,故園三徑近如何?

為朱大司成壽其從兄運倅倅以貢入貲為郎 於司成篤在原之誼今花甲一週矣

游戲東方自歲星,祥鸞其德鶴其形。樓臺華華輝花萼,羽翼依依戀鶺鴒。里社耆英初養國,江湖隱吏舊明經。懸知小謝無它祝,夢裡池塘草倍青。

史公世程由南少宰轉少宗伯纂修玉牒六首

南北驅馳報主身,詔從綸閣寵儒臣。長材數器兼文武,雅望三銓領縉紳。邦禮一新儀陋漢,王風如舊樂歌豳。回天事業歸寅直,咫尺端揆贊化鈞。

其二

聖曆龍飛四十年,齋居恭默正需賢。人情久望商家雨,時事誰憂杞國天。建禮由來興論洽,徵書莫訝主恩偏。六朝山水題名遍,賦就三都奏御筵。

其三

貳卿南省捧新章,一代宗公肅典常。秩敘司存虞五禮,仙源牒纂漢諸王。陽和漸啟乾坤泰,浮靄翻為日月光。自矢孤忠能遇主,賡歌喜起叶明良。

其四

高皇豐鎬重東曹,況復思賢寤寐勞。此日台樞三象切,當年臚唱五雲高。即看禮樂還先進,行矣銓衡簡譽髦。時公推吏侍。有客彈冠思不淺,殷勤為解呂虔刀。

其　五

一從劍珮別鼇峰，午夜稀聞長樂鐘。南國持衡推水鏡，中朝補袞藉山龍。螭坳履識星辰近，魚藻身沾雨露濃。欲向蓬山瞻北斗，卿雲無奈隔仙蹤。

其　六

銓宰冰銜禮絕攀，臣心如水介如山。清通簡要群僚肅，正直平康世運關。玉牒編摩歸太史，金鑾夙夜列崇班。青蠅敢自私千里，廣厦還應庇萬間。

社中各拈一景賦得燕子磯

巨靈負麓俯江開，疑是烏衣國裏來。檻外鯨波翻翡翠，空中蜃氣結樓臺。鐘聲月上乘潮壯，帆影風前逐浪迴。極目扶桑天界闊，十洲三島等浮杯。

壬子守歲

此夕他鄉看幾迴，一宵容鬢兩年催。寒隨臘盡冬無雪，氣逼春先歲已雷。荏苒光陰仍爆竹，蹉跎節物又芳梅。關心不少憂時淚，坐聽嚴更撥冷灰。

元日禮部賀歲遇雪有述

一冬望雪候何慳，風雨元朝凍碧漣。點點碎花飄雨後，盈盈弱絮舞風前。寒侵委珮瑤堦滿，光晃朝衣粉署妍。欲頌春椒天闕遠，願歌堯曆祝豐年。

春日丁繕部歸壽王母

蘭玉堦前樹樹芬，寧親家宴及春分。仙郎東去無魚餉，王母西來有鶴群。愛日朝暉堂北草，祈天冬產澤中芹。用劉殷祖母事。陳情未報含飴德，願矢移忠奉聖君。

送周晉明守廣南

白社同時領郡章，憐君出守似投荒。材名豈合山城長，詞賦尤稱水部郎。莫以仙曹輕遠徼，須知聖主重邊疆。西南文教開司馬，招撫全依漢吏良。

賦得王喬鶴壽毛母

緱嶺昇仙跨子喬,凌風一舉海雲遥。丹臺清響若爲和,紫府新書不用招。天上笙歌猶信宿,人間城廓幾沉銷。應隨王母青鸞使,日引群真絳節朝。

羅山劉載甫昌陽高孩之二曹郎上計之京賦別三首

高子東歸去棹遥,劉郎北上急征軺。鳴珂此日趨雙闕,授簡同時賦六朝。鼇海樓臺噓蜃氣,鵲山風雨挾龍驕。憐予猶老揚雄戟,旅思鄉心總寂寥。

其二

文心政術並稱宗,直以才名徹九重。海岱雄風高列國,河嵩嶽色壓群峰。陽春已入明光奏,子夜初聞禁苑鐘。聖主如垂宣室問,謾將詞賦勸東封。

其三

嚶鳴求友託盟同,白社登壇自國工。忽變齊風超歷下,頓回斗氣接天中。一時詞客升仙掖,三載潛郎達帝聰。主計明刑推異等,徵書已出大明宮。

舊父母蔡伯達司馬以中秋奏最與聖節會詩以送之

曾分河潤託鄰封,宿契翻爲白下逢。彥會有時酬郢曲,勝遊何幸躡仙蹤。舊民遥致鱒魴頌,時陳公望宗伯以贈章至。聖主先書省署庸。拜舞應同嵩祝列,願歌天保補山龍。

送盧少從民部上計之京 時有副郎之命。

度支三載料量平,馹牡乘秋謁帝京。籌借岐豐紓國計,權騰士馬壯軍聲。年功甫入司勳奏,郎秩先登省署名。聖主當依(宸)應賜對,相如已賦子虛成。

秋日登蔣山同用十灰

荒祠爲護帝陵開,岡勢蟠龍亦壯哉。千古山川還得姓,六朝金粉已成灰。林花漸向秋光老,江鳥空隨夕照迴。惟有堂前連理樹,虬枝鬱鬱蔭蒼苔。

杪秋社集憑虛閣同登聚遠亭

樓閣參差四望通，閑雲漠漠澹秋空。萬家砧杵斜陽外，六代山川遠靄中。濟勝可能隨許掾，安禪何處覓支公。逢人指點臺城路，衰草寒烟感慨同。

其　二

風恬日靜憑虛閣，木落天高聚遠亭。粉堞平連秋樹碧，玄湖澄漾晚峰青。如聞鐸響空中度，更愛經聲竹裏聽。相對一杯明月上，留連今夜却愁醒。

社集牛首弘覺寺值雨留宿分一先

似與山靈夙有緣，竭來風雨且留連。山中聽雨雨聲寂，雨後看山山色妍。石竇虛通金粟界，花宮錯落蔚藍天。婆娑吾意元無著，到處粗安自在禪。

其　二

雙峰縹緲白雲連，寶刹凌空影倒懸。落木孤村明遠岫，雨鐘寒磬澹秋烟。厓高兜率疑無地，洞窈文珠別有天。馬首不妨頻反顧，夕陽歸路正堪憐。

楚人胡仁常令古嘷改治茂苑三載政成詩以紀之

何來歲德集吳都，若爲神君再剖符。八九胸吞雲夢澤，絃歌聲滿澹臺湖。千郊杲杲方馴雉，雙鳧翩翩欲化鳬。祈佛可能諧所願，驚看海國已還珠。

其　二

不妨簿領對烟霞，訟簡刑清已及瓜。乍聽練川歌蔽芾，更從吳苑問桑麻。秋登里社村村鼓，春滿河陽樹樹花。蚤晚尚方需補袞，由來美錦出仙家。

其　三

令君清德畏人知，却值三年輿頌時。下里風謠皆郢曲，庚桑尸祝半吳兒。烹鮮已得玄同理，留犢尤懸去後思。自是盤根方別利，長材暫借理紛絲。

胡屯部歸壽李太君太君爲汝州元配

陟岵何如愛日懽，斑衣子舍樂團圞。令妻曾佐專城竹，壽母今看畫省蘭。

鶴馭時來開燕喜,龍章初錫報熊丸。它年定有東征賦,長奉板輿食大官。

其　　二

軋軋當年機杼聲,五絲絢爛錦初成。刺州偕有懸魚操,郎署尤傳却鮓名。日煖瑞萱春正永,秋光寶婺月同明。何來玉液分仙掌,持向高堂獻壽觥。

五月三日社集秦淮水閣

鼓吹無喧罷水嬉,秦淮烟景靜偏宜。蘭湯初試蠲煩暑,蒲酒先開泛淥漪。畫舫歌聲風外度,雕欄花影月中移。百年相對渾如此,繞臂何須續命絲。

送曾瑞憲之兗州司馬還閩省覲

諸生日日望啣魚,朝捧新綸擢貳車。騎擁東方同岳牧,臯辭南國領河渠。行春上佐榮分陝,清夏慈親慰倚閭。璧馬功成歌瓠子,坐看民俗魯鄒餘。

春日姚黃門壽母

燕喜春開綵帨懸,仙郎遙祝白雲天。西池露浥金人掌,南極星輝寶婺躔。報主臣心惟七諍,承家慈訓有三遷。封章已足寧親志,不必昌陽引大年。

吳興蔡伯達君侯司馬留曹居中以舊民同社雅稱
臭味茲拜泉州守賦詩志喜兼以勸駕

溫陵古郡逼滄溟,帝爲炎荒簡宅生。江有蠣房依石滬,園多龍眼蔭桐城。新封敢避揚鱐餌,舊部先爲竹馬迎。二國漫勞爭境上,竚看河潤及神京。

其　　二

豐鎬周京漢渭都,陵園擁衛重兵樞。三年庫部軍司馬,四十專城子大夫。黍雨隨車行隴畝,松風下榻禮文儒。承明信宿應歸袞,高蓋褰帷寵自殊。

其　　三

君家忠惠守泉時,日坐衙齋譜荔枝。洛渡成梁神力護,松陰亘里旅行思。

流風名蹟今誰似,政術文心爾可師。北望齊雲堪拄笏,好從公暇一題詩。

其　四

論交數載託雷陳,玄儋知公品最真。直以禪心通治理,故應樂職賦詞人。千村俗化無飛虎,一室風清有挂鱗。蚤慰壺漿諸父老,承懽莫戀綵衣新。

送李本石之雲安司馬

東下瞿塘西入夔,巴童擊節舞渝兒。行春已次諸侯列,叱馭何妨蜀道危。暮雨朝雲神女賦,孤城落日少陵詩。由來司馬稱方外,文采風流自一時。

其　二

朝辭璧水向巴州,巫峽陽臺是勝游。峰影帆前低赤甲,灘聲月下轉黃牛。郢歌秀奪岷峨雪,召茇陰垂橘柚秋。朝罷徊翔雙白鷳,知君應上最高樓。

麻源羅母九十母二子方宰邑爲鄭應尼同年

堂背萱開九十春,麻源酒熟正相親。千齡仙子供麟脯,兩邑神君奏雉馴。共捧潘輿花底御,雙翻萊彩月中蹲。令妻壽母人皆頌,燕喜何勞茵鼎陳。(下原缺)

送韓价卿守昭武

三年白社識荊州,一日朱旛領上游。推案和風驅瘴癘,放衙霖雨遍春疇。翠微閣待雙旌過,烏坂城聞五袴謳。自是才名高北斗,文心政術並千秋。

送曾頑夫歸武昌

江漢風流迥出群,如君眉宇有清芬。談詩匡鼎頤能解,問字侯芭意自慇。璧水春濤淮水月,鍾山秋色攝山雲。南中名勝行看盡,話與鄉人詫異聞。

卜居拈得十三覃八庚二韻四首

老去行藏萬事諳,今朝却喜免朝參。疎狂自分三宜黜,懶嫚誰憐七不堪。

江上盟鷗機已息,床頭聽蟻戰方酣。茫茫天意何須問,笑殺騷人亦太憨。

其　　二

涉世其如虎視眈,卜居暫爾滯周南。薄遊汗漫應知悔,名勝留連未厭貪。駒隙流光今已半,莵裘隱計徑無三。但教脫得樊中累,僵臥袁安老亦甘。

其　　三

誰信虛舟不可行,乍風乍雨自人情。蛾眉已老猶招妬,蝸角何緣却誨爭。宅有青山堪寄傲,門如秋水絕將迎。浮華過眼都成幻,莫使纖雲點太清。

其　　四

江湖廊廟兩無成,十載風塵悞半生。拙宦豈應虛祿秩,倦游敢謂薄簪纓。西清自有書千卷,南面何須長百城。多少六朝金粉地,惟留山水舊時名。

夢賦春草得不除堦砌憐生意忽感
池塘起夢思之句因續成之

若爲韶華暗有期,條風一夜綠離披。不除堦砌憐生意,忽感池塘起夢思。色帶波光浮靅靆,陰連樹影動參差。年年拾翠提筐女,采擷馨香欲寄誰?

其　　二

寒荄荒徑早知春,雨後烟中綠半勻。淺映龍池明夕蘸,輕隨鳳輦惹芳塵。臨書沃若文成帶,醉酒頹然錦作茵。何事王孫歸未得,汀洲一望轉傷神。

以詩代柬寄史武定

璧水追陪講席隅,一麾羨爾領州符。懽中不覺朋情洽,別後誰憐雅道孤。俗化耕夫皆賣劍,風清海國已還珠。賜金明主行徵異,豈問平原黨有無。

正月二十七日蔡總戎招同黎參府靈谷觀梅時兒龍倩斗在坐

雪後看山山倍青,閑隨小隊出郊坰。連村籬落梅爲塢,十里松濤谷亦靈。老我詩篇無盡興,襲人巾袖有餘馨。知交眷屬同時聚,肯使花神笑獨醒。

其　二

去年此日賦梅詩，今歲重來似有期。濟勝自憐雙屐健，對花應笑二毛欺。難忘醉嗅杯頻勸，不覺尋香席屢移。幾樹垂垂春色裡，含情還憶未開時。

同洪仲弢袁又玄看梅吉祥寺期周爾昌不至分得飛字

和風晴日趁芳菲，結伴同遊思欲飛。爲託空門留古幹，却憐珠粉障新圍。坐來冷艷清人骨，歸去餘香染客衣。試問商家調鼎者，花魁有約肯相違？

和兒龍期字

日日探春恐後期，佳辰却與賞心宜。消殘雪色添花色，開遍南枝更北枝。素艷不禁游女妬，孤芳惟許老僧知。巡簷索笑思搖落，爲祝東風好護持。

周爾昌遊南雍爲余入室弟子夏日北上詩以送之

橋門自攦郊枝芬，多少名流得似君。璞剖一朝應照乘，金酬千里合空群。黃梅細雨侵行色，高柳新蟬急暮曛。到處無勞關吏訊，棄繻近已識終軍。

其　二

爾祖蕃宣舊德存，承家傳硯有蘭孫。懷多白璧高時譽，代擁朱輪盡主恩。行地已先南國駿，搏風欲化北溟鯤。彤墀竚奉公車對，願策天人獻至尊。

姜神超戴清之林若撫許慎夫過集
秦淮水閣次若撫韻二首

移家桃葉即通津，況有鍾山近結鄰。自託浮槎同釣叟，相逢痛飲盡騷人。眼中何處分青白，名下誰當定假真。莫訝嫣隅鄉語細，譚深轉憶故園春。

其　二

十年羈旅尚迷津，朋舊他鄉若比鄰。檻外雲霞能款客，樽前魚鳥覺親人。可知原憲貧非病，誰信嵇康嬾是真。多少含香鴛鷺侶，何如烟水五湖春。

答許慎夫用來韻

嬾隨微禄賦閑居，日對青山好著書。抽帙未能窮二酉，焚膏猶自惜三餘。我懷舊社方求友，君惠新詩忽起予。不覺小巫神氣盡，木桃何以答璵琚。

林若撫梅花百二詠成於西泠雨夕李本寧顧太初二先生各有贈言同用九佳索余屬和勉焉續貂不復計其工拙也

西泠宿雨暗天街，百二梅詩一夕諧。梅傍山坳香自遠，詩亡水部品誰佳？人文奎璧宜張楚，王氣東南枉鑿淮。從此長城應固壘，偏師未許禦彭排。

其　二

尋春蠟屐遍花街，三弄聲中玉笛諧。句逼陰鏗知紙貴，名傳皇甫以題佳。千秋和客同歌郢，列國盟侯霸酒淮。欲酹逋仙呼不起，琴淒鶴怨爲君排。

孟秋朔日李本寧先生同諸詞人集秦淮俯玉閣余不及赴分得歸字

閣俯清溪望翠微，波光不斷送斜暉。流金促夏初移節，逝火争秋未解圍。客向龍門皆喜御，人宗牛耳得依歸。懸知太史占星聚，彥會何緣我獨違。

中秋次日陸伯生唐仲言孫令弘林若撫過集千頃齋同用時字

玄心雅與水雲宜，日俯清溪理釣絲。月在中秋當既望，客來三徑恰如期。承家猶媿波千頃，招隱堪分桂一枝。珍重故人相慰藉，敢因小草薄明時。

喜周爾昌北闈得雋却寄二首

文名久矣冠時髦，一入都門價轉高。上國故應收竹箭，長材豈合老蓬蒿。馬群逢樂宜空冀，鶴子鳴陰更和皋。爾昌乃祖爲方伯鶴皋先生。期爾曲江春宴後，宫衣麗日映緋桃。

其　　二

忽聞凱奏渡江來,秋色應高郭隗臺。虎帳三年分雨露,龍門一日會風雷。主司驚見名情叶,眷屬懽迎笑口開。我欲彈冠憐髮短,停雲搔首幾徘徊。

龔在王北上以閏中秋過余話別即席送之二首

處處砧聲葉亂飛,譚深漏永燭光微。蒹葭零露涼生席,桂樹浮霜冷入衣。天爲清秋重借閏,人因雅故澹忘歸。客中送客難爲別,去住相看淚欲揮。

其　　二

秋再中時月復圓,送君更上木蘭船。靈砂九轉丹方就,弧矢三張葉盡穿。社燕尋巢逢舊主,流鶯出谷喜新遷。金羈蹀躞長安道,好趁春風猛着鞭。

千頃齋初集卷七

七言排律

壽潘封公六衰十韻代家兄

詞賦麟麟繡虎聲,飄然綠鬢謝諸生。論交近結枌榆社,通德高推月旦評。子已承家登桂籍,吾從薦士得芝英。李官夙播清刑譽,蘭省兼傳建禮名。膝下寧親皆玉樹,杯中延壽有金莖。碧瞳黃髮應難老,象服峨冠不道榮。絳縣紀年週亥首,東方度世本星精。閑看苕雪浮蒼弁,醉傲煙霞遍赤城。綵綵今朝娛里第,板輿何日捧神京。余亦南極稱籌者,歲歲爲公酌大觥。

題蔡觀察貤恩册

當年建禮靜香含,賜履東吳才更諳。晴夜攪搶銷海澨,行春膏雨遍江南。公車剡薦名無兩,國慶綸褒錫有三。孫謀子翼昌而熾,壽母令妻樂且湛。再世龍章門閥耀,六珈鵞喜主恩覃。寒氊何幸依山斗,秉軸還應荷蓋函。之翰之屏千里寄,爲霖爲楫一身擔。情同九罭留台袞,欲賦鱒魴媿不堪。

辛亥元日書懷示兒龍十二韻

臘盡春回在歲先,晴開正旦媚春妍。條風爲掃鍾陵雪,淑景初銜璧水煙。戶外花枝驚物候,鏡中艾髮感韶年。已加學易忘將老,其奈如非負昔賢。千里壯心鳴伏櫪,半生傲骨寄寒氊。自慚邊孝經無筍,敢謂揚雄白未玄。獻曝空懷田父日,憂時誰恤杞人天。此身富貴何勞祝,兒子聰明好着鞭。文足三冬惟素業,家傳二酉有青編。流光汝勿虛燈火,薄宦吾猶媿俸錢。秋穫由來多力穡,莫言桃李發陽偏。

南還海上宿褚氏山莊六言排律附。

六月遥搏鵬翮，一枝暫寄鷦棲。山空覺塵歊遠，興劇苦烟雨迷。有客時來竹所，披襟共對花谿。揚帆潮落潮長，放屐浦東浦西。初月纖纖樹杪，疎鐘隱隱招提。坐聽蟋蛄清吹，遮莫鄰鷄亂啼。

送畢養志之兩當令

槐市明經高第，花封獲借循良。仙令行騰三異，神君初試兩當。馴雉内綏赤子，驅鷄外靖邊疆。莫道牛刀一割，看看比屋春陽。

王孫巨源以好修顔其堂旁構宴坐齋最樂處
群鷗閣命曰小山玄賞爲賦六言六韻

華胄遥來海岱，璚枝穎出天潢。好修竊比荊屈，樂善高標漢蒼。禪悦隨緣燕坐，機心静與鷗忘。交游赤髭白足，清課茶鐺筆牀。錦軸群編插架，烏皮一几專房。山中桂樹真隱，座上蓮華法王。

青州陳孝廉上災民指掌圖圖系以詩讀未終篇不覺嗚咽宋比玉
有賦漫成十韻答之口占紀實不復計其俚語也

何人抗疏説齊饑，圖卷初開淚已垂。亢旱三時連地赤，蕭條萬井斷烟炊。溲當渴飲眠牛溺，草作朝饔夕樹皮。無數拋妻兼鬻子，那堪死别與生離。喉間腥血終須噎，机上游魂更可悲。不厭苓通餂狗彘，肯留肉骨飽烏鴟。月光空照逃亡屋，燐火紛飛漏澤壇。縱使鳴鴻能再集，其如碩鼠總難支。君心儻化光明燭，願上豳風七月詩。

千頃齋初集卷八

五言絕句

陳都孺二橋園_{玉筍、金鷄,二橋名。}

玉筍空中見,金鷄雲外飄。揚州今夜月,君自好吹簫。

贈陳生

臨池筆是苑,挾藻氣成虹。似抉鴻濛秘,凌雲駕碧空。

其二

龍蛇窺史篆,蝌蚪逼秦文。書癖逃來懶,問奇到子雲。

舟夜呈與熙宸甫

旅泊三人共,舟行一月偕。徘徊燈下語,忘却是天涯。

其二

逐客孤帆夜,間關説苦辛。不知岐路別,猶憶漢宮春。

其三

垂柳足維舟,酣歌同擊缶。莫思身外名,且盡樽中酒。

松陵夜泊

長橋堪散步,孤客且停橈。漁火明還没,歌聲近復遥。

其二

山雨秋逾急,江風夜更高。村厖不斷吠,驚破夢魂勞。

渡澱湖

一葦凌萬頃,短棹恣長風。莫畏風波惡,浮生任轉篷。

作家書

呹呹勞手腕,臨發草方半。明日尚遲留,緘題開復換。

其二

索書如索債,習嬾故難償。立馬頻相促,挑燈一夜忙。

其三

家人生計拙,薄俸未能周。米價何時減,磽田望有秋。

其四

有母正尸饔,誰爲菽水供。天涯疎定省,陟屺意重重。

其五

愁城憐女病,學殖戒兒荒。父母惟憂疾,諄諄囑蔣郎。謂中獻婿也。

其六

一函又一函,刺促語諵諵。心神隨去雁,何日到閩南。

春日梅花塢十六絕

南國饒嘉卉,梅花別有村。自矜丘壑性,不入五侯門。

其二

樹密難尋塢,花深不記叢。何來金粟界,幻出蕊珠宮。

其三

爲防蜂蝶侵,託根在巖野。徑仄礙來車,苔深妨去馬。

其四

春意憐花事,暫教風雨停。香肌嬌嫋嫋,卻雪醉初醒。

其五

淡日疎疎影,微雲寂寂陰。休將簫鼓鬧,撩亂惜花心。

其 六

東皇暗有期，一夜遍南枝。莫訝北枝晚，千花總未知。

其 七

風催凍蕊開，雨爲新妝拭。安得月明來，渾成天一色。

其 八

湖水孤山月，大羅千頃雲。一種香中韵，何人得似君。

其 九

的的冰懸樹，亭亭玉炤人。羞看歌舞態，艷冶損天真。

其 十

方外求清友，樽前列素娥。寒氈風味似，相對一婆娑。

其十一

望素空中色，聞香近却無。莫嫌脂粉淡，幽意在冰壺。

其十二

重來看花客，愁入鬢毛斑。花是去年樹，人非昔日顏。

其十三

逋仙空有鶴，遜後已無詩。與汝歲寒意，孤芳祇自知。

其十四

醉嗅杯頻酹，吟看席屢移。不知零落後，還憶未開時。

其十五

若到垂垂實，應登寢廟新。商家調鼎者，元屬築巖人。_{塢梅屬奉常，實薦太廟。}

其十六

巡簷觀未足，摘去供軍持。一歲一開落，何妨玉笛吹。

月臺顯上人北游取經改請南藏護歸溫陵送之四絕

杖錫何年至，傳燈此日歸。擔經行且讀，片片雨花飛。

其　二

禪宗總一源，大藏無南北。白馬忽馱來，泉南真佛國。

其　三

七祖傳心印，西來一字無。五千四百卷，了義在冥符。

其　四

月臺多少樹，東偃幾松枝。問爾歸何事，焚香禮六時。

悼侍兒

漂泊久天涯，長貧不問家。那堪臨老淚，零落鏡中花。

其　二

縂帳孤燈夕，寒蛩四壁鳴。機絲無復理，畏聽搗衣聲。

其　三

通夢今宵枕，還魂何處香。香銷夢覺後，羞對兩鴛央。

其　四

鬱抱人難語，愁情我自知。殘杯花落夜，孤枕月明時。

其　五

色想總成空，情根亦易絕。情非色也非，此恨何時滅。

千頃齋初集卷九

六言絶句

小齋襍詠

小築平分大塊,乾坤到處吾廬。簾貯一區雲月,家徒四壁圖書。

其二
吟料花晴竹雨,生涯茶竈筆床。一枕黄粱午夢,數聲漁笛滄浪。

其三
自署灌園老子,人呼閉戶先生。剥啄誰題鳳字,吾伊但聽鷄聲。

其四
橐鞬誰堪牛耳,鹽車未老驥心。自笑披裘五月,空爲享帚千金。

其五
爲谷爲谿玄牝,不生不滅法身。世上形骸都假,眼中眷屬誰親。

其六
野意鋤蔬種菊,禪心打坐焚香。稚子自開荒徑,東君爲護晚芳。

其七
翠柏枝枝耐歲,飛花片片戀春。爽籟夜聞衆竅,涼颸曉散輕塵。

其八
二酉藏家幾許,千秋經國如何。長作書蟫魚蠹,不妨門外雀羅。

其九
揚子玄猶尚白,柳州巧亦成癡。何如抱雌守黑,道心不損多機。

其十
老去難除書癖,年來未識醉鄉。身後榮名不朽,生前杯酒孰强。

千頃齋初集卷十

七言絕句

清洲夜泊

雙溪一曲入清洲,雨打溪聲急暮流。流水無情驚客夢,夢回曾否到泉州。

九日白下小集有懷明臣弟

伯仲壎篪集帝鄉,茱萸遍插醉重陽。停雲幾度長搔首,不見惠連空斷腸。

其二

風雨高齋連榻時,池塘春草綠離離。別來不覺三秋暮,到處尋思夢汝詩。

題湘姬蘭竹

湘水風烟春未殘,幻來楚畹簇琅玕。幽香儘可充秋佩,脩節還應伴歲寒。

南樓九品蓮始花明臣弟拉余同賞病未及赴詩以酬之

豈為名花斷愛緣,無情風雨苦相牽。嬌姿羞與衰顏並,暗結春愁未放妍。

其二

泣雨傷秋淚未乾,含情欲語又開難。花神亦自矜顏色,留與詩人醉後看。

白蓮

縞衣仙子下雲端,微啟朱唇帶笑懽。莫訝雨中姿態減,泠泠冰雪總堪餐。

九品蓮

翠萼丹葩蘸水鮮，朱顔素質鬭雙妍。自從九品開花後，何處西方有異蓮。

初秋送明臣弟省試

平山片石聳鰲峰，孫祖題名墨尚濃。努力蟾宮繩祖武，置身閬苑步兄蹤。

鰲頭峰爲宋狀元陳誠之讀書處。明臣乃祖以庚子薦，乃兄以乙酉薦，各題名于此。

其　二
扶搖六月水溶溶，海上于今紫氣重。會見南溟搏六翮，更看延浦合雙龍。

其　三
才子紛紛競着鞭，輸君文藻起丁年。芝英不數閩南美，竹箭應收大國先。

其　四
矯矯雄文動七襄，霎星夜夜炤征囊。鵲橋高起三千丈，爲愛天孫十二章。

武夷山中喜晴

曲曲溪流面面峰，青天巧削玉芙蓉。山靈似解遊人意，放出金鷄散霧濃。

贈馬朝雲

顰黛含犀意轉親，霎眸暗射意中人。朝朝暮暮陽臺下，却笑襄王夢未眞。

其　二
輕如嫩柳瘦纖腰，環珮珊珊步翠翹。羅帶不禁風力軟，可憐飛燕掌中嬌。

其　三
舞罷霓裳坐客娛，秦聲嫋嫋雜吳歈。不知舊日高唐會，聽得雲間此曲無。

其　四
錢塘有女字朝雲，識字諳經雅好文。爲附風流蘇學士，千秋彤管得相聞。

新城道中

水滿平疇草滿坡，迢迢驛路半成河。縱然一雨澆塵土，無奈中原轍跡多。

高唐州宿静觀亭

柳色槐陰共此亭,天開爽籟入疎櫺。無端風雨晚來急,驚破黄粱客夢醒。

宿桐城驛

晴苦炎蒸雨苦泥,長途聊借一枝棲。荒村夜柝驚殘夢,客思鄉心任馬蹄。

東阿道上書所見

馬首南來忽見山,山青不改去時顏。天涯極目堪腸斷,愁入行人鬢易斑。

其 二

粤南中使貢車來,結緑文犀兼翠羽。只道寶琛□似雲,不知驛卒淚如雨。

其 三

紅箱赤櫝革爲囊,絡繹山梯獻尚方。抵璧投珠千古事,至今聖德頌虞唐。

歸自句曲宿戴氏新樓

仙人本是好樓居,信宿虛堂可駐車。一枕黄粱炊正熟,始覺浮生是蘧廬。

代壽喬氏姬其子翰卿方赴北闈秋試

小星嘒嘒出西堂,明月簫聲下彩凰。方響時來招鶴馭,霞衣新惹桂枝香。

其 二

彤管人稱女校書,仙郎並手引瓊琚。遥知游子稱觴日,綵筆凌雲奏子虛。

落第後悼阿至

落拓公車累數奇,書傳哭子更凄其。何緣命薄隨朝菌,掩淚開函想復疑。

其 二

昔日悼亡憂子單,衰門孽子易爲憐。阿兄阿姊争憐愛,共作明珠掌上看。

其 三

人人説汝是枚皋，黄口爲兒已鳳毛。誰識西風摧玉樹，空憐好物不堅牢。

其 四

婦生七子已三殤，兒女天涯更斷腸。舐犢中年情不淺，可堪埋骨又他鄉。

戲柬王士澹末致黃君礪

醒即攤書醉即眠，臣身原是飲中仙。五經自有便便腹，不必芳名借酒傳。

其 二

老去糟丘堪玩世，狂來白眼向人驕。慚余量靳三蕉葉，磊魂胸中没處澆。

其 三

百斛何年有步兵，頻將一石破愁城。古來三藏猶堪活，更與開尊解宿醒。

其 四

萬事都歸一局枰，手談纔罷覓卿卿。輸君賭墅無佳況，何似拍浮了此生。

畫史韓景升索題便面

雲烟處處總堪描，盤礴解衣老興饒。會得藍田詩有畫，何須雪裏論芭蕉。

其 二

乾坤大半入雲眸，筆底青山當臥遊。點綴化工隨幻手，不分幹馬與松牛。

韓眇一目。

夢 阿 至

經年思子恨如何，猶喜夢中得一過。醒後茫茫悲轉切，明朝不覺鬢霙皤。

其 二

兄妹雯棲瀛博間，牽衣虛想別時顏。何緣有枕能通夢，應爲招魂返故山。

其 三

音容恍惚是耶非，生死都從海上歸。舊日笑啼今不見，情來空有淚沾衣。

其　　四

分明夢裡見含飴，却憶當年乳哺時。可是探環能轉世，去珠也合有還期。

送林彜慎之鄂州司馬兼柬張子環觀察家惟聚太守

三鱸兆應自金陵，報道先生從此升。出補非因桓子議，佐蕃端有陸機稱。

其　　二

大冠黃綬次諸侯，軍府新開古鄂州。文武長材須一試，不妨游刃解全牛。

其　　三

鳳凰山外白雲低，鸚鵡洲前芳草萋。退食自公堪嘯詠，由來岸幘有安西。

其　　四

埽淨麃頭康海沂，從容樽俎雅歌時。臨湘弟子如相問，爲説新詩與解頤。
彜慎舊爲醴陵廣文。

其　　五

湘川沔水舊通津，坐鎮江城棨戟新。黃鶴高吟應接響，詩亡崔灝豈無人。

其　　六

歲德于今集武昌，監司守相一時良。兩岐行秀張公麥，分陝初封召伯棠。

其　　七

乘驄使者采風來，憲府高從鄂渚開。月滿南樓清興在，可容參佐一追陪。

贈　　僧

杖錫何年向此山，隨緣結夏意常閑。從知禪性無生滅，一任浮雲有去還。

其　　二

鎮日名香手自焚，流塵淨業定中分。悠悠震旦誰清福？占斷青山與白雲。

其　　三

已從初地見牟尼，相將猿鶴老爲期。兩函經卷消長日，白首應如受戒時。

其　　四

六時修誦五更鐘，師住東林第幾峰？空門何處問僧臘，堦前開落數株松。

豐湖春晝壽葉翁太保龍潭公子也。

太保勳名日月懸，承家簪紱舊蟬聯。平湖十里君王賜，是處清流可放船。
   其　　二
湖水冰寒漱玉灘，湖山繡簇披雲島。春生海屋日遲遲，日湧扶桑春浩浩。
   其　　三
瀲灩春風拂水平，烟波何地不蓬瀛。朱明洞口盧敖杖，白鶴峰頭子晉笙。
   其　　四
六如亭下鳥關關，滴翠洲前明月灣。濟勝輸君雙屐健，烟霞踏遍萬重山。

陸伯生以秋日歸唁申相國賦有懷舊詩送之二絕

馬骨秋高感舊臺，山陽笛裏不勝哀。生芻一束人如玉，知是南州孺子來。
   其　　二
悲秋宋玉賦招魂，生死猶啣國士恩。多少平津東閣客，幾人重過翟公門？

千頃齋初集卷十一

序

奉賀右都御史兼少司空總理河道霖寰
李公晉秩少保兼大司馬序

日播酋之發難綦市也，狡焉匪茹，以逆顏行，剽府藏，劫獄囚，窘戮我疆吏，虔劉我旺萌，膏血我内地。天子震怒，聲皋徂征，屬帥臣勦撫，失計。氣益張，又挺而走險，據深箐飛崖以爲天塹，則虺鼩猨狖之宮，而熊羆虎豹之所，不得憑且攖者。以故勞師累年，亡能加一矢，至檄諸道兵，竭三省之財餉，僅破其外郛，而挫衂又見告矣。

天子乃命右司馬霖寰李公往視師，自大帥而下受約束，得一切便宜行事。公既至軍中，仗鉞登壇，而誓師曰："必殲播，有死無二。"乃合四中，亟部署七將軍分道夾擊，斬關奪隘，無不人人獵纓而前。而公復厲氣發號，授諸將方略，肅什伍，信誅賞招降，附卹陣亡，嚴敵餌，廣間諜，擇利趨便，一意併力並進，不得相推諉。於是，果勢壯往者距躍而爭先，縮朒自完者畏法而不敢後。蓋一戰而破烏江、黃灘，則門户摧；再戰而破馬臘、青蛇，則羽翼蹋；三戰而破苦竹、飛虎，搗其海龍之巢窟殲焉。酋魁投繯死，諸偽黨以次就縛，擒薙無遺種。公乃俘其孥，圖其山川土田，籍而獻諸朝，瓜分其社而郡縣之，播人歌舞懽若更生，而我中國數年徵調轉輸暴露之苦始獲息肩，天子之威德始被於椎編魋結之俗，咸襲冠帶，於戲盛矣。

疏奏，上大悦，敕幕府亟叙功狀以聞，遂晉公右都御史大夫。會公以憂去。而先是河决黃堌口，南徙浸及陵園，徐、邳黃流不絕如綫。天子赫然震怒，褫在事者爵，一時總河重臣皇皇計亡出，或困積尐相繼殞。

詔特起公田間，仍故秩，兼少司空，總理河道。公至，則朝群吏而詢之，曰："河歲徙歲淤，費無已時。夫國初濟運原資洸、汶、沂、泗諸水，非全藉黄力也。奈何置清流不理，墨守河無兩行之説，必迫而束，使全流入徐、吕，豈不爲耳食所誤？吾惟不悋地，不愛工，不拘文墨，别開支河以殺水勢，即此溢彼淤，亟濬其淤者，使兩河並行，或遞居焉，南不入鳳、泗，北不侵徐、沛，足矣。"條既具，浮議日譁，公守之不動。屬以霪潦之無時，蕭、碭、豐、沛、靈、宿之間，黿於竈，船於市，下邳淺瀨逆溜，不可以舟，公遂決策，濬泇自邳，從沂直達夏鎮，不數月告成，漕艘魚麗而上，祖陵晏然，無衝嚙憂。疏奏，上心加悦。會修平播功，遂超拜公少保兼大司馬，贈三世如其官，蔭一子錦衣指揮使，予世券，賜金百，蟒衣一，蓋異數云。

公之屬雲間守蔡君等謂，兹役也，公之閎，明主之賁，均足張也。下吏受成，將旅進致賀，于史氏徵辭焉。余惟夜郎之寇，若附肢之癰，外食將延膝理。漕黄之水，若咽喉之梗，中隔且虞腹心。顧當事者多内重而持兩端，獨任則憂靰衆，大舉則憂絀財，稍不酬畫，則憂叢謗而干吏議。踆踆焉如護啼子，如塞漏巵，幾旦夕無警，得傳舍其官以去，則稱康侯耳。以故寇日驕，河日嚙，師老貨匱，結局無期。天下事何堪此再壞？有如公之淵摹石畫，純心不顧家，謀國如私，赴機如括，黜築舍之謀，豫衣袽之計，治兵而兵，治水而水，夷大難，捍大災，不浹旬而鯨鯢京觀，陽侯順軌，即兼驅平成且饒爲之，又何論王靖遠、陳平江之烈哉！在《易·師》之九二曰"在師中吉，王三錫命。"而孔子係之曰"懷萬邦也"。《江漢》之詩曰："經營四方，告成于王。"而繼之曰："告于文人，錫山土田。"蓋古之君臣，其相爲報稱者如此。今之河，固公之江漢，以公師中之吉爲天子開疆拓壤，豈不懷及萬邦？異時者，公入而宅揆筦樞，擘畫安攘，保乂南北，明主且不愛通侯之褒，世世永其祚土。史氏有辭，將銘帶礪而紀玄圭，然後知嚮者之言，猶未足以張公也。

奉賀參知温陵蔡公晉秩憲長序

令甲，監司分臬行部，兵大夫備兵，餉大夫督餉，水大夫治水，其職各有尚司,無離局。獨吾吳在故京之左輔,稱股肱重地,所轄四郡一州十八邑之兵賦、水利,什倍它省,而綱紀於兩使者。使者所督賦當天下半,自尚方、少府、水衡、將作,以及三宮百執事,六軍之需,靡不仰給。而是四郡一州十八邑之地皆負江海,以與沙島鄰,且中爲南北孔道,五民之猾藪之,探丸嘯聚,枹鼓數驚,以故蒞其職者不困捉衿,則虞短綆。而三四中丞、六七直指復持斧而踞其上,使者日印承諸傳檄,上責授事而下責受事,蓋分歲力而道途者什之七,分日力而案牘者什之九,又以其間朝刺史守令,問民疾苦,察廉慮囚,蠡午無休時,則安得亡掣肘且告訖也?

若溫陵蔡公之觀察吾吳,非秩行省參知,而僉臬憲者哉!參知總財餉,而臬憲則兼治水、治兵。公以長材兼數器,批郤導窾,遊刃恢恢,而居十餘大吏間,以交臂承睫,制千里之命,左右宜而上下際,捷如屑鞿。自公在事,而河渠疏,雨暘若,土膏豐涌,物産殷殖,一切歲額上供,有魴頳、牂犉失期而誅後至者乎?魚麗在郊,樓船戈擊,嚻觥斃者,悉予浣滌;嚻齮齕者,悉予縱舍。片檄下而靺韋跗注,惴惴奉要。束壁壘旌旗,餘皇組練,灑然氣振而色飛。有嚻我吠厖,聚雀苻,駕鯨波而舞者乎?地形之要緩,材官之強脆,戍餉之給乏,一按籍而瞭瞭,不待轀軒四履,而收其筋絡節膝於股掌之内,若人置一使於几上,而受成稟度。有債帥賄尉,將惰卒驕,干行譁伍而呼庚癸者乎?蓋公用恭恭身,用約約下,内整而外和,規恢大而理密,其羔絲之節既信於士大夫,而胗懇洞達復敷其肺附於狂狡之童。有小善則揚之,有小失則護之,有未諳機宜則諄諄提命之,文武吏洗手奉職,賢者拜公益若冱冬之日,不肖者畏公知若盛夏之霜,然其赤心置腹,不留纖曖,又未嘗不樂爲公用且恥負公也。故竟公三載,而貫索宵空,攙搶夜掃,敲朴不聞諠,鈆筲不聞訾,螳臂螫毒不聞逞。鈴閣清謐,提衡多士。日手公車文而課中上駟,士一經品題,蟬聯鵲起,至有掄南宮魁者。人以爲文翁庸蜀士,常袞興閩學,公庶幾鼎立而二。若夫豐稔,省刑辦稅,唐制以次觀察考者直公土苴事耳。

公既用資望高格,當遷。主爵氏推公長粵臬,士民皇皇,惟恐失公,聚族而請開府,願借寇留,蓋以竟公施。開府疏於朝,乞晉公廉訪秩,視事暨陽如故,毋他徯獻士民望。尺一朝上，丹詔夕俞，蓋近日異數云。余既從部中父老合手而祝，交慶得天，而臬副李公、總戎李公以書抵余，使授簡，曰："吾儕徹天之衷，以獲步趨蔡公之末鑣，朝夕獲我。譬之室廬，公司苫覆，我則偃寢。譬之舟楫，公司樓櫓，我則渡筏。其寵之一言，以張公伐。"余謂："天子誠急公才公，則胡不以公長粵臬而晉今秩？毋亦謂三吳股肱地，百辟六師之所寄命，不可一日無公也者，故久公以終惠吳，毋寧公即臬副。公業以吳守遷楚憲，行矣，士民皇皇如恐失公，而旋有今調，不忍終畝吳民一日戀也，所以荓祿吾吳意甚盛。今者周左召右，分陝而治，蕭規曹隨，清净寧一。而理意者其將以兩公繡袞南服，吾吳民世世得天永徹茲無疆澤，洛土保釐，風移三紀，吾吳即一撮土，亦故京之東洛也。公下車而得姬公之慎始，今茲之役，君陳和中，異時以公文武憲邦，仗鉞保釐，而望南人腹也。是其畢公成終時乎！余終以公徹惠於天矣。"

贈計部大夫涇陽武公擢守上谷序

涇陽衷懿武公縣鄲令最，徵拜度支郎，出轉吳漕，乞潞運，剔蠹蘇疲，馬騰士飽，一切冢削上供九式九兩，罔不庀具。主爵氏瞀廉異等，擢公守上谷。

上谷爲京師右輔，西控巖關，自己巳之變，紫荊晏開而蚤閉，二鎮羽書交相見也。比歲狡酋實啓戎心，憪然邀索以嘗我，挾虜重以恫愒我。薊遼諸邊枕戈待警，保即稱内地，能亡岌岌於震鄰。且易水、滹沱之間，天下郡國，北走都門道也，其民慓悍武健，輕徙易搖，或卒有水旱軍興，吏不加卹，則去爲盜賊，以至奇衺相約結，禍福相恐，動三家之閭，亦時有之。蓋邊與腹錯地，軍與夷錯居，兵與餉錯事，賦繁牒冗，歲扎財殫，而一一倚辦於守。守領三州十七縣，綱紀於一使者，而二中丞、五直指復持斧而踞其上，上責授事而下責受事，赤羽萤符麇至遝午，即分身左右應之，猶皇皇若不給也。矧劇瘵雕劫，有如今日者哉！陽侯甫息，繼以肥蟲，冰雹亂墜，加之蟊螣，今則山若螟，澤若焦，原野若甌脱，邑有廢井，里無炊烟，舍請蠲請賑無策矣。而夷氛方惡，九邊荷校之士嗷嗷待哺，甲乙之藏空，庚癸之呼亟，行且誅宿逋於孑遺，此孑遺者敲髓刻膚，其能望邊人腹乎？

故饑軍饑民方併命而槁,計臣撫臣亦交口而争。争則拂,拂則激,激則不能亡偏低昂,所爲調兵食,劑緩急,而合二國之成,亦惟守是賴,是可不謂今日大難。然在武公,直易耳。公精神舉,體操潔而度充,規恢大而理密,史稱劉道民五官酬應不相參涉,皆悉贍舉,公殆有焉。

天子之用公也,先畀之治民,而始以治賦;既畀之治軍,而復以治民。其於漕粟食貨之伏弊,閭井單赤之隱疴,靡不洞若燭照。今兹之役,就熟駕輕,毋亦曰軍即吾民,民即吾軍,吾安置左右其間,而楚楗晊之,惟豫儲胥,汰浮耗,而停其軌數兢絿,必且有終歲之備,無一朝之急,歲可亡害,士可亡脱巾,虜可使亡大入,又奚至空國困用?上谷誠難,以武公直易耳。蓋聞之漢世,扞邊安民在慎擇良守。夫乘障收保聚,兢兢守常磨歲月,即守事亦易辦。今民就公,蘇若槁壤望甘霖,士待公,飽若饑臚仰腹秣,又奚暇磨歲月且安,必異時虜盡,帖然保塞乎?公行矣,下車而問疾苦,肢體不仁,猶緩可任,喉領胸腹氣所緣勿絶者,何可令上哽下噎?公其實胸腹勿絶喉領外,以固吾圉内,以集吾民可也。

贈上海令南昌劉侯榮擢禮郎序代家兄。

日家弟之博士上洋也,累從郵筒間稱其令長劉侯之嬿政津津不去口,大都潔若冰,平若衡,持若山,發若弩,捷若宜丸,燭若秦鏡,和風甘澍之施九,秋霜震電之用一。其均役革,總寬窇,則第五伯魚之平徭賦也;其疏蒲滙塘,建龍華港閘,則西門之鄴渠,召翁卿之水門提閼也;其簡材官,繕雉堞,萑苻靡聚,吠犬生氂,則蔡偃師之禦盗,虞武威之設險銷萌也;其辟則辟,衷則衷,間左不必右,間右不必左,則于曼倩之不冤,黃次公之亭疑息訟也;其飭澤宮,增校田,卵翼章縫而月課歲饌,則國僑之教子弟文,西蜀之起學官也。乃若雩禱徒步,膏雨隨車,則無論反火袪蝗,即百里嵩、公沙穆,豈其過是?以故在事四碁,賈狎市,農狎野,士狎横,始則杲杲如賓曦旭,既則熙熙如游華胥,終則煦煦如嬰赤之戀慈乳,世有令若此無有哉!

余方執斑管,擬合循吏、儒林以傳侯,而未果。屬上念郡國吏滯銅墨久,敕主爵第李若令以次當遷者，擬諸曹郎以聞，仍得推擇補臺省缺如故事。侯用治行高第故，郎春官尚書省，蓋地望加它曹郎一等矣。報至，侯且脂其轂，家弟度終不能臥侯轍，則偕其僚夏君、鄭君，諸生朱輿、張元琜、龔爲光等馳使數千里徵余言。余於侯家世同袍笏，又辱與司成太史游，即不欲從它縣奪人邑中賢大夫權，然問俗紀政，史氏事也，其忍没侯之美不傳而過孫爲？

夫身被者實，實故思繫。聽迩者聲，聲緣實徵。實而廉，故不刻；實而察，故不苛；實而惠，故不暱；實而威，故不鷙。侯惟坦中推赤，睢睢于于。一邑之疾痛痾癢，盡其肝膽所通；一境之瘋瘵困鬱，盡其毛衷所屬。所在無赫赫居富去思，此其真實心誠信於民，詎可色蒙象借哉？余在士言士，無問往昔，即耳目親記來，吏治惟簿書錢穀爲斤斤，有不唐肆膠庠、康瓠俎豆者乎？有急士如子，月爲程，人爲稭，課秋程甲乙，捐貨割産以供饘饎者乎？有朔望朝諸生，延見以時，談經講業不以案牘爲解者乎？有不弁髦諸士文，字比句櫛，令澤大雅者乎？它令君即好士，然懸衡以待，意不能無軒輊，有拔幽滯賑，窮乏一體，賢愚人人極意去者乎？雲間故稱材藪，邇習侻達，至觸當事諱，或惠文彈治，益訛諑不可詰，有披襟降色，化以禮讓，進桃李，退陽鱎，令人知自愛而重扞罔者乎？侯雅負人倫鑒，章相薪藨，桐不遺爨，竿無濫吹，故是科賢書得雋爲盛，具出侯前矛士。士以侯爲嚴師，爲教父，所爲依依不忍去侯以此。

侯今擢禮曹郎，往矣。昔夫子富教之旨首發於冉有，而有於禮樂，則曰："以俟君子。"漢文時守吳公治平第一，其客賈生用才舉爲帝策諸侯王，匈奴風俗及正朔服色，言甚辯而不盡行。今大宗伯所掌朝祭，藩封四夷以及庠序之造貢，皆禮樂事也，侯諄諄教士人文代興即以馴悍宗、制黠虜、正人心，士習其治，效寧止一邑，意爾諸生中毋亦有通達國體如賈生其人也者？起而疏封建畫，三表五餌，後先佐侯翊天子同文之治，寧復如漢帝謙讓未遑時也。異日者，史良載筆而志禮樂，其必首及侯矣。

贈由拳長金侯雅初擢南比部郎序

國家張官設吏，棊置星羅，統領以監司，彈壓以撫察，而承以守相令長，其爲子民計至殷。然郡守而上皆大吏,體嚴而勢隔,堂皇豐蔀,邈若九閽。獨令長去民邇,狎民最暱,即湛膏下流及民最易,且甫脱槧鉛,乍親簿牘,一切刑名之比附,刀布之出内,勸學劭農,慮囚訜獄,凡百米鹽,靡不心計而手畫之,以故吏治之弛張,民情之利蠹,國職之興耗,窮櫚之疾苦冤抑,洞若秦銅照膽,不爽鋒針,一旦酌元斗,秉大鈞,取之探囊,恢恢游刃,亡不霍然立解。自古台衡之司必先試以銅墨,豈亡意哉!

余居恒自念異時離蔬釋屩,儻徼惠縣官,分百里符而宰焉,庶幾竊比於古之所謂循良也者。而起家留曹,佐爽鳩氏治司空城旦書,日斤斤訜麗求中而技經肯綮之未嘗,其何以亭疑法,清肺石,無枉於陳枲奏當?蓋至今猶悁悁悔恨,不獲售其初志,則幾幸一二古之循良也者,以福吾松,然亦未易僂指,乃今得之金侯雅初,則真其人矣。

侯繇進士高第令故鄣有聲,以讀《禮》去,公除補由拳令。由拳、故鄣並東南壯縣,賦繁牒冗,際它邑可三倍。又吳越錯壤,其人勇訟而怯於公輸,桀黠狡獪,情態亦相等。鄣旁邑有歸,烏拳旁邑有華上,豪右占籍者或賄通積猾,陰伺長吏長短,歙瀺而逋稅,侯盡取若曹,寘之三尺,亡所假貸。而士佻達者,胥舞文者、勢家舍人兒怙寵作威弱肉强食者、椎埋肵篋者、媱媟蔑度者、辯有口而巧幻黑白者、深穽而持民陰事者,一當侯前,輒縣鑒而辟歷斷之,於是邑中稱平,詫爲神明,囂俗翻然一變。而侯復厲以冰蘗,沃以霖露,察標本而和施,劑寬猛以調適,所按治必武健作奸扞罔者,所孚翼必善良詿誤亡辜者。其凄然似秋,易地而肅同,其煦然似春,易地而愛同,國無虧課,亦無困民,圜土空虛,臥犬生氂,蓋一年而杲杲如賓初旭,再年而熙熙如登華胥,三年政成,而依依飽嫗,不翅嬰赤之戀慈媼也。世有令若此亡有哉?無寧兹,即古所稱循良吏,有若此亡有哉?

侯既累薦登上考,主爵察廉異等,高可青瑣柱后,次亦不失銓曹蘭省,奈之何以一比郎往,且留署也。夫齒國馬於雁行,疇爲上馹,余是以不釋於司銓。華亭熊侯則謂侯薄比部耶,夫銓衡臺諫,豈非顯擢?而比者或以除吏爲罪罟國,是爲訟端,上固難其選,寢閣留中,有需次長安邸第、逾期不調者,何如雲司優游,朝上疏，夕報可，且獲息肩簿領之爲快也。三人同舟，其一獲濟，吾儕猶泛泛溟漲，未知彼岸，其能亡豔於此行。上洋李侯則謂維陪京豐鎬都，維司寇天下平，屬者匪茹震鄰，伏莽生心，五方之民亡知而輕作慝，上固曰，殲厥渠魁，脅從罔治，寧詎以束濕操之。君侯爲政公忠平恕，荼網施於茹桑，金矢得於噬腊，庶其不阿不濫，則辟則衷，稱天子在宥好生之德，而何不足君侯所乎？維余不慧，無以難二侯，鄙人何知嚮其利爲有德？侯即去吾松，而留都開國重地，三輔貢屬焉。江南讞獄什伯它郡，侯以其間，覆出釋逮，其能亡并州想，而不惲焉加惠，一大澠滁也，而胡爲介介於司銓？侯聞之，听然曰："幸不以治邑亡狀得辱秋官，政恐不能秋官耳，即遝陬絶裔，一承明金馬，閑曹冷局，一帷幄侍從，而何置南北散要於其間？維是祝網泣辜，憫愚辨枉，以毋忘南國，敢不拜子大夫之賜？"於是二侯顧余曰："嚮也識侯之面，今乃見侯之心，淵度遠識，莫可涯涘。它日酌元斗而秉大鈞，恢恢游刃矣。"因次其語以贈侯，且釋余悔焉。

贈同寅莊虞卿大夫擢南水部序

余識莊大夫，自吾師黃學士許。學士負人倫鑑，所褒詡、足鼎鐘天下士，世稱葵陽先生者也。獨擊節大夫以爲神駒天馬，行當一息萬里者。遂以酉戌聯制科，越辛丑廷對，拜莆郡李，聲藉甚寰中矣。余時守逢掖，弗敢扱綸而錯餌，間從二三長老耳。大夫治行辟則辟，衷則衷，察麗引經，風生露下，藉循資以三年最，有不瑣闈惠文冠者乎？乃大夫意不自得，輒上書移疾歸。

歸逾年，改陪京武學，再進國子先生，前後邅徊於苜蓿之署，幾易星霜，而大夫由然曰："奉職師儒，方不範不模爲凜凜，敢篷廬青氈以訾窳干大討？吾惟不能膏其軸周圜當津，故困薪積，淹驟利鈍非念所及也。"大夫既積次應遷，又聲望首六館，久之乃郎冬官尚書省。其署水衡，水衡領尚方工作，事極米鹽，且動與中貴人連，卒有大役目輒眈眈視如蠅集羶，區區留工所貯幾何，而堪此漏卮？蓋上有不可詰之蠹，而下有不可繼之貨，所守者在法之内，而所索者在繩之外，至於今而上下交糜，事法兩窮，當其任者益仰屋歎矣。大夫一旦謝青氈，手牙籌

83

赤籍，朝夕於葳蕤之管，得毋薄猥瑣有不屑心計？大夫負通材，其勤夙夜，必不爾也。則亦惟是守國家財如其法，守法如其官，守官如其身，量入而出，以濟盈虛，諦前策後，必究永圖，如是而已。古人克勤小物，或於履屐知使材，或於筦庫占器度，或於竹頭木屑見綜理，豈以是為謏謏也者而弁髦去之？

大夫用水德興，請以水喻。夫水稱上善，靜且虛也。惟虛則受，可王百谷，惟靜則澄，可平中準，故能利萬物而不窮。大夫觚不堅，介不劌，操苦亡所紛華，議論確亡所狗假，則靜虛之極而上善之德也。台鉉槐棘且饒為之，其於水衡乎何有？

余從同舍郎後，既以世講兄大夫，大夫亦溟滓弟之，往往傾囷廩，發余覆，不傲以所不知，或時效它山之攻，釋余於盭，則亦惟大夫之以。大夫不獨余友，真余師也。顧從游日淺，其能無憾於奪余所師而介介於懷，度諸君子之友大夫，其致當不減余，故謀所以寄其不諼之思者。謂余居中舊部民，於大夫也習，使授簡，而大夫曰："不若行卷之可懷而披，且目在之也。"余不佞，謹推諸君子之意，為大夫頌并進規焉。大夫其毋謂室遠而有退心，忠告勿忘，如同舍時哉！

贈雲間司馬肖魯李侯擢守邕州序

南海李侯貳雲間凡七稔始督漕，漕辦繼防海，海不波，後先攝郡邑符，郡邑大理。問厥治狀，大都冰蘗以提身，節愛以帥屬，破觚斲雕，劑猛以寬，批郤導窾，鎮嚚以靜，除煩苛，剔冗蠹，一切休以便民，整而不擾。歲轉漕粟百萬石，故多積逋，侯斟酌程期，競絿有度，寘一二豪猾奸國賦者於理外，不鞭笞一人，簡櫛數炊，不以一算器干賦長，諸賦長感泣相戒，襁負舳艫，魚麗而上，為諸鎮先至。其建威銷萌，往往豫為桑庸衣袽之計，嚴斥堠，繕障堡，句尺籍，時饟餉，肄戈舩，技擊簡，敔飛材官蹶張潤之勤，瀸戢薙之盡，痍蠱脫巾無呼，干行有戮，若采若士，咸沃之德。其迎欵人殷沄篤密，折節雅流，未嘗以一銖苟因而點焉。六七年來，農嬉畝，賈狎市，士式於彬彬，又輸我三熟，奏我九登，人謂渤海、朝歌之治，庶幾復見於今，願得侯滿歲為真。

會邕州缺守，主爵氏以侯名上，上難其代，低回者久之，疏累請乃報可。侯且脂其轂，而先時備兵使者鄒公亦晉粵西右轄以行，於是邦之耆幼譁然曰："睠茲吳粵，一體遐邇。吁嗟縣官！肥瘠異眎，既移我鄒，更攺我李。我李揭去，吳愁粵喜。"其餘皁荷校之士愀然曰："孰甦我罷，孰軫吾饑？我有鄒、李，宿飽以嬉。鄒、李不復，使我心悲。無以我侯歸兮，信宿袞衣。"其采漕大夫李侯屬上洋令劉侯、由拳博士汪君聞而愾然曰："天胙吳淞，畀鄒及李。維鄒及李，百城是倚。輕裘緩帶，折衝千里。鄒、李俱西，疇嗣厥美。蕭規曹隨，晝一斯紀。"既相與攀戀謀所以臥侯轍而不能，則又即余而言曰："侯即資望重洵宜守，守宜畿南一大郡，胡舍吳不守而守粵，且以邕也？夫吳與邕孰重？大司農歲入吳賦百之，邕賦一之，孰要？吳三垂枕海島，寇出沒洪濤間，峨峛之編，緑沉如山，搏扰如風雨，邕僻在荒服，重山密菁，獠夷之所居，孰急？奈何輕去侯於我？侯得臥而治固當然，亦藉侯者奢，酬侯者儉矣。"

余起而解之曰："以地則吳內而邕外，以權則守重而丞輕，以治則吳難而邕易，以務則守繁而丞約。自昔仲容遺歎於一麾，延之修郄於二始，嗜進內覬，俗情固然。然君子為地擇官，不為官擇地。賈琮用交州，陸績用鬱林，退之、子厚用潮、柳，皆夷服瘴鄉也，然卒顯名聲施至今，而謂嶺表非仕國，可乎？夫邕去中華誠裔遠，然在桂林象郡，則固冠帶文明之首邦也。徒以疏京師，邊夷徼，一二旬宣吏稍不加意，其民輒望曰：'天子得毋夷我而有外心。'以是易作弗靖。今得一賢方岳，曰是有聲於吳之備兵者，得一賢郡牧，曰是有聲於吳之防海者，璽書不言重而其民已讙呼於萬里外，曰：'聖天子之急吾邕也甚於吳，邕自此賓上國矣。'而侯以治吳之政不鄙而臨之，即賈、陸、韓、柳之遺烈可踵而興，吳何得專侯焉？侯在吳則吳重，在邕則邕重，有如當宁改慮而東南其顧，思得文武憲邦之臣以永惠吳，則鄒公必開府，侯必握憲節治兵，其徼福我侯，未有既也。又何瘠吳而肥粵也哉！"

於是，李侯賦《崧高》，劉侯賦《桑扈》，汪君賦《彤弓》，而余不佞賡以《甘棠》之三章。邦之耆幼以及餘皁荷校之士，听然曰："吾儕小人，不知天子所以西侯者,其便若是。"各賦《九罭》而辭退。

贈同寅畢君養志之兩當令序

余以庚戌拜留雍之命,其秋乃捧檄而南,則從二三君子後,入聯衽,出聯鑣,晨興皷篋,朝堂皇,禀要束於長,諸生以次問所業,退而偃休乎廡舍,促膝披襟,榷千秋,談六籍,時出酒茗相勞苦,驩甚亡厭。而上黨畢君養志,實典雍簿,一見欣然把臂,引爲入林交,每時餉既豐糗糒,令吾儕無虞于苜蓿,優游卒歲,嘯咏山水間,頓忘其氊之冷而蕭齋之爲岑寂也。日月幾何,遷陟忽庚,其間去留離合之感,轉眄已爲蓬廬。所與諸君子共事久,情最深,跡最曬,自何君次達外,則君及李君信卿、師君九二數人而已。

今秋,何郎繕署,李評大棘,師貳鄜子國,而君亦出宰兩當以去。夫人情聚則樂,別則悲,遠則思。當其聚也,不知其樂也,散而後知聚之樂也。當其別也,不知其苦也,別而去去而遠而後知別之苦也。古者蒹葭懷人,停雲思友,託羽翼于晨風,悵三秋于一日,辟之逃空谷聞跫音,見似人者而喜,況吾儕東西南北人也,萍聚一朝,宙合千古,盟金石,齒弟兄,豈非前因宿契,而溘焉參商一方,秦吳絕國,渺佳人于天末,訂後晤以難期,執手分袂,伊獨何心,能無銷江郎之魂、作謝傅之惡哉?且繕曹、棘寺則猶在都也,鄜去白下,盈盈衣帶可一葦通也。兩當僻絕秦隴,逼羌戎,春明門外即天涯矣。疇昔接席餘懂,竟邈不可再矣。駸騑載路,攬涕還睇,又誰能釋然於茲行?

古人別友生,居者曰:"何以處我?"行者曰:"何以贈我?"無已,則贈君兩字,曰仁曰察而已。劉劭志人物,有云:"寬弘之人宜爲郡國,急小之人宜理百里。"豈非總要者持大體,剸劇者利廉纖耶?雍固號閑署,然簿司秭秸刀布,郡國貢屬焉。上供兩廂,下餼六館,一切米鹽屑瑟取咄嗟辦。而君饒爲之出內,句赤籍,慎葳蕤之筦,不以一銖苟因而點焉,故魁胥猾史無所鼠竄其中。節縮之羨積帑鏹八百有奇,米亦稱是。而才甚幹,精甚暇,凡吾儕名勝登臨,公餘雅集,君未嘗不在坐,在坐未嘗不懂,懂未嘗不卜夜也,此以知君之仁與察,恢恢百里必有餘地已。然吾聞之，仁以惠顛連，非以養瘝蠹；察以晢幽遐，非以操廓革。兩當雖邊徼邑乎，而介河山爲秦蜀門戶，封疆之事內綏外捍，則亦惟君之密節宏目，建威而銷之萌，使武都、天水間屹然一長城也。斯聖天子安邊擇令意乎！

余既難別君，復以規君者贈君，君三載課最，且以治行徵諸君子，倘與交戟之內尋盟有期，其以余言爲息壤矣。

贈李信卿博士擢南廷尉平序

陪京諸曹局清務簡，非仕宦所樂就，其在棘寺則備官，鮮事權，間一入署庀爰書，日未中而退，無它冗劇盤錯也，故雖有敏幹長，猶靡所別，利取雍容文墨，理嘯歌而已。即吏於茲者，多厭薄閒冷，輒請急休沐以去，以是爲偃息籧廬也。

而後先躡南雍徙者，則今廷尉平李公信卿與司務項公晉甫，並用經術高第，績資望崇深，而李公復奏三年最。日二三兄弟之祝其轅也，謂宜留承明，含香粉省，胡猶滯周南，量移棘下一席地，豈鍾阜之陰，玄武湖之左，左右山水間特以私文學掌故之臣耶？抑岑寂臭味於苜蓿爲近耶？然令丙尊寵師儒，朝脫皋比，夕參幰幄，則又何也？蓋國家爲官擇人，非爲人擇官。廷平即亞諸曹郎一等乎，而司寇所具獄得而駁議之，御史臺訊決，非送廷尉獄亦不成也，故職若徑省而三尺之秉，且與部院埒，此其難一。留都開國重地，三輔五陵之豪藪於日下，攬拟挨扰，至懷黠不可問。胥猰猺者，奴怙主威者，商而漁縣官緒者，社而奸煮鑄椎埋探丸者，彼視罪罟若唐肆，詎易以束濕操之，此其難二。司寇、列卿、御史、貴近臣挾柱后惠文之重，意所欲出傅生議，意所欲入予死比，試覆覈司空城旦書，其間豈無文致周內，緩深故之皋，急縱出之誅乎？吾曲而狥其意，則冤吾民；吾直而折其瑕，則形人短。將顧臺體不恤覆盆，僅僅署紙尾成案中乎？抑破拘攣之網多所平反乎？此其難三。

夫叢是三難者，以格於外而蕭疏岑寂，復困於內則安能無厭薄？偷日晷蔭，幾弛於負擔以去，疇爲元元請命，之死而致生之者？揚越之民心輕，易沸涌，不圖難，當事漠不動於色，其若豐鎬基本何？且皇祖之敕有曰："以其澄湖，印若蒼翠,巢顛窠下,莫潛毫氂。"洋洋聖謨,豈其湖山供傲吏終日開懷抱而嘯引,觸侶酬以快今生耶?貫索七宿,是名天牢,其中貴虛,若有實之者,則有枉之者矣。辟以止辟,和以天倪,參兩無頗,豈人人好行意而分畛域?或多所牽掣,推案弗究,令桔桻圜土中無繇一鳴愬其抑乎?要以禮之所去,刑之所取,禮刑相維若輔車,惟明經訓傅古義,乃能不詭於法。漢制:所爲選博士弟子治《尚書》、《春秋》,補廷尉史。即深刻名能法家,必依文學之士也。當宁之加意舊京,而推擇公以此。

公厖厚審固,又善繹得情,彊執亡所阿假。聞其拜命之日,即謝宴游,精心法比。此豈籧廬其官、秦越其民者,又何難易之校而置南北散要於其間?今茲之役其益務吉心,恢宏好生之德,明讋寬恕如黃霸,論報多恩如陳咸,肺石無欝,碪岊不冤,令廟堂益重經術士,榮施吾黨,豈有既焉!結馼之門高於陰德,玄成之業起於一經。公世閥則韋,世德則于,厥胤驟驟嶽嶽,方簪豸補袞,弼天子在宥之治,前有光,後有輝,異時者活千人而封孫子,以明經世其相業也,是在李氏矣,是在李氏矣。

送高文甫比部榮差歸省序

往余備官海上,聞金沙博士有高文甫先生者,卓修有道術君子也。既從校事,瞻先生眉宇容與都雅,如玉樹臨風,其迎欵人殷沄篤密,若素昵焉者,不覺欣然把臂入林,恨相知晚。

迨歲庚戌,余拜留雍命,而先生前用文學高第,再徙國博若丞矣。幸朝夕先生,入聯榻,出聯鑣,則益習其人與政,大都於己處性,於人處情,本以宛委,將以嘉栗,與之語,與其顏貌稱,退而察其行事,又與其語稱。余每覿先生容,爲龍爲光,未嘗不慚余動之躁也。聽先生詞,有倫有脊,未嘗不悔余言之支也。蓋余獲從先生後,而後知丞之難與先生之不易。爲教南北雍並建章相,薪栖計亦相垺。丞介兩廂六舘間,職諸生講肆,日月上宣科指,下飭楷模,過持事權,或失僚寀驩,苛察淵魚,或招謗尤口。且躁競之情難調也,謹囂之習難鎮也,官師之歲易也，生徒之出復無常也，旁竇之不可稽而積窾之不可振也。所爲劑競絿，酌張弛，一體良楛，上觀下獲，俾恩輔法而行，則惟先生之成憲，不愆不忘，旌淑而修其慝，挫銳而植其屛，如是而已矣。

夫大規在上，弗若則羃圜；大矩在下，弗若則刓方。先生今即有爽鳩遷，而規若矩固昭然曒日，濟濟逢掖，奉以周旋，庶幾所謂大道宣宣，去身不遠，而胡爲介介於茲行？惟是南司寇氏總三輔，刑獄簡孚，聽閱明允，慮讞之繁實倍它曹。畿民産兼五方，心輕易搖，土沃囂訟，其奏當諸爰書，豈無鍛鍊周內，粥獄蔽奸，緩深故之皋，急縱出之誅者乎？圜上桎拲之中，崩角搶地，呼號聲相聞，豈盡元兇巨憝，擾紀淪化，萬靡有一原者乎？五陵之豪，馮城依社，怙積習以嘗我，或謾爲蛩語以螫我，亦有衆口之不易調，譁囂之不易鎮者乎？姦胥猾史，善脂緣鉤棘，僄伺意原，巧文詭法，而上下其手，亦有冗牒之不可稽，鼠窟之不可問者乎？借有之，則其難且什于丞，而不易爲理又百于士，是可以鷙悍束溼，勝其任而愉快乎？要之，刑以弼教，教以去刑，則吏亦一師，民亦一士，士於四民之中，其桀桀者爾。先生宜於士，豈其不宜於民？虞廷之教胄子曰："直而溫，寬而栗，剛而無虐，簡而無傲。"是道也，豈惟敷教，亦以明刑。夫失教而刑，有司之責。《春秋》譏刺，不及庶人，責其率也。不恥不化，而傷不全，是病在腠理，治以案杌，其亦不達於本務矣。管子曰："四維不張，雖咎繇不能爲士。"賈子曰："禮禁未然之前，法施已然之後。維忠與孝，禮教之大端，而四維之本也。"

先生教士，先獎誘，後督程，右行義，左華藻。其於三禮四維，亦既彬彬化洽矣。今茲之役，嵩祝以教忠，陟岵以教孝，其亦念王事靡盬，不遑啓居，以終惠南國，而示我周行，慰爾二三君子兼葭之思也，是先生之教之大也。

送助教朱輿仲出守秦州序

令丙，博士遷徙，歲以三九月，其鬻鄉校晉國雍，則皆經明行修，裒然文學掌故異等者也。國雍之儁得改史職，或補臺省郎，超拜樂正司成，蓋廣厲學官，尊寵師儒，其重如此。嘉、隆以來，猶存此意。晚近人溺其職，教化之途益輕，諸佐都養而稱胄子,俊選師者,積資序遷,高不踰部寺,次則刺州丞郡倅若李而已。彼其以膠庠之長累被使者旌,即恒調可立致今官,安用拔之三舍困頓之糧毹首蓿,以是爲偃休簷廬也?又多乎哉,且何以重賢關爲經明行修者砥也?

癸丑之春,南雍六舘外補試郡者,若務川李君丞秋浦、羅田朱君守秦州、黄岡羅君守廣安、廣濟張君理南雄。之四君者,並用文學高第徵,而國雍之儁也,一旦聯翩出補以去,以地以望,得亡稍詘,且內外勞佚之情亦少異矣。於是,朱君脂其轞,二三同舍郎觴之江上,獻鱣而色頊然,以語黄生。黄生曰:"唯唯否否。夫仕求行其志耳,今之逸樂以榮內者,將志行而職舉耶,抑優游禁近糜日月待遷已也。故結綬文石之陛,持翰墨論議則承明柱下,泂爲高華。然矢言匡謨,紆謀曲計而格上以宣澤,百不得一,據典操法,序職糾違,剸決以遂于下,什不得一。又其甚,則水以投石,激而不入,石以投水,沒而不出,即有爲國與民之志,鬱不及施材諝,安得究乎?州介郡邑之間,居倡和事,使之際畫百里,爲縣州聯而領之,視府于民加親焉。方千里爲府州,分而理之,視縣于任加尊焉。民親則可以耳目,窮櫺之利病而爲之興除;任尊則職尚,而威惠之施無有乎不遍。故公卿失色於國都者,州得尚制于四履矣。而謂志有不行乎哉?都哉朱君,今幸以大夫秩刺古方州,豈不能爲所欲爲而信其志?則何以善秦州?夫秦,故天水郡,羲軒之遺跡在焉,仰隸漢陽,俯臨三邑,豈曰實奉其官而虛總其屬,毋亦督吏所避趨而爲之操縱,體民所価偕而爲之聚施,持吉德以敷,猶砥廉貞以植柢。庶幾哉左右宜,上下際,如是足以善秦州矣。宋張安道以尚書帥秦,韓稚圭亦秦守也,秦邊隴蜀,逼羌戎,匪茹震鄰,易作弗靖,二公皆重臣下遷,然卒用扞民安邊,膽寒西賊。朱君念哉!乘障收保聚,料理士馬,夫豈不有韓、張之芳躅可踵而行?試下車問邑子,儻亦有任季卿其人,拔薤置水,抱嬰兒伏户下者乎?以君之敦敏肅給,德厚信矼,超乘而比於往喆,如電爍矣,又何薄州不屑而置內外邊腹於其間?"

朱君聞而起謝曰:"受爵於朝,如金在冶,惟天子之西顧是慮,遑卹其它。忠獻、文定,高山仰止,雖不能至,然心嚮往之。若龐府君之聽言如響,敢不拜子大夫之賜？"同舍郎忻然曰："吾今乃知黃生之善禱與朱君所以善秦州也。請書諸策，爲朱君勸駕。"

贈大冢宰襄陽鄭公奏績序代衛司徒。

余之承乏度支也，太宰襄陽鄭公實攝司農事，而與余爲代。余武其芳規，大都厚儲慎發，祛蠹防奸，酌斂散之經，塞漁漏之穴，其於軍民之利病，廩廥之盈虛，桎梏之登耗，金穀之出内，亡不究也，亡不晰也。而又躬羔絲之節以風示六曹，庭絕筐篚，門無私覿。一歲計要考成，所澄汰甄叙，皆參與論，厭物情，司倉筦榷之吏，洗手奉職，以名行相砥，無有潤越中裝者。蓋自公在事，而歲若加豐，閻閻若加富，關市若加易，出入之利孔若加清，郡國之灌輸若加便利，羽林健兒、期門欼飛無枵腹而號庚癸者矣。二三寮寀，靖共夙夜，無敢請休沐，佟驪從宴遊者矣。余去陪京幾何時，而再入國門，則氣象一新。百廢具振，學士大夫師師濟濟，一歸於正直忠厚，蕩平之軌臻，謫詶之風息，謂非公有以陰維而靜鎮之不可也。公既合前司農績滿三載考，司農之屬以余從公後，而夙禀公教，其可亡一言以張公伐？

余謂績者，積也。上積於道，下積於功，積小臣而爲大臣，積遠臣而爲近臣，故欲近其人，必試之遠，非積小臣之功，則無以行大臣之道。何者？敦歷久則世故諳，盤錯嘗則寰會合，鴻猷駿望，以素愜之人情而益孚，白意赤忠，以素結之主知而益固也。

公起家縣令，通籍幾五十年，徊翔中外，閱歷已深，而盤錯已嘗矣。繇藩臬晉卿寺，繇廷尉正晉尚書，譽望不可謂不孚，主上之知不可謂不厚矣。爲郎爲守，會江陵柄國，匿跡引避，不以枌榆故而濡足權家，人以信其介。爭吳仕期之獄，不附奸黨，坐失當事驩，疏乞陳情，巖居十載，由由自適，人以信其恬。平亭棘木，一稟三尺，則辟有衷，讞讞無所阿狥，諸貴近豪有力者，不得憑城社而播虐容奸，人以信其執。貴爲列卿，居不數椽，田不數頃，澣衣蔬食，被服若儒素，人以信其廉。留意人才，一目別識，而覆匿細過，匡其不及，或提之沉淪，加拂拭焉，人以信其量。以上進賢之不易，上卿之席久虛，或累請不能得，然至於公，則迭進迭推，朝上書而夕報可也。一時大臣涪膺帝簡，未有如公之渥者，則上之信公者深，而公之素所蓄積者足取信於天下也。

天下之患，莫大乎主臣不相信。不信則輕，信則重。公挾其信且重者以葵天子，而告公圭必且爲納牖，爲遏巷，爲茅拔朋亡，使公府之情不隔，朔洛之釁不開，回天轉日，此其一時。此宗社之福，而上臣不世之伐，寧直以南國之績聞也！公往哉，統均端揆之命，行首及公，其必以余言爲左券矣。

送姚膳部守杭州序

杭州蓋四王七帝之都，山川環麗，人物殷蕃，水陸湊而舟車會，昔人以爲神皋陸海，有願擁朱輈一闞斯境而不可得者。李唐、趙宋，名守斌斌，史不絕書。入明以來，自王興福、楊孟瑛外，何蕫蕫也，將吏治隆汙關乎世運，古今人不相及耶？抑局異時遷，左右畫而上下挈，即有賢者，不克自表見耶？唐法：刺史加號持節，得尚制四輔六雄，十望十緊。宋以朝臣知軍州，則公卿侍從出領承宣之寄，天子親爲賜書及詩，所以勞行甚寵。汴鼎南移，茲邦乃得齒於扶風、馮翊，尹視京兆焉，秩加隆而權加重矣。

今一太守耳，而六七監司，二三撫按臺使踞乎其上，即瓜分守之精神，應之猶皇皇不給，況都會衝衢乎！且用自銖兩，罰自城旦鬼薪，率取裁二監，而憑城社者旁撓之，又漠不可問也。能一切便宜行事，使德意下注如昔人否？駔儈譸張，五方之游猾日藪，而桁楊日繁也，冰紈方空，吹綸纖縞之織作日工，而包匭日益也。三宮百司，六軍之仰哺，少府水衡，將作之輦輸，日旁午於道而物力日詘也。貂璫鶡弁，尚方採金之使，冠猴翼虎，日縱橫攘臂於關市，而脂膏日削也。能川原沃衍，生育殷賑，傾神州而輼檟如昔人否？周城萬雉，列隧四十里，鱗比繡錯，炫目薰心，幾於罄天地無不有也，而徐叩所產，又非必杭有也。北貸粟監河，南借薪江潯，家競游冶之觀，戶鮮宿舂之儲，辟之人身，外若充盈，中實枯瘠，而能令其尚禮敦厐如昔人否？夫挾是數不如，而重以非時之水旱，無秋之徵求，守即巧婦，詎能爲無米之炊？故守難，而求良守於今日之杭，尤難之難。雖然，是足以難姚公乎哉？

姚公者，南膳曹郎也，而署祠曹務。曹務大飭，其大指乃在別緇黃，明職掌，嚴杜居間，獄獄無少狗。先是，公兩宰巖邑，或瀕海陬，或鄰畿輔，其人易動難安，乃公爲之批郤導窾，奏刀騞然，至滌宿垢，規便利以詒來者，雖勞怨不避，此豈以數十城元元之命，承人眶睫者，宜天子之畀公以杭，朝奏記而夕報可也。公且脂轄入杭矣，其僚羅君、胡君以同舍故事謂余宜有言。

余家於杭，請言杭故。夫杭多名守，世有功烈於民者，則長源六井、白蘇湖堤引水溉田之利，永與錢塘終始，厥德茂矣。然於越洊饑，張復之不寬鬻鹽者禁乎；蘇子容不釋逋金者繫乎；范希文不發粟存餉，縱宴遊，勸工作貿易飲食以惠貧者乎；蘇子瞻不請免上供，度僧牒，易米分坊治病乎；火盜並作，梁仲謨不脩爟政，嚴巡徼乎；俗尚輕靡，張臺卿不鋤惡少乎；周彥廣不禁貴近乎；李及不冒雪出郊，獨造林逋乎；張杓不撫良戢奸，法行權要乎；此皆調俗奢儉，劑時緩急而爲之休養生息，固前人已試之方，實今日對病之藥也。

語曰：“不習爲吏，視已成事。”又曰：“前事不忘，後事之師。”夫公之爲令爲郎，亦既效於前事矣。今者分銅虎玉麟，南面百城，而朝其長吏，將按成事而發舒所欲爲，豈不倍於曩昔？其破觚爲雕，救文以僿，美風俗，厚人倫，於以追踪往喆，即白、李、范、蘇，且優爲之，而何有於梁、張以下諸君子？然則，杭州昔日之難，未必非姚公今日之易也。余雖未覿公之面，然已識公之心矣。敬述所聞以告公，公得無曰是陽鱎錯餌也者，而拾陳言以甘我，我驅車去之乎。

送蔣祠部備兵賓州序

粵西於諸藩，僻在荒服，當亥步所窮處，而柳、慶、思恩則古桂林象郡地，交、邕之與鄰，獞獠之與居，重崗密箐，雕題魋結之所藪穴，雰霾相薄，猿猱相呼，山鬼溪蠻相叫嘯，仕宦者至目爲夷國瘴鄉，逡巡不屑就，而況乎以清華望郎往也！人情趨疾，足邪徑內，顧自便之日久矣，則以遠見鄙，亦積輕之勢然，然豈國家柔遠之指哉？

豐城蔣大夫者，始令南海有聲，徵拜御史，出巡行兩關，詧應天諸郡國，丰采大著。以直道忤妒，謫判壽州，再徙保康光化令，入爲南兵曹，旋晉祠曹，蓋二十餘年甲第，天子之侍從貴臣，浮沉州邑間，蠖屈於銅墨下僚，斂手版，折腰貴人前，人謂大夫意不慊，而大夫豁如也。其兩宰巖邑，精心撫字，絕不以左官遷客傳舍視之，諸所規恢嶄然石畫，爲邑人世世利。洎晉曹郎，駸駸貴顯矣，而貌日加恭，氣日加和，絕不以驄馬舊使稍見嶽嶽惠文色。人或以大夫先達，不無遜席避，大夫益習爲循牆廩如也。二三同舍郎業心折大夫，則謂大夫卿材，且歷試諸艱久，宜優以禁近階，他年節鉞選，而胡爲乎不内而外，不卿寺而藩臬且粵西也？得毋以大夫故粵令，習粵事乎？蓋主爵氏屢請屢格，上疑若心知大夫不欲遠之者，乃竟念撫邊安圉，無以易大夫也。直謂大夫資深，進一階以參知治兵，行臬事而已。嗟夫！鶩進懷居，賢者不免。蕭望之難左遷，祖尚之憚遠牧，況其乘埤集菀，隨風同波者哉！身陟矣，以踰級自異矣。或曰地惡，或曰險遠，是陳力之義圮也。且嶺表越駱，寧別一天，而令其終阻幽朐，不獲望使者襜帷乎？仁人不易民而化，君子不擇土而安。《中孚》格豚魚，忠信行蠻貊，安在其鬼窟不可夷，茭田不可質，鳥言腥食之民不可馴，弁髻繡面之酋不可揖讓郗跽於側也。以大夫之矯矯軒軒，超然拔俗之韻，御史猶是，邑令猶是，兵曹、祠曹猶是，豈置内外夷險於胸者？上若曰：維茲遠民，易動難安，特假大夫易之，出驥於櫪，伐檀於干，知其才足堪此也。異時擇公卿馮翊，還列侯河内，中原節鉞之寄，舍大夫疇適焉？若然，則林箐一銅龍，重崗一紫陌，毒雰重靄一霽日光天，溪蠻山鬼一父老子弟也，大夫其叱馭往矣。

千頃齋初集卷十二

序

贈比部郎雲間王公守建州序

今寓内民瘝劇甚矣,其君子匱於財,而小人匱於力,南潦北旱,螫螣交侵,民流冗失職,公私無宿舂之糧,老癃貿貿溝瘠,道殣者以澤量,至勤天子咨嗟,捐帑金,蠲歲解,修禳修救,始克有寧宇。然余以爲,饑穰代事也。天道匝月而一變,雨而暘,暘極復雨,如寒暑焉,至日而返。人事數歲而一庚,醇之漸爲漓,漓極不可復醲,如水之走下,不徹於尾閭不止也。楝事者不深維千百年不返之淳風,而憂一二歲可移之旱潦,於計左已。蓋天下號右文之國,莫先於吳,而比乃浸淫被於海服,其在建州,俗備五方,市井浮侈,土之華,民之機智,工作之伎巧,玩好茗錯之供,珠毛繡縠之飾,駸駸乎與三吳埒,或有過亡不及焉。邇歲阽陽侯,嚙雉城,廬舍幾成魚鼈之宮。逃亡載道,墟里無炊烟,此寧獨歲害之? 俗競繁華,寡積聚,雕文纂組之物多,而鉏耰織紝之用詘也。故卹一時之建則弛負勸分,撫流移,掩骼胔,斯亦足矣。如計千百年之建,非豐殖其本而謹閼其洩,將神皋陸海無救立枯,其爲旱爲潦,爲非常栽沴,不滋大乎?

比部王君者,吳產也,而恬修素守,屏緣飾,崇眞致意,若不安於吳俗之綺靡然者。其郎爽鳩,澡潔砥廉,漠然靜僋,於事無不矜重,於法周愛而恕將獄。有從王君訊者,咸曰:"王君處慮平,不苟索我,我屬幸脫碪盆,亡害矣。" 會建州之守闕,主爵首擇王君。君兹拜命而南也,其必以治爽鳩者治建也。建踞七閩上游,襟山束水,其人猱黠而易隨,故曰建寧,謂全建視以敉寧耳。今南國天吳之栽,建受之,而土膏豐涌,百不及一。浮淫耗蠹之習,建亦受之,而物産殷阜,千不及一。此如寡人子程貲陶頓,侈豪溢相高,其涸立見。非遠慮知化之士,曠然一大更其俗,而振其雕刓,溝中之骨,其誰肉之?

王君行矣,其亦以治爽鳩者治建矣。語有之:君人者上注,而臣人者下注。上注者調天時,和陰陽。下注者闢田野,殖衣食。君之德且下注,其務察青蘇所縣,而究狂瀾所止,帥象大常而經垂特遠,使士忠、農敦、工樸、商慤、女憧憧、婦悾悾,布之不宄而內之不塞,將建之俗盡還其古初,且以次漸被於七閩,閩之俗正而天下可觀聽而曁一也。則是天子以君治一建,以建治七閩,以閩治天下郡國,寧獨建人世世利哉!《漢史》傳循吏如潁川寬和、渤海馴虓、南陽興利,並稱豈弟君子,而班椽(掾)氏獨嘖嘖文翁,以為西京稱首,迹其所用治蜀者,特以教化流聞。夫矯弊移風,崇醇懿,抑浮澆,真太守事也。化蜀俗宜用文,化閩俗宜用質,然文而之質,難於質矣。

君德厚信矼,質有其文,異日政成,而史臣紀之,且斌斌出蜀郡上,何論西京之烈焉!故士誠忠,農誠敦,工誠樸,商誠慤,女婦誠憧憧悾悾,銚鎒利而倡優拙,俎豆興而爰書省,微獨風俗,其亦可以無虞栽涔矣。

贈郡博沈太始先生助教成均序

民生於三:親則父母,尊則師。令父母也,以程書治民。文學博士師也,以功令屬士。上古一政教而總父師,自國都以及州里,莫不有學。自司徒以至比黨之正,族鄰之長,莫不為師。其儼然抗顏弟子皆以道得民,非鄉之父兄長老與儒林之彬彬,亡濫授也。其以講論勝,天子至賜重席,錫良馬,饋醬醋,爵有加禮焉,亡屑越也。環橋甫入,旋拜卿貳,廣文之氊尚煖,而帷幄絲綸繼之,亡淹抑也。故居其職者,無不足於官而亦無夷然有所不屑。由今之道,則閭里之長以迨郡邑之吏,職政不職教,而樂正四術獨領在學官。畁之甚易,遇之甚卑,於是文學掌故之科始為士之困進倦游者偃休之籧廬。其發身甲乙,即跬步多前途,或用遷客至,亦曰:"此非吾官也,非吾所久處之官也。"第行吟嘯歌,冀旦暮速化如朽之拉耳。故師道不尊而政教不出於一。

若今博士沈太始先生，則用政爲教，父母而稱人師者也。其令樂安，繇進士高第，治理流聞，頌神君載路矣。屬困河魚，不願戴星，臺使者憐其賢，特疏請改牧以儒。詔曰："可。"予告三載，乃就選人，補雲間博士，蓋異數云。雲間弟子耳先生名，若祥麟威鳳，而私忖其或釋政而教，意不無傳舍其官，先生獨斤斤奉職，束脩之贄杜不以入，月朔朝諸生課甲乙，程其不若而誘其若者，畢羅醢脯，取之月俸不給，以宫中繼之，諸衿鞶之子挾策問奇者，貧而問饘粥者，剥啄無虚晷，如洪鐘待叩，靡響不臻，又如執杓飲河，人人望腹。蓋未十月而邦君大夫之頌無間口，諸中丞直指之旌薦妻至無間牘，諸弟子尸而祝之不啻嚴父慈媪，朝於師而夕於保也。

一年晉國子先生。行且脂其轂，諸與先生共事五苴而稱素交者，若齊安金子、南昌李子、豐城熊子，聚族而謀所以賦《杕杜》，以告温陵黄子曰："日者章逢習講，擁腫兹甚，幸借先生甘露灑而醍醐灌，豈惟二三子月化日遷，維吾儕鳴琴兹土，木鐸是賴，氈幾何時召得毋太亟，即皮弁祭菜，《宵雅》肄三，重於思樂戾止，蹻蹻昭昭，其若峰泖二三子何？"黄子曰："唯唯否否。夫國學，學爲辟雍，官爲大司成，其屬則大樂正、小樂正、大胥、小胥、大師、小師、籥師、籥師丞；其教則四時絃誦，詔禮詔書；其德則中和、祇康、孝友；其徒則王太子、王子群后之太子，卿、大夫、元士之適子，與凡民之俊選皆造焉。記曰：先河後海。或源也，或委也。學於國，源於鄉，委維成均賢士，關維輦轂郡國，首行歸於周，萬民所望。矧上以槐市講堂間譻髦雲集，顧兹輪菌未禀繩墨，千里不免罝駕，微匠氏，誰斲？微廙氏，誰策？則先生所以行也。異時者濟濟奉璋，有德有造，其在先生。先生即惠顧吾儕，促膝懽甚，其若信宿信處何？蓋古之言善教者，如鄭康成、桓春卿、胡翼之、孫明復之倫，朝脱皋比，夕登巖宸，而國初魏文靖驥亦起家雲間司教，以經術行秋，徵拜太常，歷官冢宰，爲時名碩。先生蟄伏十年，資益深，望益峻，上即章相薪樞，加意胄子，謂不可無直温寬栗若先生也者。又安得以瘦羊疲先生，而不以拜若省若部若金馬槐棘乎？今時第無賜席、錫馬、饋醬酺爵之典，藉令有之，而絲綸帷幄，渠能外先生？余不佞，耳先生之政，目先生之教，而知其不媿於父師之任。請以魏文靖之業爲先生行李贈,且志余言,以券它日云。"

送黃典籍之溧陰令序

理天下之道曰政與教。凡民父生而師教,令父也,博士師也。令以治得民,師以賢得民,政教各用其職矣。乃厭薄令者曰:"吾戴星出入,罷諜訴困,追輸祖迎風雨之途,而屏息上官之側,孰與文學掌故擁皋比都講雍容翰墨乎?"然苜蓿苦饑,青氈坐冷,令不行一閒左,即約結何施,則亦曰:"安得畫百里爲社而寄宅生焉?令一念至朝堂卲而夕市廛也。"蓋王制失,政教廢,而儒學吏治之用分,於是窮經之儒見訕於事,任職之吏負恥於文。戴聖明經師也,而以墨治。蕭望之賢傅也,猶曰試郡。黃霸循良爲西京首,至獄中有聞,乃知讀書之可貴,蓋晚而授經,它可知矣。然皆以其職責其事,以其實都其名,雖實至事治,而尚有不兼之歉。非若今之人,不揆其事與實之符否,而偃然當之,冒焉處之者也。嗚呼!事實之弗審,而職與名不足厭夫處者之心,故官師之局,直爲困頓偃休之篾廬,而偷日眅蔭,計資待遷,亦奚怪其弁髦經術,鄙吏事弗屑耶?

語曰:"不習爲吏,視已成事。"又曰:"學而後入政。"未聞以政學者也。孔門諸子雅負從政材,可治賦,可足民,而禮樂教化則若謙讓而未遑。國僑遺愛,稱衆人母矣,而食之不能教也。惠而不政,子輿譏焉。以斯知教可兼政,政不必兼教。夫令曰父母師帥,非以其政教兼耶?而先教後政,久文學而老其師,庶無不習不利也者,則朝家試吏之法乎?

崇仁黃先生,生吳草廬之鄉,笥五經,明三統,繭絲析理義之精,鴻藻發苞符之閟。學有源矣。橫經正席,端範飭模,規條以身,推腹以心,教有章矣。諸弟子人人速肖,若春風拂,時雨施,木鐸振於澤宮,菁莪遍於南國,化不肅而成矣。蓋一訓西昌,再訓黃巖,三訓武庠,最後典南雍籍。困頓於苜蓿寒氈者幾十年所,先生由由自若也。所至名與實孚,職隨事舉,主爵氏修文學功進溧陰令,先生亦由由自若也。先生既亡所不足於其官,而又不以得令爲喜,獻鱓而色頩然,問計同舍郎,何以益我。郎居中曰:"都哉!黃先生茹淡能甘,居濃不溢,其志廣矣。吾儕小人,又安所效其他山?亡已則願先生之以令爲師,以教爲政,以儒術緣飾吏治也。夫逢掖若則鉏櫌洽,俎豆興則曼胡格,經術弘則爰書省。師養士,令養民,其道一爾。先生於士旌淑而植孱,左華而右實,則猶父母之道也。施於有政,驂奏刃游,恢恢乎其有餘地矣。且也武城絃歌,本之學道;西河成市,施及莒父。彼皆以禮樂教化行,其豈弟樂只,夫非文學之顯效乎哉?潬裂土,儉子男,然猶畿輔下邑也。出先生藻飾之緒愛人,易使與,無欲速,見小且優爲之。矧蕞爾潬父母,而師帥其於理道乎何有,諸郎毋笑不佞之以牛刀益先生也。"

贈夏司訓掌石埭教序

余甲辰春以伯氏知舉,格不奉公車對,乃從選人授一氈海上。而司訓潤州夏公,亦以明經高第,同日拜命,一時劍合,爭詫爲奇,則公之夙夢實徵之。始公得夢時秘不語人,志而笥之櫝,業有今命,家人發櫝,相顧駴異,若臯比之豫爲公設,而主爵者直夢是踐耳。公一見余,欣然莫逆,且爲語前夢,益信石泉槐火之非幻,而事有宿因,非關人力也。余既奇公之遇,而心儀其人,磊砢骯髒,無世俗樸樕態。庶幾哉,古之所謂經人師也者。

迨余視事,而公所要束科指,詳整有條,諸弟子斂手板北面,立雪坐風,斌斌化雨。余益遜席謝,以爲弗如。其秋沼蓮產並蒂,東西齋露瀼蕉,實午、未兩闈解額浮往昔,甲第蟬聯,種種奇徵,其應如響,人或詫余衡鑑之非謬,然本之皆公俄頃所鑪埵也。蓋余於公,所不如者三:公內整外和,姁姁親人若昵,而余拙直自遂,不能容人過,一不如;公蘊藉宏深,規恢大而理密,而余黯淺寡昧,不能與世陰陽上下,二不如;公在膠庠久,老練精覈若燭照數計,不爽鋒針,而余疎節闊目,一切章程不能屑屑苛細,三不如。諸弟子朝於余,夕於公,若飲江河,人望其腹。然余月課歲試,常以丙夜程甲乙,不遑休沐,而公橫經講秋,片語解頤,乃得以其餘閒飽苜蓿,側弁而哦,白日而傲羲皇也。余勞而功半,公逸而功倍。余倚公若輔車,公信余若列眉。雖欲不引席而避公,能乎?

公既積資望累騰旌牘,其材可分百里符,二三子衿日夕以幾,而公獨指所坐匏,曰:"素業在是,安知其它?吾髮種種矣,不能徼子公曹丘,折腰撓摑,博絶徼瘴鄉五兩銅也。"其識度過人,類如此。天官氏既最公考,則遷公掌石埭教。石埭,池下邑,其文采綺麗,視上洋若稍遜,而士敦而愿,無佻達躍冶,或有過無不及焉。以公之宿學長材,其俄頃鑪埵,恢恢游刃,當不至如余之借資僚友。而黃山、九子,西爽朝來,爲几案間物,不知猶作故鄉金焦想否?余雖幸獲友公,而公謬推余爲長,猶媿掩抑不能竟公施。今公之志宜無壅閼不行者,亦能飽餐苴蓿,側弁傲羲皇如上洋時乎?

余與公共事五稔,分袂一朝,於人情何能已已,故因二三子之請,而直叙其遇合之奇,同寅之雅如此。若公之教澤冶化,施及章相,則多士已口而碑之,余無庸饒舌矣。

贈陳肖軒先生封司寇郎序

往余守諸生,則從今比部陳惠甫氏偕諸同好修北山社,而奉其尊人肖軒先生爲祭酒,登壇對壘,每奏一牘,輒禀成於先生。先生,余丈人行也,負人倫鑒,尠許可,顧獨器余而國士余,余是以獲事先生爲孔襧交,暱甚。

既余幸先登,而社中前後得雋者亦不下如干人,獨先生偃蹇逢掖如故。一日,廢卷而歎,投袂而起,曰:"吾束髮窮經,試輒冠其偶,而九陟公車,命不猶耶?臣精銷亡,奈之何?白首佔呻而角伎少年場,爲夫閲我躬,睠啓我後,孰賢?吾且焚不律而以先人遺書授孺子,孺子勉矣!"

乃惠甫則自舞象之年,業擅繡虎雕龍之譽,其上春官,先生甫踰艾,其擢廷對,先生甫及耆,遂籍金閨,郎粉署,一時聲名震闕下。左賦貴紙,玠才傾都,人言惠甫蚤達,非直惠甫能也。躬稼而授之嗇,故有秋;省括而授之釋,故命中。不有資始,疇與代終,則先生謂矣。蓋先生之曾王父曰郡倅公,父曰荔浦公,並以《易》發家,爲良司牧。先生實世其學,潛研先天,時時擁臯比都講,聽者如堵。都人士無不人人名陳氏《易》者。惠甫既用先生《易》成進士,而服官爽鳩氏,則一以經術爲理,辟則辟,衷則衷,豐而致刑,噬嗑而明罰,議獄緩死稟於中乎，赦而宥之，雷雨作而解。人謂惠甫善用《易》飾律以經，則本之先生教云。

三年獻最，天子下璽書褒嘉，予一階，賞延所自出，仍以其爵爵之。於是，先生稱主事，元配蔡稱安人，象服輝煌，翟茀絢爛，則有王言在。曰明經修行，克垂燕翼，曰聽閣加餐，平刑是念。若目矚數千里外，迹先生夫婦之同德而闡其幽者，即先生立致青雲，其所就業，孰與今贏譽命自天，以子貴，復以子聞，亦安在其必於身親見之也？人亦有言：澤不湮不流，光不鬱不發。必湮鬱如先生，而後子姓之用始大，乾安位而六子宣序，彼直以不用爲用耳，一曹郎惡足以恩先生？

余又聞，先生里居恬澹無它嗜，出屏騶從，簡服御，里中人望先生若老文學掌故，行争路，舍争席，絕不知有貴人父者。此何必減顏延之之羸牛車，至長安之使來，督平反則色喜，聞在辟則色憂，儼然引其子於正，義方之教，咸誦者何如哉？史稱，世德則陳，世經則劉。然陳自太丘而下，公慚卿，卿慚長，漸以不若。以劉中壘之矻矻校書，備《七略》而厄於國師，積閱霣矣。何如先生父子，似續弓裘，石氏躬行，韋氏經術，郎山氏文章，合三姓而充一庭，世濟其美，豈不軼於昔聞？聞之曰：以升受者甄，以斗受者鐘，以石受者坻京。蓋有瀛海焉，盈不加溢，故王百谷。先生其海乎，履盈而虛受，滋大矣。異時者三事九列，不啻拾級而登，踵輪而進，則曹郎其發硎爾，又惡足以恩先生？爲語先生，其崇精神以觀爾子成績，以對揚天子之休命，而惠甫亦益思策鴻堅偉，勉所以報君成親者，毋徒以章服榮而尊人哉！余於惠甫有縞帶之誼，故以規爲頌，亦藉以不負先生知云爾。因次其語，語惠甫而詒諸同社，使爲贈。

壽大中丞旭山李先生七十一序代溫直指。

歲己丑，小子登朝籍，實出括蒼李先生之門。先生矙若冰，嶷若山，其郎司馬尚書省，一切襄陽、青州之餉，望車門而却。政府椒鎡，有所居閒，或貪緣柄樞，終不能得先生一諾。二百年來，名名職方，亡先生者。稍遷視學參知，晉觀察之長，歷左右廣、青、齊之邦，所至奉法恪職，嶽嶽不阿，春膏冬雪，吏畏民懷，一時名名藩臬，亦亡先先生者。

先生既用資望爲中外注嚮，遂超拜御史中丞，開府中都。中都，故陵寢重地。先生爲裁冗訾，撫劫民，恫乎有加焉。會採榷之議興，首抗疏請罷，語甚切摯。其略謂：上以宸居徼金九牧，顧歲入所佐將作幾何，臣不佞不能以民膏爲金穴，奉中貴人驪，亦不能與若曹共事，願乞骸骨歸田里。疏入，忤旨，遂聽先生自免去。先生去而礦市蝟起，修狶封豕之群攫金禦貨，譟于齊，鬨于粵，糜爛魚肉于淮、徐、楚、滇之墟，海以內幾成鼎沸。令蚤聽先生言，豈其釀釁炎炎以至於是？先生不幸有知言之明，而使國家受狐鼠之螫，然雅非先生指矣。

先生既得謝歸而爲政丘壑間，蒼嶺以爲東山仙都，吏隱之泉以爲綠野，逍遙杖屨，意殊適之。而伯氏銀臺，仲氏、叔氏太學，並以黃髮耆英皤然枌榆之社，叙壎篪之樂事，享山水之清福，每並轡連袵出，望之若商山四皓，非塵寰中人。天下士慕説先生者，以其去爲高，而深惜其用之未究，干旄造請無虛日，公車之薦牘無虛歲。然以涸先生，先生夷然不屑也。扃扉匿跡，義不以一芥躧干貴游，即貴游羔雁及門，輒麾却無所報謝。語稱："威鳳祥麟，莫可樊籠。"則先生謂哉！

先生負其用，而收其所爲不用者以壽身。聖天子不盡其用，而需其所爲用者以壽天下。蓋自先生一發言，而紳弁之伏青蒲者率以爲嚆矢，言路幾闢而復通，元氣幾斷而復續，陽戈反馭，寒谷噓灰，匕鬯定，銅龍開，燻腐市魁之流毒者，棄之如拉朽矣。磋盉纍繁之夫，駸駸得生還矣。山澤村墟之藏，鹽鐵舟車之算，以次遞損其什一矣。則先生之不用猶用也，用之用專，專則不儉，不用之用廣，廣則無方。天其意者以不用壽先生，而俾大用，有如《祈招》興思，輪臺志悔。安車束帛之詔，旦夕召先生咨以時政，先生得毋陳君奭之訓，以民喦當畏，天若當稽，惟敬德是圖，則壽在天下，寧有既哉！《書》曰："天壽平格，保乂有殷。"《詩》曰："樂只君子，邦家之基。"天祚明德，卜世無疆，基而乂之，是在先生。

某於先生稱弟子下隸，辱知最深，且幸觀風兹土，得訪求舊德，上報天子，請附鍾興先侯丁恭之義，爲先生勸駕。而於其覽揆之辰，敬述詩書以壽先生者如此。若夫松柏之操，薑桂之性，與夫日月岡陵之祝，則先生身有之，某毋庸饒舌矣。

贈上洋侯李斗冲公三載考最序代。

士釋褐通朝籍，内則郎署、史局，外則郡李、邑令。郎署分曹稟要束於長，史臣操觚持文墨雍容著作之庭，易爲職耳。李奉三尺以佐二監，二監屬耳目焉。令於進士選輒曰格窮，蓋後此無當銜矣。而訕體下邑，疲追輸，困諜愬，用自銖兩，罰自城旦鬼薪，皆有大吏之檢押，不得輕搖手。而胥吏之姦窟穴，尺檄飛符之麋至蠡午，精神視聽，急與之接，即分身而左右應，猶皇皇苦不給也，矧東南壯縣哉！要以功見事效，畫百里爲社而厚基宅，生苟一念，至朝堂皇而夕蔀屋，令於它吏不翅倍之，安取京朝官而薄令不屑也？且政成而太宰督流品，司會秩宗，問劭農勸學，司士、司馬、司空，課比詳丘甲水利，蓋習一令而六官之治廓如也。西楊相恨不令，善哉，其勤軫民矣，又安取京朝官而薄令不屑也？余以是知上洋令李公之賢。

上洋，故巖邑，賦繁牘冗倍它縣。而公以三楚碩學，高第南宮，格應官禁近，宜其薄令不屑者。然公甫下車，而朝三老閭長，延見衿紳弟子員，條邑中利病，則壤肥瘠，制賦高下之宜，原隰溝塍，疏鑿墾樹之方，風俗醇澆之故，物力登耗之原，若素履之鄉，目計而手畫之也。又若家置一令，父母而師帥之也。晨起校簿，移日中治賦，日入治爰書，公爲調軌數緩急皆成於手，即親近史不得預。獪舞文者欲以其伎嘗公，而公已得其隱與弊所由，每一顧問，情見膽落，人人負霜雪也。束矢之入，不待兩造具而意聽色瞀，平其枉者，坐其詭不以實者，豪右漁閭左，惡少蹴大家，一切按治如法，而抵冒告訐之俗易矣。邑歲當踐更，里豪倚黠胥爲市，夤緣脱籍而影射下户，蓋有厥田上上、厥賦下下、厥賦上上、厥田下下者，公爲杜居間，罷區長以計勞，登賦者入而扃之扉，令以實自占權産而爲之等衰，五方稱平，如出一口，賦以時入，輸不後期矣。邑故淫奢多耗費，少蓄聚，而公以清約風之，珍羞不登俎，紈綺不被躬，歲省厨傳供帳無算。銚鎒利而倡優拙，農盡其畝，比豐穰所獲過當，饑不害矣。邑歲大水，民嗷嗷呼庚癸，公日乘單車循行灾地，而亟條議開府，捐貨出糴，以上災報。當事者或難之，公爭之彊曰：

"邑雖名高阜,而半倚海,江水漲則海水高,平陸成沼,又所秔俱花豆,積敗風雨,多萎少實。吾寧失上官指,不忍失此雕劫心也。"故上洋之災若少輕於華、青,而恩貸不因之以殺,窮欄歌舞若更生,僉曰:"令君活我矣。"蓋公之治,無磝磝以張,無泄泄以弛,無訾訾以棘,無容容以儳,不博莃莃鷹鷙聲,而上悦下安,其摩若痛暱若衷,而無違道以干百姓之譽,辟之膏霖湛露,以久浥其澤,功施何有,而化被不知。不令人喜愠,親疏服之無斁,公真古循良之遺,而台衡公輔之器也。豈其薄令不屑也?

公既奏三載最,薦剡滿公車,主爵者業署上考,而猶斤斤於興學造士,以歲之不易,公私之囊若槁葉,而公乃以其間飭澤宮,陳俎豆,月課子衿,捐俸羡佐饘饢,糊名而衡其甲乙,有德有造,擁皋比者奕奕矣。蓋公分校南畿,所得盡名下士,而是科上洋解額亦浮往昔,其裒然雋兩闈者,則公首造而拔之白衣者也。人嘖嘖公人倫鑒能急士云。語曰:"一歲之計樹穀,十歲之計樹木,千百歲之計樹人。"公進桃李,退陽鱎以千百歲之計,為三年之績,而矧六官之治廓如也!一臺諫何足以酬公?西楊相三朝之業,美哉始基之矣。

余之知公也,以余弟子姚同卿元素。而悉公政也,以余弟明立同卿。蓋公師而家弟以博士從公,其言核,不阿所好也,故因上洋師生之請,而紀其事,俾傳循吏者考焉。

贈高母姚碩人旌節序

《易》之《咸》言止説,其象為女。女而妻則齊也,壹齊不改,故繼以恒。恒者,婦之吉德也。婦之為言服,服婦事者受命,無貳致,役乎坤。坤,母道也。無成代有終牧,以從子也,從一為貞,從三為教,貞曰女士,教曰嚴君,女德之始終備矣。或謂不踐二庭,婦人之恒,孰與抗志畢命賢?雖然,白首在侍,黃口在懷,百年之養,千年之祀,懸於一絲。而曰必以死為殉,可謂能終其事乎?夫事有大於舍生,生可也。生而有以終人之事,則生賢於死,死而匱人之祀,則死不如生。況乎日月寒暑之浹代也,華靚袨麗之易薰也。處寒煢孤帷而介人琴瑟燕婉之間,不曰氊針之坐,則曰羹礫之咽,夫何家不可居而自令苦爲?故死不必烈,生不必懦,閭左不必難,甲閥不必易。沃土思渝,脂門習汰,勢所漸靡,其誰能不波?以今觀于高母姚,豈非貞心孤植,自天義途,匪因教至者哉!

母故興安守公女,其歸于高爲任子某君,則秘書公子,而太保文端公孫也。方任君背母,母年甫二十三,一子參軍,三歲呱而舅若姑艾矣。王姑鍾齒且及耄,母絶粒引刀,百端求死。姑若王姑亦百端解之,則謂母:"兒死,婦死固當,以是藐諸孤是文端之一綫息也,若存孤存,若亡孤亡,余老人寧先若亡,不忍見高氏之不血食也。"母於是乎彊粥日潸二盂,忍以無損,則撫孤而哭曰:"微未亡人,誰母若以長?"已,又持姑馬、王姑鍾,則大哭曰:"微未亡人,誰子若以老?"茶苦饑劬,母子併命,朝于舅,夕于姑,膳羞湯藥,必躬必親,不翅任君之在子舍。自始髽迨今宣髮,疏食縞衣,趾不踰序,聲不出帷,而課參軍讀,不以獨子故稍容嬉婿,丙夜篝燈洛誦,不中程不交睫。蓋鍾夫人疾革,拊母及參軍曰:"延吾年者,婦耶?植而孤者,母耶?送往事居,耦俱無猜,完祚永世幾絶而續者婦而母耶?"女士之貞,嚴君之教,惟母能兼之,亦惟參軍能成之。母於高氏有中興之烈焉,寧獨從三終一已哉!

然余聞文端公正色立朝,功施社稷,其大者乃在豫請蚤建定國本,恢朝常,受先皇顧命,羽翼龍飛,成季之勳,宣孟之忠,豈不獲庇其後嗣而剪焉傾覆?下宮之難曰死嬰立,皆天之不大泯趙而厚報衰、盾耳。故高氏之有母姚,猶國家之有文端公。公於三朝稱力臣,姚於高門稱力婦,皆天啓也。天以文端祚國,則必以母姚祚高。臣道也,妻道也,託孤寄命,定傾保邦,功豈二而報豈殊乎?咄咄!髧髦亦惟天所開以竟,而姚母從其芽蘖而壅溉之,至于苞茂實蕃,由荼得薺,今且抱孫三焉,豈曰一時之德?然非參軍君亢宗能世,叫天閽陳狀,則母之節不顯,而文端公之閥閱不彰。

文端之有母也,母之有參軍而徼有旌命,甫艾而名揚也,亦天也。天之因人,不其響乎?令甲,訑封表宅,無兩遂也。而參軍曰:"以子逮母,不若母自庸。"故一請下部覆,臺察覈實,詔有司樹棹楔如制,蓋異數云。異時,母年益康,参軍之歲績益懋,制詞命服自天申之,母且有宜、恭稱,與貞名並皦宇宙,其于文端,不永有耀哉！参軍君其勉酬國恩,無忘母志,以光祖德,以無隕厥考之問也,余終以母徵惠于天矣。

壽前海澄令瞿永山先生序代溫直指。

上洋瞿先生之宰吾澄也,拔余白衣而弁之多士,遂籍諸生,應棘試,以其秋登賢書,越己丑成進士,同時譽髦,後先得雋,若太史高公克正、直指黃公一龍、廷尉正李公甫文、大令李公良材、孝廉柯君完甫、張君時泰,並先生高足弟子也,藉藉先生人倫鑒能得士云。維余不佞,家故食貧,又居苦海,噫先生捐俸食我衣我,田而邑廬我,余以是得耑精洛誦,無憂徙業,茲徼國恩,班朝列,峨峨惠文,驕驕驄馬,則先生實卵翼成之,以有今。余唧國士遇,安得不國士報乎？

先生去澄,余不奉芝宇者二十載,然意未嘗一日不在先生也。歲時起居,問先生加匕杖履亡恙,余未嘗不逌然色喜也。在昔丁酉,先生稱七袠,余業附太史後,修酌者之敬,大略以機氾成回為比,而進之丹書,抑戒未竟也。今先生七十加七矣,余獲奉璽書誓吏先生之鄉,先生以一槎逆余西泠,望之髮蒼如,即之顏渥如,與之促膝,手足蹁如,劇譚徹申旦娓娓如,則又大喜,以為先生壽徵。而竊意其或練形導氣,有符於參同、悟真養生主之言。即先生問焉,先生謝無有也,惟曰："吾於紈綺亡所御,於柔曼亡所好,於權利亡所芬華。墓田丙舍取以怡老,不求加增；園亭水石取以娛日,不求加勝。居恒持齋戒殺,手《金剛經》一編,嗒焉據梧,以陶吾真,吾意足矣。"蓋先生澹寧鯁直,自其天性,持論偘偘嶽嶽,即豪貴亡少避。其浩然解組也,以庭折墨僚故,然世卒以此重先生,先生亦以此名當世。邑以為畏壘,家以為元龜,鄉以為鴻逵之羽,一切名位軒冕,又安得以腐鼠嚇先生？

先生弱冠登壇,迄今五十餘年,所閱世之升沉興廢何限,精穎豐銳之士驟起,都華膴,踞津要,旋而凋落湮謝者比比,先生獨巋然碩果,若魯靈光,則豈非正氣恬操,神實聽之,而介茲景福與？雖官不過墨綬,澤不過百里,其它鴻材奇負多所未究,然而挹彼注此,天之道猶酌也。意者其以先生取償于年,責券于後,斌斌子姓將大恢未竟之緒,光昭其令德,即余輩服官展寀,亦相與紹明先生之教,昭融流衍,火傳而不知其盡,則千秋而往,皆先生之年。余請以千秋壽先生,究太史未竟之旨,然曰以是能報先生,則末也。

壽前沈丘令豐津劉太公七裘序

淮陰劉侯元兆,治常山異等,用兩臺薦徙長興。長興,古巖邑也,其俗勇訟而怯於公輸,主藏吏或夤緣爲奸,至米鹽不可詰。侯甫下車,畫一切便宜,爬幽剔蠹,鈎尺籍,覈宿逋,灑其舞文者,平亭若神,民以不冤,未浹朞而政成。歲大穰,彼都人士宣言有梟,維帝予我侯,維侯予我歲,遡源反本,疇能不歸美於太公?

爲衆父易,爲衆父父難,其以七月覽揆之辰,致麥丘之祝三焉。諸從侯後通籍而於太公稱子行者,則亦父侯而父父太公,聚族而謀,以告沈子,謂沈子有子某,亦子行也,可無一言以爲父父壽?蓋太公昔者父宛丘矣,其政淳淳悶悶,若畏壘,若華胥,而其大指乃在興學校,建社倉,修輿梁,疏水利數端。以歲苦陽侯,饑子或嘯聚萑葦爲邑患,太公出行邑,蒿目沾襟,不辭胼胝,羸者粒,殍者糜,瘍者藥,骴者棺,殲厥渠魁,脅從罔治,民是用安堵,而饑以無害,則相與歌而儛之,社而稷之,壘壘若嬰兒之戀乳,而太公顧內遜不自得也。曰:"令實無狀,以遺邑灾。其徼有天幸,亦唯二三子之靈,令何力焉?"一時使者交章褒旌,且旦夕可侍從執法。而太公謂:"余髮毿毿,奈何以七尺殉五斗?"蓋乞骸者三,而後得請于朝,予告歸。

歸益遁跡避景,營丘壑,狎漁樵以老,盱盱栩栩,蟬蛻塵垢。庶幾哉!所謂善息者也。夫息以修真,故中柴而不滑;息以養形,故外犙而不傷。收造化不盡之贏以貽爾後,故澤衍而流綿。以故侯之治日起,而太公之神日王;太公之神日益王,而侯之在事日益康。爲衆父父壽,不亦宜乎?

太公宅河淮,侯治東海,請爲太公言河海。河發昆崙,導積石而後鴻涌騰鶩,播九道于中州,其源深也。海長四瀛,王百谷而後溯渤吞吐,匭乾坤于樞軸。其積長也,不濬不深,不蓄不長,太公厚其濬,豐其蓄,以我侯壽南國,而南國亦以我侯壽太公。異時者,侯且爲蛟龍,爲霖雨,亘帶八荒,潤澤九垓。太公之壽,殆河海而無極也。請以河海壽。諸大夫听然曰:"卓哉!子之言壽也。"遂屬淳史,以爲太公祝。

劉豐津先生,余座師也。乙未老,傳冢君元兆,令長興縣。余代其邑子言。於是乎書。居中識。

千頃齋初集卷十三

序

蘇松四郡武舉録序丙午科。

萬曆丙午孟冬,三吴當武比,四郡材官良家子集金閶待試,直指使者楊公實綱紀之。更日程騎步射,得雋闈而問方略,復以某司較閱。某頃者應南闈辟,然分一經而受成於主者,且所品隋博士家故業也,失士之懼,迄今怦怦。夫不能素業內辨士,又安能得士素業外乎?晨夕飲冰弗適,懼滋深,惟是斤斤稟要束,惠徽直指公旬日而告成事,既拔其尤,籍上大司馬,某宜宣言末簡。

某惟天地仁氣莫盛於東南,其人柔脆而文弱,天下挽强士獨雄西北馬國,吴不能什一。蓋俗矜綺靡,人競巧作,雄心猛氣耗于玄黃霧縠之觀久矣。今之縵胡縷、挾雙鞬而來者,非紈綺世胄,則弦誦佔嗶之賸材也。或妄意其人沿江左風流餘習,蟄弧之用詘焉,而比者巡行列郡,輶軒所覘記,肉食武弁局促轅下駒。或脧削膏脂自潤,稍進之,僅能纖趨低泹,闟瞰睚承。高者不過學爲褒衣雅拜,見長脣舌筆札間,走筐筐國門,藉子公作曹丘,博虛聲右職耳。意益心輕若曹,以爲國家歲損百萬奉,戰士莫能以一矢相加遺,浮蠱誕謾,是崇是長,猝有緩急,何所恃?殆吴士脆弱之徵。乃今縱觀諸士躍馬彎弧,借筯籌畫,一何壯也!驌騻馳驟,歷塊追風,烏號引滿,落雁穿雲,與竹矢板楯之技孰雄?揣摩情形,纏纏金版,發揮奇正,鑿鑿《陰符》,與將苑心書之文孰辯?以聞若彼,所見若此,胡堅瑕勇怯邈不相應乃爾?

蓋自高皇帝龍飛南服,定鼎留都,而震澤五湖之區,乃獲齒於扶風馮翊,當時羽林健兒、期門佽飛,分隸吴中諸衛所者,皆赳赳干城選也。列聖承休,弓冶勿替,今上益加意南紀,思得菟罝士而用之。而大中丞周公實來建牙,斥浮振窳,旗鼓一新。公貞憲肅度,嶽嶽惠文,諸所防維甄叙,惟旉惟惢,故一時士皆鼃藻爭奮,轉弱而強,實惟今日。

抑某聞之,夸口不可以譚經濟,空拳不可以語韜略。若曹居恒瞋目語難,聞邊鄙繹騷,烽舉燧燔,慮無不請纓而繫組者。一旦乘障登陣,鑿凶門,援枹而鼓之,乃與發憤其所爲雄,百不誷一。此無他,生死怵其中,進退熒其外,軟詭之計熟而戰守之實疎也。夫詭豈愚人之所能辦哉? 能爲詭者,必智也。智以決勝無不勝,智以料敵無不敵。乃不用之死綏衝鋒,而用之干進射利,何故? 有如躍馬彎弧,借筯籌畫之士,受事行間,於曩所云胲膏、窺睥、走筐篚、餂虛聲者,三而一有焉。營構既多,精銳日鑠,令天下終謂吳士脆弱無任,亦何辭之與有? 某竊恥之。且爾吳即稱文學之國,然乘車戰陣,闔廬用以覆楚;連環火攻,仲謀用以破曹。而昭侯鎮軍父子,皆以區區江左外禦強對,夫夫非菰蘆中産乎? 亦安在其積弱,在吳而猥云南風之不競? 強弱在氣,厲氣在心爾。諸士以一心自屬其氣,則激水之勢可以漂石,射石之矢可以没羽,將腹心干城於是乎在,而胡論偏霸之雄爲? 語曰:"樹堅在始,強弱將在今。"士勉之! 毋以東南武力爲燕趙馬國讓,庶其文武張吳哉!

蘇松四郡武舉錄序己酉科。

著雍涒灘之歲,三吳恒雨,陽侯漂汙邪無算。大中丞周公,集哀鴻,綢桑牖,諸所以綏靖百城,靡所不備摯,直指鄧公督廉貞憲,要束文武吏,勵羔絲,絀浮謾,一意拊循雕瘵,歲饑以亡害。其明年冬乃大穰,期當貢武士,於是鄧公修故事,悉發材官世弁良家子試騎射方略,而以某某司較閱。

某嘗以一經應七閩辟,比復分較畿闈,斤斤懼弗適,然猶佔僻舊業,兹乃改而論發鈴,是俾榜人乘、稽夫陶也,則又甚有其葸,惠微鄧公之寵靈,矢公矢愻,浹旬而得五十人,籍奏大司馬,例宜有言。

某聞之尉繚子云:"文爲種,武爲植。武爲表,文爲裏。兩者相維若輔車,

110

非有岐也。"制，三載闢賢書，兔罝干城之夫，嗣奉璋髦士後，公車鱗次，朝家均需焉。周官弊，文吏必首一廉，而訓戒臣工，諄諄於無載爾。僞胡介胄《家言》則曰："廉可辱也，信可誘也，使貪使詐，戰陣不厭。"豈文武有二道，而忠信廉潔獨可施俎豆，不可用行師乎？人惟一心，心無二用，以一人之身而乍貪乍廉，乍詐乍信，汎汎如不繫之舟，與波俱逝，又安在其短之可去，長之可使乎？夫人情之易貪易詐，莫甚於功名之際。功可市也，故思以賄成；名可賓也，故思以詭就。甚則謂不市賄則無以賓名，不飾名則無以謀利，而且熒爐而韅貨，而且掩敗而襲功，上蒙下覆，走筐筐，結奧援，此非朘部士而虛冒軍需，市租於何取之？今天下衛所之戍，日逋而月耗，營兵塞，卒衣敝，持朽食不飽半菽，尺籍伍符能盡核乎？司農按籍而輪粟，歲非乏也，何一有緩急而輒稱召募？如近者遼左之役，大司馬核馬步軍，損故額三之一，授甲之士不滿八千，豈行伍遂空如是乎？則歲餉四百萬，又誰爲漏巵乎？兵日增而日弱，餉日益而日匱，邊防日戒而日弛，虜酋日飽而日驕，浮蠱誕謾，是崇是長，於一人豈有賴焉？故今日需廉將急於材將，得權譎之士百，不如得不二心之臣一。何者？士捐妻子去父母，以七尺殉鋒刃，而將者顧削其脂膏自潤，輦載養交，貨市功而賂蔽罪，士尤而效之，又安肯祔膺決胝、爲官家出死力？府姦而長墨，墮軍實而攜士心，其必由此矣。爾諸士陳説韜鈐，所北面尸而祝者，非太師尚父乎？尚父佐命弼周，發至道於丹書，喫緊二言，無過曰："敬勝怠，義勝欲。"敬義之旨密於鍼芒，士終身用之不盡，豈其少服膺而顧弁髦之？夫致命遂志，有死無二，敬也。受命忘其家，張軍野宿忘其身，援枹而鼓忘其親，義也。名與身孰親，利與親與家孰厚，而逐逐刀錐，營營阿堵物，甘以其身爲樸滿，扞罔嬰憲，夫誰實爲蠱爲謾，以干大戮而藉口於使貪使詐，不已過乎？

士用射進，請徵射焉。射繹己志，射人鵠不射皮鵠。士以古人爲鵠，則有田桑自約，無餘帛贏財以負陛下者，有辭驃騎第、捐廩下金散雲中守私養錢者，有馬如羊不入廄、金如粟不入懷者，有明言利害不欺明主者，有寧失智高不誣朝廷者，彼其人操凛冰霜而誠貫金石，夫豈無得於敬義之訓，而必索仁於貪，索智於詐也？貪詐之説，此草昧籠罩人群之術，非平世之軌爾。諸生拔穎行間，逢天子明聖，效不效無所蔽，有如勇不聞血戰，惠不聞投醪，而直以債帥攘冒，令文吏操徽纆而隨其後，詰問舉者，其何辭以對？多士勉之！其毋沉於欲、溺於欺、弁髦丹書，以負中丞直指公之要束，使某有弗適之懼也，則幸矣。

江西武舉鄉試録後序己酉科。

歲己酉，江右大比武士，直指使者顧公實綱紀之。某不佞與視楚學，既進郡國子衿於棘闈，怦怦不適是懼。顧所品隲，猶經生舊業也，今且釋鉛槧而殹鈴，使縱觀良家子材官蹶張榜乘，稼塤溺職，懼滋多，惠徼直指之寵靈，二三大夫矢公矢愼，浹旬而告成事，可幸無皋，某宜申言末簡。

某聞之，除爲武，施爲文。種植表裏，相維若輔車，兔罝武夫赳赳乎腹心干城，際奉璋髦士，無孫伐焉。制，三載闢賢書，公車偕計，與司馬門之待次鱗集交進。豈其奔奏禦侮之臣，不足以齊軌周楨而觭輕重爲也？顧恬熙日久，兵衅甲銷，將不識劍戟爲何物，士不復窺六韜金版爲何書，其鞭鞀珥珡以春秋耀吾甲士，亦惟是粉澤塗飾，軍容絢而軍實彌虛，即今之縵胡纓、挾雙鞬而來者，初試六尺橐，馬猶辟易，一朝遇敵，敵其橐之人也。再試八尺之侯，侯相距八十步，鋒鏑交原野，矢未及抽，短兵已中吾膚矣，能蹲甲而踰七札乎？三試策若論，坐而伸紙，餂飣博士家賸言，洋洋纚纚，兩軍相對，東西易面，此時神悸魄奪，不知理前人何語應之。夫士爲國家儲胥，提一劍出五步，乘風破浪，投鞭驅石，誓滅此而朝食，惡用是佔嗶殘瀋而較工拙於柔翰腐毫也。此如韓盧之鞹，蒙以皋皮，徒歲縻賓興費，而不得一士之用，何怪當事者餼羊若典餘食，贅行若曹文士，日操三寸管而束濕其後耶！故直指於爾多士衡鑑加核，寧遺網，毋濫竽，有肅爽電馳，欻飛虎落者收之。有秘邃天地，出入神鬼，擘畫中機宜，不勤楮上陳言者亟收之。有躍馬追風，引滿如月，概塊騰猿，穿雲落雁者，即文稍不及格，概入彀中。豈曰右武左文，夫亦課功實遣浮虛意。匡廬、彭蠡之鄉，靈奇所鍾，忠孝所陶埴，有熊羆不二心其人也者，出而應中林之選，即一將如長城，一士如十萬師乎！楚有學萬人敵者曰"劍一人敵不足學",而矧騎射,又矧於枯竹空談!

爾多士射人鵠不射皮鵠,則莫若一志厲氣,以鄉之先喆爲師。陶長沙擁旆戎場,功宣一匡,八州清肅,造淪鼎於再寧。文信國以遠郡守,倡義勤王,力抗强虜,間關枕戈,致命遂志,濱萬死而不渝,雖遇有利鈍,功有濟否,然其一腔忠血已足暴天下來世。彼其人皆起孤生,督孝廉正奏第一者也,亦安在乎文武之異道? 寬則寵名譽,急則用介胄也。今天子明聖,矚堅瑕,別功皋,炳如日月。頃以一二小醜逆我顏行,赫然怒,圉吏論逮褫爵,吉虜莽酋駸啓戎心,烽火時聞,孜孜帷幄中,每飯未嘗忘閫外。爾多士且授事行間,重惟今日,輕亦惟今日,其捐軀狥義,有進死無退生,惟而鄉之先喆以爲臣鵠,庶幾哉,無媿腹心干城,且以當長城抵十萬師乎! 某不佞,無能訓廸多士,懼多士之有二心,或以身試法,詒文人執瑕者辭,以爲匡廬、彭蠡戮。俾異日,按是籍謂主者之餼羊斯舉也,勖哉士。

重刻周易全書序

《易》自商瞿而下,五傳至杜田生,爲古《易》。杜田生授丁將軍,傳之施、孟、梁丘,衍章舉義,以談理勝,而翟、范、焦、京尚於陰陽占察,有測筮學,蓋理學、象數學之岐始此。其後京《易》衰,費《易》盛,遞傳至鄭康成,分傳附經而古《易》亡,最後王輔嗣掃象以虛無注經傳,而象數之《易》亦亡。《易》之敝於漢也,則分宗立學,人各私其師承而靡統一焉者之過也。

趙宋之代,伊川氏傳理,然自云只説得七分;康節氏傳數,然或訾其玩世;紫陽氏明著晰象占,然猶云象失其傳,理會不得,大都於理精,於象略,而於變占則絶無言者。夫天地間有理則有數,有數則有占,有占則有象,有象則有變,有變則有詞。詞者,所以明理數、占象變者也。君子居則觀其象而玩其辭,動則觀其變而玩其占。天地人物皆象也,彖繫文言皆辭也,奇偶往來皆變也,明理稽疑皆占也。而奈之何固焉局焉,離理數、象詞、變占而岐焉,涓之八索,小之三卜,支之訓詁,鑿之臆解,束之經生帖括,而令四聖人生生之旨沌沌紜紜,轉譯而轉晦也。

少宰信州楊先生少稟庭訓，潛研先天，韋編絕而鐵擿折，積有歲年，日取漢以來及今諸儒論著而折其衷，薈萃成帙。首論例，次古今文，次《易》學啓蒙，次傳《易》考、龜卜考，大都正反變通，得之家學，而占道本旨則多其所獨解者。剖千古之疑，抉十翼之秘，微之乎圖書之奧，顯之乎占筮之法，賾之乎物宜之象，深之乎性命之情，莫不符渾貫合，不漏不拘，蓋至是而理學、象數之學始歸宗於一，《易》於是乎有全書矣。

書刻於留都學使者，於越楊公思廣布學宮以牗多士，屬寅長温陵蔡公重刻雲間，請以學租之羨佐剞劂。學使睢陽黃公復報可，蔡公因授梓人，而余與司馬尤公獲董其成，因以來矣鮮徵君《易注圖說》附焉。徵君雅善《易》，其説以錯綜變互闡立象之旨，闢後人掃象之非，正與楊先生變占本旨互相發，是又一奇也。余家世授《易》，然束於制科業，猶然管窺蠡測，何幸得覩二編，開我憒憒，又何幸得公之同好，使毋斤斤帖括。刻成，書此以志歲月，且爲讀《易》者告云。

合刻范文正公忠宣公全集序

三代無文人，非無文也，言則人人文也。六經無文法，非無法也，文則言言法也。惟無意於文而文生，故不爲法而法具。禹、皋繇之《謨》也，伊之《訓》、説之《命》也，周、召之《誥》、《雅》、《頌》而《易》與《周官》也，皆渾噩典則，爲千秋文字之祖，然世不目爲禹、皋繇、伊、傅、周、召之文，而列之六籍，與日星並麗，則惟其無心於文，文成而道顯，固不得以一家之業名耳。

西京以降，文章、政事分爲兩途，而學士功伐德誼不本於經術，即號能明王道、黜功利者，而右才左德，君子譏焉。浸淫六朝，下迄唐季，士益盤悦之修，而公卿大臣亦務爲閎侈藻豔之辭，爭長於毫穎，如燕、許、元、白而下，各以其文自私而邈不關於世之治忽，則其學不純而功烈益庳庳亡論矣。蓋大臣之文職尚論思，大之陳謨宣猷，回天轉日，次之指事引情，彌違糾慝，皆斯以精誠格主，而罄其中之所欲言，豈詞人墨士角伎雕蟲者比！奈何以踳駁不馴之學飾浮華無用之語，猥云經國大業，妄希不朽之盛事乎？若范文正公之在宋，固不必有文名也，而自其做秀才時先憂天下，慕聖賢事業，則已晰王霸義利之辨，發洙泗之堙矣。以《中庸》授張子厚，以《春秋》授孫明復、狄漢臣，文章論説必本於仁義、孝悌、忠信，則已大通六經而開濂、洛、關、閩之始矣。廬居上執政，書天章條對，陳四論十事，前後符券，不易初言，何異有莘之堯、舜君民幡然數語也。五典方州，澤潤窮棚，三遏西夏，膽落强酋，何異伐奄征東，寧百姓而靖王室也。立朝嬰鱗砥柱，剪奸瑙，觸母后，忤柄臣，亡所撓避，爲相裁恩倖任子，抑邪佞，振紀綱而同心韓、富，甘苦參調，何異都俞吁咈朱虎熊羆之交讓也。其間指畫政體，陳説機宜，決密策於片言，制廟勝於萬里，若登對獻納之章，羽檄軍書，銘銖歌咏之類，類皆元本性命，綜述訓典，其光燁然而不爲雕飾，其趣淵然而不爲剽剥，其持論嶽嶽然而不爲太息孤憤，毋論其學術之粹，功閥德誼之高，非漢唐諸賢可望，即以典謨風雅之獻，弼成景化，追禹、皋、伊、傅、周、召流風，其誰曰不然？

公之文，蓋大臣經世之文。無意於文而文生，不爲法而法具者也。厥子忠宣世公家學，其光輔五宗德業，聞望之盛亦與公等埒。公論説必本仁義，忠宣制策奏牘，引誼據經，必歸忠恕，他如箋表叙述與夫竄謫流離之詩，和平典潤，君子謂其怨而不懟，有溫柔敦厚之致，即置之文正集中，亦誰辨彼此也？尹有陟，且有禽，文正有忠宣，均稱名德世濟，不隕其家聲者。而兩公文不甚行於世，毋亦相業掩之乎？

余弭節吳越，則公之桑梓，與其甘棠在焉。會松司李毛君合梓公父子集，問序於余，余因得寓目，蓋不勝景行之思而竊有慨乎其世也。當景祐、慶曆時，賢奸太明，黨議朋興，憸人構廢立蜚語，幾令人主意奪，而文正獨拊股於石守道之《聖德詩》，以爲怪兒壞事，用坦衷亮節默維而静鎮之，卒使吕相解仇，仁廟傾心，而夏、章、王、賈輩且結舌而遠遁。熙、豐、元祐之際，亦乾坤一大更革也，乃去泰甚，議差役，願温公虚心以延衆論，忠宣每惓惓焉。至於章、鄧之斥，請置往咎，輕録過寬，蔡確之詩獄勿窮其黨，若逆知有紹聖之禍而不願竄其身於朔洛之籍者，其謂君子與小人鬭力，非惟不可勝，勝亦不武。噫！一何明喆而晰於幾也。

終宋三百年，天下壞於"朋黨"二字，兩公業燭照而數計之，其人其文，真父子矣。司李君捐俸劂劂而公之學士大夫，使夫讀兩公文者，知其雍容劃則，得古大臣華國之章，而論其世者，知兩公之捐成心、全大體，有古大臣忠厚正直之概，其於平國是，正士風，未必非廟堂之一助也。故不辭而爲之論著若此。

又

古今父子相業重光，名閥世濟，自尹、陟、旦、禽而外，則無如范文正、忠宣兩公。而純一不二心，身兼文武數器，勳德聞望之盛，亦無如兩公。即韋玄成、李贊皇、吕申公正獻方之蔑矣。

文正起孤生，蕭寺齏鹽；忠宣起任子，居室僅庇風雨，其恬淡寧泊之趣同。文正入學掃一室，晝夜講誦；忠宣耽讀藏火，帳帷中盡黑，其苦志力學同。文正由秘閣登諫垣，守郡帥邊，晚參大政而不克久於其位，中阨呂、夏，屢起屢躓，凡所建明十不得施其四五；忠宣出入侍從，絫典方州，再拜尚書右僕射，敭歷中外逾五十年，天子、皇太后賜勞甚寵，而章、蔡擠之，竄謫窮荒，竟悒悒齋志以歿，其出處遇合之變同。文正立朝登對，陳治亂以規人主，糾大臣不法，爲相裁恩倖，覈官吏，閑姦興良，不恤一家之哭；忠宣典平章，以博大開上意，以忠篤革士風，以天下公議薦引人才，士未嘗知，公不任德，其體國忘私同。文正偕富、韓同在西府，上前相爭如虎，下殿不失和氣；忠宣與溫公議差役法，願去太甚，虛心以延衆論，溫持逾堅，公爭轉力，其酸醶參和，共調國是同。文正解仇呂相，勷力平賊，乞貸高延德而蠲負犯之條，釋晁仲約之誅，不欲人主手滑；忠宣請置章惇之往咎而恤其私，寬蔡確詩獄，勿窮其黨，其議論務依長厚，捐宿憾，全大體同。文正文章以傳道名世，論說必本仁義；忠宣奏牘引誼據經，率然而作，一歸於忠恕。今觀二集中如制、册、書、疏、箋、表、詩歌之類，皆溫文劃切而暢於事情，有朱絃疏越之音，無鉤棘詭飾之習，即以鼓吹六籍，黼藻鴻猷，夫誰曰不然？蓋兩公家學本忠本孝，而始終一正，表裏一誠，他人以文章爲功德，公獨以功德爲文章，故文正曰純仁，得吾忠，而忠宣亦云"先天下而憂"，期不負聖人之學，此先臣蓄以教子而微臣資以事君者,所謂本朝之第一,百代之殊絶,非耶?

文正守蘇時,募游手疏五河,導積水入海,爲東南世世利。復捨南園建學,曰:"一家貴,何如吳士咸貴?"蓋天下郡邑興學始此,而義莊義塾推恩賜贍族人,教其子弟,則忠宣公實左右之。兩公之爲德吳人甚備。今去公餘五百載矣,而遺澤若新,學士大夫其能亡高山之仰?

余往者承乏吳郡,既新公祠,俎豆而尸祝之,更謀所以新公集者,中更量移,逡巡未果,意不勝悔恨,以爲吳中欠事。今毛理君之合梓之也,不獨先得我心,而兩公之風流文采藉以緜緜,使吳人知公世德與夫學術淵源所自。吳俗以公敦,吳文亦以公振,且吏於兹土者益思勸學劭農,孳孳民隱,以不忘前事之師,是又理君嘉惠吳人之盛心也。余故捐俸佐之,而爲廣其意,以釋余悔。若夫公之人不待文而顯,與其文不待序而傳,則蘇子瞻氏業已言之,余毋庸饒舌矣。

稗史彙編序

王仲淹曰:"仲尼述史者三焉,《書》、《詩》、《春秋》是也。"《書》陳政事,《詩》紀風謠,《春秋》寓筆削。三史出,而二千餘年古人言動昭昭揭日月,則删述之效乎?然其時丁季周禮樂殘缺,傷幽、厲而思夏、殷、杞、宋之間斷斷如也。夏時乾坤存什一於千伯,不得已而問禮,問官,兼大小之識而學焉,故曰"史失求諸野"。

野史,稗史也,始周、秦而盛於晉、魏、唐、宋,有諧史、逸史、桯史、麈史,其它偏記、小乘、叢説、璅言,皆稗官之支裔,實繁有臚。總之遷人畸畯牢慅佗儜之所爲作,或駕空而誕,或修郄而誣,《齊諧》、《諸枲》,謬悠不經,《碧雲騢》、《建隆遺事》雌黄逞臆,且其人非董狐職,非金馬耳目,舌筆訛傳而訛信之,幾何不爲齊之野,汲之冢也,以謂史之惑術,不其然乎?第徵是非,削忌諱,則丘里之言爲真;識重常,辨貳負,則山海之經獨著。天壤間何物不有?即一事之奇,一語之豔,亦足驚心洞魄,洽見該聞,而安得錮於眉睫,盡斥爲亡是烏有哉?

宋太平興國間,得各國圖籍,降王諸臣或宣怨言,因收置舘閣,給筆札,使纂群書,編成傳記、小説五百餘卷,命曰《太平廣記》,蓋野史之彙始此。而元儒仇遠、陶九成氏復有《稗史》、《説郛》之目,然識者猶病其厖雜,固未有博收約取,析類分門,如王先生彙編之贍而核,詳而有體者也。《彙編》元本二書,而汰其繁詭,益以國朝諸家論著,則王先生爲政,其綱二十有四,其目二百有七十,而捃摭群籍,亡慮七百餘種,大之大地河山,小之蠉息蠕動,明之禮樂名物,幽之徵應果報,近之人倫日用,遠之儸釋玄宗,莫不參伍薈蕞,犁然列眉。而荒唐弗録,蕪穢弗録,非羽翼經傳總領風教弗録,寧獨二氏之忠臣,抑亦六籍之功首矣!

余於先生夙受一廛,今以司鐸海上,始獲莊事。聞其居柱下時骯髒淹雅,具良史材,以蚤遂初衣,故得以巖居之暇畋漁千古,既以其大者續馬貴與《通考》,而兹復賈其餘勇,白首丹鉛,以就斯編。豈曰道在稊稗,不廢洛誦,倘亦有大小兼識意乎? 余授而卒業,嘉其叙朝章國憲似《書》,徵風考俗、博物多識似《詩》,別貞淫、嚴勸戒似《春秋》義例,蓋庶幾乎刪述不謬於聖人,不徒資譚麈、備掌故已也,是安可閟之帳中? 故弁其首簡,使與《通考》並傳,以竢潤色鴻業者採焉。

又

周官以太史、内史掌六典、八枋,小史掌邦國之志,外史掌四方之志,而皇華之使以時采歌謠、奏疾苦、諏謀度詢而貢之天子。天子復巡行方岳,陳詩納賈,召故老而問之,而太史又籍而記之。故當其時途歌巷謳皆領於太師,天子得以考其風俗之貞淫醇澆而行章癉焉,則詩即爲史,史即爲政,非必區區取一朝之興革遷除而屬詞比事,如近世編年之體也,乃説者以野史爲稗史,隘已。

孟子曰:"《詩》亡,然後《春秋》作。"是《詩》固盛世之史,而《春秋》則衰世之詩,《春秋》作而正史宗焉。然而古太史亡矣,蓋東遷而後史職伶人久失其官,孔子不得已而刪述贊修,存什一於千百,然晉之霸焉而採,秦之夷焉而採,鄭衛之諧謔焉而採,其於是非得失之林,鴻纖畢具,倘亦稗官之權輿乎? 稗官蓋説家之祖,而古瞽御彤管之遺,則《周禮》訓方氏誦四方之傳道,閭師、縣師各有其書,在漢固有典司者號黄車使書九百四十矣。司馬氏羅網舊聞,皆缺而不録,子不語怪,將毋謂其誕罔不雅馴耶,則鑄鼎以窮神姦,禹復何為者?且羲軒之事若存若亡,稍或識之,庸不乃愈乎?且安知其非當年之故而必盡汰焉?乃知典墳散佚,不獨嬴火,蠹編斷簡,放失何限,蒐獵而弋獲之,臚陳囊括,端俟宗工,此王先生《彙編》之所為作也。

先生因宋、元舊集,參昭代新編,評稽毖析,裒而成書,大無夸毗,細無漏網,詞工而格於理者刪,事駴而畔於正者刪,其不廢者,亦猶秦晉之盟誓而鄭衛之諧謔也。夫盟誓者誦,諧謔者蕩,其離經背道滋甚,夫何取而存之?豈非括於無邪之旨耶?抑以證風辨俗,麗美惡而勒勸戒,不妨並傳之,以觀來禩耶?斯亦先生彙之之意,不謬於聖人者也。《詩》亡而史作,史失而求野,《春秋》其大宗也,稗史其支裔乎?閭師之於閭也,比長之於比也,雖施舍饎糦之瑣瑣,亦司徒三物八政之助。是編出,而觀風者以扶文教,削牘者以訂謬誤,載筆者以資辯博,其亦素王之閭師、比長哉!

吳關使者渤海王公關政續志序

國家治關征,大農歲遣其屬之良者主舟車、告緡賦、入度支以待匱頒,實邊儲,所部受質,歲會登耗有常。二百年來,長年賈客安其出以為固然,而當事者顧亡能畫一。其法大都寬則利商而病國,刻則利國而病商。夫商,殉利者也,以利來,以不利往,往則鳥舉,來則麕至。商以為屬己也者而望望去之,商病而國亦病矣。

吳會當萬貨之區,濔墅則江淮湖海襟喉之市,比歲將作繁興,誅求四出,關日增,額日浮,重之嘆潦無時,物力詘焉。所在姦胥猾儈或夤緣漁獵其中,外蠹內蝕,至米鹽不可究詰,商旅蕭然廢職而國耗乃滋甚。

民部渤海王公之權吳也,甫下車,不問利而問蠹,蠹之所急,必首湔除之,峻誓胥史毋索賄,毋侵牟,毋挾使者威而輕為呵喝;駔儈取化,居毋抑勒行貨;津吏時啟閉,毋逗留滯宿;長年賈客各以實自占,毋匿舟尋尺;候人偵卒取登記余皇尺籍,毋與查收。棄爾瑕疵,嘉與更始,及今不用命者皋無赦已。而相地形、審物價、塞蹊竇、嚴句稽,漕、湖、海有圖,分司有隸,某津通某道,某道通某航,某航通某貨,犁若躬履目矚,籍有常供,其歲計已及,則以次遞蠲有差,若槎不中量,貨物不中程,悉罷不榷。蓋公家世授《詩》,彼稊此稀,不盡利以遺民,自其庭訓,而冰蘗禔躬,節愛惠下,一以忠實心行之。以故五方稱平,若出一口,近集遠歸,不翅死積而川決也。

善乎公之論水曰:"水之行地,如肢節脉理之在人身,毋使之不均不通而已。夫財猶水也,均則通,通則毋壅,整齊而利導之,亦若是則已矣。"即周官平準,何以加玆?它如疏河淤,重鄉約,飭保甲,賑貧衿,種種善政,具載關志中,未易更僕,倘亦有闢轂告新意乎!前事不忘,後事之師。豈惟國與商,實嘉賴之。其遺蔭施及東人,世世曷既。余與公共事玆土,方賦《大東》,憂《萇楚》,求所以紓民者而未能,喜公於擾攘急逼之中,行寬暇長久之政,而南國之息肩有日也。故於玆刻而爲之論著若此。

方本菴先生心學宗序代。

古未有繫心於學者,曷爲乎有宗?曰宗自虞廷,虞之命禹,曰"人心惟危,道心惟微"。夫心一而已,以爲有人道危微則二之矣。虛明之外無物也,惡得二?譬之鏡焉,照之以妍則妍應,照之以媸則媸應,謂鏡有二,可乎?鏡一而妍媸惟所照,心一而危微惟所感。危微者常人心也,非聖人心也。聖人之心湛然虛而已矣,瑩然明而已矣。無思也,而無不思也;無爲也,而無不爲也;不以聖人自居,而每以常人爲戒。且聖不自聖,而又欲常人之皆爲聖人,使求之思爲之表,以達之無思爲之域。若曰,無之非心也,則無之非學也,萬古一心,亦萬古一學,而安所置異同於其間哉?

堯之中,舜之一,孔之矩,孟之存養,周之主靜,二程之定性,考亭之居敬,陽明子之良知,皆古今心學之祖,談心者宗焉。而其後乃有無善無惡爲心之體之説,且以爲天機爲密藏,遂啓千古之疑案。度陽明之意,特以善惡兩形,善名斯立,使其純然至善則無惡亦無善,而其徒解之曰:"心本無物,惡固無也,善亦非有。譬如玉屑塵砂，入眼皆碍。"夫玉之與塵則有間矣，然皆自外入，故目不得而有之。若善則心之固有，非納之外以增其所無也。謂心無惡亦無善，則謂目無暗亦無明耶？其流之弊且至薄善而不屑，任惡爲無碍，放曠蕩佚，使天下棄常經而趨狂解慮，無不以竺乾、柱下之旨爲玄珠神璽，是雜稗於穀而混莠於茹也，朱虛耕田之詠漫而已乎！夫物本天，人本祖，一氣也。聖人本天，釋氏本心，一脉也。氣氣相孕，脉脉相傳，猶之水有源，本有根，千派萬枝，未有不循其始者。故方先生之《心學宗》斷自唐、虞爲開祖，洙、泗爲繼別，濂、洛、關、閩爲大宗，河東、江門、東越爲嫡派，而其餘支裔耳孫。苟一言之契於心者，靡不臚列而叢析之，凛凛焉，懼呂之易嬴，而牛晉之亂典午也。其言曰："學者好談心體而略躬行，聽之妙入玄虛，察之滿腔利欲，則是以佛緖而飾霸術。"噫！卓哉斯言，信近儒之膏肓而宗門之扁鵲也，即以禘舜郊孔何愧焉？

蓋先生綺歲志道，學殖淵懿，晚應明經辟，竟謝公車，研精斯奧而獨嚴其防，於儒釋之歧，悟修之一，至心無善而理有障，斤斤闢之，不遺餘力，是又自我作祖而不寄人門戶者。其爲紫陽忠臣、文成諍友，不既大也耶？厥嗣侍御公箕裘庭訓，紹明闡繹，所至按部擁皋比，談經圓橋，觀聽爽然頤解，乃知真儒家學淵源有自，且喜正宗之幾晦而重揭也。故因喻令之授梓而僭引其端，令承學知所皈宗焉。

顧涇陽先生小心齋劄記後序代。

梁谿顧涇陽先生以銓曹郎抗疏，載起載謫，最後復坐置相事，削籍歸耕慧山，倡正學東林，雅集同志，講性命倫常之奧，揆躬經世之方，參互訂正，抽關發覆，一時遠近衿紳慕趨之若流水。奕奕環橋者，無不解頤折角，海内士耳先生名如祥麟威鳳，可望不可攀，而某以邑令獲瞻光霽，私其龍門，時時假簿書之隙，追陪皋比，聆緒論非一，虛往實歸，不翅飲江河而望其腹也，亦滋有厚幸矣。

某既從先生都講，更得其所爲《小心齋劄記》者，受而卒業。則先生自甲午謫居來十年蒖軸手自論著，或機鋒送難，或韋弦自惕，闡苞符之靈樞，抉洙泗之心印，深言之刺肓，淺言之近帶，大言之周八極，細言之入無間。其反覆於性善一言而辨老佛之同異，衷楊、王之得失，盡拋習氣習情，而不欲以無善無惡開天下以虛蕩之門也。真所謂一棒一痕、一摑一血者。蓋先生之學禘孔而郊孟，祖周而宗朱，有宋儒之實踐而融其拘，有近儒之灑脫而汰其蕩，寧獨濂、洛之功臣，抑亦姚江之諍友。而不標宗門，不逞意氣，不喜鈎名吊詭，既爲僞道學立隄防，復爲真氣節樹模楷。既以點化上根，復以鍛鍊下士。令省覽者悚心汗顙懍然而不敢私，是非其爲救時鍼砭不已大乎！先生有言曰："官輦轂，念不在君父；官封疆，念不在百姓；林下水間講求切磨，念不在人心世道；即有它長，君子不齒。"嗚呼！此先生所以教人者，亦先生所以自勵也。師世覺民，其可一日無先生？天其有意斯文乎！吾知先生真儒作用必不以東林老也。

兵憲蔡公於先生臭味針芥，其孳孳明道淑世，如拯焚溺，開聾瞶，意復不減先生，故序是編而公之剞劂。某復以讐校之役續貂附蠅，私其千里又滋有厚幸矣。

柳南先生歸來稿序

國家鴻昌茂龐之運，莫盛於成、弘。其時，學士大夫類伉爽修潔，以風節自砥礪，至操觚爲文若詩，又敦樸道古，直攄靈根，無沿流拾瀋之態。一代人文，如北地李獻吉、信陽何仲默、晉安鄭繼之，之二三君子者，各以清聲直節偃蹇曹郎、侍從間，得肆力諸家而壹意千秋不朽之業，狎主詞盟，睥睨千古，則是無故，蓋扶輿鬱浡，邑爲國華，先進斌斌，猗與盛矣。其在吾閩，稍前繼之而倡者，則有吾家觀察柳南先生。

先生幼負雋氣岸，嶄嶄起家比部郎，從王三原讞獄江南，著平反聲。嗣僉湘臬，疏杭河水利，法豪右之侵敚者，任勞任怨，竟中蜚菲，投劾歸。歸而匿跡巖扉，時時從田畯野老結東井社，以就茲稿。今觀其集中春容瀟散，無佗儌怒張之氣，其淵然者光耶，其闇然者質耶，其澹然若有蓄育而未竟者才耶。即沉深莽宕，壁坐璣馳，誠不知其於二三君子何如，要以冲融爾雅，粹如藹如，不標奇吊詭而獨運其中之所自得一也。先生位不踰五品，年不滿六十，以骯髒蚤廢于時。

其用不售，才政與三君子類，然三君子者，當其身而詩名藉甚，先生老厄田間，世遂罕名先生詩者，詩能窮人，豈人亦能窮詩耶？

余生也晚，不及晤先生，而得其人於詩，不及跡先生行事，而徵其世於虎林《莆陽志》。蓋志稱先生治行清肅，所至以愛利思而特耿介。少所通狗，卒之日貧不能具殯，家無衣帛，子有負薪，至客游白下不能歸，深足悼者。令先生而當吾世，能飾膏脂營撲滿乎？能卑疵纖趨而儕流俗乎？能餂飣藻繢而從里中兒調笑乎？吾知其必夷然不屑也。余是以讀先生詩而深有感於成、弘之際也。

爾時吾家代興作者，即衢州、諫議兩公。夫非以古詞賦雄耶？然皆藉其賢子孫以傳，先生箕裘零替，子姓食貧，故其詩最晚出，而遺帙亦僅有存者，傷哉貧也！廉吏安可爲也！余是以讀先生詩而深有感於成、弘之際也。

行其集者，爲先生裔孫太學幼儀。幼儀，余從子也，朗秀而文名隆隆起六舘間，是不隳其家聲者。嗟乎！先生不貧矣。

丙午南畿同年齒錄序代。

歲丙午，南國賢書成，主者業爲勸駕，既私覯而燕閒黨以齒差次籍之，曰《同年錄》。例得稟言於督學使者，余屬分庖，誼無越俎，諸士尊其故以請，孫辭不可，已而有令命，諸士復申前請，曰："以二三子之幸徼追琢也，且壹度尚程以就夫子之型範而毋冒非幾，夫子不惠之一言，是終棄二三子以爲不可教誨也。其若舊典何？"

余固謝弗獲，則進而語之曰："爾多士之迫得余言也，其以申《伐木》，訂久要，上貴祖先而下章來裔乎？抑梯榮甘臕，以爲媮便圖乎？夫士未通籍則東西南北人耳，而當其角伎，賈勇爭先，若無人乎，五步之內一何競也。及奏儁，聽《鹿鳴》，而是百三十五人者，乃得接袂聯鑣，如雁斯序，以友朋而世弟昆，五倫中居二焉。應運固奇，作合非偶。今兹之役，異而同，競而讓，斯其一時而能無加愍于初筮。竊聞之，烏集之交，前驩後吐，毋論袁、伏噉名，羞稱比肩，即華、管夙締，亦成割席。何者？面誓而背詛，陽麗而陰叛，則同爲異根而讓乃競府也。

况乎羶途一入，蒼黄五色，谷風撼而外移，黄金注而內拙，室之戈，衷之甲，鬩牆而下之石，即優狎密昵之交，且不難刲刃其腹，何論比肩而分席乎？夫緣飾氤氳，如脂如韋，薰蕕而膠漆之，余不謂同。睢睢盱盱，循牆傴僂，飲食言語相推下，余不謂讓。惟善相師，過相規，德業行誼相策砥，後私而先公，急病而讓夷，師濟一心，以媚天子，則真同真讓耳。子之言曰'和而不同'，又曰'當仁不讓'，惟不同是之謂大同，惟不讓是之謂至讓。大同、至讓，有厚而無私，有禮而無飾，出乎巽，成乎貞，而後一德和衷，而後齒之用顯。不者，貌爲同而巧爲讓，射利競用矛而肩重争處鐏，名位相取捷于機弩，談笑相軋慘于五兵，則憸人、躁人、頑嚚而回遹之人，其名曰弗齒。斯兩者，奚擇焉？爾吳固讓王之鄉，諸士當于郊之始，素絲未染，至德可師，知其必爲此不爲彼也，故余賓初筮滌爾諸士之不心競而力争，所爲申《伐木》，訂久要，上光祖考而下章來裔，如是而已矣。若志同升世講，修故事之缺，諸士固褎如充耳，又安所用余言爲？"

須江課士録序代。

須江，越下邑也。其職貢不能當上國什一，又俗務佃作，尠玄黄綺穀之觀，其學士大夫廩廩德讓，入里門必趨，下澤款段亡敢御，有鮮衣怒馬、都騎從而過者，則目攝而揶揄之，以爲揚揚詡詡非其質，蓋儉樸簡華，其天性也。

余獲長兹邑，見其士修修焉，于于焉，退而弗耀，冲而有餘，慤己甲乙。其所爲掌故家言，則又典而則，澹而瑩，穠麗而近實，斤斤然墨守師説，不敢捨津筏，偭規矩。腆哉有邦，殆庶幾乎雅訓，則先民遵功令，不受變於波沫者矣。越絶故稱材藪，而邇乃矜傅剽剥，逃之幽宵，鈎棘以相高，炫縟薰中，喬怪駭目，爾諸士毋亦浸淫於大國之風而有豔心？余願諸士之毋改玉也。第益尚而精，厲而氣，堅吾所本業而澤以道德，醖醸以菁華，奇正相參，宮商叶應，將全淛推以爲鋒而天下望以左右袒，其爲江郎文溪重，顧不已多乎？余於諸士友道也，雅不願諸士有瑰異之行，故不欲諸士爲瑰異之文。若云須江下邑厥貢惟淳風，以际南金東箭，孰上焉爾？諸士幸毋胡盧之，曰卑之亡甚奇論也。

冰節録序

節之旌也，王制有予奪，士論有是非。制予而論，非君子不以其予予；制奪而論，是君子不以其奪奪。《詩》三百篇，《春秋》二百四十年，美刺具于《王風》，褒誅嚴於鈇鉞，然其時以節著者共姜、紀伯姬、葷處二焉。以王化之盛，聖人與善之周若斯靳也，藉非《柏舟》之咏，侯女赴魯之文，之二貞蒦者，且不獲附聖經以傳，章施來裔，而況窮簷敝閭、委巷單門，寡力貨而絕奧援者哉！如是則制必公，而論不必私也。故得刺其所予而美其所奪，彼夫《黃鵠》之歌，《南山》之悲，我特故雄之什，其自鳴耶？抑世之子墨客卿，以士論代王制，爲摹幽思而寫孤臆耶？蓋詞之不可以已也。

是《詩》、《春秋》之義也，乃今徵之吳母《冰節録》而信。方贈公背母時，母提三歲孤，内乏強近之親，外虞鴟鴞之攖，丁延陵氏之百六陽九而保其綫祀，首蓬容臛，集蓼茹荼，亦曰"以覿諸亢宗，可歸報地下耳"。形爲母，影爲父，口爲師傅，夙夜劬心，和熊丸督孤，孤竟用經術顯，訓樂昌，典雍籍，三徙應城令，治行斌斌有聲。藉贈公而在，義方式穀，曷以逾兹？是贈公朽而存也，而存孺子以亡朽逝者，是夫人存存也。以視二蒦之儀髦靡它，從一不二，其難易不翅什伯矣！假令當聖人之世，采風載筆，則如夫人者，固宜大書特書，咏歌嗟歎之，以垂陰教、式女士。而猶掩巖穴，抑不聞于有司，不表宅里，爲世婦旗志也。豈非天褒之佚典、聖朝之缺事乎？

西粵在春秋時僻在炎荒，其風謠赴告不賓上國，以故師氏無從采，太史不及書。今天朝一統車書，幽遐奧渫，悉耀于光明，豈夫人之純懿卓烈而埋照掩輝，王言將終靳之乎？文人學士雕蟲之技，以方制詞，其猶一呋然，亦附《詩》與《春秋》之義，存士論以翼王制也，庶其不畔於聖人也夫。

千頃齋初集卷十四

序

錢肇陽四書證義序

　　治四子言者，漢有詁，唐有疏，宋有箋，至紫陽子而集其大成。尊紫陽者絀漢詁，然而紫陽證漢詁者也，非螯漢詁也。何者？微漢詁，靡所啓紫陽也。悅東越者詆紫陽，然而東越證紫陽者也，非螯紫陽也。何者？微紫陽，靡所啓東越也。紫陽以漸修標義爲學人立法，東越以超頓明宗爲上根設智。夫頓之與漸，則有間矣。然以紹明聖真而發揮道妙，則可互相證，不必兩相非。《易》不云乎，"書不盡言，言不盡意"。遐想吾夫子當年微詞奧旨，即及門七十子已不盡領略其概，或一再傳而失之，況閱千百歲而下，火於秦，蝕於壁，亥豕魯魚於傳寫，而必欲字比句櫛，執一家之見解，爲印聖之筌蹄，不幾彌索而彌晦乎？故紫陽未竟之秘，未必不待後人之參訂也。令東越生而同堂，出疑義相送難，未必不逌然解順也，而奈何各立門户，以相掊擊，室之戈而衷之甲爲？則淺之乎，求紫陽而不善證焉者之過也。

　　紫陽之學，未嘗不精，其深心微義，徹上徹下，未嘗不玄不妙，學者不察，淺而求之訓故疏釋，則以爲是口耳記問之業，不若東越之新奇可喜，標指見月，厭家珍饘異錯，紛紛多岐，亡羊滋甚，則亦不善證紫陽者之過也。

　　雲間錢肇陽氏，少而沉酣四子，潛心鑽研，著《證義》一編，一稟紫陽功令而間折衷東越諸論著，補其所未備，不鑿空，不駕奇，縱衡參伍，明白了洞，要以抒其胸之所見與學之所得，以共明聖人之道而已。其言曰："以書證書，以紫陽證紫陽，破執著之非以明無意必固我本旨。"嗚呼！尊紫陽而不泥紫陽，斯其爲善證紫陽者與!

編刻於金臺,一時館閣鉅公無不珍嗇,大中丞曹公見而心賞曰:"是宜司南學者,盍廣其傳以爲尊朱之鼓吹?"學者由《證義》證朱傳,由朱傳證四子,則一切謬悠之説當廢然而自反,其亦庶乎不以訓故疏釋求紫陽而無負大中丞公作人之盛心也哉!

又

蓋家伯氏爲余言,雲間錢氏之多儁,吾於南雍得稚宣,於南闈得稚文,二惠競爽,意以爲機、雲復出,本之家學,則其家大夫肇陽先生淵源所自云。先生業制舉,即有志聖賢之學,公車下帷,足不窺園,日手四子言,濡首果腹其中。間有疑義,面壁鑽研,不洒然點胸不止。丙夜有得,輒披衣燃燭,手自疏記,績有成帙,題曰《證義》。

余授而卒業,大都濬發慧心,剖抉靈秘,以眉山、廬陵之口,闡洙、泗、濂、洛之旨,深言之刺肩,淺言之近帶,極言之中窾,引言之省括,大言之彌六虛,小言之入無間。宗紫陽之功令而融其拘,師姚江、江門之玄解而汰其寂,即不規規宋人帖括,而沿流遡源,由本達枝,語語皆周、程心印,自非腹笥半豹,目破全牛,何能透悟爾爾?蓋洵學海之梯航,抑亦玄珠之象罔矣。

乃伯氏又爲余言,先生内行修潔,惇孝友睦族,割腴産三百贍其不能舉火者。生平寧澹出之天性,笙絲不入耳,紈綺不被躬,盛年不再娶,姬姜孌童不御左右。讀其省言之作,髮爲竦,頰爲汗,則又非高張其舌,卑疵其躬者埒也。今人動稱講學,亦動惡講學,秋天泥淖,至以仁義爲奸窟,有如先生之斤斤踐履,心迹雙符,言必摹經,動必準聖,即借爲道學解嘲,可不可乎?

二子禀先生庭訓,束脩至誼,進文章而道德之。異時譚文者以先生爲明允,而二子爲軾、轍;譚學者以先生爲大中,而二子爲灝、頤;譚世德者以先生爲太丘長,而二子爲元、季方。則先生之自證與證於二子者,又不獨二陸之華,僅僅詞賦稱雄已也。余不佞,敬以"三不朽"期先生父子,而證之家伯氏。

刻禮記明文正鵠序

　　自荆公罷詩賦、開經義之科,而國朝因之。鄉會闈三載再闈,每賢書出,學士遵爲嚆矢,如射的然。夫發彼有的,以祈爾爵,苟無常儀的,即貫虱中秋毫,没石飲羽,猶妄發也。文亦有儀的,其於制義則程墨是已。程者衡也,上以衡士使就式焉,墨則士自爲程,引繩削墨,而方員曲直顓若畫一,有価於先訓且以不適罰矣,宜士之赴若鵠也。

　　乃今功令歲申,士習歲詭,秩宗氏字糾句摘,密於爰書,而或妄意其先末後本,峻網於毛膚,薄繩於神理,障川回瀾之效,亦遂能廓如如韓退之時乎?夫文以譯經也,昔先正之文大都元本六經,出入諸史,而後旁及子家,參伍儒學,以暢其支而窮其變,故雖言人人殊,皆能自傳其意,以與聖賢之旨合。今且尊子卑經,叛儒佞佛,拾發家操戈之殘瀋,發喑囈聾瞽之悠譚,搦管災梨,汗牛充棟,而經生家益襲爲套括,倚爲捷徑,餂飣襞積,以徼一日之遇。

　　吾事畢矣,豈惜身後名而俟之没世不可知之人爲?且上之所禁若此,所收若彼,今之主司亦昔之舉子,宿暈飫其膏肓,新聲簧其快耳,如丁長孺所云:"不能使主司去習目,而欲令舉子去習心,庸可冀乎?"故欲鰲文體在明經術,欲明經術在屏異說,欲屏異說在禁坊刻時文,而一以程墨爲鵠。士非六籍無宗也,非先秦子史、唐宋諸大家無涉也,非濂、洛、關、閩之語無從帖括也。即有結撰,非抒其胸中之所自得,無從獵取也。養根以俟實,加膏而希光,綺障不黜而自消,限字不嚴而自簡矣。蓋余之謬爲管窺者如此,間以語二三同調,無不逌然解頤。而友人陸生元美猶願有復,曰:"戴《記》故少坊刻,業禮家膏肓未瘳也,而程墨未有定,盍選諸?"余謂禮之套括,昔病腐,今病浮,浮與詭等耳,則曷不以先進鵠之?無論弘、正,即嘉靖中葉漸入綺靡,然觀其制舉文,往往通經窮理,按物肖形,其傳神寫照處有今人不能道隻語者,奈何以陳人之謦欬舍之?

　　吾於弘、正,取其質有文者,汰其僿;於嘉靖,取其格法森而華寔茂者,汰其支;慶曆近製,取其詞理雅馴之不謬先程者,汰其浮與詭。雖略古詳今,亦就俗性之所近,而加挍搏焉,其於入人較易耳。錄先程後墨,殫半載目力而後竣事,題之曰《明文正鵠》,以公同志。使高者神游彀中,巧運象外,次亦斤斤彀率如矩如附,無失我聖朝制科之意,是亦鍼時之一法也。若夫布侯張機,省括合度,範千萬人之巧力以共射一招,則衡文者方起代維衰,余何間焉?

刻明表練影編序

表之言標也,辟物之標,要在章顯,而駢麗之上何?蓋頌主德,述下情,明己意象物,則其言則巖廊獻納,着野語不得;其體則揚厲鋪張,着酸語不得;其法則莊雅典重,着寒儉廉纖語不得。使事毋貪,纍結則意掩;鏤詞毋巧,綺靡則神傷。博以取材,毋曼衍而夸;頌以寓規,毋憤厲而激。惟劑律呂,諧宮商,絕繁縟,抒真素,色契玄冥而聲中疏越,意若貫珠而詞如束帛,是爲鸞掖之鴻章,斯乃韻語之極則矣。瑰麗推唐,類諧而事核,故模唐者以王、駱爲宗。爾雅擅宋,采動而神流,故倣宋者以歐、蘇爲的。自非然者,即博侈五車、奇鬭一字,於渾噩之體,何當焉?今學士家亦用四六應制科,而困於帖括,其於儷偶駢語,輒曰"雕蟲小伎",取闈中咄嗟辦,第枵腹空拳應之。其贍者不過掇殘瀋賸香,言之無文,安問體法?此喬君求氏《練影編》之所爲輯也。

君求腹富經笥,胸懷絡璧,苦心漁獵,積有時月。於程墨取精而旁及館課家藁與密勿奏對之篇,則余有弋獲,間亦佐其什一。公之梨棗,司南同志,亦曰:"範古以今,遡源自委。"俾取具棘中試,毋窘於枵腹空拳,則法後王便耳。若夫以唐、宋之體裁,陳虞、夏之謨典,用休文之聲律,寫子瞻之興致,遠追徐、庾,近接宋、元,是在讀者之得意忘筌。不則,偷香拾瀋,又實雕蟲者口矣。

南國觀風錄序

直指使者清淵曹公,奉璽書督應天等六郡,輶軒四履,從舉刺之隙,都試部中諸生,而手其甲乙,若剖蒼素,數一二,無錙銖失。事竣,遴其嫺於詞不詭於理者,付之攻木,題曰《觀風錄》,而屬余不佞叙簡端。

余謂風胡以觀也？起青蘋，搏羊角而上，是非可物色也，而往往得之於其聲，若比類而觀，則漆園所云人籟是已。乃班史謂民函五常之性，其剛柔緩急係水土之風氣，謂之風。茲炎炎詹詹寄之口吻者，顧繫之風奚也？毋亦以呈貌抽心，非雕非蔚，攄二儀之苞符，發六籍之靈秘，尤稱人籟之至者乎？在昔，《詩》陳四始，風缺三吳，彼其時文教未通中國故耳。然而，東魯精華，得者言偃，列國聲歌，札肆譏焉，夫夫非菰蘆中產乎？炎漢而下，作者代興，人握泉岱之珍，家耀湘中之寶，其後一變爲典午之玄言，再變爲齊梁之綺語，雕龍繡虎，林薈川冲，至趙宋氏二朱之經術出，而後粹然一軌於正。今之留都與夫皖城大鄣、宣州秋浦、姑熟桐汭，則古句吳之墟，而江左之風流在焉。自高皇帝龍飛南甸，此地遂稱豐鎬，而茲列郡者乃得比於三輔首善。二百年來，樸械薪橇，無斁譽髦，斌斌人文甲於縣宇，而直指公復加意章縫，誘進以仁義，冶鑄以詩書，一時士心翕然，滌腸煎慮，務畢其技，以求當公指。

今讀其所錄文，言不一腔，均麗於法，體不一局，均澤於雅。黜東晉之塵譚，敦紫陽之實詣，洗風雲月露之靡，尋洙泗河洛之源，斯亦三籟之正始而南國之鉅觀矣。豈所謂剛柔緩急，水土之風固然耶？抑直指公所誘進而冶鑄足風之也？藉令孔子刪《詩》而當今代，其能亡進諸士於言偃，首吳風而賓之上國乎？夫士民之觀也吳，天下之觀也風，民以士風，天下以吳，異時公采風而貢之當宁，當宁盱衡而問吳風何以顧化若是，必喜而重吳，吳重則天下響應，吳如高皇盛際時，則斯錄也，其公同風之左券也夫。

孺初毛公制義叙

越新定孺初毛公，以公車聯第拜雲間李。雲間故巖郡，李佐直指行部兼督四郡大小獄，其劇倍它署。公去諸生不能一歲，所脫鉛槧而爰書，郢斤丁刃，練若素官，門以外如春，門以内如秋，輶軒所至，氓愉吏肅，即耆雲之臨照，威鳳之翔集，不翅也。

余始與公交，即之溫然若賓冬曦，聽其譚，娓娓然若霏玉屑，久而醉其德，陶陶然若金莖沃而醍醐灌,則私竊自幸,以爲獲從公後,左右提引而匡其不逮,可無大郵於群僚百姓。既而迹公政,乃與其人合,其平衡,其嚼冰,其鑑秦銅,其持岱嶽,其發谿笭,不獨負台傅之稱,蓋已具廊廟之器矣。乃今復卒業公文,則興到筆隨,神傅景會,其清曠絶俗如辟塵之犀,其詞源蠭湧如百斛之泉,其機鋒銛利如吳鈎新硎,水斷陸剸,其疾驟急馳如八駿西極,萬里一息。至其靈鑰自開,雄姿獨勝,又如奏洞庭而酣鉅鹿,聞之魂搖,見者辟易。公所謂詞壇之飛將,文場之驍騎非耶？固宜其標異舞象,彖試前矛,一發而無留行也。余於公亡能爲役,獨以其人知其文,以其文益信其人與政。公殆緣儒飾吏,輔律以經,合由、求、游、夏爲一科者哉！何兼材而雙詣若是？

諸序公文者,類詫其山川,侈其家世,以爲靈秀孕毓之奇。而余獨詳於德器吏治,推明元本所自,蓋亦子輿氏知言之旨也。異時者,公秉樞衡,握三寸銀不律而鵠多士,扶衰濟溺,砥柱回瀾,則兹文其左券矣。

張茂卿初硎草序

余課帷中弟子,其試第一而得雋者三：若龔與嘉、張茂卿、范文若,皆菰蘆異品也。

與嘉名藉甚子衿。文若則童牙稱奇,髮未覆額時業補逢掖有聲矣。茂卿舞象困白衣,余從暗中摸索,即詫爲東南之寶,延之匔齋,命兒龍師友焉。余因獲悉其帳中之閟,間有結撰,輒拈示余。余每效它山之攻,出機鋒相送難,逌然若以水投水,靡弗入也。而邑侯劉公、李公,華亭侯熊公,清溪侯金公,郡侯蔡公、毛公,直指使者黃公、楊公,並一時人倫鑑,鑒裁玄朗,亡不前矛茂卿者。茂卿名益噪,文亦益工,遂以其秋登賢書,聯擢高第。人以奇茂卿,且以奇余射覆之非謬。茂卿豈藉余奇,實奇余矣。

余觀茂卿,學亡所不綜,材亡所不詣。世人枵腹刳腸,猶窘步於尺幅,茂卿則洸洋浩肆,若出之倒囊。世人枯髯腐豪,或挫鋭於衝風,茂卿則咄嗟淋漓,可就之擊鉢。固宜其俛發捷收,一舉無留行爾爾。乃茂卿德厚信矼,器沉而韻古,意若悔其業之未究,而不欲以一第滿者。其言弓冶源流得之外祖林文學,文學故陸宗伯高弟,而王相國畏友也,發光剗采,以詒茂卿。世因知有文學,人以爲史遷之楊子幼、甯氏之魏陽元,茂卿實過之。茲特其發硎始耳。嗚呼!余之奇茂卿也,獨文乎哉!

范文若十三篇序

文若幼負童烏,十二受知許大令,十三青青子衿矣。既浮湛諸生,皮相者不無青白眼,文若由由自若也。歲甲辰,余至海上,文若以文贄余,署其牘曰:是汗血未齒者,一日千里可竢也。猶恨其瘢點半耳,文若復由由自若。余既愛其神駿,而或妄意其不受覊畢,願稍抑情而就法。然強文若之情就它人法,文若能之而不爲也。強它人之法而效文若情,則里婦捧心,滋益醜耳。故文若所得於片言,不以它人連篇易;文若所得於隻字,不以它人絫句易。夫自語自言、自笑自歌者,文之至境也,故能言己之所欲言,即能言人之所不能言,則柰之何寄籬逐武,拾前人口中珠而隨里兒調笑爲?

文若慧性靈樞,秀發天成,余時加棒喝,往往針芥會心,而巧運鬼工,思窮圠扤,有玄必鉤,有語必瑰。崚嶒則天柱之巔,險峭則懸崖之溜,幽窅則頯洞之穴,蓋玄澹得之貞父而奇宕過之,孤絕得之無聲而銛穎過之。當其意到神來,排雲直上,超津筏而駕沉寥,無論時輩捫心,且令前喆披靡,文若何頓詣兼至若是!它人以人文,文若以己文。它人無自倡之伎,文若有獨到之神。此文若自解自喻、不可告人者,惟余與文若共賞也。菰蘆中乃有此人哉!

同文若舉者,有張茂卿,齒與文若後先,皆余第一人而同收於顧之楊先生,其名亦相亞,何先生臭味與余券若是。茂卿氣豐而材橫,文若氣孤而才穎。茂卿則淮陰將兵,多多益善,文若則徐夫人匕首,濡血立斃。雖才情互岐而獨至則同,宜其並爲先生所珍惜也。尤有進於此者,則鞠傅之稱田光,曰智深而勇沉,不深不粹,不沉不堅。入之沉沉,出之自然,至寶不曜,真人含光,則木雞之望景,嚮無應者反走矣。文若超悟起予,其與茂卿質之楊先生,倘以予言爲有當否?

龔生北游草序

　　蜃樓鮫室,海市之變不窮;竹箭貝鏐,東南之美亡盡。古稱雲間材藪,近則海上龔生。甫丁舞象之齡,業擅雕龍之譽。神鋒標暎,吐琳瑯於筆端;骨相崚嶒,挾風霜於楮上。賞音諦聽,哲匠咸詫爲登壇;逢年多奇,俗士或疑其操瑟。

　　幸哉不佞,謬叨一日之知;褎然子衿,遂篤千秋之契。生既雅懷奇服,益信余深;余亦鑒負人倫,徒得生重。雖受嗤於拙目,終賚守乎玄心。務寫照以傳神,期窮形而盡相。初躑躅於燥吻,則寸豪爲枯;既淋漓於濡翰,而絫黍罔失。謝華啓,秀孤芳,卓爾不群;叩寂課,虛高韻,超然自遠。茲北游而問狂屈,益化臭腐爲神奇;行南徙以摶扶搖,將培風翼於九萬。蓋百戰百勝,徵應已效於前修;愈出愈奇,異捷應收於後勁。惟是俛大音而諧里耳,融意匠以游天機。落落茫茫,運駕風鞭霆之手;瑩瑩净净,呈鏡花水月之觀。態色俱妍,無令失瘦於相馬;火候具足,倍熟游刃於全牛。余請運斤,生其盡堊。

刻王台承戴記言泉叙

　　曲臺記际,它經獨繁,又疏解不盡出宋人,紛拏莫決。經生學士童而習之,白首而不得其涯,則師承渺而記問囍,茫無統一之故,故求二戴名家,海内士指不一二屈。間得其殘瀋剩香,輒侈爲帳中之秘,不肯拈示人。不知臭腐神奇,日新月異,靈根具足,隨人探取。苟其瀋發巧心,獨創無師之智,即捨筏超乘而上,何規規帖括者之爲?

　　吾温陵之《禮》倡自家衢州,而廉州嗣之,最後宫端偕余代興,人人遂無不名黄氏《禮》者。雖曰箕裘故業,然而人攄慧性,自出心裁,固不尚局局守舊聞也。余嘗以是求友四方,絫歲不得一。比來承乏海上,從帷中課弟子,得王生台承牘,大奇之,則竊意其駒而汗血,是將一日千里者已。而更以三《禮》家言贄,則又喜其不餖飣字句,脱然筌諦蹊徑之外。已徵其家世,則諸父子與、舅氏喬穀侯並以《禮》獲雋南闈,而觀察玄洲先生又生外王父也,家學淵源,洵不可誣。

然生能滔滔自運,無沿流拾瀋近態,則又寒水青藍,足爲斲輪解嘲矣。海上以《禮》起家,自玄洲先生與潘、王二三君子後先鼎足立,而子與、穀侯左右之,歷數試未有後起者,意其在生乎?

生行其集曰《言泉》。昔人喻文於百斛之泉,積不厚,流不長,乃子輿氏亦云"盈科後進",有本者如是也。夫流於既溢,後發而先至,余於生有厚望矣,故因生之請,遂書此以勗之。

孫子京制義叙

余以三伏出都,紅塵煎爍,火雲鬱蒸,僕夫告痛,思需道暍,因息馬石城之巔,得龍潭道院憩焉。

院故饒修竹,其蔭盈畒,而孫生子京結夏其中,則余夙昔所神交,以未及把臂爲恨者也。一見投膠,遂申僑札,連牀握麈,揚扢千秋。已,出其近業相印,大都腹笥半豹,目破全牛,抉名理於深心,發瓌奇於麗藻,夏璜蒼若,武庫森如。余一披而色眩,再繹而頤解,忽不覺其脫炎歊而游清泠之淵,謖謖松風之襲體矣。

一夕,散步林端,觀雨中荷珠蕩漾,倏散倏圓,涼颸飄颻,紅韡綠皺。少焉纖月半吐,樹杪浮藍湧白,若鏤玉葉置水銀池中,非空非色,余躍然有省,大呼絕倒,以爲得文家三昧,昔人鏡花水月之喻,殆非虛語。夫濃靄屬風、驚濤怒浪,文家不可無此奇觀;澄瀾净冰、縞霜皓雪,文家不可無此清籟;玄圃夜光、延津豐劍,文家不可無此景色;秋水芙蕖、初日緋杏,文家不可無此姿態。荷出泥以不染,珠走盤而不溢,機在筆先,神超法外,斯亦文家之至變也。而欲拈以示人,則茫如泡影空華,了不知其控揣之何從矣。蓋子京與余,其好爲深湛之癖同,其佗悒佗傺之遇亦同,既篤臭味,敢忘箴砭?故於叙其文也,徐理水月荷珠語質之,非徒訂結習之膏肓,且以觀別後之修証耳。

刻李伯玉二十七草叙

吳郡守豐城李公,簿領文心,豈弟作人,月進部中士横經角秋而品其雌黄,人望其腹,無不洒然易容者。

其長君伯玉,承懽子舍,昕夕稟庭訓,吾伊之暇,挾不律登壇,于喁遞奏,劍戟交加。每長君出一牘,吳士輒人人自廢,當之辟易。余北上過金閶,從韋別駕許得縱觀其所論著《二十七草》,大都抉名理於深心,神玄悟於敲髓,才可以無所不騁,能斂而就法,意可以無所不極,能抑而發其光。收攝如在鑛之金,縱發如離弦之笴。娟娟僊僊,如藐姑射之飡風吸露;簡質玄澹,如黃鍾大鏞,不作錚錚細響。至其興到筆酣,神飛景會,又如僚之丸、石之斤而丁之游刃滿志也。噫嘻!技蓋至此乎。語稱燕函粵鎛,工以其方;箕弓裘冶,業以其世。伯玉翮翮鳳毛,孕靈負異,揆其方則楚材,徵其世則濟美,當百戰三鼓之餘,賈破釜焚舟之勇。天方授楚,前矛後勁,即吳之水犀銳卒,其能不避三舍也?

別駕請刷青以公同好,丐余一言弁簡端。顧余不佞,何能為伯玉玄晏?惟是國寶家駒,有目共賞,豐城之劍光燁燁牛斗間,世有望氣如茂先者,必以余言為嚆矢。異時執耳先登,建旗鼓中原,則茲草其一咉也。雖微吳而已,天下其孰能當之?

周蓋和白下音叙

制舉雖小伎乎,然未有不繇生入熟,繇苦來甘,繇絢爛歸平淡者。鑛之削、丸之象、刃之游、蜩之猶掇也,皆凝神尚氣,不敢懷非譽巧拙,故能精於其業,矧操寸管尺幅,意摹千秋以上人,而肖其脣吻情態者乎!夫惟精意中鑄,天機外溢,巧與法併而神與境會,乃能了諸心以了諸口與手,不則,如俗工畫竹,胸中了無尺寸,而節節為之,葉葉象之,寧復有全竹否?此無它,枵腹空拳,伐林拾瀋,心理之未湊而漁獵之競效也。余於斯道,蓋三折肱,猶寧信度毋信足,不能以牛鼎快雞口。今臣精銷亡,敢向人前出片語供里兒調笑耶?

而晉陵周生,雅稱臭味莫逆,日以行卷相印可。余得其月課讀之,大都意匠理液,去陳標新,往往出人耳目外,而深不違俗,淺不隔雅,了其意之所明,行其氣之所止,其於甘苦之適,生熟之妙,絢爛平淡之致,庶幾躊躇意滿,不獨皮毛象貌之求肖而已。生故名家子,雁行考功公後,偘偘僑盼,以縈陛公車故,破產圖南。其子汝玉，童牙稱奇，駒而汗血，父子相師友，下帷發憤，每有結撰，輒豪爲腐，髯爲枯，即缾罄釜塵不問，固宜其一變吳歈歌郢雪而國中和寡也。

嗚呼！黑貂敝，揣摩成，金禀奪，駿辯入。積行侁侁，積學紛紛，長竿短造，渠不較然。生勉之！尤有進於是者。黃鐘大吕不作細響，元音天籟妙入自然。續三年馴鷄貫蝨之工，于喁合奏，行且陳鈞天，矢清廟，播吉甫穆風而頌周宣中興之伐，寧待操南音，自獻其《鬱輪袍》哉！

方生南游試草序

今世譚文章家，輒推吳閩爲嚆矢。然輕疾遲重，各因其風；韶令沉凝，互極其致。情韻機鋒，標鮮流采，則吳儂唱以陽春；脉絡理解，擢髓抽筋，則閩士闖其象罔。辟諸草木，根幹塵土而同生，臭味睎陽而岐品矣。

方生兆蘭者，閩產也。爲文斤斤帖括，守紫陽功令，不佻不浮，而時輔以盲史、腐令家言，掇英而咀其華，膚膩而力沉，神清而藻密，駸駸乎有大雅之遺焉。其於吳士之風流巧倩，拔異領新，或能之而不爲。顧其鎔式經誥，切理厭心，析絲繭而燭秋毫，意吳士亦未之先也。故一游南雍，絫試輒屈其曹偶，司成顧公目以國士，不虛耳。

今天下文靡極矣，大言小言，競效廉纖，逐艷爭妍，其細已甚。驟聽之，舌如囀鶯，再索之，味如嚼蠟，則何如舍山珍海錯之奇而饗牢醴稻粱之適也！蓋此近來綺障，而於吳獨先，今且浸淫及閩矣。生勉之！其務績學以儲寶，加膏而希光。疏瀹詞源，化閩習之鈍重；搏裁意匠，剪吳歈之美稗。毋曰南海一漚不足雁行上國哉！倘曰余閩人引生爲重，則有司成之品在。

堯衢古樂府序

古樂府，三百篇之支裔也，東、西京而下獨首曹魏，不失本來面目。齊、梁纖體，遂啓唐人門户，歌行實其濫觴。近則歷下、瑯琊、東海，差稱具體，北地、信陽，瘢點各半。李長沙以其樂府爲樂府，非樂府也。王元美曰："近事毋俗，近情毋纖，拙不露態，巧不露痕。"快哉斯言！足爲樂府樹幟。吾聞其語，未見其人，乃今幾得之家小阮堯衢也。

堯衢天授既高，興致益復不減，捃摭不必富，然能斡運諸家，摹擬不規規古人，然亦不作開元、大曆語。其渾古沉雄，峭峻勁爽，往往淋漓盡興，神境霍絕，讀之令人慷慨而欷歔。今擬廣二編具在，其擬者巧奪造化，高可參東、西京，下亦不失黃初，至其滔滔自運，則又超津筏而上。逼睞之，其若夏之璜、周之璞、漢之罍尊，知非近代間物也。堯衢它纂著業擅千秋，名雄一代，余弗具論，獨論其所爲樂府者如此。蓋堯衢於余竹林之驩殊篤，恨余材不能當下駟，賈其餘勇，猶能鼓鬣前驅，異時者堯衢登壇而執耳，余請屬橐鞬以與君周旋。

姚如龍臥雪齋詩序

往如龍與不慧論詩，云巴渝變而風雅衰，一鳴百吠，逐臭循聲，遂令一二傖父空腹高心，謬標旗鼓，如稚子吹泥畫壺，萬口一腔，聽之使人欲嘔，蓋拾瀋淞流，至今日濫觴而甚矣。吾爲詩寧抑情而就格，毋訕法以伸才。寧爲藍田、少陵隸人，不願作瑯琊、歷下衙官。故凡一言結撰，必斤斤求合，語非建安、黃初、開元、大曆無稱者，人非劉、陸、陶、謝、沈、宋、高、岑無采者。不慧獨愛其五言排律，思淵以渺，詞典以則，調清以越，渾渾噩噩，夏璜、周鼎望而知其非近代法物也。

如龍今且作子長遊，涉淮、泗，歷青、齊，聽高唐、易水之歌，觀燕臺京闕，綺麗熏心，玄黃眩目，其亦浸淫於大國之風乎？將永矢素業弗變乎？如龍德厚信矼，茹淡攻苦，義不以一猪肝累安邑，其於鶉衣鷇食猶甘之也，又安能舍故吾而投輓近之耳目爲？命其篇曰《臥雪齋詩》。噫！不慧之愛如龍，又不獨以詩也。

龍符子賦小序

蔣中葆氏，學窮五車，識辨貳負，武庫不足方其富，夏璜不足擬其蒼。甫丁舞象之年，獨擅雕龍之伎。今讀其所爲《龍符子賦》者，藻思雲湧，縟采霞蒸。

字挾風霜,纂組鏤文之鬭麗;唾成珠玉,懸藜結綠之誇奇。二鶺爲靈羽標符,比正平之《鸚鵡》;一品爲側生吐氣,陋曲江之《荔枝》。若覽揆之宮商,實詞壇之琬琰。語是我輩,定作金石之聲;寫競都人,必貴洛陽之紙。世固有奇男子若此哉! 不佞入波斯而魂搖,見大巫而氣盡。此日《陽春》、《白雪》,歎歌郢之和難;他年《羽獵》、《甘泉》,應薦雄以文似。敬陳瓦缶,謬當粃糠。豈曰借鼎呂於《三都》,聊以吹劍首之一吷云爾。

省括編題後

虎林姚元素先生,繇庶常登瑣闥,晴窗之暇,抽繙舊史,取古人因應御變之方彙爲一帙而部分之,曰言、曰事、曰兵。其世自周迄元,其人自明辟、察相、諍臣、策士,以逮曼纓、夷隸,罔不收。其文自廟算、帷籌、工規、蕘議以及閨慧、嬰智,罔不採其纂。錄則本左氏短長,涑水《資治》,而旁搜子史之雅馴者,芟繁舉要,由本達枝,一切稗官頡滑無取焉。蓋一開卷而千百人之機智勇辯,千百年之吉凶進退、存亡消長,瞭瞭如在心目洞矣。保治制勝之的,格君周身之縠率,題以《省括》,不虛耳。

直指楊公悅是編也,序而公之梓,則先生門人李明府爲政,而某以文學掌故得與校讐之役,字比句櫛,補苴缺漏,庚二季乃絕魯魚。刻成,先生謂某宜有言末簡。維先生援古證今,孳孳體國,借彼機關,發我神智,合萬人以共射一招,公收決拾之利,其集思廣益,一何忠誠篤摯也。顧事變相錯,若地形然,轉盻咄嗟之間,乍陰乍陽,忽不知其南北岐而東西徙。宇宙古今亦一大機局,而可以陳言故牘膠柱而拾瀋哉! 是趙括之以父書敗,而齊威公堂上之糟粕,徒詒輪扁者誚也。

夫天地間靈明一氣,鍾於人人,則無人無機之用矣。人人有機,是人人而能爲紀昌、飛衛,而無奈利害中縶,見聞外縛,旁觀夢於聚訟,當局困於掣肘。嚘喑自完,竅會坐失。縱羿、逄萌之巧,即有技安施? 記不云乎,射之爲言者繹也。繹者各繹己之志也。人繹其志以各射其鵠,機不虛張,矢無妄發,故功成而德行立。則直指公所云澄我神識，無動機心，無傷手於機事，真得阿衡氏遺旨也，是先生所謂省也。

凌有孚詩草序代。

江郎踞姑蔑上游，閩浙之水陸夷庚，輪蹄輻輳，令茲土者晨起鉤簿書期會，漏下六十刻，目不交睫，寧遑問風雅。丞於令事若稍簡而職尚，游徼有飾，廚傳而過者，挾刺負弩，候江干，祖迎無虛晷，紛挐委瑣，不翅倍之。而有孚能於車塵馬跡之間，抽思會藻，以發攄其所自得，此其盤錯奏騞，恢乎游刃必有餘地矣。江民故嗇于文教，其敗群者或囂訟逋賦，至獰獷不可馴。余在事五載，壹切用寬和為理，不務鷙擊。有孚益加意卵翼，俗用是登禮讓，而余亦藉焉以釋於皋鼇，則有孚實左右之。

余故察有孚之政，因以知有孚之詩。詩如其政，政如其詩也。孔子曰："誦《詩》三百，授之以政。不達，雖多，亦奚以為？"又曰："入其國，其教可知。溫柔敦厚，《詩》教也。"今有孚詩具在，劑文質，諧宮商，施於有政，豈其無得於溫柔敦厚之旨而自犯腹笥之誚？有孚真不負詩哉！

有孚之王父曰開府公，經術吏治，彪炳一時。而有孚克世其弓冶，其以詩緣政也，不負丞，亦不負祖，余之知有孚也，又不獨以詩矣。

喬處後歷試草序

蓋海上有三喬生，皆菰蘆異品，而處後尤稱白眉。處後之伯氏曰仁和令君求，以文章經術旗鼓東南，而處後篦之。季君平，子千里，競爽嗣芳，人為崔龍、竇鳳，喬氏有焉。

余校門弟子，則三喬生者襃然遞甲乙，它生亡敢以雁行進者。自是名益噪，業益精，婁試輒屈其曹偶，嘖嘖奇處後，復奇余也。蓋余於雲間士，若龔與嘉、杜君遷、張茂卿、范更生，皆從暗中摸索，拔之第一人，後先得雋，第進士。至三喬生，則聲實益邕，將無後來者，愈出愈奇耶。

乃己酉之役,處後幾入彀而失之,今復阨於衡文使者,豈余霎眼珠能券于前數子,而獨爽于處後?世知處後自不乏,獨素負人倫鑒,有心人之作按劍盻也,其故余不能解,即處後亦自不解。以問世人,世人亦莫之解。而處後獨曰:"是求齊之未工,非子期之難遇也。吾且藉他山之攻,豈敢效荊人之泣?"此其意深遠矣!

處後之文抽歜繭絲,如白地明光錦,而趣在筆先,神超象外,又如風前柳、雪中梅,別韻異香,可聞不可即。衡文者或過眼五色,豈能終掩其慧目靈心而皮相處後乎?王右丞奏《鬱輪袍》,受知貴主,陳拾遺椎寶琴,一日而傾帝京人士。文有定價,余雙眼終不錯。處後勉矣!毋兄仁和公而溟涬弟之。處後名光啓,君平名時英,千里名雲將,稱"海上三喬"云。

白下音二編序

昔鄭師文學琴於師襄,柱指鈎絃,三年不成章,舍其琴嘆曰:"文所存者不在絃,志不在聲,內不得於心,外不得於氣,故不能發手而動絃,請假之以觀其後。"薛譚學謳於秦青,未窮青之技而辭歸,秦青餞於郊,撫節悲歌,聲振林木,響遏行雲,譚乃復求反,終身不敢言去。乃知義理無窮,一解不如一解。之二子者,非積習攻苦,凝神致志,則不能盡師之妙。彼媛媛姝姝,學一先生之言,自謂天下之美盡在己者,則坮電海鼈之不覿于百谷王也。始蓋和之行其白下音也,一時都人士艷為新聲,傳摹楮貴,予既進之元音天籟矣。今挾策南游,既卒業成均,不願隸他曹(下原缺)

[題原缺]

(上原缺)每貴品格,賤縟華,余洒然異之。至讀其雍中課藝,宅情位言,標清務遠,跗萼銜而首尾接,其繪章琢句,務求切理厭心,雖十易草不為病,以斯知生用意之專,凝神之一。庶幾哉!鍊鎔裁而曉繁略矣。然為文者,富於萬篇,或貧一字,驥左驂,駑右服,則雅俗不均也,夔一足跀踔而行,則孤立失朋也。綆短者銜渴，足疲者輟塗，則鑒淺而氣衰也；尾閭之波不漪，牛山之木無陰，則華悴而實槁也。有一於斯，其瑕立見。生蓋有志於玄澹清曠者，將綺交而脉注耶？抑慚鳧企鶴耶？大司成公評生文，謂理方宣而乍斂機，疑往而若旋。此足以知生，此足以盡生之概。

生王父觀察公骯髒磊砢，以直道蚤廢于時。再傳得生，世其箕裘，不問家人產，客賃廡者三冬，湛精苦誦，達丙徹申，名大噪。三曹六舘間，今兹以往，其益務沿根討葉，加膏晞光，使意古而不晦於深，文今而不墜於淺，弄閑才鋒，賈餘文勇，恢恢乎振觀察未竟之緒，而登作者壇也，是在幼真矣，是在幼真矣！

廣陵雍士共學錄序

陪京蓋聖祖豐芑之都，賢關首闢，奉璋峩峩，諸以俊彥升雲集圜橋者，則畿輔居什之八。蓋土俗同臭味，敦士負笈而觀上國之光，如游家塾，可朝發而夕至也。維揚即畫江以北，然去白門，盈盈衣帶，一葦可航，六舘三舍之英，薦賢書不乏，幾與吳會雁行。然去來不一，出復無常，非若閩、浙、楚、粵之士之能久於其業，閱歲不遷者也。

今年春，蔣、溫兩司成在事，加意型埴，急士如子。士贏糧景從，不翅川之赴海，揚士鼓篋，肆誦絃中，庚寒暑，視昔加倍。乃志其一時共學之雅，以齒差次，書邑里家世，如鄉會年籍故事，而問序於余。余謂：士嚶鳴求友，志在四方，即海內知己，天涯比鄰，而胡戀戀鄉國爲？其戀戀鄉國，毋亦枌榆之情親，桑梓之恭摯，聲氣同而于喁合乎。然古稱交道，優狎孰與弱轡，隱密孰與耳餘，究之隙末凶終，此亡異故，面誓而背駔，質蠱而貌澤，故其爲交，不可以旦爾。

諸士之挾策而來也，入林盍簪，班荆贈縞，亦惟是里社，是爲昏姻之好，是篤情加昵而恭加綢矣，有如善不相示，過不相規，久不相待，遠不相致，緣飾氤氳，朋比媟黷，聯袂通衢，把臂大都，揪黨於凌囂，徵逐於酒食，以是爲同，是譚拾之市滿，林回之醴甘也，敬業樂群之謂何？且何以名昆弟而附於同心同德之雅乎？《易》曰："出門交有功。"孔子曰："朋友切切偲偲，兄弟怡怡。"爾諸士出門同人，齒弟兄也，義友朋也。余於諸士叨友生誼，不敢以怡怡故忘切偲之規，故以類族辨物爲同人者告。庶其毋昌非幾，以就兩司成之型範，以稱於豐芑之械樸，則余有厚徼矣。

王獻叔詩草序

赤城詩派倡自謝逸老，而其季麓之嗣後作者代興，才人蔚起，若永寧王氏則、御史大夫存約、莆陽守存敬，並以麗藻鴻裁主盟壇坫。同時，謝宗伯鳴治、戴參知師文，不翅方軌而馳傳，子若孫于喁接響，蓋王氏世不乏青廂（箱）矣。

上舍獻叔爲莆守耳孫，少讀父書，纂乃祖，服博士一家之言，中遭病，廢風雅千秋之業，窮以益工，其所著《秋柳》、《雁字》詩、《金陵遊草》，靡不婉轉附物、怊悵切情。五七近體，韻適而章諧，歌選古風，采流而興逸，所謂稽音清峻，阮旨遥深，獻叔兼焉，宜爲蔡穉含儀部賞鑒不虛也。余竊妄意近代詞家，厭薄七子而競爲廉纖體，極貌耀艷，窮力追新，霏霏乎流靡以自妍，其細已甚，大雅淪亡，其何日之有？

晚得獻叔引之入林，恨相知不早也。且從牢愯忱悒中聞引商刻羽之奏，不覺神怡而色飛。其以平情捐忿，導鬱蠲疴，所藉正不淺耳。昔王筠以詩呈沈約，約稱其美曰："指物程形，無假題署，知音者希，真奇殆絶。"余識謝休文，而獻叔之家學門風奇絶不減元禮，竊自附賞音之列，以爲所以相要者政在此也。獻叔馬首欲東，會余亦解雍務，因爲述投分離合之感，以題其詩。若夫架麌三唐，鼓吹六經，辭剪美稗，風歸麗則，世兩先生箕裘且超筏而上也，是在獻叔矣。

洪爾昌澹如齋稿序

余友洪爾介參知意氣佚宕，前無古人，於世尠許可，而雅私余，逢人説項，輒以千秋相命，至爲余語其群從爾昌，則曰："之子吾家駒，是可一息八極者。"余之知爾昌也，以參知，而爾昌知余，則參知誤借之牙齒耳。

一日，爾昌將遊燕行其《澹如齋稿》如干首過余而問序，豈亦以余三折肱之夫,可能知醫,而土炭癖嗜,猶未忘參知促膝時語乎？余惟今時文之變極矣,正者絀奇,奇者亦復絀正,天水紛如,茫然罔據。即令甲絫申,猶曰主司誑我。吾以詭一朝之遇,而奈何求諧於没世不可知之人爲？余謂真正真奇,正不在字句間餕飣。夫慧心内融,神趣外益,意刃游而思綺合,則着地皆珠,噴壁成畫,淡可濃亦可,喧可寂亦可,而安在其必標禪悦以見奇,局宋箋而索正也？故以真正語真奇,正亦諧奇；以真奇語真正,奇亦諧正。沿流拾瀋,萬口一腔,木鳶楮葉,生意索然,亦何惑乎奇正之交相駕而交相詆無已時矣？

今讀爾昌之文,奇不入幻,正不落塵,參濃淡之間,居喧寂之會,滔滔纚纚,似合似離,世有耳食目論,吾必以爾昌解嘲。持此懸國門,寧獨洛陽紙貴,且令君苗研焚。余以是歎洪氏之多奇而參知之言之不謬也。蓋參知兩試皆爲第一卷,幾占首功,而猶心折吾爾昌。爾昌第勉之！毋以前矛讓人。兄參知而弟之也,倘參知之幾望於爾昌,意在斯乎？其以余言質之。

千頃齋初集卷十五

記

[題原缺]

（上原缺）送難，折角解頤，昭若發覆，而伊洛淵源不翅披雾雰而耀日月矣。先是，講堂成，則直指馬公、太府歐陽公記之。茲復屬不佞某記先生祠，謂某長茲邑，且後先生而稱其鄉人也，不可以無紀。

某按《吳乘》，自讓王篳路來，季子歌風，言游禮樂，斌斌號文學之國矣。中庚六朝五季，剥蝕於談麈，荒落於烟雲，榛蕪於戎馬，悠悠聖脉，奄忽長夜。非先生源流正學，引濛汜而中天，決江河而行地，而千百年墜緒胡以昭爍於來茲，其前紹周、程，後啓羅、李，黼黻章、施，以迨今日，東林諸君子尸祝而俎豆之，斯亦千古一時已。然某謂，論道於今，非不明之患，而不行之患，非搜玄抉微，建鼓標幟之爲尊，而斤斤鑿鑿，具真修實用之足貴。史稱先生天資高，樸實簡易，所見一定，不須窮究其言，義即敬，知即覺，饑食渴飲，手持足行即道，皆超然獨解脱宋人支離窠臼。至策燕雲之師，則云宜退守汴京，不可虚内事外。金虜内寇，則云宜堅壁清野，潛遣援兵，追襲勤王烏合之衆；宜立統帥，一紀律，使士用命，和議不可恃，三鎮不可棄；宜責敗盟，問蕭王，使必復而後已。種種匡時石畫，皆熟情形，諳事變，深於兵家者之言，真有用道學，不與浮淫謬悠、鬪豢繁而渺功實者垺也。乃或訾其辟應蔡京，晚流佛老，以是爲先生雌黄，不知先生鴻才卓識，行權濟時，正善學正叔而融其拘，使其志得行於靖康、建炎間，則女直可無南窺，二帝可無北狩，一祖六宗之業，可無偏安江左。而奈之何阨於權奸，不究其用以殂，此諸君子所爲扼掔太息而欲某之論其世也。

某於諸君子亡能爲役,第嘗讀《東林會約》,四要、二惑、九益、九損,諄諄持孟子性善,司南學者正與先生"人性上不添一物"之説互相印券。其立朝大節蹴蹴侃侃,爭國是,誅佞舌,幸際熙明,獲展厥抱,它日表旂常而勒鍾鼎,又不第如先生之偃蹇弱宋,挾空言以老也。學者由諸君子之言以求先生,由先生以遡河洛洙泗,是則所爲羹墙先生矣。

是役也,侍御顧公龍禎實捐厥址,而後先臺使、監司、守相若中丞曹公、周公,直指馬公、楊公,督學楊公,備兵使者鄒公、蔡公、楊公,太府歐陽公、王公,司馬樊公,別駕陳公、裴公,司李韓公,各捐俸錢以佐畚鍤,費金三百七十有奇,其羨九十有奇。某更足以金矢營田百畝,供春秋事及共學者餼。經始於萬曆甲辰初夏,考於是年孟冬。而講堂則諸君子輸橐構焉。諸君子者誰?顧選部公憲成、弟儀部公允成、葉尚璽公茂才、陳湖州公懋學、高大行公攀龍、安吏部公希范、劉職方公元珍,並以道鳴其鄉,長東林社者,而諸生馬希尹、王純一、孫之賢襄祠事有力,法得書。

日新書院記

松故未有書院,有之自錢肇陽先生始。其顔之"日新"者何?大中丞周公取湯盤之義爲先生胤,且以新松士俾洗俗學而覓聖真也。先生綺歲志道,潛心理解,間攄其生平之所自得,著《證》、《義》二篇,司南學者。而令東萊時,獨揭性善之旨,擁臯比都講,環橋奕奕,萊人士尊之,不翅山之宗岱而川之滙海也。

既謝萊事,歸爲政丘里,里中士執經户屨相錯,與東林、虞山諸君子中分齊魯矣。會有請復西河精舍者,格於勞費,議中寢。先生慨然獨肩,捐橐中裝若干緍,鳩工飭材,即居之左隅闢講堂焉。中懸先聖像,左晦翁,右陽明,群子衿朝朔望,以次質疑送難,無憪無譁。蓋不佞登其堂而簪阿尼城,言言喁喁,諸弟子折角解頤,魚魚雅雅,而先生復爲之期會要束,井井秩秩,一時士範翕然改觀,庶幾白鹿、天泉再見。今日不佞師帥茲土,喜邦人之得師而作新之有日也,謹推中丞指爲先生記。

夫新者，因乎故者也。日月經天，終古如故，而終古常新，其間晝夜代謝，風雨晦冥，未嘗一日不變也。然貞明之體不因之而少虧，豈非其故然者有常而不可易耶？維人亦然。人之遇親而孝，遇長而悌，遇赤子而惻隱，遇嘑蹴爾汝而不屑不受，此真心也。所謂不學不慮，孩提之初，真常不壞，終古常新者也。聖賢教人，無非提醒此心，使反而得其故。然理不由色顯，機不由人發，外來聞見總假非真。辟之凍者望火，喝者望水，當其止足，豈不有濟？然所止既去，凍喝依然。故凡有所假借於外、於人者，皆望火與水而乍生涼燠者也，非其故然也。《易》曰："剛健篤實輝光，日新其德。"《書》曰："始終如一時，乃日新。"常人以聞見爲新，故銷歇有時。聖人以剛健篤實爲新，故始終如一。一者，心之初，乾健艮止，光之所以内闇，而盛德大業由兹新新而不窮。故曰：生生之謂易也。一則純，二則鑿，岐見異解，蠭起蝟興，則新之爲害滋烈。夫訓詁新而經術愈晦矣，秋文新而士習愈舛矣，讞比新而律法愈亂矣，議論新而國是愈紛矣，人心風尚新而刀俎坑阱愈不可方物矣。今日世道不憂同而憂異，故余於諸士不患知新之不足而患溫故之未能。

夫新不由故出者，謂之詭，不謂之新。王子故朱子者也，朱子故孔子者也。非孔子之故，無以知朱子之新；非朱子之故，無以知王子之新。先生所爲合二國之成而斤斤於靈明之體察，意在斯乎？不然，倚新爲名高，標門別户，啜王、陸牙後之慧而陰操戈焉，恐陽明之後又復有新陽明者。岐路亡羊，日甚一日，余懼諸士之失其故也，於是乎記。

須江清湖鎮新造九清橋記

出須江南十五里而遥有清湖鎮，爲閩浙舟車之會，當東南孔道，稱要區云。湖之水發霧蓋山，百折建瓴而下，潴滙於是，湍悍奔駛，不可以梁鎮。故設榜人二，一葦通來往，絡繹待濟，至褰裳濡足，行旅病焉。

歲丙申，余奉璽書，起家越東備兵使者。邑令蔣子以鎮諸生吏民之牒來請，曰："是溪也，宜橋。蓋前令君業經始斯役矣，歲潰歲圮，績用弗成，則址當奔突故，而主藏長或乾没箕金，少予役夫直，而就嚙也。且置舟夫，耗歲緡無算，徒委緡水，無寧延石是圖，一勞博永逸之爲快乎。"余從臾其議，因遍上諸大吏，咸報可。余與參知薛公各捐俸貲佐工乏，而敕蔣令以興事任力，其毋使鄉父老子弟更軼望於我。則令遂營焉，曰："令亡狀，其敢訾竊以詒使者羞？"因石於山，因木於水，因工於民力，橋庶幾其取寄橐哉！夫豈不堅而覆簣爲之，其又令暴風霽潦以攻一日之費爲？乃相水道便利處竪橋梁，去故址可三十丈有奇，召僧某釀巨户錢，諸巨户各欣然輸。擇鄉三老廉幹者爲司正董厥成，令復益以禄羨贖鍰，且夕勞來，眂畚錘，抶其惰者，人人自奮厲。重息絫繭，百堵並興，未浹旬而就。

築成之日，會余有百粤之命，諸生、吏民擁馬首前謁，迫欲得余言以垂永永。余惟徒杠輿梁，王政所先，《溱洧》車渡，僅稱衆母。是役也，吏卒、贊庸、士庶用命，帑不費隻鍰，庾不煩粒粟，行者謳，負者歌，百年一日。令於是母而父矣！因漫紀歲月，以示來者。令而下若丞、簿、尉，各效賄勞，得並書云。

橋考卜於丙申某月某日，落成於丁酉某月某日，延袤亭障若干，丈木石工資費若干緡。鄉三老、諸生、吏民姓氏具碑陰。

上海令豫章劉侯去思碑記

豫章劉侯，侯海上四稔，徵拜春官尚書郎，蓋用治狀異等云。行之日，都人士冠仄注者、逢衣者、垂綾縞帶者，諸父老杖者、撑者、掖者、攜者、騎者、舟者、挈榼者、饋漿者、長跽曲踊者，自申浦屬之揚子，肩摩棹擊，貢相望江干，至擁鶂首不得前。侯亦爲停橈慰勞，涕霪霪霑衣乃別。無論古所稱遮車臥轍，即近代東諸侯遷秩祖帳之盛，未有也。侯既行，都人士若諸父老就北郭置生祠祠侯，而陳參知、黃比部兩先生者勒石五父之衢，以志侯績，蓋庶幾畏壘、峴首之遺焉。子衿戀戀思未歇也，則謂不佞居中長多士，宜別有言。

惟侯治行未易更僕，如亭役賦，罷總繇，疏河渠，出冤滯，止囂訟，杜浸漁，剪豪石，夷萑苻，則兩先生之術具矣。吾曹禀令承教，若瞻山斗，仰日月，奈何越俎而贅疣之貌不足耶？亡已，在士言士，請得尚而僂指其槪。度海上之在江以南，牒冗征繁，什倍它巖邑。令晨起鉤校簿書，晝漏下六十刻不遑匕筯，寧暇問膠庠比者。士習佻達，挾文采相抗，黨嚚構煽，材滋多嚚乃滋甚。士與令日枘鑿，則熟际旺，生际士，士益進退維谷，猖狂亡如，獨不曰我有子弟，子產教之，賢則親亡，能則憐之乎？吾亦一士，士亦一民，孰右閭左，孰左衿褌，孰内田疇，孰外橫校，孰先澤雁，孰後菁莪，豈其一體而秦越之？

侯於士如傷焉，下車興學，雅意作人。飭澤宮堂廡，傑然改觀，不翅更始，費舉出月俸，民亡與也。祭菜鼓篋，坐皋比橫經講藝，月課歲試，割膏產贍饘饎，薪樻章相，品其尤者，登刷青用示風厲，費舉出槖中裝，民亡與也。朔望朝諸生，延見以時，披襟降顔色若坐春風，若飲醍醐，而升桃李，退陽鱎，無問良楉，人望其腹，薪油有給，婚喪乏絕有助，即一二詿誤觸文網，亦爲曲加調劑，示以矜全，以故人人自愛，益肆力於絃誦，一時譽髦經明行修，斌斌爲三吳冠，而畿闈南宮裒然得雋者多海士矣。大都侯坦衷推赤，孳孳急士，若家於授，庭於訓，浸假而化眉睫。士因以爲標，浸假而化指臂，士因以爲矢，浸假而化肝胆肺腑，士因以爲干櫓，一年而象，再年而從，三年而速肖，四年而天成。侯示士若懸鏡，士信侯如列眉。即吾曹抗顔茲土，樂觀槐市之英濟濟，奉璋嶽嶽，折角秋毫，皆侯賜也。若之何其釋侯，鄙人何知饗其利者爲有德？夫廣厲學官，誘進博士，真良有司事也，亦安在其言士而不及民？在漢，吳公治平用賈生顯，文翁化蜀用張叔著，侯以察父慈媪師帥多士，意亦有策治安朱輪顯，遂如賈、張其人也者。傅之史乘以永侯德，世世無疆，爾多士亦被茲無疆澤，豈其丹青象貌，羹墻片石，一豚蹄斗酒而謝滿簹之甄（甌）窶？此則侯造士之本謀，抑亦爾多士所以思侯之上計也。其勉旃毋忽！

侯名一熿，字仲發，起家萬曆乙未進士。歷祁門、上海令，課兩邑最，越五載徵今官。銓部推擇，仍需次補臺省。倡而碑侯者，諸生朱禮端、朱興、張元琜、龔爲光，並感侯知，它日能國士酬者，不佞帷中高足弟子也，法得書。

重修郡西城大士閣記

觀世音大士從聞思修入三摩地，悲憫衆生，現三十二應身，度閻浮提一切苦厄,變化億萬遍華藏香海無盡身雲,不可邊量思議。今天下無不怙恃推戴,若呼吸可通而肸蠁可囑也。鎮之西城闉舊有麗譙奉大士像,香火其中,禱祠勿絕,歲久圮不治,像亦剝落。余以視郡之暇,既飭其雉堞,復念莊嚴妙相之夷於委露微塵也,割俸繕新之。於是丹楹修修,碧桷迢迢,塈土黝黝,珠瓔奕奕,儼焉放五體寶光,起瞻壯覬,慧燈普照彼岸矣。

會余有金閶之役,信宿一槎,夢先慈者三。一夕,鄰舟不戒於火,余在唅囈中忽傳先慈至,止披衣出迎,若有神呼之,使寤者環視,旁舟烈焰四熰,去余舟尺有咫耳。惶怖頂禮,無何反風揚帆,余舟從中流遄發,亡恙。大衆合掌,皈依佛力,請記之以志靈感。余謂夢寐機祥,幾於語怪,儒者多言無鬼神,若之何其以因果馭世。然考《觀音志》,元豐中王舜封使三韓,遇風濤,大黿負舟,忽覩大士金色晃耀,現滿月相,黿没而舟乃濟。宋車子青泥之難爲虜所掠,其母念子,燃七燈佛前,念觀世音者經年。車子忽若有人引之南走,陰黑中見七火光前導,不覺抵家。豈非至性冥通,無間幽顯,大悲顯化,普施津梁,疇昔之夢,母耶?佛耶?汎慈帆,度苦海,不知佛之爲母,母之爲佛耶?余是以愀然而悲,蓬然而覺。一切衆生無知,扞罔罹篓楚而冤覆盆者,皆慈因所憫念也。刺爲民父母而獨無拯拔弘願,夫小夫愚婦語以孝敬,多懵然不知,奸胥猾吏繩以三尺,或傲然不顧。有巫兒佛媼爲之張皇神鬼,譚地獄火城輪劫,則亡不人人縮頸而咋舌,此其助流政教也,捷於道與法矣。則斯舉也,上以廣慈而教孝,下以誘愚而懼兇,若洒楊枝水而脱齊民於清泠之淵,亦恒河沙中一聚也,直夢是踐哉!既語大衆,退而爲之記。

歲修學宮東署紀事

學宮東署左爲堂,右爲三友齋,齋建自毘陵徐儆弦先生,別有記矣。堂之後爲官廨,廨之旁爲庖湢,凡若干所。

歲甲辰,余拜一麾海上,中秋抵署。署圮弗治,户楹藩壁半屬烏有。聞之閽者云,前人每傳舍其宮,或塗飾不爲歲計,解任之後,即以供庖人樵爨,守者復乘而侵牟，署同廢郵，且爲區脱矣。余曰："是湫蕪不可居。"捐橐中裝葺焉。拓廨右斥地，營丈室四間，爲宴息絃誦之所。余又以丁未避棘試，捧檄返署，别拓三友齋後爲丙舍者二。齋秋花卉，若木蘭、木香、辛夷、臘梅之屬，蓊鬱成林，足供清玩也。署路所由，形家言不利，因修丙方開門，門左右爲藥欄，種樹以備藩維，廢棟頽垣，朽柱傾礎，無不新也。費俸錢四十千有奇，窗楹地棚畢具，木石皆堅耐，敕家僮毋毀傷薪木，一木一器籍而登之，以授守者。使後之人按籍而稽，倘有差池，即皋之使償。庶不孤余拮据之苦心，且以明余之兢兢守官，不敢傳舍也。

重修大覺禪院記

環湖墅而居，市廛囂湫，有業白叢林兀然其中者，大覺禪院也。院爲勝國賜額，開山建刹者弘辨法師、僧世愚也。院故名大覺，或稱觀世音者，正德間恩敕普門寶鏡，水月影現也。院歲燬于兵，遞興遞廢，迄今日而布金檀施，寶地重開，伐石記其事，譏關使者善知識蔣光彦也。

使者方職金穀刀布，處喧豗歊蒸之場，一旦而聞大覺之諦，強爲説之而強爲記之，不幾于夢中語夢乎？且成住壞空等幻也，觀音大覺幻名也，鏡幻景也，使者幻身也，記幻語也，幻之不足以存幻，亦明矣，而安用記爲？雖然，明鏡當臺，豈分净垢？幻葉雖滅，空性長存，居塵出塵，蓮在泥而不染，離幻即覺，水涵影而不留。況夫應以宰官度者即現宰官身而爲説法，則使者亦三十二應之一也，雖有記可也。

《圓覺經》曰："依幻説覺，亦名爲幻。若説有覺，猶未離幻。"幻乎？覺乎？非覺非幻，無幻無覺，亦覺亦幻。夫終日圓覺而未嘗圓覺者，凡夫也。欲證圓覺而未極圓覺者，菩薩也。具足圓覺而住持圓覺者，如來也。真知以不知之知知，真覺以不覺之覺覺。覺本無念，見念即乖。觀元無炤，着炤即昧。覺非智，亦非識。觀非耳，亦非月。覺無其覺，是名大覺。觀無其觀，是名觀音。有無雙遣，色塵不二，幻盡覺圓，心通法遍，乃得阿耨多羅三藐三菩提。使者説是覺，已恍乎惚乎,出寐入寤,若開金箆,若沃甘露,不覺脱火宅而游清涼極樂界矣。院之爲大覺耶?觀世音耶?夢耶覺耶?幻耶真耶?比丘不知,使者亦不知也,請以證之觀自在菩薩。

郡侯汝陰竇公重修安平鎮紫陽院記

古之教者,家有塾,黨有庠,而大司徒又以鄉三物教萬民,教成論其秀,登之少學,貢之澤官,蓋其重也。故其時菁莪棫樸,蔚爲國楨。漢興,去古未遠,諸郡國吏往往能嚮文學,急儒生。其在河南用收賈生著,蜀郡用起學官、誘進博士著,潁川用力行教化、興孝悌著,一代人才吏治,後先暉映,猗與盛矣。晚近世所稱良守,率庀小辦日,矻矻課程書,彼方以膠庠爲唐肆,俎豆爲康瓠,安問逢掖,文教皆窳,儒效闊疎,則職此之由。

吾泉故文儒之國也,而自汝陰竇公來典郡,則益申功令而廣厲博士弟子。既以其間修古文,行學宮,清蘁圃之旁斥壤,而折節衿髦,倒屣下榻不翅焉。又時時程菽勸功而遞甲乙之,諸衿髦人人意滿,自以爲得師信如列眉。直指學使者所試八校異等,具出公前予,蓋公藻心天授,游、夏之業自昔爲三輔冠,故能以經術潤色吏事如此。

郡西南鄙石井鎮,郡一都會也。鎮諸生百有奇,亦公部中士也。蓋自宋嘉定間,朱韋齋先生監石井稅,而晦菴先生從之講業,鎮于是有鄉校。後人即其地祀二先生,故杏有壇,小山叢竹有扁,皆先生過化之遺也。鎮人士絃誦其中,修祠事如秩節,歲久垣圮,間爲豪右牟敚。某子甲庀居室,削校前地如干尺,又屋角衝射爲形家忌,諸生昌言而與某子甲鬩,其點奴復凌侮諸生,鎮人士以聞于公。會公行部,即單車詣鎮,謁二朱先生祠,勒反所侵地而寘奴于法,仍諭某子甲嘉與更始,亟葺校以贖愆。而公復捐俸以佐工乏。蓋芹藻之思施于往哲,鸞鳳之治不罰而化矣。諸生悅是舉也,聚族而謀所以碑公者,以告余。

余曰:"鄭僑不毀鄉校而鄉校之謗弭,竇大夫復鄉校而鄉校之譽興。民情直道,今昔同符。且也,回面革心,幾致刑措,興人之誦,不待三年,偉哉!作人之功直母衆人而父之，又奚論河南、潁川、蜀郡之烈乎！爾諸生亦習聞漢事矣。河南收賈生，非生之通達國體條《治安》一書，則吳公之名不顯。蜀郡誘進文學，微張叔諸人卒業，朱輪顯遂，則文翁之化不章。潁川功名損於爲相，亦其所舉察士，亡能光昭之故。洵矣，師弟子之交引爲重也。爾諸生之尸祝紫陽也，不啻日月矣。余少服朱訓，迄今通籍，衡春秋闈，兩雍士斤斤守帖括，不踰繩尺。而邇聞士習弟靡蓦古師心，間竊竺乾、柱下之唾餘，承謬襲舛，至薄章句爲訓詁而弁髦棄之，爾諸生其有之乎？是俎豆而蒭狗之也。即紫陽且叱去，其何改於憑陵者之喙？吾鎮夙稱鄒魯，必不其然。今寶公過化，何如紫陽？諸士日就冶鑄，何如聞知？紫陽泰岱在望，模楷一新，有不灑然矜奮，一意守師説，出入不悖所聞，非夫也。異時者，庶幾有經明行修之彦出，而應薪樞之求，人按籍而名曰，夫夫紫陽氏之私淑艾也，而寶公所樹士也。余修斑管之業，且合循吏、儒林以傳公，而爾諸生亦幸託於賈、張之後乘，其于紫陽，不永有光哉？不然，而徒徵文勒石，鋪張以是報公，則淺矣。固非余所願聞，亦非公所以厚期諸士意也。"

余既推公意以勗諸士，復申言末簡曰：公治行斌斌，出西京良吏上，其有德於吾泉最鉅，而兹僅僅以吾鎮之績著，則兩露一杓耳。爾諸士毋亦一斗酒、一豚蹄而謝滿溝之甌窶乎？雖然，諸士因思公以思紫陽，不負紫陽以不負公，公其能無惠徼紫陽爲吾鎮重也耶？今廟堂方急公、用公，公一再遷而視學開府，視學開府必閩中，是公之大有造於閩無已時。而諸士日夜祝公之終惠吾鎮也，又不獨校門七尺碑矣。余鎮人也，言鎮耳，敬以石代言爲鎮人士倡，而永公思於弗諼。

公名子偁，字燕雲，第萬曆壬辰進士，繇地曹郎守吾郡。

千頃齋初集卷十六

論

君子和而不同乙酉鄉試墨卷。　刻程。

論曰：和同之介判於公私，和同之公私判於情理。君子任理不任情，夫是以從公不從私也。夫理非一己之私也，合人心之公也。理亦非一人之公也，合天下萬世之公也。合天下萬世之心以成其公，則謂之理；合天下萬世之理以成其是，則謂之和。故所云和者，豈必煦煦以狥物而後謂之和？又豈必孑孑以絕物而後謂之和？又豈必不狥人、不狥己而後謂之和？有意狥物和也而比，有意絕物和也而矯。不狥人、不狥己，和也而無主持統之，所謂任情滅理、縱私害公者也。夫惟君子者以太虛爲真宰，以與物爲應迹，求和心不求和迹，計同理不計同俗，合人與己之公而共成一是，要於其理不可使易而已。故曰，君子和而不同。

夫和同之辨，幾微之間至難察矣。故以可濟否謂之和，好惡不殊謂之同。夫酸鹹甘苦，不同嘉味，以濟謂之和羹；宮商角徵，不同中聲，以諧謂之和樂；是非可否，不同中道，以協謂之和德。故易牙不能和同味之羹，師曠不能和同音之樂，君子不能和同是之謀。何者？同則不可以和，而和則不至於同也。是故有可無否非和，而有否無可亦非和。偏執夫是非可否非和，而漫無所是非可否亦非和。和者理也，同者情也。任情者名相軋，知相争，善否相非，誕信相譏，各從私便，隨聲是非，是之謂同而不可以言和。任理者内不見己，外不見人，理之所是，衆非獨是，理之所非，衆是獨非，或拂人以從己，或舍己以從人，我與天下委曲以共成一是，而均遊於至理之公，是謂之和而不可以言同。故有時而楚越一體,靈蠢同視,和也。即遺世獨立,迴瀾砥柱,亦不失爲貞介之和。有時而明良合德,臣主一心,和也。即批鱗逆耳,繩糾規誨,亦不失爲忠告之和。俗有所當從絻冕獵較,不爲混世。衆有所當違接淅去膰,不爲潔身。非其道則親暱有不狥,如其道雖疎逖而不廢。理在則庸夫蕘蕘而可採,理不在則先民往喆而不從。論理不論迹,則放丹瘁非忍,兵巢牧非篡,破斧斨非殘,誅少正卯非戾。論迹不論理,則孤竹之清見爲忘世,展禽之龢見爲狥俗,有莘之五就見爲觀望。久矣!夫和同之間,情理之判,匪君子莫能察也。君子知情爲理之外廓,而理爲情之中扃,忘形骸去智,故廉劌雕琢,同於大通。無將也,無迎也,而無不將也,而無不迎也。是故易知而難狎,易從而難昵。不矜名而好氣,不隨俗而錯趾。不立封畛,亦不廢涇渭。不昧權度,亦不設城府。其理之御乎情也,若鑑之明而不先立妍媸,權衡之審而不先立輕重,規矩之正而不先立方員。其情之出乎理也,若物自妍媸而不罪鑑,物自輕重而不罪權,衡物自方員而不罪規矩。夫是之謂能和,夫是之謂和而不同。

彼參偶比周之士,與時浮沉,人趨而趨,人諾而諾,毀名節而尚雷同,棄廉隅而忍謏詢,是謂狥人,如梁子猶之可亦曰可,否亦曰否,和而比者也。憤世嫉俗之士,離蹤跂訾,虛憍恃氣,孤標以爲名,異趣以爲高,是謂狥己,如東漢之顧、厨、俊、及駢首就戮,和而矯者也。儇譸巧贗之士,同流合污,彼且爲無町畦,亦與之爲無町畦,彼且爲無崖,亦與之爲無崖,處於無是無非之間,而甘瞑於無所異同之境,是謂玩世,如老氏之和光同塵,鄉愿之無非無刺,和而無別者也。夫和在理之是非,不在情之同異;在心之公私,不在情之廣狹。君子雖不同而胞與之意藹然流通,不害其爲和。小人操一同心,先已分門户,立崖岸,和又何從而生?故論君子之和,即均爲君子,而意見議論常有時而不同,然彼無隱諱,此無計較,披肝見素,互相考質,而適以明其爲君子。論小人之同,其甘如醴,其膠如漆,然而利害相傾,慘於五兵,聲名相激,戕於百戟,勢位相取,利於機弩,陰謀險計每於同之中輒見焉,是乃所以爲小人也。甚哉!和同之關世之治忽實懸於此。

嘗觀三五之世，其君子師師濟濟，協恭和衷，而世臻邸隆，治成熙皥。晚近世人懷妬娟，各是其所是，非其所非，以相薦搏，狎主而不相下，至如蜀黨、洛黨。一時號爲君子者，亦棄和爲同，互相標榜，互相詆娸而不自覺，則信乎習俗之累賢者，不免也。夫子之言，倘亦有三五之思乎？司世道者，進君子之眞和，退小人之僞和，天下可幾而理矣。

上下同欲者勝

凡兵之勝，非懾下以威，而同下以欲。欲之情不上隔，下同上者也；欲之權不下貸，上同下者也。顧有所獨擁，則有所偏遺；有所尚利於此，則有所叢害於彼。當其逞己恣欲，豈不自爲婾快？然一己之欲伸，而天下之欲鬱矣。下之欲不可久鬱，鬱則凌罵詬誶，馼然而起，而瓦解土崩之禍應之。故一人之威福不能獨行，而上之欲亦鬱，下鬱則散，上鬱則孤。以孤君馭散民，霍焉離耳，而可尚欲以狗乎？可使上肥而下獨瘠乎？民生有欲，惟無欲者能同之。非無欲也，以下之欲爲欲也。同天下之欲以爲欲，故用天下之用以爲用，可驅而來，可帥而往，下各得其所欲，而上亦惡乎不得其欲哉！惟無欲也，故能成其欲。

善之乎孫子之論兵也，曰上下同欲者勝。夫勝者，我與敵之所乘也，我角之，敵亦抗之，我形之，敵亦反之，故兵之佐勝者多，而所以必勝者寡。絶山依水，據阻陁塞，蓄積足給，士卒殷軫，此軍之大資也，而勝亡焉。有衆如熛，有臣如虎，乘廣林植，鏊刃鋒戞，此戰之助也，而勝亡焉。順招摇，挾刑德，向生背死，左牡右牝，三官不繆，九章著明，此有制之師也，而勝亡焉。何者？此能爲勝，而不能常爲必勝。可勝在敵，而常爲必勝在我。我與下共敵者也，令之而下不應，作之而下不前，君臣上下之間，滑焉有離德，我不勝下而外何以勝敵？且兵死地也，將死官也。人出其父母懷袵之中，生未嘗見寇，而犯白刃，蹈鑪炭，斷死於前者，比比也。夫斷死與斷生者不同，非其父兄子弟，必然不可解之親，誰能出生入死，去安存，即危亡而不悔，有其欲之以爲利焉故也。

今天下含氣之倫，踐石以上，有不欲富、欲貴者乎？有不欲安、欲榮、欲逸、欲壽、欲爲子孫計者乎？我欲之而能謂人已乎？顧下之欲非上不遂，而上之欲亦非下不因。下致其力以供上之欲，而上封其欲以拂下之願，誰能堪之？此其心皆原於有己，己甚重，人甚輕。己甚急，人甚緩。己之欲甚足愛，而一物不可無，人之欲甚無足愛，可以惟吾意而莫之恤。設以身爲人而視，己則是己也，亦人之所爲甚輕、甚緩、甚無足愛者也。而誰其重之、急之，爭致其所甚愛利不可無之物，惟吾意而無足爲吾難也，則不同焉者之過也。夫同焉欲富，而上何忍乎下貧；同焉欲貴，而上何忍乎下賤；同焉欲安，而上何忍乎下危；同焉欲榮，而上何忍乎下辱；同焉欲逸、欲壽、欲寵子孫，而上何忍乎下之暴露、顚頷、賞功而不延於世，死事而不厚卹其家？況下之望於上者，止爵禄名寵；而上之責於下者，則勞苦死亡。捐軀殉國，下所重而甚難；衣食分人，上所輕而甚易。下已償其二責，而上乃失其三。望彼實捨重而就難，我則愛輕而悋易，此雖嚴父不得之順子，察兄不得之弱弟，而況君民、將卒之間哉！辟之身然，君心也，將耳目也，卒其肢體指拇也，未有一身之中而關節脈理可以不通者。又辟之家然，君主也，將亞旅也，卒其臧獲僕御也，未有一家之内而悲喜婾拂可以不貫者。故不以欲爲欲，而公爲天下之欲，又不以欲爲天下之欲，而視爲一己之欲。

欲富者同以禄瓜衍之縣，都殿之鄙，可錫也；欲貴者同以爵上將之尊，通侯之重，可毋愛也；欲安榮者同以名寵，璽書輅服可賜，枊邑彤弓可貺也；欲逸、欲壽、欲寵子孫者同以苦樂休戚，歌鐘女樂可分，鬚可剪，裘帽可解，帶礪河山可盟，三子可侯，而十代可宥也。而將於士卒，亦施有而廢私，同利而除怨，冬不襲，夏不扇，雨不蓋，與士同寒暑焉。險隘不乘，上陵必下，與士同勞佚焉。軍炊熟乃食，軍井通乃飲，軍壘成乃就舍，與士同饑飽焉。合戰必立矢石之所，及剟膚貫肘，與士同危焉。馬如羊不入厩，金如粟不入懷，與士同貨賄焉。投醪挾纊，吮疽封尸，與士同甘苦死生焉。蓋至《采薇》而念其室家，《出車》而叙其況瘁，《杕杜》而憂其父母，《東山》勞歸而細及於伊威，《蠨蛸》鸛鳴婦歎若目擊其家人父子悲喜離合之狀，而代爲之言者，抑何其愛人之深，本人之周，而上下一體之情如此！其敦以摯也，上以下爲體，下以上爲心。上視將如愛子，將愛卒如嬰兒。百將一心,三軍同力,肢體相隨。父兄子弟相救,視主之急、主之患,若寇盜入室,不得不格,莫邪傅體,不得不搏,爲之出死斷亡而愉焉,又何校兵守城之有乎?故曰:同利相死,同情相成,同欲相助。獵者逐禽,車馳人趠,無刑罰之威而相爲斥闉要塞者,同所利也。同舟而濟,卒遇風波,百族之子捷捽招枻船若左右手,不以相德,同所害也。同則諧,諧則輯,輯則罔有不殫其力。彼且爲同死,故吾得與之俱生;彼且爲同亡,故吾得與之俱存。同者在我,不同者在敵,雖誂合刃於天下,又誰敢在於上者?此夫仁人之兵,以積德擊積怨,以積愛擊積憎,蓄恩不倦,以一取萬,扞圍不以金湯,步伐不以旗鼓,執鹼殘醜不以長組利劍者也。蓋不待兩軍相對,而勝敗強弱之數已決矣。

是道也,湯武得之以亡葛喪,誅獨夫,其民雲霓而望之,淅米而儲之,簞食壺漿以迎之,倒戈崩角以嚮之。何者?如林之億萬心,不敵三千之一心,三千之必克,賢於億萬人之必北也。故千人同心,則得千人之力;萬人異心,則無一人之用。齊桓以九惠服楚,定三革,隱五刃,諸侯歸之如市矣。晉文以三示用民,出穀戍,釋宋圍,一戰而霸矣。越勾踐以生聚教訓報吳,葬死問傷,載稻脂而行於國中,無不餔也,無不歠也,父勉其子,兄勉其弟,婦勉其夫,曰:"孰是君也,可無死乎?"三戰而三北之,吳其沼矣。雖其事詭,其術陰,不重之結必解。然而,飲馬出淖,壺餐得士,與衆同欲之效,亦已徵於前事者。後世則束縛之,馳驟之,草菅而刀鋸之,長城間左祇爲盜資,洛口敖倉反爲敵藉,雖欲分國與人而無及,又何論廟算之勝不勝乎!故曰:"以欲從人則可,以人從欲鮮濟。"飲食,人之始欲也。而俎豆戈矛,始以言,究以兵,即生機而殺機伏焉。《易》之《師》訟次《需》而受之《比》與《小畜》也,嗚呼,是同欲之旨也。

千頃齋初集卷十七

策

問：兵以正合，以奇勝，奇正相生，如環之無端，談兵者祖之。解者曰：先合爲正，後出爲奇；當敵爲正，旁擊爲奇；前向爲正，後却爲奇；大衆所合爲正，將所自出爲奇。又有以異爲奇者，有云仁人之兵成卒成列者，有以臨制素分言者，其於奇正本法，孰有當與？

或曰，奇者機也，握奇爲握機，奇與機果無辨與？則志所稱四機五權，其於握奇之說，亦有符與？宋人有言曰：吳之書近乎正，孫之文一於奇，意似不無軒輊，顧其所云奇正者安在？亦可言其崖略與？然陰其謀，密其機，詭伏設奇，遠張詑誘，疾擊其不意，即《六韜》亦亟言之，何與？

大抵兵無不是機，善用兵者無不正，無不奇。古今名將，或減竈增竈，張疑不同而同於克敵。或逐水草，或擊刁斗，自衛紀律不同而同於威虜。或驅市人戰而拔趙壁，或不按陣圖，好野戰而金虜辟易。或啣枚而入蔡州，或不許啣枚而破兀朮。或以三十萬衆誅突厥，或以三千騎破頡利。何種種相懸若是！倘變出無常，權難預設，活機惟人所使，固不可以故籍定法拘與。爾多士挾策負奇而來，其去危機，圖勝權，業有成畫於胸，茲正其借箸畫米時也。願悉意陳之無隱。

善兵者不言兵，非不言兵也，無一而非兵也。善法者不用法，非無法也，無一而非法也。夫無一非兵，則察兵之微在心，而鏌鋣不與焉；無一非法，則從我生法，而法不縛我。故世無一人無兵之用，人無一機無兵之法，天下有秘於兵而神於兵者哉！而可以故弦定局，拾瀋而膠柱哉！

兵，機事也；將，機身也。其運行如晝夜寒暑，其叵測如陰晴風雨。搖手頓足之頃,隼起而鶻飛;屈指伸臂之間,雷犇而電爍。乍開乍闔,乍起乍伏。乍虛乍實,乍陰乍陽。豈惟手不能書,即口亦不能言;豈惟心不及揣,即目亦不及瞬。我用正,敵亦能正,一箸之中庚有箸焉。我用奇,敵亦能奇,岐路之中又有岐焉。奇與正,敵與我,共之機與權。兵與將,操之奇,復出奇,機還生機。敵之謀我,日異而月殊;我之應敵,時移而晷易。而猥以履常守經,悠悠之論格於九天九地之高深,此與耳食何異?則《六弢》、《金殷(版)》諸編,毋乃爲徒讀父書者之償軍籍乎!孫武子曰:"凡兵以正合,以奇勝,奇正相生,如環之無端,孰能窮之?"妙哉!兵家之勝算盡此矣。

夫交刃而誓,成列而鼓,逐奔不過百里,縱綏不過三舍,非正兵耶?料堅脆,辨險夷,審機祥,備銛利,非正兵耶?以實待虛,以主待客,非正兵耶?嚴申令,信誅賞,驅士如群羊,與之進,與之退,非正兵耶?正兵者,左右應麾,旗鼓不奸,若虎豹之有牙爪而飛鳥之有六翮,斯古法之可按,而三軍之可喻。故曰,以正合也。

然以正當敵,敵脆者勝,敵暴者勝,敵亂而驕者勝,非是弗勝矣,故兵莫善於奇。奇兵者,東西易其嚮,黑白幻其形,步伐改其調,靜躁庚其法,使敵曾不得測景而觀動焉。或張而翕之,或取而與之,或銳而衰之,或卑而驕之,或迕而合之,使敵曾不得伺間而實力焉。或撓前而覆後,或批亢而擣虛,或攻所不守,或趨所不意,使敵曾不得奔走而迭出焉。地有所不爭,城有所不攻,途有所不由,君命有所不受,使敵曾不得預謀而乘釁焉。蓋與飄飄來與忽忽往,莫知其所之;如山如林,如炮如燔,莫知其所集。折謀於談笑,玩敵於股掌,料不爽毫端,而發不渝節候。故曰,以奇勝也。

仁義堂正以待常敵,詐力權奇以當猾虜。而不然者,人方爲刀俎,我且爲魚肉,人方爲窟熏,我且爲狐鼠,齦齦然守株刻舟以階覆亡之禍,則亦何正之與?有兵之道常少而變多,故將之道正什一而奇什九。曹孟德以先合爲正,後出爲奇,則猶拘先後也。夫惡知先之非奇,後之非正乎?又以當敵爲正,旁擊爲奇,則猶泥分合也。夫惡知分之非正、合之非奇乎?劉安以靜爲躁奇,治爲亂奇,飽爲饑奇，佚爲勞奇，此以異爲奇者也，然可以遇技擊而不可以當節制。韓嬰謂仁人之兵聚成卒，散成列，延居若長刃，兌居若利鋒，圜居若丘山，方居若磐石，此以仁義爲正者也，然可以遇宋襄、成安君，而不可以當韓、白。概曰前向爲正，則馬謖以之敗街亭；概曰後却爲奇，則苻堅以之挫淝水。運籌幃幄，決勝千里，似非可臨期制矣。鋒交原野，機變斯須，亦豈可素分定乎？總之，知正之正而不知正中之奇，知奇之奇而不知奇中之正，知奇奇正正矣，而不知非正非奇之亦奇亦正也，是惡足與窮其端倪，悉其幻化乎？大抵敵與我無常形，奇與正無常用。吾奇在正之外，吾正在奇之外，藏奇於正也，藏正於奇也。吾奇兵即正兵，吾正兵即奇兵，無不正也，無不奇也。吾正而正，吾正而奇，吾奇而奇，吾奇而正，奇可正也，正可奇也。吾正而示之奇，吾奇而示之正，敵不知吾孰正而孰奇也。吾正忽變而奇，又終之以正，吾奇忽變而正，又終之以奇，即吾之兵亦不知孰正而孰奇也。此之謂相生，此之謂無端，此之謂發於無窮之源，而奇正之極致。

以機爲奇者，自吳起之四機始。機，弩機也。弩有弦有機，省括既定而後左右縱送，莫之易也。以權爲奇者，自荀卿之五權始。權，稱錘也。稱有權有衡，平準既定而後銖兩鈞石，莫之爽也。奇發於機，發而微則爲機；正不離權，正而變則爲權。微獨奇有機，正亦有機。機之紛拏飄忽而成敗分，機之活潑員通而妙用見。則機也，而未始不爲權。微獨奇有權，正亦有權，權之正，鋒針毫末不得差，權之變，百千萬億不可詰。則權也，而未始不爲機，蓋分之則兩義，合之則一理，環而應之則活，畫而守之則膠，而況夫兵者，動物也，圓物也，變物也。鋒鏑非閫内之圖，日中失崇朝之故。處女脱兔之遲疾，誰知進退？轉丸決水之迅溜，誰分上下？機懸於倏安倏危之端，則一盼九轉，猶以爲遲；權運於卒然歘然之際，則一息萬變，猶以爲拙。已發則奇，而未發則機也，機奇無二法也；應變則奇，而制變則權也，權奇無二種也。以吳爲近乎正者，以治兵論將言之耳。然不曰襲亂其屯，先奪其氣乎，不曰乘乖獵散，設伏投機乎，不曰觸而迫之，陵而遠之，馳而後之乎，則何正之非奇？以孫爲一於奇者，以軍爭九變言之耳。然不曰避其銳氣，擊其惰歸乎，不曰以治待亂，以靜待譁乎，不曰以近待遠，以佚待勞，以飽待饑乎，則何奇之非正？握奇爲握機矣，無不是機，何言握也。大衆所合爲正，將所自出爲奇。善用兵者無不正、無不奇，何奇正之別也？是故古之爲韜鈐家言者，如羚羊掛角，無迹可求；而號知兵法者，如輪扁斲輪，無書可讀。

微乎微乎，冥於無形。神乎神乎，窅於無聲。其持若嶽立，其駛若河決。其深縅若伏蟄，其迅發如彉弩。其影響雙泯閟於重閣，其聚散無倪疾於雷雨。可減竈以示弱，亦可增竈以示强，孫、虞之張疑不同，克敵同也。可逐水草，亦可擊刁斗，程、李之步伍不同，威虜同也。淮陰之驅市人戰也，不以山陵水澤爲定法，有妙於法者矣。武穆之好野戰也，不按古陣圖，有深於圖者矣。愬以啣枚擣蔡州，錡以不啣枚破兀术，安在有聲之不若無聲也？裴以三十萬誅突厥，李以三千破頡利，安在用寡之不若用衆也？之數君子者，皆變風雲於叱咤，移山岳於掌握，料敵而審權，當機而導㬥，何必不正，亦何必不奇，何必不法，亦何必法。法如必以奇正爲低昂，則《六弢》所云"陰其謀，密其機，詭伏設奇，遠張誑誘，疾擊其不意"云者，豈皆權譎之論，而師尚父亦豈非仁義之師與？

蓋奇之言奇也，奇則非偶，可一人用，不可二人知，可交綏決，不可豫言白。可獨創而獨行，不可衆聞而衆覩。故理不必天地有，事不必古今同，則至獨也。幽居防垣耳，寐語防妻子，金革鐘鼓防色傳，則至密也。獨則將自謀之，不必入告於君；密則己自知之，不必公語諸廷。而況從外監之乎，從中掣之乎，旁觀而指摘之乎，此未室於謀先市於色，未國於量先敵於甚，而何奇之可施？善乎！孫武子之言曰："將能，而君不御者勝。"夫有不御之權，而後有不窮之奇。如是，則雖謂孫之書一於奇，可也。

問：委積不多則士不行，武士不選則衆不强，兵餉之係於干撻亟矣。古今談兵制，必首成周。非以其寓兵於農與？後世有南北軍、材官、騎士，有府軍、禁軍、廂軍、鄉軍，其於周制孰爲近與？然皆始乎振常，卒乎弱抑，又何與？

高皇帝提虎旅定天下，置府立衛，分戍列屯，即沿海守備，尚命湯信國經理，其於古法固兼採而用之。乃二百餘年來，不無少敝。今陸而烽堠，水而餘皇，並兵也，月既時犒，坐給行賚，並餉也。視高皇遺法，毋骩壞與？毋更革與？毋失

161

其初指與？惟是三吳四郡，襟江帶海，諸屯戍棊置星羅，意主防倭，然一遇崔符小醜，輒爾挫衂。夫力不能搏孤豚而能扼猛虎乎？呰窳耗蠹，其故云何？毋乃所養非所用，所用復溢於所養與？

今倭汛稍寧，然借路詭詞又見告矣。衣袽霜雨之防，何可不預爲之？所顧兵既積脆，餉亦積窘，捉襟肘見，正惟斯時。語有之："罷民以養兵，譬之殺駿以療服。"今則療不駕之駑焉，其何以式於舊章而俾兵農不交困？願抒抱以對，毋曰："肉食者謀之也。"

歐陽子有言：三代而上，興衰以德，其次鮮不以兵。夫兵五材居一焉，古今莫之能廢也。顧有兵而不獲兵之利，與無兵同；有將而不獲練一兵，與無將同。無將是無兵也，無兵是無民也。兵食於民，民實生兵。民寢於兵，兵亦生民。反裘負薪則兵爲民訕，剜肉醫瘡則民爲兵訕。天下之患莫大乎徒曰有之而無以有之。夫徒曰有之而無以有之者，有兵之名而無其實也，是坐縻也；有食之費而無其用也，是立槁也。席徒有之虛文而溺無以有之之實禍，一旦有事，將聽其無以有之而不爲之所，與肉食者謀之，何岌岌也！則曷不觀於周制？

在昔，周官以井田起軍旅，王六師六鄉六遂，散之大國三軍三鄉三遂，散之次國二小國一鄉遂，散亦如之。其人視賦，其賦視地，其地視上中下爲參，兵而農也。春振旅，夏茇舍，秋治兵，冬大閱，卒乘服習稽人成功，農而兵也。故比閭族黨皆伍兩卒旅之師，蒐苗獮狩皆攻圍擊刺之法，卿士大夫皆將帥司馬之職。入而宿衛，出而戍守，無事而襁褓，有事而枕杜。役於兵者皆丁壯，不必發老弱之民，廩於兵者皆精銳，未嘗養無用之卒。國無籍兵之煩，兵無坐食之費。守固戰克，制莫善此矣。

三代而下，井田廢，兵農分，其最號近古者莫若漢，其得寄兵於農之意者莫若唐。漢制：南北軍衛宮都城，材官、車騎、樓船分屯郡國，期門佽飛擊羌戍胡，兵稱精焉。然吏卒起田間從軍，天子臨饗衛士，必勸以農桑，則烏乎農之非兵？唐制：京師置十六衛，中外置六百三十四府，兵籍於府，將隸於衛，其能騎射者爲越騎，餘爲步兵，而統以折衝、果毅都尉，兵稱勁焉。然開府八百，聚屯關中者五,皆力耕積穀,以農隙習戰陣,則烏乎兵之非農?至宋而兵愈多,食愈蕃,兵農愈分。禁軍、廂軍、鄉軍班直屯駐,盡聚食於農,義勇保甲之麗藉者,至七百十八萬,且不當一卒用矣。故蘇子曰:"漢兵雖不知農而無聚食之弊,唐兵雖聚京師而無坐食之弊。宋有其兩弊,無其兩利。"蓋其始未嘗不克詰張皇,而後乃凌夷大壞。漢兵之弱,弱於謫及七科罷都肄而省尉候也。故禁軍歲出而首反,疲於奔命。唐兵之弱弱於停上下魚書更彍騎而募市人也,故方鎮鼎峙而足,反操其重權。若宋之積衰,則景德、熙寧遞銷遞減,令禁廂鄉番之卒單,至刺捉白徒以塞伍也。故終宋之世,非多兵自困,則撤兵自弱,內外單虛,首尾衡決,豈非兵農之分流弊致然哉?

我高皇帝提虎旅,定中原,當秉旗麾鉞之秋,講養軍衛農之法,分府置衛,列城設屯。內則錦衣等十二衛衛宮禁,留守等四十八衛衛京師,而握之五府,練之五軍營,即漢之南北軍也。外則畿甸五十,都指揮二十一,留守司一,衛百九十一,所二百十一,即漢之材官、騎士分屯郡國也。諸衛所軍屯什七,守什三,軍屯田五十畆,官給牛、種,且耕且練,即漢之勸衛士農桑與唐之府兵關中聚屯也。高皇帝若曰,吾以土之毛食土之兵,以土之兵為土之衛,故養兵百萬,不食民間一粒。有徵發,取之額軍而足,餉亦取之屯而足,臨戎有指臂之使,登陣無庚癸之呼,重譯獻琛,潢池喙息,翳獨其制之綢繆,蓋聖祖之聲稜實赫濯之。

恬熙歲久,兵衅甲銷,二百餘年來,毋論營制遞更,將婾士窳,即邊檄海壖諸戍,按符而討軍實,能盈額乎?即不盈而存者,能執銳披堅乎?能彎半石弓而馳欸段馬乎?即能之,見敵能前鬬乎?鬬能陷陣先登乎?尺籍不足,益之召募,而召募復然。召募不足,益之徵調,而徵調復然。且有召募徵調,勢不能不益餉,而又不能割軍之腴以餉,是昔之餉兵一,而今之餉兵二也。矧其詭籍影射,兵不必盡在行,餉不必盡在兵也。如近日遼左見告,大司馬覈官軍舊額,業耗其三之一,彼衝邊要害稱西北馬國,而猶若是,況三吳之素號文弱者乎!吳冠帶之國,四大都苞海帶江,切與倭鄰,風帆飛渡,瞬息千里,而海寇復勾之,內盜又復藪之。嘉靖中,四郡中倭縶慘毒,大者屠城,小者掠堡,蓋無歲不苦兵矣。朝鮮之

163

寇焚巢沸鼎，震鄰業業，今雖稍幸息肩，而假道詭詞，倜焉有窺。屬國心匪茹蠢動，未必其不南指也，有如腥風再颺，豕突搗虛，颶而犯我舟山、乍浦，海上諸戍能出偏師向島夷發一矢乎？能設奇兵，破颶浪，橫截邀擊之海上乎？比聞鑄山贲海，亡命武有力之徒嘯聚鯨波，血人于牙，官軍遇之披靡，夫力不能搏孤豚而可扼猛虎乎？

疇昔湯信國經略築金埔，分水寨，材官蹶張，棊布牙錯，豈其積窳若是？今陸而烽燧，水而餘皇，非乏兵也。歲儲月饟，行賞坐犒，非乏餉也。主有丁選矣，客復有勇健，勇健果勁於丁選乎？額有長兵矣，暫復有短兵，短兵果勁於長兵乎？主不能軍乃借之客，軍不能戰乃益之募，天下無益田而有增兵，有祲歲而無損餉，奈之何不貧且憊也？且兵必待民而有，是垛克謫發，皆木偶矣。兵必待益而具，是陸哨水操，皆象人矣。縣官何利於象人、木偶而歲貢糧糗扉屨以飽若曹，是兵廩歲額皆漏卮矣。居常索餉則有兵，臨警徵發則無兵；伎作奔走，以爲工役則有兵，聞金鼓之聲，使操矛盾而應則無兵。掛錄投閑，買差替役，可盡檢乎？身一而籍二，名公而力私，可盡勾乎？債帥以月錢爲固然，兵尉以剖剥爲常例，而士能宿飽乎？六花九陣，教者不必諳；占役廝養，主者不敢問，而士能整伍乎？寅而集，辰而罷，巳而集，未而罷，投河角觝僅同兒嬉，軍書羽檄幾成幻錄。甚者挾無弦之弓，插無羽之矢，懸無鞘之刀，以爲習慣故常云耳。有干行而鞭抶貫耳者乎？有臨敵不用命而戮社犛鼓者乎？蓋樞府推轂多以譽遷，偏裨登壇或從賄取。既輸財於此，則不得不取盈於彼，彼既欼貨賄，則此不得問貙劉，而且利其縮朒以爲筦簟，而且幸其脫籍以爲囊橐，士狎其無不如此也。雖有熊羆，化而蝛蜓矣，尚安望其搴旗刈旌爲國家效死力乎？嗟乎！以有盡之民膏餉無用之屠卒，國斂民財以贍兵，兵割月糧以供將，煢煢小民澤竭馨懸，且朝夕不相保，又況乎陽侯害稼，榷使橫征，奈之何不窮且盜也？

民既盜矣，餉將安出？無民而因以無兵，不能有兵之害極於不能有農，兵農兩無，何以爲國？當事者處漸兩無之勢，而不亟還其有，何以謀國？今欲議興屯，而豪右乾沒，猾卒盜沽，有難以左券。棘者徒驅皷瘃，夫田甌脫地，能冀有升斗獲乎？欲議徵募，而應募者非失業遊民，則無賴窶子，又且沿海汛守無不備也，無不募也，安家齎送費復不貲，又安所給餉乎？無已則見存之屯宜覈也，籍没之產宜清也，入官之租地、廢祠之田園宜拓也，湖山斥鹵（鹵）、漲沙海蕩之可墾者宜補也。此不加賦而餉足，是或一策乎。至於募兵之法，則有抽之餘丁者，准民壯以爲步，准快手以爲騎，而耗伍可充矣。此不召募而兵足，是又一策乎。

而又厚其餽犒，毋潤債師橐，而又嚴其縱放，毋供私門隸。有連之保甲者，令保丁習兵，拔其俊董之長、副二人，使私相團練，而什伍可强矣。有蒐之亡徒罪籍者，或諳天文，或知風角，或善攻礟火戰，並列行間，以備非常，以縻其不肖之心而狙詐作使矣。蒼頭、盧兒不得買閒輸月錢，市儈、里胥不得挂名潤赤籍。以蒼兕下瀨教舟師，而士皆習水矣；以追風應月教騎射，而士皆決拾矣；以魚麗鵝鸛教戰陣，而士皆龍騰鳥翔矣。一以教十，十以教百，百以教千，五日一試焉，又五日再試焉，十發而五獲焉則有賞，其二獲、一獲或不獲焉則有罰，欵宜罰者糈以與宜賞者。賞者日日倍其入，競淬矣；罰者日日損其入，競忸矣。毋論其人，即其人之父母妻子，未有不喜且愠者，而令其人之怠若事也。故法信而後兵可精也。而又將以兵之猛脆爲褒誅，任將者以將之勤惰爲殿最任，任將者以課之幽明爲登黜。百夫長於百人選之，千夫長於千人選之，遞而隊將、裨將，以至大將之選亦如之。部推毋以金穴營，臺剡毋以貴緣得。將皆李抱真，則兵皆澤潞也。將皆李德裕，則兵皆劍南也。故將良而後兵可精也。蓋以民養兵，不如以兵養兵；以土著養召募，不如以土著練土著。有一兵食一兵之餉，餉益省；養一兵得一兵之用，兵益精。祛三無還二有，除兩弊，收兩利。彷聖祖之初意，師周漢之遺規，意在斯乎？不然，容容焉，泄泄焉，聽其徒有而不必有其有，恐天下之無以有之者，不獨一兵，肉食炭炭，無已時矣。

千頃齋初集卷十八

啓

賀王太倉相公代。

彤廷特簡,蒲輪詔起乎東山;黃閣總揆,槐位班崇於北極。光生鼎鉉,慶協冠紳。

恭惟相公閣下,一代偉人,三朝元老。矢心天地,精誠結主上之知;砥節伊周,丰采係百僚之重。舉世皇皇奠枕,惟公穆穆迓衡。雖林泉遂志於初衣,然中外懸情於歸袞。謂安石不出,當如蒼生;願司馬亟還,再相天子。神明眷德,皇鑒葵忠。思已效之鹽梅,人惟求舊;營將來之金礪,寵更從新。制麻首陟三公,鈞席獨先四輔。絲綸歸美,極臣子之寵觀;簪紱騰懽,賢人情於夢卜。從玆挽回造化,即春天下之秋;指日旋轉乾坤,立泰域中之否。洵熙朝之盛事,爲曠代之奇逢。

某東海波臣,南州賤士。幸依河潤,夙瞻傅説之舟;仰止嵩高,猶隔阿衡之鼎。忽聞鳳書而鼓忭,願隨燕賀以趨蹌。何日立光範之門,倘容斂板;有懷繼徂徠之頌,莫罄颺言。惟祈赤舄登朝,盍慰丹宸側席。五百餘年名世,泰運方亨;二十四考中書,晉蕃跻錫。

壽申長洲相公并賀存問代。

青宫毓慶,九重錫類於尊親;紫閣疏榮,五位宣綸於憲老。輝生鼎鉉,喜溢冠紳。

恭惟相公閣下,一德格天,三朝遇主。十四載中書之考,夷夏咸安;五百年名世之期，明良交會。作孚先於百辟，穆穆迓衡；開壽域於八荒，皇皇奠枕。上方眷忠以無已，公獨遜碩而不居。謝政黃扉，怡情綠野。司馬入洛之年尚壯，未應枕石漱流；太傅還山之望逾隆，佇俟安車束帛。袞繡爰遵於鴻渚，簪裾世濟於鳳毛。惟元老引年之再加，屬宮闈慶澤之弘播。皇華宸翰，賁降金閶；文綺精鏐，鼎來玉陛。天保定爾，介景福以無疆；帝命寧予，垂隆恩於有赫。允矣巖廊之盛事，豈惟林壑之寵光。

某承乏吳藩，欣逢曠典。況茲建酉之候，正值生申之辰。得其壽，得其名，恭祝千齡之盛旦；俾爾昌，俾爾艾，長觀八月之清秋。周家之渭釣未移，漢室之蒲輪且駕。謹陳澗沚，用頌岡陵。

賀李九翁相公代。

恭審妙簡元台，進持魁柄。制麻同日，並分鼎鉉之榮；枚卜盈廷，獨荷宸旒之眷。洵巖廊之曠典，爲泉郡之破荒。

恭惟相公閣下，忠結主知，道先民覺。彤墀奏第，雲開五色之祥徵；玉筍軰英，風動四方之景仰。效論思于虎觀，志在格君；典制作於鳳池，文能起代。造氂璧水，貳禮陪京。素養望於留銓，遂升華於常伯。朝推砥柱，障浩氣於頹波；庭絕筐筐，凜清貞於介石。蓋自甘泉持橐，已負傅野調梅。衆多不便其孤芳，上獨深知其亮節。絲綸歸美，破群議以登延；簪紱騰懽，聞新參而忭舞。東閣班聯四輔，中台翼贊萬幾。列坐盡夔、龍，交孚一心一德；彙升有韓、富，況出同榜同鄉。風雲之會不常，日月之明增曜。

某枌榆晚進，樗櫟散材。夙冶鑄於鴻鈞，倍忻躍於燕賀。豈曰鄉有元老，敢徼私庇於二天；誠以國相名賢，幾覩太平於一日。屬者宮廷釜鬲，因之國是紛呶。上以循默爲包荒，下以攻訐爲聚訟。薰蕕共器，逾不信乎主心；首鼠兩端，祇求調於衆口。以上倚公之重，將安危休戚之是依；以公報上之周，豈利害譽非之足計。先聲儉簡，行回風俗於侈靡之餘；正色直方，即振朝綱於凌夷之後。補天浴日，熙然春天下之秋；旋乾轉坤，廓爾泰域中之否。敢因蕪頌，敬效管窺。

167

賀葉臺翁相公代。

宸斾簡命,中台宣上相之麻;揆席調元,北斗曳文昌之履。朕夢朕卜,允叶人情之同;汝翼汝爲,其代天工之曠。光生槐棘,慶溢枌榆。

恭惟相公閣下,學擅儒宗,材優王佐。蜚英翰苑,承明流著作之聲;造士成均,譽髦樂菁莪之化。晉宮僚而勸講,羽翼溫文;贊留部於秩宗,寅清夙夜。久勤典禮,載貳銓衡。衆皆躍冶以争先,公獨循墻而處後。四海之瞻巖特重,拭目衮歸;九重之側席方殷,垂思輪召。問朝問左右,舉無異言;惟天惟祖宗,咸享一德。遂升常伯,徑秉大鈞。金甌覆崔相之名,銀信趣鄴侯之覲。廷紳舉笏相賀,班四輔以登延;都民遮道聚觀,開新參而鼓忭。蓋丙、魏並相,况出一鄉;而韓、富齊名,復同兩榜。洵熙朝之盛事,爲曠代之奇逢。

某誼竊維桑,情深仰斗。自分海隅萍梗,無緣登傅説之舟;願備藥籠渤溲,終難薦阿衡之鼎。敢續徂徠之頌,載賡慶曆之詩。黑頭公相,楊文敏而後一人;赤烏勳名,李忠定於今再見。帝賚弼用作霖,丕慰朝端之望。君命召不俟駕,勿爲周南之淹。

賀南大司馬孫公榮加宮保代。

陪京作鎮,勢控金湯;樞府詰戎,權尚鎖鑰。蓋參密勿機衡之任,宜藉文武經緯之猷。歲閥甫騰,寵章駢錫。帝書上考,荷九重特達之知;秩晉孤卿,覃八命穹崇之寄。同朝佇爲盛事,澤國尤倍恒懽。

恭惟閣下,世篤忠貞,天胙明德。家風有自,允矣中丞之後人;國士無雙,褎然南宮之首選。郎星明燦,縣兵署禮署以司銓;卿月高華,歷容臺銀臺而秉憲。辟車望重,丰裁夙震於百僚;制閫功高,威信遠乎於九塞。運籌決策,先聲寢驕虜之謀;却貢止封,抗疏落點夷之膽。自拂衣逍遥於綠野,乃歸袞懸注乎蒼生。詔起東山,紀綱南服。烏府爲臺官長,身挾風霜;金陵係天子都,手扶日月。宸衷簡在,異命重申。爪牙居圻父之司,喉舌總漢官之重。峻文昌於北斗,獨冠常伯之班;偃太乙之靈旗,茂著干城之烈。名垂八座,績奏三年。載錫廷綸,爰加宮秩。少保階聯四輔,鶴禁之羽翼攸資;夏卿地切三台,鱗閣之圖形何忝。雖循牆之勞謙愈亮,而當宁之渥眷彌溫。錫魯公山川土田,康周公故大啓爾宇;釐召伯圭瓚秬鬯,自召祖而受命于周。蓋詔德詔功,自昔已然;而肯堂肯構,於今爲盛。

某竦瞻巖采,聳聽制麻。江左見夷吾無復憂,驄聲已馳於畿甸;中國相司馬勿生事,夢卜叶於人情。敬陳燕雀之私,輒憑魚繭之素。五百年名世鴻麻,濟美於鼎彝;廿四考中書駿惠,重光於簡册。有懷鼓忭,莫罄頌言。

賀總漕李公加銜户部尚書代。

總漕天塹,中都擁牙纛之尊;加秩地官,北斗正文昌之位。爰峻上卿之秩,增崇計相之班。黼扆出綸,軍民挾纊。

恭惟臺下,清和而任,直大以方。兩朝浴日之心,德同威鳳;十載擎天之手,功掩巨鰲。允武允文,分陝匹周、召之治;己饑己溺,匡時同禹、稷之思。洗當道豺狼以絶踪,未皇皇而奠枕;集中澤雁鴻以安宅,矻在在之長城。河内願借寇君,油幢暫駐;關中仍留蕭相,寵綍維新。晉長九農,升華八座。聯六卿於紫橐,身上星辰;鞏三輔之黄圖,手扶日月。方公私之積可哀痛,宜還春意於閭閻;況財貨之出有源流,豈折秋毫於户版。自天有命,行且宣北闕之麻;惟帝念功,寧久作南邦之式。遄歸袞繡,徑秉鈞樞。

某乘障列藩,芘身廣廈。高山仰止,喜聞君子之得輿;陰雨膏之,蘄免波臣之涸轍。固知木牛流馬,不難轉粟以上天;竚看舟楫鹽梅,即肖象形而賫帝。肅馳函於戟府,容斂板於和門。其爲頌徯,曷勝鼓忭。

賀操院耿公擢南少司馬代。

烏臺作鎮,時殿天子之邦;鳩氏詰戎,獨專樞筦之柄。蓋非文武之經緯,曷贊密勿之機衡。上眷逾殷,中權彌重。

恭惟臺下，先天民覺，負王佐材。弟兄皆瑚璉圭璋，群英折北；伯仲於濂洛洙泗，吾道已南。閩越還正始之風，河嵩重分陝之寄。遂自容臺而司甌，載遷開府以建牙。經綸幃幄之間，月柝燈棊之焆焆；彈壓江淮之上，參旂井鉞之堂堂。壯猷書績於九年，制勝折衝乎千里。渙敭周誥，晉陟夏卿。爪牙參祈父之司，疇庸東掖；喉舌作尚書之貳，乃副西曹。若曰進有德則朝廷自尊，洵矣用真儒而天下無敵。山川不離指顧，留都益鞏於金湯；草木亦熟威名，北門倍增其鎖鑰。

某備兵婁水，託照斗山。江左見夷吾復何憂，知人情之久屬；中國相司馬勿生事，諒夷膽之已驚。敬勒荒函，恭陳蕪頌。願曳星辰之履，名覆金甌；行紀日月之常，功垂玉鉉。戢五兵於不試，扶二曜以常明。鼓忭無涯，颺言曷罄。

候李九翁相公代。

宣麻紫禁，資哲輔於三台；亮采黃扉，歸神功於八柱。齊泰階兩兩之色，政參密勿之籌；增寶曆萬萬之安，忠結宸旒之眷。瞻巖獨重，前席正殷。

恭惟相公閣下，一代真儒，七閩間氣。效論思於講幄，志在格君；佐典禮於容臺，節能砥世。身任天下，利公家無不為；力挽頹波，攖眾忌而弗恤。金甌協卜，晉陪斗極之樞；玉鉉疏榮，鼎正文昌之座。若濟川而立傅，得師者王；如聘野之須伊，匪予誰覺？況苞苴筐篚，素不入沂公之門；而鼎簫樓臺，亦未聞寇相之第。人欲自絕，何傷日月之明；帝鑒無私，豈待風雷之變。

某留曹竊祿，夙注斗山。婁水備兵，更荷覆露。第以江湖外吏，久絕迹於朝紳；所藉簪紱世交，敢通書於政府。僭憑魚繭之素，恭陳燕雀之私。亮天地而弼一人，知益廣無疆之聞；理陰陽而遂萬物，尚祈澤不獲之夫。式貢寅丹，副在子墨。

候葉臺翁相公代。

宸旒簡命，晉位紫樞；揆席調元，均茵黃閣。身膺鼎軸，象四輔以亮工；手握斗杓，考六符而弘化。蓋雲龍風虎，同氣斯求；威鳳祥麐，逢時乃出。

恭惟相公閣下，千秋王佐，百代儒宗。自從甘泉持槖之班，已負商室和羹之望。陽休山立，粹然廊廟之珍；地載海涵，綽有台衡之器。東宮勸講，精忠元簡於帝心；南部貳銓，清德允孚於民譽。十行渙寵，八座升華。名啓金甌，間兩社以爲輔；職親玉鉉，咸一德以格天。風霆不顯其流形，啓沃同期造膝；水火交成於正味，規隨永弼仔肩。此六服於焉具瞻，正九重所以延竚。

某南州賤士，東海波臣。幸託年家，兼陪末屬。士曰時哉，相司馬皆舉笏以相驪；誰其識之，有歐陽辱捲簾之已素。顧江湖流梗，空瞻傅說之舟；豈沼沚微毛，可薦阿衡之鼎。惟藉鑪錘之舊，況看枚卜之新。謹稽首以颺言，用齋心而致禱。書投光範，敢微私庇於二天；頌擬徂徠，願睹太平於一日。仰祈汪度，俯鑒輈虔。

同鄉合請史少宰公

槐堂聳望，齊瞻北斗之尊；梓里割榮，更託南天之芘。樽俎載修於燕喜，涓塵仰瀆乎鴻慈。

恭惟老先生閣下，學冠儒纓，文裁帝衮。螭庭奏賦，卿雲開五色之祥；虎觀橫經，穆風動九重之聽。絲綸淡藻，豈班香宋艷之敢方；文武題材，即麟角兔置而畢採。旋從函席，晉貳文昌。秭陵天子都，手扶日月；荃宰列卿長，身上星辰。正色以刑百僚，若喬嶽泰山之不動；黜幽而弊群吏，等玉壺冰鑑之無私。惟精忠簡在帝心，一德咸有；況長材身兼數器，庶績其凝。名覆金甌，行接七閩之盛事；麻宣紫禁，應符五百之昌期。

某等同忝枌榆，或叨桃李。浮萍斷梗，幸依傅說之舟；潤芷溪毛，欲薦阿衡之鼎。日維西陸，節近中秋。虹渚星流，嵩賀將呼於萬壽；風雲玄感，斗躔先見於三台。敬卜芳辰，恭陳洞（洞）酌。懽同北海，納爽籟於層宵（霄）；勝擬南樓，待月光於別館。仰奉元公馨欬，樂且無荒；俯容參佐追陪，興復不淺。願言曳履，蚤賜鳴騶。閱八磚之過影，共領玄言；分雙燭之餘輝，尤飫明德。

候少宰楊公代

齒東海之波臣，茫無操挾；瞻上台之荃宰，獲遂皈依。敢乞大塊之鑪錘，用裁小夫之竿牘。

恭惟閣下，名高百代，望重兩朝。始通籍於郎星，歷升華於卿月。黃流玉瓚，巖廊共挹其清芬；朱絃素絲，省寺咸推其直節。其間出處潛見之迹，若瑞世之鳳麟；總之勁正貞白之操，比傲寒之松柏。旋陞容臺而典禮，載司封甌以納言。忠簡帝心，揆留皇鑒。佐斗杓以輔政，坐均四海之宜；凜冰鑑以題材，立辨九流之品。士有連茹之拔，人無積薪之嗟。即正宰衡，左右宜咨於汝翼；佇班揆席，平章時弼乎仔肩。

某謬厠枲藩，久慙瘝曠。調停無策，其奈澤中之鳴鴻；撫字多方，莫濟江南之涸鮒。應課殿以下下，豈徼福於容容。惟老老及人，方慶皇慈之浩蕩；而親親錫類，更沐坤厚之汪洋。敢循例以陳情，用干恩而請命。仁自率親而率祖，總煩啓事之山公；孝資事父以事君，願爲移忠之曾子。戀深烏烏，詁乞龍鸞。藉留署一日之知，懇上相二天之庇。寵光三世，豈爲榮身以榮妻；盟矢千秋，何以報公惟報國。祗陳覼縷，曷既編摩。

迎操院丁公代。

伏審宸旒渙號，天塹宣威。二百年王氣鬱葱，特壯金湯之固；十四郡地形險阨，盡提表裏之封。疏恩冠獨坐之班，執憲建元戎之纛。凡居節制，倍切忻愉。

恭惟臺下，命世儒宗，清朝名碩。學窺伊洛之秘，都人範其楷模；治倣漢吏之循，天子召爲臺諫。激濁揚清之雅志，雖百鍊以難移；難進易退之高風，歷三聘而始出。爰自法星之璀璨，驟登卿月之光華。兆已符於夢松，階遂長乎列柏。隼旟熊軾，坐鎮京輔之上游；虎踞龍蟠，全畀東南之半壁。此日輕裘緩帶，暫試開府之勳；他年赤舄繡裳，即下還周之命。蓋安危注意留都之鎖鑰，舍我其誰；而文武憲邦密勿之鈞衡，非公莫可。

某倐聞綸綍，如拜麾旄。方千里曰王畿，正倚干城之偉略；統六帥平邦國，佇觀樽俎之折衝。謹削牘以候鳴騶，且負弩而迎飛鷁。鵬鶚直上，行聳絶迹於昂宵（霄）；燕雀卑棲，更賀生成於大廈。無涯引領，曷罄颺言。

賀黃九石中允

恭審宸旒渙號，儲寀升班。啓佑前星，求博聞道術之選；弼成少海，懋恭敬溫文之功。雖十年詞苑之序遷，實近日儒紳之曠覩。

仰惟閣下，學窮聖繹，德萃天精。奏籍南宮，名題慈恩千佛頂之上；紬書中秘，試首瀛洲十八士之先。翰藻掞庭，可使班、揚韜筆；絲綸緯國，直與伊、傅爭衡。分雲漢以爲章，胸苞萬有；比滄溟而挈器，量總群流。偏儀荷橐之華，獨結楓宸之眷。高文大册，既推鴻碩之材；紆謨遠猷，仍奉燕閒之問。將腹心於密勿，預羽翼乎東朝。蓋豐水之謀，獨先於詒子；宜商山之助，必輔以正人。主器斯安，丕基益壯。自是橫經青禁，龍夾日以升霄；行矣秉政黃扉，鰲戴山而立極。

某授族江夏，派共莆中。附籍仲篋，義叨世末。睠兹溝中之斷，紊蒙堂下之攜。喜聆絅溫，頓忘氈冷。不模不範，雖未免諸生之揶揄；或挽或推，亦恃有故人之齒頰。燕雀依萬間之芘，全藉幷幪；鷦鷯安一枝之棲，終歸卵翼。惟舊雅毋忘戴笠，況下情倍切彈冠。仰乞露仁，俯垂電鑒。其爲啣結，曷既編摩。

賀兩浙開府甘公代。

疇咨舊弼，疏寵元戎。詔起東山，闔望雅推於三獨；惠綏南國，節鎮獨首乎諸藩。宸命風馳，驆聲雷動。

恭惟臺下，安危注意，文武壯猷。自鳴琴而錫異名封，旋衣繡而升華大棘。辟臺名重，允爲憲於萬邦；仗鉞功高，聿揚威於三輔。山中讀禮，益徵余佩之芳；越土建牙，特見帝環之錫。鼉鼓犀渠之部曲，廣招君子六千；隼旗熊軾之光儀，坐撫都城百二。碧幢彈壓，共鞏金湯。白羽指揮，誰奸旗鼓？

某故從斗下，夙欽烏府之聲靈；兹竊鄰光，更分駱越之臨照。遥瞻榮戟，媿握麈之無從；日跂旌麾，知執鞭之有待。端修手板，用表心旌。迹雖阻於登龍，神已馳於賀燕。河潤寧惟千里，仰借汪洋；塵埃已識九方，終歸剪拂。

候大司馬舊總河李公代。

　　仰烏府之照臨,曾廁下吏;徹鴻鈞之冶鑄,永託上台。矢明德以弗諼,遡流光而靡逮。僭憑子墨,式貢寅丹。

　　恭惟臺下,應運夔、龍,中興方、虎。腹具甲兵以萬數,勤垂安攘之勳;胸吞禹貢之九河,雅負平成之略。彀鈐傳自黃石,武緯文經;疏瀹授於玄夷,玉書金簡。天不生姬旦,誰提東國之斧斨;帝惟賚傅星,用濟巨川之舟楫。所以鯨鯢盡洗,翻成雁鶩之池;從茲璧馬並沉,永奠魚龍之窟。功收舞羽,績成錫圭。蓋一命再命三命而益恭,將大書屢書特書而未已。帝曰汝居祈父,且宅揆以秉國成;公云有懷二人,乃讀禮而卹家恤。雖倚廬歸臥,願追綠野之遊;然宣室儲思,當爲蒼生而起。行矣環召,遄焉袞歸。

　　某猥以疏庸,舊承綱紀。從戎行稱末屬,有若泥塗之在埴然;去澤國作波臣,無奈族庖已更刀也。稟焉以爲政,祗奉明威;赦其所不閑,幾騰薦牘。慚報稱之無地,徒切捫心;感覆露之自天,自惟疏目。謹修芹藻之敬,聊攄葵藿之傾。茹鑒是祈,編摩曷既。

候李總漕代。

　　齒塵埃之下吏,濫備將輸;瞻雲漢之上台,忽蒙推轂。倘非大鈞之埏埴,安得衆竅以吹噓。施重人輕,報深語淺。

　　恭惟台臺,基命兩社,棟國九埏。壯尹吉甫憲邦之猶,允文允武;平召康公分陝之政,不競不絿。驅狐豕以潛踪,集鴻雁於安宅。龍蛇赤子,幾多卵而翼之;羔羊素絲,疇非則而象者。蓋惟實見得是,口與天爭;所以正氣不回,力持風紀。導河淮而東注,坐鎮咽喉之區;扶日月以大明,行進腹心之地。

　　某故依燕厦,殊覺駑庸。去澤國作波臣,會計而已矣;撫勞人思屏翰,繭絲云乎哉。巧婦尸之,尚難責無麵之餅;老農惰矣,安能取不稼之禾。三年之刻楮猶艱,千里之飛芻正亟。方虞罪罟,媿積捫心。伏讀封章,感深次骨。雖繡衣六條之譽,定匪狗私;然華袞片言之襃,終疑溢實。敬修手板,用攄心旌。泥在范,金在鎔,是全託一陶之造;川作舟,旱作雨,祈永遂萬物之宜。

上大司徒趙公代。

聽尚書履,久綴地曹之下僚;分刺史符,忽叨雲間之上郡。職方雖二三縣,歲餉已百萬餘。吏多請寄之奸欺,里有難平之徭役。文移星火,不勝權使之誅求;訟牒丘山,半爲征輸之繁重。況地濱湖海,萑苻時發乎不虞;且俗競紛奢,公私並詘於凋敝。網疏則魚漏,繩急則麕驚。欲經緯以咸宜,顧韋弦其匪易。而某以社櫟樠槁,當東南盤錯之艱;以膏棗鈍昏,值上下煎熬之困。調停無策,知法出而奸生;撫字多方,奈心勞而政拙。鉛刀僅效其一割,鼫技已殫於五窮。蓋昔者轉漕是邦,方懷尸曠;乃重來作牧兹土,逾積愆尤。

恭惟閣下,東魯岱宗,中朝柱石。升華部寺,蚤流謇諤之聲;秉鉞河嵩,蔚爲文武之憲。擾兆民,敷五典,主計而望重素絲;均四海,統百官,署銓而譽歸冰鑑。何意庸材之樸樕,誤辱大造之陶甄。提攜每錫之誨音,折節而升齷齪;謦欬必假其毛羽,逢人更説項斯。一麾專城,既蒙恩於衣借;六條督吏,更獲庇於瓦全。惟我公臨別數言,方憂五茸之逋賦;而卑職拊循二載,莫濟三邑之罷民。自慙省躬,有負知己。所願宣麻黃閣,調鼎紫宸。浮圖成自合尖,正臺台補袞之日;洪爐終歸冶鑄,是下走啣珠之年。聯貢寅丹,儧陳子墨。頂踵洵非己物,形神已徹中涓。

謝南少司徒總督趙公代。

仰台鉉之上公,如瞻喬嶽;齒塵埃之下吏,幸託大鈞。倘非造化之全功,安得濫竽於衆吹。受知襞積,懷感輪囷。

恭惟台臺,清廟琮璜,中朝柱石。階自于蕃于臬,駸致卿月之高華;心則爲上爲民,獨係世風之竅會。度支司軍國重計,身統地官;秣陵爲先帝舊都,手撐天柱。蘇癏培九農之扈,欲還春意於閭閻;制用先八政之圖,豈折秋毫於户版。

行調梅而扶日月,佇聽履以上星辰。共推阿衡之覺先,況有伯禽之拜後。

某幸依綱紀,夙求牧芻。從澤國作波臣,會計而已矣;叨戎行思保障,繭絲云乎哉!欲潤枯魚,僅西江升斗之水;睠言鳴雁,奈東人杼軸之空。方虞罪罟,莫遁鈇誅。伏讀薦章,榮逾袞獎。譬若泥之在埏,敢忘坯冶于一陶;自是駑之取途,尚冀鞭棰於十駕。勉酬祁舉,敢負宣知。永矢弗諼,有懷莫吐。

復大同巡撫霍公代。

鎖鑰北門,坐擁雲中牙纛;馳驅東海,遙瞻天上星辰。忽承筐之鼎來,豈報璜之敢後。榮增一盻,感切五中。

恭惟臺下,威鎮華夷,望傾朝野。敦書悅禮,弢鈐探虎豹之文;決策運籌,經緯著麒麟之烈。秉旬宣之十載,勤式遏於三陲。黃鉞登壇,壯七萃五屯之衛;玉關賜履,專五侯九伯之征。風猷遠播於塞垣,恩信允孚於醜類。蓋昔在外服,嘗未雨而徹桑土之防;乃今晉中丞,遂先聲而落旃裘之膽。

某備兵澤國,仰止斗山。握麈無緣,心旌徒懸於五堡;登龍有待,手翰倐拜於雙魚。謹稽首以颺言,敢齋心而貢謝。欲報之德,何以為期?惟折棰以笞名王,佇歸袞而相天子。

候大京兆徐公代。

留都雄三輔,根本要區;京尹總十連,蕃宣甸服。彈壓先輦轂之下,折衝在樽俎之間。卿月騰輝,福星拱照。

恭惟臺下,膾鳳屠龍之手,擎天浴日之心。白簡風生,豈遑問仗前立馬;皂雕電擊,不難批頷下逆鱗。肘後有醫國方,舌底出冰人語。民歌驄乘,千秋已社而稷之;朝仰羔絲,百辟多則而象者。睠茲石城虎踞,勢阨江淮;況屬豐鎬龍飛,邑傳湯沐。提封全跨乎千里,佳麗昔壯於六朝。少尹舊游,久導窾於遊刃;真除載寵,益就熟於輕車。得地大儘可迴旋,去天近何難展布。召伯保釐南國,方憩蔽芾之棠;晉公臥護北門,永固葳蕤之鑰。暫焉居守,行矣宅揆。

某樗櫟無庸，節旄紫寄。幸備員於澤國，獲仰止於斗山。念切登龍，其如匏繫；情馳貢鯉，以表葵傾。京兆有次公，知不用趙、張之小智；夷吾在江左，願一洗王、何之清談。

候姚冏卿

白簡回天，茂著郎星之望；青蒲扶日，峻登卿月之班。孤忠上簡於宸旒，華貫榮躋於冏寺。暫娛晝繡，旋秉大鈞。

恭惟臺下，履道如弦，比德於玉。儲英秘閣，已盡抽四庫之藏；陟諫瑣垣，乃進立七人之列。當宮庭之釜鬲，正國是之紛呶。競求容容，靡聞諤諤。公獨抗疏，幸明主可與忠言；帝亦孚圭，喜聖朝漸無闕事。豈一發之為快，且百鍊而比剛。龍蛇騁兮，誰砥中流之柱；鳳凰鳴矣，于彼高崗之巔。汲長孺十年禁闥，直已效於從繩；仲山甫一日城齊，望特懸於歸袞。命汝作大正，思馬斯臧；欽哉慎乃僚，惟人其吉。化成囿牧，定多雲錦之群；瞻具台衡，即騎尾箕而上。雖方枘圜鑿，不能與時俗浮沉；然野馬塵埃，何足為太空增損。

某夙叨世雅，過辱殊知。從北邸別龍光，永懷明德；向西泠覓鯉素，猶缺起居。皋擢髮以難開，惠銘心而莫報。顒申勸駕，竊附彈冠。雞肋自憐，尚擬搏風之假羽；驥心未老，願言逐電以加鞭。

迎陳漕院代。

木天吹火，窺石渠金馬之藏；柏院飛霜，仰素絲羔羊之節。褰帷問俗，新禮樂之光華；將漕餽軍，壯江淮之彈壓。上流勢重，中宸眷隆。

恭惟臺下，奎璧孕精，衡湘間氣。名題千佛，蚤籲俊於彤墀；材富三冬，旋儲英於秘閣。周情孔思，允宜登學士之堂；宋艷班香，奚翅得舍人之樣。惟司存於雨露，遂感會於風雲。都門驄馬行行，共識殿中之雅鎮；城社鼠狐落落，爭避柱後之先聲。邊儲方望於飛芻，廟算復殷於敷土。誰馳四牡，坐斡萬艘。帝曰汝諧，乃命恊功之川后；朝惟公可，仍煩主粟之蕭何。障狂瀾而東會，見陽侯之順軌；駕長航以北佇，看風伯之效靈。六轡如絲，雖賢勞於原隰；三軍挾纊，行紀績於鐘彝。邦有德星，民無罪歲。

某吳關委吏，海國波臣。東南之民力竭兮，正需咨度；西北之疆場亟矣，尤藉轉輸。繭絲乎，保障乎，公必本根之急；導黃也，疏洳也，相惟荒度之宜。文武具瞻，願快覯木牛之運；軍民引領，已紛爲竹騎之迎。謹負弩以候鳴騶，先削牘而申賀燕。此時風薰財阜，偕彩鷁以來思；他日地平天成，與玄圭而比德。

候馬直指代。

六條察吏，夙依龍光之照臨；一字拔人，更沐烏臺之薦剡。何意緇衣之好，竭來華袞之褒。儻非冶鑄於大鈞，安得濫竽於衆吹。

伏念某茫無操挾，積有愆尤。郡號股肱，綿力動虞掣肘；民殫膏血，窮櫩日切剜心。欲潤枯魚，僅西江升斗之水耳；睠言澤雁，奈東國杼軸之空何。即茹蘖以自甘，顧勞薪其奚補。考宜下下，豈徒拙於催科；容以休休，幸焉包其荒穢。爲天啓齒，不遺蟲臂之收；據地承顏，何有豚蹄之祝。感深於髓，愧溢其肝。

伏惟台臺，負經濟模，攬澄清轡。驄馬繡衣之使，洵直且侯；羔羊素絲之風，甚德而度。念人才難得易失，寧舍其短，取其長；故如某功少過多，亦匿其醜，揚其美。殆假點睛之筆，俾嘗換骨之丹。鷃牘一騰，駕價三倍。士固伸於知己，蓋非搖尾而後憐；德不待於成身，總合銘心而自厲。敢不永堅晚節，仰答殊私。淬此鉛刀，少畢處囊之願；鞭其後乘，無孤推轂之恩。何以慰深知，祇盟天日；苟堪醻大造，無愛髮膚。

候毛侍御

三鱣地泠，久依龍光之照臨；一鶚天高，更仰鴻鈞之埏埴。受知惟舊，取芘益新。覺恩重而身輕，奈報深而語淺。

恭惟臺下，卿雲瑞世，霖雨濟時。法星暎峰泖以長明，濊澤與滄溟而比潤。克威克愛，活磋盉者千家；宜民宜人，祝畏壘以萬户。六年課最，方滋南國之棠；

一札徵賢，行列内臺之柏。班聯三院，朝常得李勉而始尊；司立七臣，袞職惟山甫爲能補。與天子辯是非，宰輔爭得失，舍我其誰；爲巖廊關輕重，廟社係安危，非公莫可。稜稜白簡，將坐寢乎邪謀；侃侃青蒲，且力回乎天聽。上志已定，群頸胥延。

某猥以社櫟，誤收匠石。枯朽終淪於溝斷，慚負國士之知；鷽鳩幸决於搶飛，惠徵如天之福。扣大鐘而鳴，則小患在好。爲造浮圖者合，其尖幸資巨力。仁人厚故，忍令席蓐之棄捐；下走希榮，但把衣冠而拂拭。丘山高誼，寧容簣土之虧；金石盟心，敢負瓣香之祝。寸衷所矢，尺牘難宣。

賀張孟奇關使代

版部升華，勇襆望郎之被；吳關弭節，出塞膚使之帷。財阜風薰，偕輶軒而交至；梅舒柳放，徯原隰以載馳。與物爲春，望公如歲。

恭惟臺下，清涵沆瀁，秀毓羅浮。學同安世之洽聞，志亡書者三篋；識比茂先之博物，別瘞劍於雙龍。千秋主風雅之盟，壇推牛耳；五色掌絲綸之美，池有鳳毛。惟照燭乎民庸，故借筯於邦計。方公私之積可哀痛，誰與阜通；顧財貨之出有本源，當加調度。熟眎弄印，誰爲朕行；遰思持籌，莫如公可。謂朝廷榷山澤之利，繄欲足國裕民；惟君子知取予之權，斯可柔遠能邇。況兹大東之杼軸，未集中澤之雁鴻。當剜肉醫瘡之餘，民亦勞止；在諮諏詢度之事，公優爲之。養元氣以厚閭閻，豈屑屑雨天之粟；捐錐刀而通商賈，不規規流地之泉。是曰濟川之慈航，真垳澄潭之止水。

某喜來垂露，念切瞻星。一帶盈盈，欣執鞭之在望；雙旌裊裊，想騎竹以交迎。幸依騑牡之光華，佇聽隨車之霖雨。敢裁吉語，肅候前驅。汀鳥渚花，知入品題之目；溪毛潤芷，莫酬仰止之思。

復徐職方

恭審劍履趨朝，驂騑載路。輅從星發，駕周道之委遲；槎自天來，偕南薰而至止。敢布仰高之悃,輒修記上之。

恭伏惟台臺,毓瑞九龍,孕精兩目。楓宸奏賦,奚誇五色凌雲;花縣分符,幾見千郊化雨。奚騰邑最,骍陟郎潛。蔽芾甘棠,到處都成峴首;婆娑嘉樹,何時不念并州。方粉署以含鷄,遂彤闈而市駿。雕蟲歸藻鑑,紬風雲月露之奇;相馬得天機,出牝牡驪黃之外。蓋使渝巴體變,代還雅頌之音;寧獨杞梓材收,國受棟隆之用。人歸水鏡,咸入英雄之彀中;士仰斗山,喜出名賢之門下。

而某猥以樗散之質,素乏根柢之容。願備藥籠,夙已皈依虎帳;旋避棘試,無由呎尺龍門。乃乞上洋之冷氊,正屬明公之舊治。爭春桃李,盡河陽去時之花;運北鯤鵬,假扶搖六月之息。幸栽培之未遠,猶竊蘭芬;藉賞識之無虛,偶同苴臭。然而緣慳御李,未敢唐突中涓;不謂誼篤延然,先已榮施下走。八行飛擲,儼金薤之從天;五內震驚,怳青萍之入手。三薰三沐,一字一珠。荷鼎奨之逾涯,有懷環草;慚芹曝之未獻,莫報瓊瑤。茲值介圭入觀之辰,適當躋矢先驅之日。而某遙羈一職,徒瞻紫氣於關門;爰託雙魚,敬效丹衷於荇蕍。藻蘋匪腆,詎云可羞王公;葑菲靡遺,終當不負洪造。仰祈淵度,俯鑒微虔。唧刻所鍾,編摩莫既。

賀杜漕使

伏審榮驅漢節,給饋吳壖。舊令尹之雙鳧,去思未遠;新漕君之四牡,來暮已歌。六轡如絲,三軍挾纊。

恭惟台臺,負猷鴻碩,蓄德駿龐。摶羊角於青蘋,名題千佛;試牛刀於赤縣,頌起四郊。一施製錦之功,兩奏鳴琴之績。河陽花滿樹,桃李以春熙;南國棠成息,桁楊而晝臥。既騰邑最,旋陟郎潛。顧大東之杼軸其空,而塞北之符移旁午。熟際弄印,孰為朕行;返想持籌,莫如公可。所居民富,田里無愁歎之聲;簡在帝心,原隰有光華之遺。燭朘削侵漁之蠹,豈規規流地之泉;較盈絀出入之經,不屑屑雨天之粟。漕下冰解,集苞枡以載馳;財阜風薰,與輶軒而偕至。攬轡懽騰於竹馬,虉芻神運於木牛。帝有德星,民無罪歲。

某齟窮五技,鼯寄一技。鵲繞月以何棲,幸二天之獨有;魚泳川而相得,況尺地之可通。儻垂慈附驥之蠅,庶流波涸轍之鮒。情深賀燕,羈冷氊末緣執贄;念託飛鴻,瞻榮戟有懷斂板。敬憑子墨,式貢寅丹。

報孫繕部代。

陽春生下國,正縈去後之思;陰德擬高門,復禀受成之政。規隨每期於畫一,提誨不啻於再三。媿乏先容,謬承清眄。

恭惟臺下,靈鍾王屋,翼奮天池。興公擲地之聲,摩空有素;韓洎造樓之手,接武攸宜。始佐郡以持衡,乃緣經而察麗。勾刷明精神鑑,吏絕舞文;平反照徹覆盆,庭無冤獄。七年司李,三邑成棠。遺蔭千秋,片石磨礱峴首;福星一路,萬家社稷庚桑。帝曰若予工哉,徒得君重;民云奪吾父矣,願借寇留。程衆藝,飭五材,朝望方崇柱石;宅百揆,司六府,廟謨更藉棟隆。特參玄武之司,適應遒人之狗。楓宸已稔知治行,豈獨儀簪橐之班;蘭署不足爲公榮,當勉堅旂常之績。

某才卑折(拆)線,智陋挈缾。偶代匱於末塵,遂委身於下乘。情深御李,願猶阻於登龍;想倍識荆,心徒懸於托驥。顧芹藻未將一价,而瓊瑤先錫百朋。法令爲師,止圖由舊之計;藥石愛我,忽得告新之言。何幸規矩之陳前,可容瓦礫之在後。皈依有地,奉職無尤。在冶在鈞,終寄鑪錘於真宰;亦趨亦步,敢忘繩筏於迷津。薄寫中丹,敬陳副墨。

與程台任民部

伏審榮驅漢傳,給饋吳壖。歌皇皇隰華,獨領軍儲之重;際萋萋春草,式瞻使節之新。六轡如絲,九邊挾纊。幸斗山之伊邇,向溟海以乞波。

恭惟臺下,神韻淵泓,高標嶽峙。派宗伊洛,知道學之已南;名紀慈恩,攬德輝而直上。甫通金閨之籍,旋含粉署之香。入筦度支,殷殷露積;出司漕輓,蕭蕭宵征。輸塞北粻糧,半屬三吳財賦;寬大東杼軸,全卹中澤劬勞。士無呼庚,攬轡懂騰於櫪馬;將遵令甲,蜚芻神運於木牛。天子問錢穀幾何,暫煩會計;國人曰冰鑑在望,即秉銓衡。

某猥以樗材,謬塵芹序。綴末行於榆社,久跂識荆;從伯氏耳蘭芬,猶慳御李。思日遠而帶日緩,永懷調悆於璚枝;舟作楫而旱作霖,顧庇驩顏於廣廈。敢徵世雅,敬布中涓。

賀董思白起建南兵使

北斗持衡,久擬錫環於中禁;東山繫望,復聞弭節於外臺。一札起家,八州分陝。洗印日新衆聽,褰帷風聳列城。

恭惟臺下,學冠儒纓,文裁帝袞。彤墀載筆,遠超班、馬之林;翠幄橫經,預識夔、龍之武。暫輟承明之侍從,出司荆楚之士型。玉追琢以彌工,盡剖石中之璞;金在冶而不躍,並登席上之珍。起代維衰,迴狂瀾於砥柱;急流勇退,養高節於丘園。公雖製芰荷以爲裳,人實望鱒魴而歸繡。維閩七聚,建安控其上游;奉漢六條,澄清綏此南服。攬轡秋風,驅瘴海苞羽倭遲;放衙春雨,滿辰山棠陰蔽芾。蓋先朝有蘇公、白傅,皆從禁苑而出領方州;近代則文裕、文貞,亦歷外僚而登庸翰閣。詞林猶存故實,盛事況出同鄉。固知申命宅南之咨,正爲歸公於東之漸。干莫會合,逾足光牛女之墟;枚卜思賢,會即騎尾箕而上。

某昔依斗下,幸陪絳帳之後行;今託部中,更仰油幢之雅化。即昆蟲蠑息,猶然振蟄於陽春;矧燕雀生成,能無驩顏於廣廈。雲霓引領,願同騎竹兒童;霖露隨車,祈慰杖鳩父老。謹馳心旌而貢鯉,容歛手板以登龍。竚聽章甫之謠,行赴宣麻之召。

與洪爾介左轄

燕臺卜夜,結想聚星;越水行春,喜來垂露。民還得歲,西泠再駐襜帷;帝寔葵忠,南國重資屏翰。正薇垣之座,居然四岳稱尊;長列國之藩,允矣三獨繫望。忽聞出綍,不覺彈冠;況竊鄰光,時分河潤。顧弟自鱗翼之附,倚玉懷慚;乃兄欣臭味之投,斷金情篤。乘車戴笠,跡雖隔於雲泥;指日盟松,心實照於肝膽。經年久絶素鯉，不責疎慵；同藉皆附青蠅，獨私睠顧。俯念寒氊之寂寞，曲爲朽木之先容。提攜錫之誨音，折節而升鄲薆。聲欬假以毛羽，逢人每説項斯。弟鷦寄一枝，鼯窮五技。歎頭顱之如許，鷄肋猶憐；嗟髀肉之已消，驥心未老。風塵落拓，幾隨櫪馬生悲；牙頰餘波，頓令涸魚轉潤。不有槐龍之舊侶，誰憐駑狗之陳人。

恭惟臺下，海嶽人英，斗山士望。朱幡畫戟，晉左轄之新堦；三竺六橋，領東方之舊伯。文武萬邦爲憲，暫布化而小屈句宣；精神千里折衝，行仗鉞而大開戟府。幸依燕厦，奈隔龍門。謹拜手以颺言，并齋心而布頌。惟鮑子少而知我，無棄菲葑；媿燭武壯不如人，末酬瓊李。歌裁章衮，且銘日月之常；位逼魁台，願聽星辰之履。有懷莫吐，永矢弗諼。

謝蔡參知代。

分海邑之符，正虞瘵曠；綴容臺之屬，猥玷恩除。似憐鞅掌之勞，少佚筋骸之束。此大鈞妙播物之巧，然小人有乘器之慙。竊惟曲禮三千，待其人而後舉；春官六十，非素望則不勝。

如某者性本棄昏，材同樗散。營精司牧職，惟求牛羊之芻；凡骨難仙分，不舐鷄犬之鼎。五年尸素，懼積過於黔黎；一旦遭逢，忽濫竽於粉省。願豈及此，得之駭然。

伏惟台臺，妙有儲菁，神明衍胄。畟搜珍於玄圃，繼接武於青霄。漢室文章，奴使兩京班、馬；虞廷禮樂，名高一代夔、蘷。載陟句宣，兼持憲節。風清鈴閣，貢雉之國方來；雨度甑山，佩牛之氓均被。翼扶萬品，真天地以爲爐；器使羣工，若川藪之藏疾。故兹庸諈，有幸僥逾。奈奉事之未幾，自違鞭策；且起居之乍遠，莫效馳驅。心醉德以難名，足遵途而益戀。江干鵁首，望中越樹偏迷；郵邸鷄聲，夢裡吳雲長繞。惟面誨提耳，庶幾惟寅惟清；況舊政告新，敢忘亦趨亦步。有懷啣結，曷既緘摩。

迎李兵使代。

伏審出綍楓宸，進司柏憲。風清郡閣，久懸震澤之去思；雲擁旌旄，忽動婁川之喜色。鬱憇棠其勿剪,紛騎竹以爭迎。四履均懽,群僚交慶。

恭惟台臺,南州間氣,北斗孕精。文星暎匡阜以陸離,家傳學海;劍鍔出豐城而閃爍,天寶物華。循良馳譽於花封,寅直螢聲於蘭省。一麾出守,三載專城。吏仰羔羊,疇非則而象者;民歌鴻雁,幾多卵而翼之。福星一路之謳吟,生佛萬家之香火。中和樂職,頌滿郊坰;襦袴春溫,恩流澤國。方介圭而入覲,即攬轡以治兵。主實葵忠,暫付常衮以觀察;民還得歲,更煩山甫於城齊。蓋東南財賦奧區,而憲枱備兵阨塞。寬則繡衣持斧,刺舉六條;急則樽俎折衝,藩屏三輔。非壯猶才兼文武,孰登車志在澄清。衮候公歸,秩崇帝命。軍民雷動,共欣召父之重來;郡邑風馳,仍喜寇君之復借。魁台齊色,益耀斗牛之墟;霖雨懷賢,即騎尾箕而上。

某故依龍光,夙陶塊圠。今奉烏府,更荷照臨。人一天我獨二天,幸托絣幪之庇;行百里半九十里,尤深覆餗之羞。國人如望歲乎,願言叱馭;范叔來何暮矣,即候鳴驂。謹肅雁臣,僣陳螘素。無涯引領,曷仞馳誠。

奉蔡虛臺觀察

芰憇甘棠,見民心於勿剪;孫膚赤舄,願公衮以無歸。載覘去思之同,逾彰公論之定。矧在末隸,素沐厚幪。

恭惟台臺,履道如弦,比德於玉。承家奎璧,鳳毛業紹青箱;爲國棟隆,雞舌香含粉署。禮樂播容臺之譽,職總夷、夔;句宣握南國之衡,陝分周、召。允文允武,列藩咸拜其下風;宜民宜人,四境如游於化日。雁鴻中澤,不知費幾許劬勞;野馬塵埃,何足爲太空增損。皆知美之爲美,衆乃嫉我之蛾眉;無論知與不知,誰不白公之龍德。臥轍攀轅者載路,車輒弗前;社稷尸祝於千秋,聲施不朽。蓋公之保障,有如羊叔之在峴山;而吳之失公,不翅嬰兒之戀慈媼。一疏皎皎,益徵余佩之芳;萬口昭昭,佇見帝環之錫。

某幸依廣廈,況托維桑。拙材人謂之樗,甘瓠落者六載;泮宮薄采其藻,受萩植者百千。慙負國士之知,枯朽終淪於溝斷;惠徵如天之福,鷽鳩幸決於搶榆。何以報生成，祇盟肝膽；苟堪酬高厚，敢愛髮膚。顧時事危若絫棋，深懷婦恤；而國是紛於築舍，誰切杞憂？安石其奈蒼生何，能忘小草；中國且相司馬矣，行秉大鈞。矢在中丹，陳茲副墨。

復蔡情符參知

聽雲間之鶴，夙飯大冶之鑪錘；坐江右之皋，更仰文奎之臨照。濫附茅茹之拔，竊祿南雍；實沾樹秋之恩，分光北斗。顧瓣香之未展，乃華袞之遥頒。媿溢其肝，感深於髓。

恭惟臺下，先天民覺，爲世儒宗。版部望郎，朝式黃流。圭瓉吳淞良守，興頌素瑟冰壺。政成南國之棠，千秋蔽芾；階晉外臺之柏，一鑑澄清。巴聲丕變於朱絲，郢曲載賡於《白雪》。民還得歲，方歌九罭之鱒魴；帝實葵忠，重倚三邦之屏翰。羔羊五總，自是惠文治之；熊虎三千，其以材武張也。之綱之紀，法星暎牛女之躔；不競不絿，瑞露溥乾坤之德。行開戟府，暫擁油幢。

某猥以社櫟，誤收匠石。前推後挽，不翅泥塗之在埴然；右詘左支，亡奈族庖婁更刀也。枯朽終淪於溝斷，慙負國士之知；鶯鳩幸決於搶飛，惠徹如天之福。一陶厚甚，三省瞿然。矢寤寐以勿諼，跂光儀而靡及。自揣疏目，徒切凌兢。忽拜瓊函，益增踧踖。霞蒸五采，覺鼎呂之猶輕；雲燦七襄，豈球琳之足重。施者未厭，受也何堪。惟辭卻之不恭，實汗顏而有靦。五中欲結，藉魚素以陳誠；九頓以登，介雁臣而布頌。謹附澗藻，用比野芹。藉明信可羞王公，難酬金錯；祈汪度有包荒穢，容效珠唧。注戀心長，編摩筆短。

奉李兵使

依烏府之照臨，備員下隸；出鴻鈞之冶鑄，竊吹南雍。非大造垂播物之仁，則小夫無得興之理。一陶厚甚，三省矍然。

恭惟台臺，爲國棟隆，授天間氣。有花縣之棠在，蔽芾千秋；惟蘭署之香含，葳蕤九畹。出守則褰帷露冕，霖澍徵於吳歈；陳臬而攬轡登車，霜稜震乎海溆。

蓋東南財賦居甸服半,非仁人孰念繭絲;且列郡襟喉翼天子都,藉壯猶繆此戶牖。民還得歲,再瞻膚使之車;帝實念功,竚建中丞之纛。暫焉賜履,行矣宅揆。

某猥以樗材,久塵芹序。便便媿乏五經笥,敢云青出於藍;歲歲空守一床書,或嘲玄之尚白。雖櫪驥之思未輟,奈黔驢之技已窮。方虞風雨之凌,敢惠徼於厦庇;幸託陽春之煦,過垂恤乎氊寒。假之羽毛,有若前推後挽;加之卵翼,奚翅右挈左提。起而決榆枋,徒負扶搖之吹息;采不遺葑菲,全歸元化之鑪錘。狗馬餘生,何日是捐麋之地;斗山在望,猶未違咫尺之天。唧高厚恩,願快翔千仞之鳳;爲東西適,更祈加十駕之鞭。肝膽是盟,髮膚豈愛。

代蔡觀察復蘇學使

再命專城,方慚愒日。六條察部,誤玷觀風。所幸依長者之門,用是攬慨然之轡。曾修辭之不敏,辱垂問以相先。

恭惟臺下,物望醇儒,人倫上喆。入襆望郎之被,粉署含香;出分刺史之符,黃堂奏最。既持斧以貞度,旋懸鏡以題才。衡鑑當天,網羅遍地。下里折揚之調,難溷齊芋;中原正始之音,頓還周雅。

某枌榆舊社,媌娅末交。茲托比肩,更蒙合志。惟冒恩有覥,方深蚊負之憂;幸竊芘知歸,倍切登龍之喜。勞來還定安集,欲濟疲氓;同寅協恭和衷,正資益友。蘿附松而益長,冰入海以增弘。奈咫尺之未申,乃璃瑤之忽墮。劉公一紙,十州從事。奚榮楚水雙魚,兩地相思轉結。敬因來使,聊布謝悰。伏望念同舟之波,毋愛攻他山之玉。

代蔡觀察復各府

專城作牧,自揆罔功。司梟備兵,遽叨持憲。冒國恩而有覥,託衆芘以知歸。豈謂菲材,濫茲共事。惟是南湖之征榷,未獲損鷄;似聞渤海之萑苻,猶憂佩犢。欲蘇西江涸鮒,難慰中澤哀鴻。殊窖跼窮,深懷蚕負。幸邇公明慈惠之政,永絕愁恨歎息之聲。庶藉蒙成,差堪掩拙。千里湖山之自得,此豈力能;兆民田里之相安,尚希愛助。正修辭之未暇,忽慶緘之已先。衮獎逾涯,徒增芒背。蘧使自遠,祇有銘心。托雙鯉,附尺素,願蘄誨提;馳一騎,淖三千,即圖瞻奉。

謝蔡太府代。

五載勞薪,久乏民庸之善狀;一朝弛負,忽玷曹郎之美除。身未游禮樂之司,夢弗到寅清之署。孰爲之地,有隕自天。

恭惟臺下,宇量宏深,風猷凝遠。宅生千里,同雙岐五袴以興歌;澤滲百城,垂三卿九峰而不朽。民懷借寇,預懸臥轍之思;帝切徵黃,佇下賜金之詔。

如某者塵埃末吏,襪線微才。初受課於漕輸,催科已拙;更託身於屬邑,撫字徒勞。豈謂大造之陶鈞,頓使小人而乘器。顏之甲矣,未知何地以報公;德莫大焉,所謂如天之福我。功深鑪冶,感溢瓴甓。蛻凡骨以漸輕,獲借天風於鵬翮;望光儀之日遠,猶依山斗於龍門。一水盈盈,寸衷耿耿。翹瞻五馬,敢忘伯樂之知;敬致雙魚,終期豫子之報。

謝毛司李

下邑分符,久忝芻牧之寄;容臺列屬,忽及瓜戍之期。非有清資而致然,夫何素望之及此。

恭惟臺下,氣溫而栗,道直以方。化弼晝裳,夏日並懸冬日;祥平肺石,福星兼映法星。公越樽俎而代庖人之勞,真成屈驥;某封府庫以待將軍之至,獲遂交龜。惟是五載盤根,應有萬分愆慝。非川藪善藏其汙疾,則餅𩜹曷免其震凌。矧曲禮三千,必待寅清之選;而春官六十,詎云籩豆之司。豈謂孤踪,亦塵華貫。實假點睛之筆,俾嘗換骨之丹。芽甲根荄,固已累洪均(鈞)之一氣;根闌扂楔,尚希託廣廈之萬間。兹身已馳驟周原,而神猶皈依左右。望龍門而搖曳,莫罄披襟;託魚素以陳誠,敢忘刻骨。

請毛司李交代代。

五載分圭,正自媿割鷄之拙;一朝解任,何幸報儀鳳之來。和氣先庚而已孚，驪聲旁午以交慶。肅迎千騎，敬致雙魚。

恭惟臺下，才刃敏明，量波澄拓。簡孚衆聽，三章湔洗以不冤；明清單辭，一念哀矜於所喜。可片言以折，獨持廷尉之平；活千人者封，行見門閭之大。顧屈閫風之步，暫試花縣之符。攬轡志澄清，久已知師帥之素；下車問疾苦，諒不勝父母之仁。公其惠然至斯，民何修而得此。

某久於蚊負，甚矣鼠窮。瘝曠懷慚，考每書於下下；量移藉芘，福遂及於容容。惟雕瘵之餘瘢，以勞君子；幸陶鈞於大造，不棄陳人。糠粃在前，敢曰有告新之政；山藪藏疾，倘或希議故之恩。遡風有懷，惟日爲歲。願言秣馬，式俟交龜。察來何暮之謠，及瓜而代；使推不去之令，疾策以行。曷既咏思，即祈瞻奉。

與陽生白郡公

鳩署含香，邦計夙資於借箸；虎符疏寵，民庸獲展於褰帷。天開一道福星，人慶萬家覆露。遥瞻千騎，敬致雙魚。

恭惟老公祖臺下，高標騫天半之霞，妙韻絕郢中之雪。搏扶摇而上，已擊三千；吞雲夢於胸，寧惟八九。銅梁製錦，澤深巴子之鄉；金部持衡，勇襮望郎之被。國家惟積儲大命，阜此財求；天子問錢穀幾何，量其入出。周咨六轡，惠遍工商；出守一麾，位尊岳牧。坐拊刺桐之郡，懼騰騎竹之民。情動哀矜，每求生於祝網；心勞撫字，豈竭澤於繭絲。委蛇兮羔羊五紽，江漢以濯；安集乎鴻雁百堵，海國用康。霓旌方擁於泉南，星履即歸于天上。

某獲依夏屋，如陟春臺。政屏迎鱎，非敢扱綸而錯餌；思隨賀燕，不覺鼓翅以颺言。匏繫南雍，所忻父母之孔邇；葵傾北斗，願同子弟以皈依。用寫寸丹，恭陳尺素。

復張曙海郡公

一官都講，全歸冶鑄之功；十部遺書，忽拜瓊瑤之錫。惟明德不遺菲葑，故賤走獲霑覆露。南雍采藻，幸依星藻流輝；秋風布帆，信是慈帆普渡。重憐翩短，垂矧彄寒。

某蓋得遇元夫，無奈族庖已更刀也；公更有包荒穢，不翅泥塗之在埴然。海以東乎，猶借鄰光於咫尺；江之泳矣，睠懷溟渤之汪洋。矢心弗諼，酬德何日。

與汪還虛郡丞

隨絳帳於雲間，願承鞭弭；望襜帷於海上，喜式旌麾。矢明德以勿諼，遡流光而靡逮。

恭惟臺下，器涵天寶，才擅國琛。孕靈於白嶽黃山，名高桂籍；育俊於九峰三泖，化洽菁莪。人文其在茲乎，聲應華亭之鶴唳；先生從此升矣，兆符璧水之鱣嘯。帝實需賢，暫試一麾而分陝；民如望歲，遂陪五馬以行春。睠茲莆陽，首稱要害。裂土踞泉、漳之上，枕海依山；守相介岳、牧之間，詰戎固圉。陽侯順軌，貢雉之國方來；膏雨澍濡，佩犢之夫均被。屢歌襦於佐郡，借寇方殷；行剖竹於專城，徵黃可竢。

某再叨采藻，故自散樗。憶聚星於五茸，已數年於此；幸繞月於三匝，僅百里而遙。況莆係故國，子姓焉依；以公念舊寅，父母孔邇。思日遠而帶日緩，自慚疏目於起居；舟作楫而旱作霖，願苾驥顏於屋廈。神隨書去，情與墨俱。

與殷別駕

含香粉署，久把郎星；佐政黃堂，暫分風月。當清朝重外，贈刀紛然；屈賢者治中，題輿偉甚。敢布編民之敬，遙干守相之尊。

恭惟臺下，峻閥承家，高標照物。孕秀於黃山白嶽，誇天子鄣；作求有麟角鳳毛，聽尚書履。少隨日旬，業馳譽於爽鳩；茲借星屏，復揚芳於展驥。睠茲石井之都會，允屬清源之奧區。地當兩郡之衝，人無五兵之衛。島夷門戶，風帆颾發乎不虞；寇盜夷庚，桴鼓時鳴乎半夜。非得干城以彈壓，孰俾瀚海之安瀾。惟使君於此不凡，岳牧藉保釐之助；故聖主使來監汝，水國資康乂之功。郊有祥鶯，春臺樂只；村無厖吠，夏屋宴如。雖邦人願少借於王祥，然宣室已深思乎賈誼。豈容緹軾,久勞州郡之間;竚歸袞衣,重復公侯之始。

某竊依漢部,願授滕廛。匏繫一氊,父母徒懷乎孔邇;枝棲三匝,子孫託契之云初。萬樹棠陰,詎止躬承蔽芾;四封葑隱,還看户入骈襱。未遂鳧趨,祗深燕喜。仰祈汪度,俯鑒微虔。

復丁和州

依光梓里,追惟京國之綢繆;竊吹陪雍,喜式歷陽之治行。何堪投璧,自幸側珠。

恭惟台臺,才擅國琛,器涵天寶。家世田何之易,夢符固松;譜傳宓子之琴,政游庖刃。栽(裁)花壯縣,清芬夙被於五羊;剖竹雄州,茂績頓高於三輔。蓋和爲高皇湯沐之地,妙簡宅生;以公爲嶺海慈惠之師,宜使司牧。民霑露澤,不翅鼴鼠飲河;吏仰電明,有如燃犀照水。化成三月,已聞章袞之歌;聲徹九重,即下璽書之召。

某言采澗藻,故自社櫲。目瞻斗輝,業數年於此;身溯波潤,僅百里而遥。一水盈盈,徒切蒹葭之想;七襄燦燦,忽承璣玖之頒。思欲報而未能,慚彼其之不稱。明德遠矣,拜以爲榮;中心藏之,怒焉如擣。自分爨餘之棄物,曷當格外之隆褒。薄有酬瓜,仰祈鑒菲。

復蘇撫州

某昔聯中表之葭莩,幸追隨於京國;今采南雍之芹藻,倍瞻跂乎斗山。況曲臺久擅名家,而叔氏更依年籍。奈稽駑乘,遂隔龍門。

仰惟臺下,履道如弦,比德於玉。試邑政成,馴雉葑屋皆春;郎署刑平,爽鳩圜扉不夜。清貞亡撓,毋寧與世鑿枘;聲價逾高,自是爲時瑚璉。久握蘭於留部,旋分竹於臨川。下車而膏雨澍濡,民謳來暮;搴帷則仁風披拂,閣倚横秋。謝康樂山水怡情,瞠乎後矣;顔魯公陂田垂利,曷以加焉。乃鼎翰過示謙光,而豐幣復隆晉錫。明德遠矣,難抒報李之私;中心藏之,未卜班荆之日。敬爾登謝，莫罄頌言；永矢弗諼，有懷莫吐。

與劉仲弢明府

飫聞三鳳，無路攬輝；快覩雙鳧，有懷仰止。謹修虔於短蹻，特將命於長鬚。媿執訊之已稽，聊通名而告至。

恭惟臺下，西江間氣，南楚奇琛。文銛暎匡阜以高華，劍鍔出豐城而閃爍。家世弓冶，光分太乙之藜；伯仲壎篪，枝掇上林之桂。宜聯班於玉筍，抽石渠金櫃之藏；乃剖竹於山城，稱墨綬銅符之長。恢恢游刃，若爲牛刀之割鷄；整整華鑣，暫借蟻封而試馬。河陽花滿，寧誇桃李成蹊；海上春融，會見桁楊臥草。政徵三異，懽叶一同。吏凜神君，民歌慈父。兩邦奏績，從知鳴琴不下堂；一札旌賢，行且衣繡而持斧。此日名書丹扆，看喬烏躞蹀雲間；他年寵晉黃扉，作商霖澍濡天下。

某魚魚末學，鹿鹿凡材。射策公車，遇已窮於五技；穿研冷局，志猶勵於三冬。惟是掌故之科，必求知新之選。而某自慚殖落，深懼食浮。懲孝先晝眠，惟恐嘲師之無笇；隨退之晨入，詎應喆匠以爲楷。所敢謁諸生而來前，亦恃有先覺之在上。登龍門以御李，喜溢平生；託驥乘而識韓，欣逢一旦。睠茲邦之椷樸，久被仁風；況大塊之陶鎔，盡霑化雨。學行之上，言之次，敢競蟲雕；業精於勤，荒於嬉，尤致螾祝。雖不模不範，或姍笑於門墻；而亦步亦趨，惟皈依乎山斗。情深嚮往，爰託鴻傳；念切追陪，曷勝燕喜。

與俞德化代。

一麾出守，擬隨鳧舃於雲間；百里宅生，獲寄鷦枝於宇下。顧平昔瞻依之已久，又子孫託芘之云初。喜動故人，光分鄰壁。

恭惟臺下，緣儒飾吏，學道愛人。清操比留犢之風，闓澤致棲鸞之化。才雄無敵，一出而凡馬空；政妙有神，四顧而全牛解。華亭鶴唳，已徹九重之天；中牟雉馴，乃易一同之地。施游刃於鷄肋，屈逸足於蟻封。青山當縣門，不妨挂笏；

白日了公事，儘可鳴琴。豈君子仕不擇方，姑假小邦以自試；抑下邑民凋實甚，天其畀明府之來蘇。從此熟道駕輕，何待盤根別利。玉磨彌瑩，況砥礪於新硎；金鑠逾精，不摧剛於百鍊。三仕令尹，知絕喜慍之心；一札寵賢，佇竢綸綍之召。

某舊役吳餉，夙飫波餘；今受鄰廛，更霑河潤。縈辱投珠之甚佟，殊慙報玖之未能。憩勿剪之棠，猶憶烹鮮而理；羈半通之組，莫遂騎竹以迎。豈敢效陽鱎於扱綸，實已切紫芝於覯宇。桑麻無恙，彌深孔邇之懷；桃李成陰，終興樂只之頌。

代張茂卿候李明府

羽毛驟長於春風，幸升司馬；桃李久沾於化雨，慚附登龍。覺恩重而身輕，奈報深而語淺。遙瞻函丈，倍切負牆。

恭惟師臺，西楚奇琛，南州間氣。試良工於製錦，別利器於盤根。民仰慈君，輿頌方騰三異；天憐下邑，賢聲幸借一同。花滿河陽，琴鳴單父。百里之桑麻無恙，人游化日之中；四郊之雞犬不驚，野有熙春之樂。豈惟青簡獨書馴雉之祥，佇看綠綈來趣飛鳧之入。

某親稱邑子，誼忝門生。學殊歉於全牛，年已登乎舞象。羈蹄伏櫪，疲駑何意於騰驤；戢翮圖南，扶搖忽承其噓拂。忻逢冰鑑，謬入鑪錘。爰收爨下之桐，獲脫囊中之穎。借風雷之便，一躍龍津；依山斗之光，再題雁塔。一寸心捐縻無地，莫酬吹萬之恩；七尺軀卵翼何人，永矢在三之義。吳雲引領，薊樹縈思。始學割以操刀，茫茫畏路，願叩洪鍾而待教；奉辟呵於負劍，碌碌凡材，庶托大冶之陶甄。薄貢寅丹，副在子墨。

與韓長洲

一氅海上，幸託聚星；雙鳧雲間，更沐垂露。惟徵靈於鑪冶，遂刷羽於搶枋。顧影懷慚，拊心知感。

恭惟臺下，高標岳峙，神韻淵宏。妙簡宅生，小試初煩製錦；榮膺改牧，長材故藉盤根。風謠問諸由拳,奠魚龍之國者三載;治行高於東海,拯鴻雁之勞者百方。辟之熟道駕輕,一出而群空凡馬;自是游刃奏騞,四顧已目無全牛。期月可也,民多襦袴之歌;自天申之,帝亟綸綍之召。

某猥叨世講,縶辱厦幪。散材人謂之樗,宜安濩落;南雍薄采其藻,殊荷栽培。況叠承瓊玖之頒,屢垂恤寒氈之苦。思日遠而帶日緩,尚懷舊蔭於清溪;舟作楫而旱作霖,竚聽新聲於白苧。敬陳尺幅,用布寸忱。率爾投桃,仰祈鑒菲。

與聶華亭

一氈海上,有幸聚星;雙舄雲間,重荷垂露。惟徼靈於鑪冶,遂刷羽於搶枋。省己懷慚,拊心知感。

恭惟臺下,器涵天寶,才擅國禎。一出而凡馬空,茂績久馳於三異;四顧而全牛解,懽聲更叶於一同。吏仰神君,民謳慈父。蓋重臨福曜,辟之騏驥之駕輕,徑路熟閑;況兩載刃游,自是干鏌之出匣,光芒閃爍。暫借牛刀之試,播此絃歌;用爲鴻漸之階,遷於槐棘。

某幸叨世講,謬託厦蒙。散材人謂之樗,自甘濩落;南雍薄采其藻,實藉栽培。計雌伏而卑棲,固其所也;顧思遠而帶緩,末由從之。翹首雲天,時聞華亭之鶴唳;傾心山斗,惟跂葉縣之鳧飛。中丹是盟,副墨曷既。

與姚江都

燕臺倒屣,結想聚星;海邑分符,喜聞垂露。最績茂騰於三異,懽聲普洽於一同。

恭惟臺下,經術承家,藻猶緯國。看花天府,聳雁塔以高題;製錦江都,屈牛刀而小試。安鴻雁於百堵,勞來多方;練羔羊之五紽,素絲不染。袞衣章甫,歌頌遍於揚州;題壁書屏,治行高於畿輔。曾借盤根而別利,庖刃恢恢;行下綸綍以徵賢,惠文嶽嶽。

某謬叨世雅,獲溉波餘。拙材人謂之樗,青氈獨冷;南雍薄采其藻,素業未温。秋水蒹葭，徒寄遐悰於鯉尺；春風桃李，幸沾河潤於龍門。敢控大鈞，敬陳小牘。廿四橋夜月，願傍鄰光；三千界烟華，竚收春色。副在子墨，不盡寅丹。

賀周開府生第二子代。

陰德高門，兆夙占於種玉；至仁元胄，瑞更發於弄璋。華封三祝願多，《周頌》再言稱錫。門闌萃祉，閫闥騰懽。

恭惟台臺，傅賚從天，申生自嶽。允文允武，國方永藉乎壯猶；肯構肯堂，天將世胙乎明德。眷兹徵熊之叶吉，居然躍驥以呈祥。駒惟千里始爲驄，試啼聲已知英物；雛有一毛便是鳳，瞻頭角共道可兒。三生正釋達之金身，九世現韋馱之寶相。此日銀盆繡褓，喜看掌上之雙珠；他年玉樹琳琅，不數堦前之五桂。一經垂裕，百福來同。馬維駒，馬維騏，騑騑齊驤雲路；麟之趾，麟之定，振振並耀天衢。

某芘鴻庥，欣逢燕翼。符開弓弭，願分湯餅之餘甘；慶衍箕裘，用托藻蘋而薦悃。有懷頌禱，不盡瞻依。

壽楊學史代。

祝融秉令，薰風開咏舜之辰；天目誕神，瑞日擁生申之候。絳帳道尊北斗，逢衣頌滿南山。

恭惟台臺，象應自奎，精原是昂。都亭雅鎮，稜稜帝與丹心；郡邑巡行，嶽嶽人驚鐵面。因持神鏡，遂作士型。起代扶衰，欲爲歐公之還雅；貞文肅度，不辭師旦之黜浮。玉追琢以彌工，誰非速肖；金入冶而弗躍，在即稱良。從兹鯤化天池，允矣驤空澤國。維朱明之麗彩，赤鳥流大火於天南；正碧落之呈祥，青鳥報長春於海上。芹序懽騰桃李，柏臺慶衍桑蓬。當年釋達轉身，上界班聯，偶來仙品；此日韋馱現相，明時台鉉，特借宰官。沉瀣凝禧，治域即爲壽域；升恒介福，大年奚翅小年。

某覆露如天，瞻星惟歲。尊開河朔，誠慚一石之將；宴集蓬萊，願托三花之獻。恭陳潤泚,用介崗陵。首封祝以祈齡,式歌且舞;喜海籌之添算,俾熾而昌。

壽李總漕代。

節擁中都,萬里功收舞羽;祥開南極,千秋壽介懸弧。六幕騰懽,一詞贊喜。

恭惟台臺,生自嶽降,夢叶帝求。昔爲漢殿之星辰,今作商家之霖雨。拊循乎龍蛇赤子,民游愛日之中;委蛇兮羔羊素絲,吏畏肅霜之下。維茲玄冥之司令,正屬皇覽之揆初。吸沆瀣以凝禧,籌添海屋;吹葭灰而播煖,氣轉鴻鈞。外理國,内理身,壽域亘八荒之表;文爲經,武爲緯,金城奠萬世之安。

某覆露有年,瞻星惟歲。仰台衡於北斗,俾熾而昌;頌壽豈於南山,式歌且舞。五百年名世,衮烏即傍雲霄;八千歲爲春,鍾鼎以當鉛汞。恭陳潤泚,用介岡陵。倘麇頓於銜官,即崢嶸於末吏。

奉按院長至代。

重緹候氣,肇推三統之元;衣繡觀風,茂應一陽之動。龍光有渥,燕喜維新。

恭惟台臺,德叶春融,仁排冬凛。抱黃鐘之器韻,嶽嶽惠文;司丹筆之簡書,稜稜直指。周原苞栩,久勞六轡之馳驅;漢節梅花,已報一枝之消息。趙日可愛,復見天地之心;魯雲必書,操凌冰霜之肅。暫焉鵰鶚,行矣夔龍。獻履徑上於星辰,合璧長依於日月。

某寸材線短,一障灰寒。將歸曝日於茅簷,適見回春於黍谷。維屏維翰,仰承覆露之恩;俾熾俾昌,願介岡陵之福。拂龜端策,驗七日之朋來;鳴鳳聽箭,應九天之詔下。恭修魚繭,仰祝鴻寵。伏冀春涵,俯垂霽照。

送曹總河年節代。

北斗回杓,一氣鴻鈞催暮紀;東風應律,三春象魏布新和。霜威岱嶧並高,露澤洸汶比潤。祥因履考,亨藉泰通。

恭惟台臺,大德川流,陽休山立。隻手撑將半壁,胼胝奏功;一腔具有金河,平成垂德。民云得歲,福星臨奎婁之墟;帝曰宅揆,卿月照房心之次。維龍躔之旋馭,適鳳曆之更端。華筵酬及,同人樽開柏葉;綵筆書占,大有頌擬椒花。送寒寧假於土牛,坐斡木牛之運;歸袞即登於金馬,行符櫪馬之喧。

某未解澌冰,幸依屋廈。籥周一甲,幾見先春之葦桃;盤薦五辛,敢羞明信之蘋藻。天地爲爐,陰陽爲炭,願噓煖律於緹灰;巨川作楫,大旱作霖,共調泰堦之玉燭。

賀曹總河正旦代。

日月初躔,星紀復回爲協洽;地天交泰,雲墟益播於孟陬。相維玉帳之籌,對越璇璣之運。百禄是總,列屬均懽。

恭惟台臺,德配陽休,氣排冬凛。敷土功符,神禹載錫玄圭;濟川道叶,高宗用作舟楫。爲青規而圖萬物,輝瑞日於東郊;轉洪鈞以壽八荒,映蒼精於左角。漕下冰解,三軍挾纊於雲屯;海宴河清,五位出綸於天陛。吹律已溫寒谷,遷鶯行應上林。三陽拔茅以連茹,五福竹苞而松茂。

某久依樾蔭,又見桃符。無能稱柏葉之罇,聊數台堦蓂葉;有懷勒椒花之頌,爰託驛使梅花。惟依所芘之甘棠,倘庇無言之苦李。宏開大冶,使無不達之勾萌;廣煽仁風,幸附方春之草木。其爲頌祝,曷罄颺言。

迎蔣大司成公

恭審中宸渙綸,大鈞敷教。簡威重聰明之選,借材蓬山;輟論思僬直之勞,造髦璧水。化雨行需乎南國,春風快覩於上庠。

恭惟老先生閣下,爲世儒宗,先天民覺。儲英中秘,蚤超班、馬之林;娛綵南陔,時闖求、羊之徑。朝望東山之安石,徒捉鼻云乎;帝思前席之賈生,何相見晚也。春宮勸講,紊陳折柳之規;棘院持衡,兼收爲棟之用。曰天、曰君、曰史,權足參三;立德、立功、立言,經堪襲六。惟聖天子華嵩之祝,壽考作人;念高皇帝豐鎬之都,譽髦斯士。必朱藍乃遷素絲之質,宜乎典領鉅儒;匪蘭芷孰熏入室之馨,誰其元長一位。上曰無逾卿者,其佩蒼玉服朱衣;士樂有明師兮,願侍馬帷立程雪。木從繩則直,師道立而善。人多水障瀾以東,六籍明而百家廢。敬敷崇四術,順春秋冬夏之宜;綺靡變六朝,紲月露風雲之習。風還正始,文在茲乎;統一聖眞,吾道南矣。

某謬叨采藻,猥忝維桑。懲孝先晝眠,猶恐嘲經之無笴;隨退之晨入,詎堪喆匠以爲楷。幸瞻數仞之墻,冀入一陶之冶。雖不模不範,難免倚席之負慚;而亦步亦趨,願依幪厦而託覆。側聞出綍,倍切彈冠。謹肅魚素以馳誠,更望鸞扉而引領。竚覬龍蛇之影,增杏壇槐市之光;恭陳燕雀之忱,布棫樸菁莪之頌。有懷負弩,即祈脂車。

千頃齋初集卷十九

啓

迎温少司成公

太學賢士關,首善萬國;高皇豐鎬地,並建兩都。特簡儒臣,往司教父。師垣上座,推詞章翰墨之宗;士類具瞻,爲詩書禮樂之主。載光新命,式重舊圖。

恭惟老先生閣下,學統聖真,道先民覺。吐則經,作則典,天語之煌煌非乎;默成象,語成爻,風標之皜皜尚矣。蓋自南宮籲俊,以迨東觀橫經。志存浴日補天,遠接夔龍之步武;文能起衰濟溺,冥探洙泗之淵源。帝曰禁地深嚴,非斯人不可;朝謂人倫模楷,舍夫子其誰。暫輟侍從之班,俾貳成均之席。招諸生立館下,先示勤思;披六籍問簡中,首明忠孝。五百年而得韓愈,共仰斗山;七十子之肖仲尼,並依日月。木從繩則直,允矣吾道之棟隆;水障瀾以東,洵作斯文之砥柱。從此圜橋桃李,歌《棫樸》於周京;竚看曳履星辰,調鹽梅於商鼎。

某等章縫末品,襪綫微材。竊食鴉林,屢蒙嘲於邊筍;飯身虎幄,願受鑄於孔模。側聞除音,懼騰舞手。風雲月露之習,今一變乎;《蟋蟀》、《鹿鳴》之章,行即陳之。雖昏棄散樗,自揣不儀不范;惟春風化雨,敢忘亦步亦趨。況兹濟濟奉璋,日望循循善誘。即祈脂轄,下臨翻藥之堉;有喜彈冠,恭致育莪之頌。削牘倍深雀忭,負弩聊託鴻飛。伏冀慈涵,曷勝翹跂。

與吳司李薦馬巽父

萬里負風,快覿鵬搏天上;五茸聽棘,遥瞻鳳集雲間。猥以舊游,獲聞新政。寬猛同符東里,剛柔合軌;仲山榮被通家,懽騰闔郡。

恭惟臺下，學深鴻秘，才迅龍淵。匡廬彭蠡之靈奇，玉瓚黃流之馥郁。宜燃藜於秘閣，天將藉以藻黻王猷；暫司李于松江，帝且畀之練習民事。心鑑月朗，燭群吏以冰壺；肺石宵空，返澆風爲醇樸。九峰三泖，咸頌羔羊；四聽五難，頓希鼠雀。方歌襦於澤國，行補衮于巖廊。

某下士採芹，朽資集木。幸徼伯氏，得識荆州。白下侍聲欬，倏忽已逾十載；長安通名刺，倉黃未接一談。欲往從之河無梁，誰謂水淺；亦既覯止心則悦，祇有葵傾。茲因弟子之言旋，敢問世兄之啓處。不揣愚賤，妄思引推。幸遇林宗，豈牛醫而見鄙；既逢伯樂，量馬群之必空。《三都》之賦已成，敢爲玄晏；洛陽之才可薦，是在吳公。誠悲原憲之貧，輒上禰衡之表。伏望文明造士，豈弟作人。再施既止之風雲，用發後來之桃李。敬陳尺幅，薄貢寸忱。豈謂溪澗沼沚之毛，可將明信；所賴驪黃牝牡之外，另有達觀。

與施漕使

出綍宸流，督漕天塹。歌皇皇隰華，仍鎮咽喉之舊；際萋萋春卉，載觀戟纛之新。六轡如絲，三軍挾纊。

恭惟臺下，望隆山斗，器比琳球。司李于姑孰之墟，風生露湛；握蘭在司空之署，玉潤冰清。乃鳩孱功，奏平成於河瀆；遂持憲節，藉保障于淮揚。敷土方殷，遇玄夷授書金簡；蓋弼正亟，戒黃帽效命艅艎。輸塞北之軍儲，慰天子疆場之慮；寬大東之民力，固國家根本之圖。言人人殊，具云蘇天之覆露；賦上上錯，全歸禹貢之山川。勞鴻雁於澤中，計安百堵；集夔龍於沼上，即近三台。

某再鼓已衰，一氊獨冷。幸兹南國，咫尺龍光；憶昔瓜洲，追隨塵尾。念壎篪之雅，臭篤如蘭；拜璵玖之頌，榮施行李。亦既覯止，心則悦，矯然霞飛；欲往從之，河無梁，疇謂江泳。貧女布席，願分鄰燭之輝；野人獻芹，猶媿錯刀之報。敬陳尺素，聊抒寸丹。

賀竇右轄

伏審中詔起家南閩，作翰民懷遺愛。昔分陝於三邦，帝睠舊臣；兹正位于二伯，四履式歌。且舞萬聲，匪約而同。

恭惟臺下，岳峙孤標，壁立萬仞。階自爲郎爲牧，騄矣方岳之高華；政則宜民宜人，居然畏壘之尸祝。熊車徵異，泉山麥秀兩岐；皋比題材，湘水蘭滋九畹。勵冰清以帥屬，吏凛秋霜；拔薤本而鋤奸，人游化日。急流勇退，雖乞芰荷以爲裳；居富去思，咸跂鱒魴而歸衮。七閩非它鎮，比罙阻海陬；九重以我公，行用壯南紀。彼父老謖爭于境上，吾兒童已待于關門。棠舍陰濃，未改江山之舊；薇垣地峻，載觀雨露之新。甘膏隨春腳以同來，孽羽望炎光而散去。惟大東杼軸，方憂繭絲；況屬國攙搶，宜徹桑土。樽俎折衝乎千里，端藉蕃宣；文武爲憲於萬邦，竚瞻牙纛。

某等風依夏覆，如陟春臺。懷明德以弗諼，聽除音而有怀。幸父母孔邇，非敢扱綸；同子弟懽迎，恭先勸駕。雖暫屈雲霄之雋武，猶鬱具瞻；然可俾瀚海之安瀾，願言終惠。頌徯所注，哇俚曷宣。

賀劉廷尉代。

伏審疏渥楓宸，晉卿棘寺。好生如舜，方惟刑之恤哉；選衆舉皋，則不仁者遠矣。此六幕共瞻山斗，刓一陶出自鑪錘。

恭惟閣下，直道如絃，貞心韞璞。爲邑政成三異，芘兩地棠；題材鑑徹九方，樹百僚楷。其間南北行藏之迹，關世運之重輕；總之光明粹白之操，與前人相頡頏。旋貳京兆之尹，時殿天子之邦。方千里曰王畿，平分風月；統十連於大府，咸仰歲星。嗟士女仳離，啜其泣矣；賴君侯衽席，安且燠兮。爲中澤之雁鴻而請命，口與天爭；驅憑城之狐鼠以潛踪，法自近始。帝念饑饉扎瘥之後，折民惟刑；人思慈惠明誓之師，命汝作士。子雅之竭誠奉國，古之遺與；長升之正色立朝，今再見矣。平三尺之憲，暫詳讞於丹書；活千人者封，行峻登于玉鉉。

某誤收門李，魄落社樗。奉馬帷提誨之餘，敢忘宗岱；叩虎觀談經之任，倍切飲冰。久矣不託於音，悵宮牆之日遠；時乎忽聞出紼，欣屋廈之可依。竊彈貢冠，竚聽鄭履。旱作霖，川作楫，知不負象形之求；泥在範，金在鎔，願永託生成之造。其爲頌僟,曷既鋪棻。

與南安史明府

題千佛之名,聽臚傳於楓陛;寄百里之命,拜除目于花封。行馳三異之賢聲,已動一同之喜色。遙瞻梟烏,虔致魚書。

恭惟老父母臺下,邃宇淵泓,峻標嶽峙。圖南摶六月之息,人在下風;冀北空萬馬之群,誰當上駟?宜燃藜於禄閣,乃剖竹于江城。煉石神工小試,初煩製錦;發硎利刃長材,故藉盤根。睠兹武榮,實泉下邑。帝念山陬海澨之國,妙簡宅生;公以慈惠明察之師,榮膺司牧。暫屈牛刀之奏,播此絃歌;用爲鴻漸之階,遷于銓省。

某等備員冷局,幸依咫尺之天;繫籍編民,正屬絣檬之地。耳神君之至止,彌深孔邇之懷;同衆父以皈依,更興樂只之頌。雲霓引領,恭先騎竹之黄童;霖雨隨車,願慰杖鳩之皓叟。匏繫莫趨燕厦,葵傾敬介雁臣。用代執贄,有懷歛板。

復史南安

造士圜橋,媿乏三春之雨;愛人君子,寵貽五朵之雲。鼎獎逾涯,豐儀蕃錫。感情文之多溢,矢銘佩以弗諼。

恭惟臺下,瑞世鳳麟,承家奎壁。奮南溟之翮,人在下風;空北冀之群,誰當上駟?暫屈九霄之步,坐提萬井之封。德意惟注于左右民,功令適符於先後甲。福星臨蔀屋,野多來暮之謡;膏雨滿稻粱,境有熙春之樂。治績茂騰於三異,懽聲遍叶于一同。小試牛刀,已批郤而道窾;高飛梟烏,即補衮而嬰鱗。

某拙士采芹,朽資集木。學窮五技,所患好爲人師;籍授一廛,樂只民之父母。每勤仰斗,未遂登龍。樂且有儀,思嗣衮章之頌;施者未厭,重辱瓊玖之頒。拜手增慚,徒據寒氊而悚仄;拊心欲結,更依厦屋爲絣檬。唧在中丹,陳兹副墨。

復謝比部

擁三鱣之丈席,未改鴉林;勤雙鯉之尺書,聿來芹水。跂龍光而瞠後,辱瓊玖之施先。

恭惟門下,介氣秋高,逸情雲上。藹咎繇之淑問,名震西清;抗劉向之直言,力砥中柱。宜登庸於槐棘,胡養晦於林丘。三千界浮烟,太虛何損;廿四橋夜月,清照逾多。益徵余佩之芳,竚見帝環之賜。

某蛩蛩末品,鹿鹿豎儒。久塵儓直之班,復忝造髦之任。強扶蹩病,恐難乘駕鶴之軒;空誚腹便,願亟返屠羊之肆。苟完試事,業有控陳;乃荷豐函,俯垂晉錫。遝不謂矣,寵榮一字之襃;何以報之,媿乏七襄之杼。心旌所注,舌筆難宣。

餞劉奉常

伏審劍履趨朝,驂騑載路。國懸夷夔之望,顯奏膚功;廷質禮樂之成,茂騰歲閥。協神人,和上下,豈玉帛云乎哉;統百官,諧萬民,則俎豆聞之矣。期月可也,矧底績於三年;自天申之,行登延于八座。

某等幸依廈覆,倍切巖瞻。仰卿月之輝,一星且朝北斗;聽商霖之霑,三事即秉大鈞。願執殳以前驅,敬齋宿而勸駕。雖溪毛澗芷,無足羞王公;而敝履舊簪,或不遺君子。恭陳祖帳,敢告中涓。

同羅玄父張克雋請李本寧先生

葵傾北斗,願挹龍光;藻采南雍,幸交驥子。介紹而通孔鮒,踽踽無堵;齋宿以因時陳,瞻依有自。令節矧逢至後,皇都更得春先。敬秩初筵,預開別館。青牛紫氣,忻迎柱下於絳霄;玄酒太音,共聽郢中之《白雪》。竚候鶯和,豈勝鵠峙。

中秋復柯關使

三秋甫半,五夜正中。人月霙清,不淺南樓之興;江天一色,遙分東壁之光。

惟臺下篤念維桑，無忘采菲。芝翰鼎來四六，筐儀賁錫再三。一水盈盈，恨未共冰壺之賞；霙珠炯炯，顧何當玉案之酬。拜以爲榮，服之無斁。隨衯楡里社，同酌金莖；媿首蓿寒齋，莫報璠玖。追惟彥會，幸托嚶鳴。儻念書淫，願矜夙諾。謝謝！

冬至復柯民部

天復一陽，初長化日；星連五緯，有曜使躔。對令節以凝禧，念寒氊而播煖。

恭惟臺下，心清若水，政燠如春。聚人曰財，坐斡流泉之運；噓物以氣，潛回黍谷之溫。賁然郇翰之五雲，榮于從事之十部。

某才無一線，念已百灰。炙背負暄，幸受萬間之廣芘；考祥視履，但占七日之朋來。拜手慚乏報瓊，拊心感逾挾纊。恭陳俚頌，伏冀鈞涵。

與吳納言代。

坐擁鱣堂，方兢集木；功虧蛾術，復虞採薪。惟力小而任鉅，故災生于福過。幸依山斗，敢乞溟波。

恭惟臺下，爲國寶臣，得天瑞氣。補日月山龍之袞，洵直且侯；勵冰蘗羔羊之操，甚德而度。行行且止，避御史霜凜埋輪；皇皇者華，遣使臣風清攬轡。爰自法星之耀，峻登卿月之華。典庀署而總領從官，名齊孟杜；司封疆而出納朕命，武接夔龍。於我如浮雲，公何心于陟顯；用汝作霖雨，帝且咨曰宅揆。暫通喉舌于銀臺，即進腹心乎玉鉉。

某器能淺薄，人地單寒。弭金華之筆，慚鳳掖之久塵；橫璧水之經，媿鶡林之未改。蒲柳羸弱，況未秋而先衰；我馬隤虺，即十駕其何補。強扶蹩病，終難據講席之皋；空負腹便，可再玷乘軒之鶴。控陳屢格，跼蹐滋深。謹瀝誠於大鈞，俾有造於小子。枕流漱石，幸全草野之餘生；濡涸噓枯，莫名乾坤之大德。其爲唧戴，未究傾抒。

復黎參戎定婚

將門出將,幸依枌梓之鄉;儒子爲儒,敢意松蘿之附。入林方欣投漆,締姻忽冒采葑。信作緣之自天,故好合於茲地。

恭惟麾下,河山華胄,文武名家。壎箎趾接于青霄,鷹揚入彀;弢略秘授于黄石,虎旅聯鑣。粵左登壇,海宴扶桑之窟;淮陽建節,塵清細柳之營。特蒙睿簡,首參陪樞。鈴閣霜飛,用壯兩都之鎮;介士雲集,仍屯七校之師。留京益鞏于金湯,北門倍增其鎖鑰。謀禮樂詩書之帥,疇領元戎;得彪虎熊羆之臣,惟師尚父。天胙明德,宜爾孫子之多;代有令人,必復公侯之始。豈謂玉樹,肯倚兼葭。辱傳命於蹇修,來充庭之筐筐。占符叶鳳,其如苜蓿之淡交;喜獲乘龍,願振縑紬之素業。敬傴僂而登謝,用齋沐以致詞。薄有報瓊,仰祈鑒菲。

代周參軍回伍氏贅婿

對月探書,赤繩預繫夫婦;擣霜得杵,藍橋遂會神仙。期及三星,好合二姓。色增門闌之喜,禮成監宅之懽。

恭惟門下,忠孝傳家,冠紳奕世。安海才多陸海,代有科名;後山光映前山,夙符喬夢。花封桃李,潘君之縣譜猶存;樹砌芝蘭,謝氏之書香不替。封胡羯末,宜諸少之並佳;瑜珥瑤環,惟伯兄之則友。

某猥承祖德,媿忝門風。辱尊人俯念單微,使下走幸攀閥閱。況令弟崔龍幼擅,類三復之南容;奈弱息姜鯉粗嫺,非五長之衛女。何意東床之坦,適諧舉案之恭。信作緣之自天,故共牢於茲地。

某一官獨冷,漫爾棲身。貳室初開,榮哉得婿。清冰慚樂令,惟欣叶鳳之占;明珠遇玠郎,不負乘龍之託。必河之魴,必河之鯉,尚祈采藻以采蘋;言秣其馬,言秣其駒,更待刈蔞而刈楚。光遠有耀,鼓忭無涯。

爲季弟娶曾

仲春會男女,禮順天時;之子宜室家,詩揚風化。好既合於二姓,宿復會夫三星。宜效鳳飛,以諧燕婉。

惟執事之食封梓里,禮義不諼;矧淑姬之毓秀閨房,德容洵備。方卜東床之坦,遂聯同里之昏。向月探書,知赤繩之久繫;種田得璧,忻玉杵之再逢。摽梅其實七兮,已求士而迨吉;唐棣何彼穠矣,正歸妻之及春。

謹請慈闈,爰醮季子。迓之百兩,御以三周。雜佩含風,競新粧於桃李;香輪耀月,暎瑞色於雲霞。允矣鳩洲之好逑,其奈雀屏之虛選。自惟洛倩,有忝齊姜。然而雁序焉依,廣壎篪于既翕;龍門有託,嗣冰玉以無戁。儻就鞭棰,可希駿于駑質;庶和琴瑟,或弋雁于鷄鳴。則裘褐相將,日舉梁鴻之案;而蘋蘩獲主,不負姜鯉之門矣。敬布蕪詞,伏垂慈鑒。

代黃贄周

月老探書,豫定赤繩之夫婦;雲英擣藥,遂諧玉杵之神仙。

恭惟臺下,再世科名,三朝舊德。夙裁美錦,開河陽一縣之花;晚遂初衣,種彭澤五株之柳。丹砂傳自勾漏,駐爾朱顏;紫誥頒來禁闈,榮茲黃髮。惟篤生乎賢喆,遂濟美於簪裾。夕拜螢瑣闈之聲,春暉暎薇垣之署。周郎年少,昔幸托於醉醪;齊耦門高,今何緣而倚玉。自慚鄭忽,獲連閥閱之婚;何物黃童,敢望金張之館。然而贅婿有嘉命,權做秦風;仲春順天時,猶存周禮。

謹醮季子,作倩名家。就貳室於唐甥,接芳鄰于孟氏。謝庭玉樹,時炙蘭芬;樂令清冰,日瞻芝宇。錦屏綉褥,豈戀監宅之懽娛;椎髻布衣,祈舉灞陵之操作。庶覩星昧旦而燕爾無耽,將望氣鬱葱而龍乘有託。青春蚤作蟾宮客,勉繼前修;好音先慰鳳樓人,方成快婿。

代黃娶丁

化先閨閫,美桃夭之宜室;春會男女,迨冰泮以歸妻。

恭惟執事,才霸文江,門稱學海。謝庭玉樹,承家皆遏末封胡;王氏青箱,傳世有箕裘弓冶。夢松瑞符丁固,插架志希鄴侯。何臭味之偶同,乃松蘿之得託。

猶子某質元駑乘，教乏鯉趨。幼作蠟鳳之嬉，猶慙許可；長聞刻鵠之誡，未改議譏。顧非三復之南容，獲配五長之衛女。牽絲繡幕，忽鉤射雀之奇；得璧藍田，幸沐乘龍之寵。雲郎方少，星夕及時。蟾桂近姮娥，欣諧燕爾；鳳樓下秦女，願效鸞飛。庶嗣裘褐之風，永堅瑟琴之好。相無奇表，敢云世德宜賓高門；性似我家，豈其福人不在貴族。謹肅賓而醮子，爰薦幣以陳詞。

代陳繼娶洪

昏始人倫，盟締舊雅。惟喬宗共里，世作舅甥；況桂籍附升，代稱兄弟。翳吾家之小謝，廁末交於仲容。少忝唐科，幸陪登駿；今叨洛倩，喜託乘龍。豈曰人謀，獲遂塞修之請；洵也天作，預符敬仲之占。溷燕侶于鶯儔，自慙非耦；續麟膠于鳳嘴，必調徽音。作嬪夫君，儻毋忘雁弋之警；提攜兒女，庶永篤鳩桑之慈。

代答王納采

同里締姻，敦夙緣於世契；儷皮作禮，申嘉貺于成言。顧門閥之云微，恃臭味之未遠。齊姜維耦，洛倩允宜。

恭惟門下，氣接鴻濛，文成豹變。籍通四世，後先濟美於鰲峰；才霸七閩，姓字高題于雁塔。行乘六月之息，奮鵬翻於莊漠；即聽三春之雷，登龍門于禹浪。風流江左，紛諸少其並佳；月旦汝南，信王郎之不惡。胡東床卜坦，弗棄我孟姬；乃後幕牽絲，獲昏爾家督。豈惠徽前人之好，故敦重伯氏之盟。諏吉元龜，命馳將於一介；陳誠采雁，寵驚溢於百朋。

某喜飛鳳之叶占，幸乘龍之有託。謹肅賓而廟受，用什襲以珍藏。薄效報瓊，仰祈采菲。

上黃學士老師

參苓滿篋，願備藥籠；沆瀣一家，幸收材館。九十人之解額，慙負芝英；六一公之品題，濫叨玉笋。大造真同于幬載，微材莫效其涓溪。

恭惟老師閣下，光岳元精，乾坤間氣。胸包學海，汪洋注萬頃之波；德聳瞻巖，巍峩立千尋之壁。鴻裁潤色，西清每會於風雲；虎帷論思，北斗常依乎日月。望推民譽，忠簡帝心。頃厭金華侍從之勞，欲就綠野逍遥之適。乞休沐之五日，榮被恩俞；賜公假之三旬，勉從懇請。温公歸洛土，卜天下之安危；謝傅臥東山，爲蒼生而立起。行奉一封之傳，入隨三節之趨。爰立之卜叶人情，惟肖之夢應帝賚。蓋出處關乎世道，而行藏鑑于古人。丘壑獲遂于初衣，中外每懸于歸袞。矧在玄亭之列，久虛絳帳之陪。負笈有懷，登堂是望。

伏念某社櫟檣槁，膏棗鈍昏。志竊慕於雕蟲，技不成于刻鵠。始以濫吹之曲，誤點朱衣；終緣蟠朽之容，受知青眼。賜顔色於麈柄，借齒牙於鈴齋。曲矜謇謇之愚，過損循循之誘。榮衮章一字，靡遺五管之微；享敝帚千金，有過衆人之遇。培甚微之孚甲，冀其長茂而成材；吹至弱之鴻毛，欲使翩翻而戾漢。奈瑟鼓而竽好，亦能薄而數奇；實求齊之未工，遂暗投而相盻。傷弓之羽，已怯於虛弦；獻璞之趾，又愁于再刖。賞音難必，殊負簸揚之心；顧影自憐，動遭跋躓之咎。然而得不得曰有命，偶遺英雄之縠中；樂莫樂兮相知，喜出大賢之門下。壯心未已，視舌猶存。敢不淬礪潛修，勉承德意。泛桃花之新浪，尚認前津；指楊葉之舊穿，妄圖後矢。謹綴窮愁之簡，突奏蕉萃之音。竊覘崇閎，將塵隱几。豈曰寶石爲玉，弄巧於班倕之門；實欲點鐵成金，陶鑄於洪罏之冶。幸降音旨，少貶光塵。不愛鞭弭之私，俾獲題評之目。庶策駑希驥，蹇足可致千里之行；磨鈍爲銛，鉛刀或效一割之用。酬恩何地，徒勤肺肝；感德終天，欲摩頂踵。敢陳竹牘，恭叩槐階。翹仰唧䱐之庭，可勝罷馬之戀。

上馬直指代。

按圖索駿，謬叨校藝之司；授簡雕龍，再辱代言之委。感知特異，揣分奚堪。恭惟臺下，霖雨濟時，風霜肅物。衡持國是，望久重於三台；繩糾臺綱，化大行於兩淛。斗山共仰，推儒學之正宗；水鏡無私，負人倫之朗鑑。間從察官之暇，復有掄士之評。顧枯朽奚藉以先容，乃菲葑不遺乎下體。寵溢琳瑯之重，榮踰華袞之褒。

伏念某樗櫟散材,簿書小吏。學未成於製錦,正懼紛絲;斲幾誤於揮斤,尤慚血指。筆則筆,削則削,贊一辭而無能;步亦步,趨亦趨,驚絕塵之逾後。且羔而飾豹,羊質可溷虎皮;況狗以續貂,鵠刻終爲鶩類。俯窮鼯技,仰乞鴻裁。豈敝帚敢期乎千金,庶鉛刀或效其一割。寶石爲玉,殊詒周客之嗤;點鐵成鏐,實藉大鑪之冶。

奉楊學史(使)

道仰關西,幸出一陶之冶;文宗斗北,遥瞻數仞之牆。矢以勿諼,去而益詠。

恭惟老師閣下,國之元氣,學者泰山。逢聖人如日之中,陰霾屏息;見御史從天而下,峰嶽動搖。特簡諍臣,往司教父。體觀象之風行地,若大有之火麗天。自是秋陽暴之,素絲之皓皓尚矣;有如時雨化者,奉璋之峨峨非乎。障狂瀾必東,卓爾爲時砥柱;繩曲木以直,胡然與世鑿枘。公乞芰荷以爲裳,彌芳余佩;衆望鱘鮪而歸袞,竚錫帝環。且朝局翻如奕棋,而國是紛於築舍。東山即忘乎捉鼻,其奈蒼生;傅巖已肖乎象形,詎淹綠野。

某少始知學,亦有立功立言之思;壯不如人,勉就爲貧爲養之仕。窮年膏火,燈無太喜之花;卒歲氊寒,袍已半枯之葉。幸託鴻鈞之一氣,獲庇燕廈之萬間。韻爨下之焦桐,叶乎宮徵;文溝中之斷木,飾以銀黃。鷁過都而退飛,慚非健翮;鳩控地而決起,喜有培風。吾道南乎,懷思天地之高厚;江之泳矣,蹉跎日月之居諸。況損焕乎之章,曲垂循然之誘。國士遇我,報以國士,未足酬三大之洪恩;故人知君,君知故人,渠敢溷四知之清德。何其久也,必有以也,祈蠲積罪於丘山;中心藏之,何日忘之,永踐初盟于河水。祗候純嘏,用布下悰。

兒龍娶張迎書

族號金張,素符地望;春會男女,復順天時。期已及於三星,好宜合於二姓。

禮行奠雁,述洽洲鳩。

恭惟門下,簪紱承家,星屏夙徵於展驥;弓箕嗣美,風翮竚需于搏鵬。舊守之世澤如新,知公侯之必復;太史之科名特盛,況諸少之並佳。計壼德妙稟師箴,已無慚于彤管;而兒才粗諳洛誦,妄有志於青緗。惟是葑菲之不遺,所以絲羅之得附。顧淑女摽梅已實,久懷父母之心;奈弱子苜蓿焉依,未遂室家之願。迨茲冰泮,穠矣棣華。言秣其馬,言秣其駒,今已束薪而束楚;必河之魴,必河之鯉,更期采藻以采蘋。敢告廟而肅賓,用醮子而逆婦。迓之百兩,御以三周。勸郎勤六經,尚觀星于昧旦;卜妻占八世,或望氣于鬱葱。行聽鳳鳴,可勝燕喜。

與徐選部

集鸒翩於泮林,敢云鱣堂之獨冷;轉鴻鈞之一氣,若為蟠木之先容。誤蒙特達之知,彌篤孤生之感。竊以留都首善地,鎬豐教並上庠;大學賢士關,樸械化先南國。自非極群儒之選,曷足參二監之聯。規姚姒,逮莊騷,猶聞弟子之笑;出羲皇,過屈宋,難免經術之疎。

如某者質窶無奇,學落不殖。蹉跎壯歲,迫為稻粱之謀;磊魂雄心,未除湖海之氣。塞馬倏得而倏失,鼫鼠五技而五窮。蓋亦拙於逢年,豈獨慳於造化。濫竽海校,已塵掌故之科;竊吹陪雍,更乏知新之益。徒慕寒芹之可食,患在好為;其如堅木之難攻,無以待問。偶承人乏,遂忝資升。雖仍教冑之班,終覺丞予之負。

仰惟閣下,鑑衡萬品,柱石九埏。用必惟人,細桷大宋之各得;使無棄物,牛溲馬渤之並收。如泥在型,如金在鎔,全歸一陶之冶;以漢之濯,以陽之暴,盡消萬斛之塵。舉爾所知,何妨八百吏;薦下輩士,奚止十數人。左右芼之,且及水中之荇;清濁判矣,寧遺爨餘之桐。某固無鷹炙之求,公豈因蟻子之援。似茲德選,允屬異恩。拜官公室謝私門,詎敢犯羊侯之戒;遇非眾人報國士,誓永堅豫子之心。苟渝初盟,有如皦日。

209

賀方中翁大拜代。

恭審渙號宸旒,晉延英袞。春卿疏寵,同參玉鉉之謀猶;綸閣需賢,獨覆金甌之名姓。榮哉二拜,穆焉一詞。

仰惟相公閣下,柱石承天,斗山命世。龍墀奏賦,西清蚤會於風雲;虎幄橫經,北斗常依乎日月。隆隆偉度,卑泰岱而狹滄溟;燁燁大篇,駕馬班而摧燕許。蓋自育周京之菁樸,已預調商鼎之鹽梅。一疏格君,每軫納溝之恥;三物造士,用臻絫垤之成。翕然爲學者所宗,久矣在帝心之簡。且以身之去就,力靜國之安危。於我如浮雲,公志雖堅于林臥;用汝作霖雨,朝望實懸于袞歸。十載棲遲,一朝遇合。當揆路虛席之久,正皇家張網之時。詔起貳均,俾攬群倫之鑒;衡操籲後,遂參六典之司。若《泰》卦初九爻,茅茹盡拔;凡周官三百屬,甄叙惟明。懸枚卜以求形,幾數年於此矣;宣制麻而置弼,得一賢乃兼之。舜舉皋而遠不仁,共推民譽;尹曁湯而咸有德,克享天心。間兩社以升華,面三槐而論道。惟百辟巖瞻之已素,故九重柄用之特殊。

某夙厠門牆,絫叨埏埴。絳帷天遠,屛營湖海之踪;白日飇馳,寥闊興居之問。忽聞新渥,倍切恒欣。歌芘士之詩,敢忘燕雀之賀夏;續得臣之頌,惟賦蟋蟀之吟秋。所願彈冠振衣,沐浴更新之化;竚看爲楫作礪,旋轉泰運之亨。

侯申相公代。

黃扉贊化,九重注想于垂衣;綠野怡情,四方拭目于歸袞。所幸門牆之切,敢忘山斗之瞻。

恭惟相公閣下,一德格天,三朝遇主。十四載中書之考,安攘功高;五百年名世之期,明良泰洽。手調元鼎,潛孚納牖之忠;力轉皇輿,莫測運斤之用。休休雅量,士夫固曰飲其和;穆穆迓衡,朝廷亦陰受其福。宮府合于一體,世運盎以如春。帝錫便蕃,猶謂宗功之未救;公孫膚碩,惟憂寵禄之過盈。循四序以韜功,身退而名益重;朋三壽而介祉,年劭而德彌尊。齒望渭濱,竚後車之共載;情懸洛社,祝司馬以還朝。

某夙奉循循,慚稱藹藹。十年乃字,久隔光範之門;三舍謬承,幸依通德之里。望泰岱而引領,每蒲伏丈人之峰;向溟渤以分波,願朝宗百谷之主。惟蘄玄纁蚤賁,赤舃重來。若廣成子當黃屋之師,崆峒可虛訪道;如文潞公赴安車之召,軍國尤倚平章。龐眉黃髮,爭看地上之神仙;綠綟蒼珩,再抱山中之宰相。寸衷欲結,尺喙難殫。

賀韓璧哉兵使

奎文寓直三物,化被羅施;星傳有華四牡,風清閩越。幸依宇下,喜溢眉端。

恭惟臺下,學海汪洋,德園廣莫。北斗泰山之雅望,夙擅儒宗;三朝兩鎮之元勳,猶存世閥。起家版部,弭節江關。察山澤之貨源,風薰財阜;寬舟車之民力,遠至邇安。邦計用豐,入襮望郎之被;士衡特簡,出寨膚使之帷。歷井捫參,且易椎魋爲冠帶;披雲見日,遂耀箐嶂于光明。蓋惟道濟溺而文起衰,教尊師氏;所以家詩書而户禮樂,俗革遠人。萬里勞還,十行改命。維閩七聚,泉興介其中權;奉漢六條,蕃宣靖此南紀。徹桑綢牖,伐狡謀日出之區;出滯蘇羅,慰大旱雨膏之仰。樽俎折衝乎千里,暫借油幢;文武爲憲於萬邦,行開戟府。玄袞赤舃,即趨於王覲;大纛高牙,豈足爲公榮。

某舊識荆州,已輕萬户;今叨邑子,更授一廛。惟欣父母之孔邇,敢避陽鱎;願同子弟以懽迎,恭先賀燕。千間廣廈,幸免夜雨之相凌;一寸寒荄,尤望春風之蚤到。有懷慶忭,莫既翰陳。

賀葉相公六年奏績進爵加恩代。

巽命元臣,升班亞傅。勳垂鼎鉉,扶寶曆萬萬之安;位切魁台,齊泰堦兩兩之色。便蕃異數,閫懌同詞。

恭惟相公閣下,有一格天,半千應運。內修外攘,身獨佩於安危;嶽峙淵渟,色不形乎喜愠。小心翼翼,培主德于扃嚴禁密之中;雅量休休,鎮人情於波蕩絲紛之日。譬調不調之瑟，誰知操手之殊艱；如攻難攻之材，自識匠心之獨苦。蓋當陰陽剝復之介，默爲撥機；即在宮庭釜鬲之秋，漸乎納牖。火炎水潤，鼎實之鹽梅各調；風震雨淩，廈宇之棟隆自若。效孤忠者七載，任重負海之六鼇；撫庶績於五辰，功高擎天之一柱。邊陲奏捷，甫頒上賞之書；歲閏告成，載錫宗公之胙。進少保爲少傅，貳三公而弼一人；加地卿曰天卿，統百官而均四海。柄璇樞於紫殿，冠鼎軸於黃扉。斧藻出綸，蓼蕭示惠。勸賢能于十世，業紹金張；綿寵祿于二勳，秩視周召。上方葵忠以無已，公乃孫碩而不居。雖再命三命滋益恭，欲回成渙；然報德報功有常典，難遂撝謙。暫循階于左棘，即正面于尚槐。

某等久囿大鈞，遙瞻巖石。有懷續徂徠之頌，爰託魚箋；無地趨光範之門，徒深燕喜。受命長矣，弗祿康矣，錫公純嘏，奚二十四考之足云；元首明哉，股肱良哉，與國同休，亘億千斯年而不朽。寸衷欲舞，尺喙莫宣。

同鄉公賀韓觀察

簡記天隆，蕃宣地重。黔中振木鐸之響，化妙鑪錘；海上聞素絲之風，聲先彈壓。澄清二路，忭舞一詞。

恭惟臺下，學深鴻秘，才迅龍淵。昔以版部潛郎，出領江關権政。梯航萬里，每聚吳粵之珍；勺水千金，宜試夷齊之飲。泉布常流於地，商旅願出其途。帝問一歲錢穀幾何，惟汝知財源于取予；僉曰多士楷模在望，其往通文教于西南。明聖道如日之中，幽遐畢曜；見使者從天而下，原隰有光。仰北斗，宗泰山，一變遂躋于鄒魯；尊六經，黜百氏，八表亦同乎車書。睇彼泉興，介茲山海。旄頭未滅，風帆陡發于三春；戎心匪茹，桴鼓時鳴乎半夜。屬以公私交瘵，兼之水旱不時。天其畀驄馬繡衣之來，望之若歲；公如聞魴魚赤尾之詠，式遄其行。拔薤撫嬰，俾市虎之無飛邑；徹桑綢牖，見海鯨之不揚波。是爲閩越之長城，即典璇樞之重寄。

某等獲依夏屋，如陟春臺。願隨騎竹以懽迎，竊幸熊軾之蒞止。跂龍門之伊邇，猶阻鳧趨；託魚素以陳誠，恭伸燕賀。伏祈慈鑒，曷任神馳。

與楊世叔

日下班荊,遂申僑札之分;雲間把臂,不覺針芥之投。精舍雪氈,玄宮月榻。促膝而香銷燭跋,披襟則斗轉星移。別後各天,相思兩地。舊懽不再,後會未期。山川阻修千里,徒勞寤寐;鱗鴻寥廓一水,猶隔兼葭。離緒轉深,寸衷欲結。

台丈治行冠乎三輔,賢聲徹於九重。甫奏民庸,增秩司馬;即趨王覲,進署爽鳩。獨持張尉之平,竚見于門之大。

弟久矣采藻,猶然積薪。青衫半荷葉之枯,綠髮已霜蓬之短。聞新除而舞手,託舊芘以彈冠。跼齓轅下之駒,敢希九方之一顧;文飾溝中之木,或爲萬乘之先容。倘念戀軒之情,庶免按劍之盼。

與毛侍御

華亭鶴唳,凤受一陶於鴻鈞;阿閣鳳鳴,更欽六察於烏府。冒貢小夫之牘,仰干大化之鑪。總恃在鎔,頓忘躍冶。

恭惟臺下,貞心匪石,直道如弦。明允持三尺之平,春回黍谷;丰采爲百僚之鑒,月照冰壺。妙簡楓宸,峻登柏署。蓋上欲神明其耳目,惟公能左右乎腹心。莪莪冠獬豸而來,巖廊震竦;行行避驄馬且止,峰嶽動搖。一角觸邪,貴權且肅然斂手;數鱗批逆,天威亦霽焉改容。要聖明無過,舉之可書;賴良臣有嘉,猷而必告。以皇極之道平士論,茅拔朋亡;以泰交之謨格主心,大來小往。萬彙發舒而吐氣,群陰退伏以潛踪。轉日回天,其在斯時矣;爲霖作楫,豈異人任乎。

某勞以半生,窮于五技。鴉林竊食,未免便便之嘲;燕廈慶成,尚徹渠渠之芘。雖投閒置散,固窮博士之分宜;而起滯振幽,非明使者不及此。黨憐簪履之舊,忍靳埏埴之恩。階浮雲翼迅風,是在齒牙之吹息;援青松指白水,誓爲頂踵之捐摩。苟渝初盟,有如皎日。

與沈太始

絳帳後塵,共聽雲間之鶴唳;紫泥先奉,爭看漢表之鵬鶱。渙號大廷,晉司小選。聞新除而鼓忭,託舊芘以知歸。

恭惟臺下,玉瓚黃流之清,朱絃素絲之直。貞心粹白,昭昭揭日月而行;亮節孤高,矯矯出風塵之外。善万而藏者十載,慮澹物輕;發硎而試之一朝,刃游理解。急流中勇退,初衣欲遂乎芰荷;惟哲乃能官,輿論公推于衡石。旋升右闈,再陟左曹。整風俗,理人倫,非崔郎選事不辦;斥華競,塞私謁,得王信銓司乃清。拔異登奇,泰運有茹連之吉;振幽疏滯,賢路無薪積之嗟。暫作眉目於南宮,追蹤裴、馬;即司喉舌於北斗,接武夔、龍。

某五技已窮,一氈獨冷。望英游复絶霄漢,豈容鱗攀;媿塵踪永隔雲泥,未緣燕賀。惟是溝中之斷,曾荷堂下之攜。借上林一枝之棲,倘可依乎三匝;託廣廈萬間之芘,是所望於二天。計仁人踦履之不遺,致士或從隗始;使下客彈冠而相慶,酬恩請在豫先。傾注罙勤,染濡曷既。

再與韓兵使

賜履炎荒,擁麾閩粵。彤襜繡斧,周原隰之咨諏;紫帽清源,壯江山之彈壓。星言雙節,風聳百城。

恭惟臺下,學海淵洄,德符粹盎。襆望郎之被,財阜風薰;褰膚使之帷,鑒澄月朗。道宗師氏,仰北斗以摳衣;文格遠人,對南金而斂袵。蕃宣四國,特進方岳之階;憲察六條,更領兵戎之寄。召康公分陝之任,望重保釐;尹吉甫憲邦之猶,才兼文武。塵清細柳,四郊夜不吠厖;海晏扶桑,九譯時來貢雉。福星載道,期月之惠問風馳;霖露隨車,列屬之謳聲雷動。

某謬叨鱣席,方依咫尺之天;幸託鴻鈞,正屬鑪錘之地。安澤雁於百堵,應知撫字之勞;庇廈燕以千間,竊爲生成之賀。望霓旌而引領,念阻登龍;函鯉素而齋心,懽騰躍雀。聽《甘棠》之咏,請先銘日月之常;賡《桑扈》之章,願即上星辰之履。有懷瞻跂,莫罄頌言。

與丁吏部

繫丹宬之眷,方拭目於銓衡;咏《白華》之章,忽摧心于風木。情深烏鳥,望切鱒魴。

恭惟臺下，大器鏞球，修名山斗。家傳舊學，三萬言之《易》已東；代有聞人，十八公之夢斯叶。玉瓚黃流之馥郁，皜皜不染一塵；冰壺朱絃之直清，矯矯獨凌千仞。兩邦司李，衆提丹筆之春；二署含香，徑荷紫囊之橐。均衡石而叙品，執刀尺以題才。離渭分涇，必嚴紫朱之察；登奇拔異，不令寒素之淹。帝方妙簡以典國銓，公乃讀《禮》而卹家恤。陟屺興感，彌增北堂之懷；閩門養恬，益峻東山之望。雖廬垩以終孺慕，未忍急於公除；而衮繡以俟來歸，當亟還於舊物。

某久塵采藻，總屬培栽。望欒欒之素冠，莫展興居之問；瞻几几之赤舃，倍深仰止之忱。惟願移孝作忠，抑情順變。前裴、王，後盧、李，不負水鏡之稱；左稷、契，右皋、夔，即上星辰之武。

與趙鈐岡觀察

恭惟台臺，海嶽殊英，干城偉望。文武萬邦之是憲，精神千里以折衝。褰帷而風偃百蠻，茂著澄清之節；攬轡而威行六詔，弘宣保障之勳。金馬碧鷄之鄉，披雲見日；冉驪楪榆之長，回面革心。蓋將埽幕之南而空，且使分陝以東而治。蒼山洱水，暫布化而小屈油幢；玉戚雕弧，即仗鉞而大開戟府。

某五窮齟技，三徙鴉林。談《詩》未解匡頤，笥經徒便邊腹。昆彌天遠，悵龍門之久睽；伏臘颷馳，恨魚書之莫致。惟藉枌榆之世講，敢爲枯朽之先容。望華躅以難攀，空懷調愁；干崇嚴而有覥，仰藉包荒。

同鄉公賀蔡伯達太守

光膺芝檢，出牧桐城。蘭水壺山，想極憩棠之父老；隼旂熊軾，歌喧騎竹之兒童。一札先傳，七屬交慶。

恭惟臺下，比德於玉，其平也繩。道韻文心，皎皎出風塵之外；坦衷亮節，昭昭揭日月而行。宜簪筆於木天，乃鳴琴于花縣。洗炎瘴爲清涼之境，兩地絃歌；

陶蠻蛋爲禮義之鄉，千秋社稷。再騰邑最，跻□郎潛。五雉爲修，藝事應遒人之狥；七兵有秩，軍司參圻父之權。朝謂子尼今之正人，典銓斯重；帝曰溫陵古之雄郡，與守不輕。選用賢良欲安之，久矣弄印；備足文武可使也，汝合專城。惟甘膏隨春脚以同來，使蘗羽望炎光而散去。爬癢櫛垢，出佛手以度衆生；潤涸噓枯，試仙方而甦群命。忠獻堂之坐嘯，雅稱凝香；端明殿之趨班，即看鳴玉。

某等昔分濡於鄰壤，思溉餘波；今聯采於舊京，喜陪後乘。方切受廛之願，忽聞除目之頒。夏屋焉依，共欣父母之孔邇；春臺云陟，何憂士女之佌離。朝廷擇人不擇官，應知舉龔之意；國人望公如望歲，更察來暮之謠。傾注情深，編摩語淺。

又

出綸丹宸，作翰清源。胸貯范老子十萬兵，寰中倚重；朝有元使君數百輩，天下乂安。宜此擁麾，恭先勸駕。

仰惟臺下，德園廣漠，道岸崇深。翠竹高梧，干青霄而亭亭獨上；寒潭秋水，橫素練而泠泠絶塵。肘後有醫國經，瞭若燭照；舌底出冰人語，穆如風清。出宰則言絃宓琴，追槀城之惠政；爲郎而文經武緯，抱方叔之壯猷。紉蘭自馨，芬苾豈嫌於獨賞；茹蘖有味，恬寧不改乎素心。即龍户馬人，戀戀畏壘之尸祝；此共工祈父，嚴嚴寮寀之具瞻。睠彼溫陵，首稱要郡。地連山海，烽烟時發乎不虞；俗尚紛奢，公私交詘于雕敝。帝曰誰其共理，是在二千石之良；民謂以我公歸，兹爲十萬户之福。烹鮮馴雉，按之縣譜，施已試之良方；白蒐紫茄，得自家傳，趾前人之芳躅。鋤豪暴而拔薤一本，勸農桑而秀麥兩岐。破觚爲雕，返淳風於鄒魯；教讓止競，平質成於芮虞。洛渡萬安橋，蔡忠惠之澤，今再造矣；黃堂一杯酒，王忠文之句，儻復賡乎。竚觀渤海賣刀之勳，行應宣室前席之對。

某分輕蟬翼，技薄鼠肝。從白社侍高吟，欣然把臂；向烏程醉醇酊，不覺飫心。顧自雀魴之南，缺焉魚書之問。每思舊令尹之政，願切受廛；忽聞新太守之除，懽騰賀廈。有幸虎符之合，得借寇君於帝前；竊計熊軾之臨，或爭杜公於界上。僭憑寄雁，寅慶拂龜。錯餌扱綸，某媿周璆、任棠也已甚；式廬解榻，公爲陳蕃、麗參則有餘。敢抒葵誠，伏垂茹鑒。

復趙東流

依光梓里，恨阻龍門；竊潤花封，喜瞻梟舄。曾未將於一介，乃過枉乎雙鱗。

恭惟臺下，器宇宏深，風猷膚敏。緣儒飾吏，暫紆鼎鉉之登；學道愛人，小試絃歌之政。錯節盤根之立解，奏游刃以騞然；引商刻羽之罙高，聽鳴琴而筦爾。最騰三異，懽洽一同。風翻行翔乎九霄，月題豈淹于百里。

某朽資集木，拙士採芹。每聞芻牧之賢聲，時動枌榆之喜色。緇衣真好，固自篤於中心；華袞剡褒，何能效其綿力。過勤鼎翰，兼辱篚儀。飲青湖千頃之波，數腹而止；分菊所一枝之秀，有苾其馨。七襄之報不成章，顏之甲矣；片語之投永爲好，公其鑒之。徒切感藏，罔殫頌謝。

賀鄭冢宰代。

渙號宸綸，晉登文部。統百官而均四海，久虛常伯之尊；執三銓而定九流，孰出鉅公之右。世運亨矣，朝論翕然。竊以天官首六卿，周稱太宰；文昌居八座，唐列前行。惟知人自昔所囏，況冢司尤鍾其劇。必毛孝先之拔真抑僞，始無難風俗之移；即山巨源之篤素凌虛，猶未免浮沉之目。考簿世，調門戶，無聞檢裁之功；庭牧馬，閣置書，何益止競之操。自非耆舊，曷稱銓衡。

恭惟閣下，國棟高標，廟絃古調。貞心匪石，挫百壬以不渝；介氣如山，驅五丁莫能挽。其間鳳覽龍潛之迹，以出處關重輕；總之玉壺冰鑑之清，使頑懦皆廉立。文武身兼數器，丰猷夙著於南都；公忠簡在一人，喉舌載司乎北斗。矧仕路積薪之久，正皇家張網之時。公雖乞芰荷以爲裳，帝每思鹽梅而調鼎。十行絲詔，榮賁通德之鄉；一節以趨，欣識尚書之履。孚告圭約，納庸詎云。主聽高於天，杜私謁塞；旁蹊自信臣，心清若水。蓋筐篚望門而卻，上知最深；且樓臺無地以居，輿情素叶。茅茹彙拔，漸看振鷺之充庭；桂隱可招，行見白駒之空谷。

某等舊陪鵷列，正聳巖瞻。新聽鶯音，倍增廈賀。隨小夫貢牘，衣冠猶想於後塵；喜君子得輿，草木願濡於今雨。前馬、裴，後盧、李，且暫揮風月之談；左稷、尙，右皋、夔，蘄更上星辰之武。僂僂同戀，嘐嘐奚殫。

復江水部中秋

桂殿淨秋容，不淺南樓之興；秣陵開霽色，遙分東璧之輝。

惟臺下篤念枌榆，寵頒瓊玖。芝函盥捧，恍接銀漢之槎；玉液登嘉，重醉冰壺之貺。媿投桃之莫報，惟銘佩以弗諼。聊附謝言，曷既瞻戀。

通陳宜蘇明府

十室絃歌，已叶一同之化；千家畏壘，更騰三異之聲。幸依燕廈之生成，遙跂龍門而踧踖。敬陳小牘，冒貢大鈞。

恭惟臺下，德宇鴻厖，才鋒犀銳。妙韻絕郢中之雪，高標寨天半之霞。羅川嶽于胸，直已吞雲夢之八九；吐琳瑯之筆，不翅躪上林之二三。風翮九霄，宜搏鵬于鯤海；月題千里，姑試馬于蟻封。帝睠炎荒，妙簡宅生之寄；公憐下邑，曲垂卵翼之仁。德意惟注于左右民，功令必乎於先後甲。催科不擾，鼠雀之路俱窮；撫字多方，鴻雁之居永奠。翩然飛雙鳧之舄，暫託枳棲；行矣賜五鳳之酺，即登柏府。

某腹慚邊笥，何能範乎子衿；籍授滕廛，樂只民之父母。徒以南雍飽繫，莫扳揚（陽）鱄之綸；惟是北斗葵傾，敢忘袞章之頌。澧有蘭，沅有芷，永懷調愬於瓊枝；舟作楫，旱作霖，竚看勳名於玉鉉。寸衷欲舞，尺喙難宣。

代屯馬回各道

紀綱舊旬，人乏偶承；屯牧新綸，上恩洊至。慚彼其之不稱，賴同事之得賢。有幸側珠，何當投璧。

恭惟門下，學深鴻秘，才迅龍淵。不兢不絿，暫布油幢之雅化；允文允武，行宣牙纛之壯猷。一路共戴福星，百城如游化日。計田里之阪險，原隔久已周知；而馴野之驍駽，驪黃尤宜咨度。我疆我理，何以護百二之金湯；維駒維騏，何以集三千之雲錦。使馬騰士飽，過百里師于枕席，此豈力能；祈海晏河清，壯十五郡之屏垣，尚希愛助。敬附雙魚之問，莫報五雲之珍。

代屯馬回各府

一臺激揚之任，謬玷紀綱；三江屯馬之司，疇咨岳牧。幸藉高賢之羽翼，或逃瘝曠於簡書。矧辱好音，益崇雅眷。

竊惟三用莫如乘馬，九農亦以寓兵。籍毛齒視瘠肥，供十二閑八駿之選；行曼胡居襮襫，省三十鍾一石之齦。非求牧與芻，孰飽樵蘇之後爨；必有實其積，庶寬庚癸之首呼。顧凋疲骴窳之餘，每煩振刷；而勞來安集之際，尤費調停。欲兵食兼足以亡憂，惟寮寀同心而已足。願蘄十年之生聚，藉以報瓊；曷致三千之牝騋，尚資攻玉。

請黃京兆

神皋坐鎮，輔畿快仰歲星；帝里追隨，紳綏幸瞻卿月。維三秋之轉序，屬萬寶之告成。敢肅芹筵，恭迓台衮。秕稗不堪辱上客，敢惠徵而假燕閑；蘋藻可以羞王公，敬齋邀以受鴻誨。儻荷賁思，可勝豫喜。

復陳立之司理

一官教冑，方詒邊腹之嘲；十部遺書，忽枉鄰雲之問。故情厚甚，新藻斐然。遙瞻貫索之輝，倍切蒹葭之感。

恭惟臺下，負猷鴻碩，蓄德駿龐。奮鵬翮於南溟，積厚風力；空馬群于上駟，選重天閑。惠徵江右之德星，來歌郢中之《白雪》。棘林嘉石，計必存欽恤之心；湘水洞庭，逾足展澄清之志。廉貪之鑒無遺照，何擇非人；小大之察必以情，惟良折獄。雀角鼠牙之訟，洗以不冤；蜂腰鶴膝之疨，飽之乃粒。朱絲丹筆，憝司柱後之文；白簡青蒲，行赴席前之對。

某久玷芹序，故自樗材。何意乞靈於通家，猶然惠顧乎世好。風塵失路，追惟傾蓋之綢繆；吳楚相思，更辱投瑤之繾綣。亦既覯止心則悅，邈矣想法曜之高；欲往從之河無梁，睦乎悵漢江之泳。藏謹珍于十襲，報靡效乎七襄。感與媿并，神隨書去。

復啓圖關使年節。

共派金天，方篤《行葦》之雅；聯班白下，更慇《伐木》之求。惟營蒯之不遺，故璃瑤之先及。捧折梅之訊，忽頒廿四橋之春；聞茇棠之歌，已遍十萬戶之口。宜介穰穰之福履，以稱皇皇之使華。

某身滯周南，心懸斗北。有椒有馤，末由稱藍尾之一觴；如竹如松，願益播青規於萬物。敢後臯陶之拜手，莫罄徯斯之頌言。

南中九列公賀吳曙老大拜代。

彤墀簡命，東山擁上相之韜；黃閣調元，北斗曳文昌之履。象形惟肖帝賚，枚卜允協人情。

恭惟相公閣下，命世真儒，承天上柱。英靈鍾華蓋之氣，誕降異人；經術得草廬之傳，紹明正學。臨軒賜對，五色祥開于日華；講幄論思，孤忠時動乎天聽。越自容臺寅直，益崇巖石具瞻。公雖雅志於初衣，上每繫情於歸袞。蒲輪渙召，當日月之既除；揆席升賢，際風雲之玄感。東閣參聯，玉鉉間兩社以疏榮；南宮翊贊，璇樞考六符而弘化。問朝問左右，庶言僉同；惟天惟祖宗，一德咸享。溫公來自洛土，衛士懽迎；謝傅出爲蒼生，廷紳交賀。

某等望江關紫氣，恨隔龍門；聽殿閣黃麻，欣依燕廈。敢續徂徠之頌，載賡慶曆之詩。遇主巷，孚公圭，蘄立泰域中之否；拔茅茹，招桂隱，會即春天下之秋。

賀施漕使擢長楚臬

將輸奏最，總憲升華。四牡周道之倭遲，星言雙節；六條漢法之寬大，風聲百城。五湖已望歌襦，九旅猶思臥轍。

恭惟臺下，斗山碩望，文武壯猷。被襆潛郎，已頌恤功之川后；帷寨膚使，更仗主粟之蕭何。金簡授玄夷敷土，而陽侯順軌；黃頭飛綵鷁轉漕，而風伯效靈。六轡如絲，久賢勞於苞栩；三軍挾纊，已流爛於坻京。人謂吳有歲星，正仰木牛之運；帝曰汝陳時臬，爭爲竹馬之迎。夏口武昌，山川遂壯其彈壓；江沱漢廣，草木亦熟其威名。遥知攬轡而慨然，會有解綏而去者。周爰咨度，即開衡嶽之雲；雅志澄清，何媿洞庭之水。暫焉持斧，行矣宅揆。

某猥以下材，謬叨世好。忽聞新渥，倍切恒欣。雖迹滯周南，莫擁龍門而斂版；而心懸淮上，每託燕厦以彈冠。敢肅魚械，仰塵鶴列。飽樵蘇之後爨，且書給饋之勤；光弩矢以前驅，竚趣介圭之覲。

端午復黃關使

桃葉羈棲，令節幾成虛度；蒲觴落莫，多儀忽荷遠頒。時瞻北斗之輝，彌切南枝之想。

恭惟臺下，心澄止水，政叶仁薰。虞絃奏解慍之歌，商楫負濟川之望。如日斯永，調四氣於天中；與物咸熙，開五蕙於地臘。洵矣祥隨履考，因之樂與人同。

某沐波潤於蘭湯，長飫維馨之德；分滴瀝於菖酒，末陪既醉之懽。蓋惟篤念行葦，是以不遺菅蒯。施者未厭，媿無金錯之酬；矢之勿諼，期效玉環之報。謹附蓮使，伸謝一言；遥望邛關，有懷百結。

報傅文學

分芳榆梓，猶隔龍門；託好松蘿，忽來魚素。徒切投璢之感，何當倚玉之榮。

恭惟門下，簪紱承家，球琳瑞國。寶龍崔鳳，早推世業雲仍；陸海潘江，高揭士林月旦。馬卿七經之授學，不尚于麗辭；揚子四賦之工玄，豈終于尚白。九萬里風斯下，行看鵬翮之鶱；三千字日未斜，預卜螭頭之對。

某一氍殊冷，再鼓已衰。干時素拙脂韋，持法逾辣薑桂。嗟余髪種種，不堪羊腸；笑此身飄飄，何戀鷄肋。念每絕乎小草，迹疑繫於瓠瓜。夢繞泉山，猶缺興居之問；書傳京國，況辱筐篚之陳。拜寵貺之施先，光生華袞；媿步趨之瞠後，報乏錯刀。薄有一芹之將，少展雙環之謝。其諸啣結，罔究編摩。

復傅朋台觀察

並舍女牛，日結思瓊之念；問津烏鵲，天開種玉之緣。有幸側珠，何當投璧。望光塵而靡及，矢明德以弗諼。

恭惟臺下，雅鎮若山，澄澹如水。金玉君子，已克世其家聲；舟楫巖臣，每時發乎王夢。厥臨孔惠，所去見思。婁試田里之循良，群聚畏壘之尸祝。羊魚時犢，清修不改乎花封；虞柳召棠，遺愛常依乎樾蔭。雖得州如斗，堂雅稱于名冰；而遵渚有星，民懽呼于得歲。及瓜受代，擁節治兵。即金馬碧鷄，願通文教；奈寸雲尺霧，欲點太空。公固遂志于初衣，人尚注望于歸繡。東山捉鼻，暫爲泉石之栖；商野肖形，行騎尾箕而上。

某枌榆末植，章句竪儒。干時咄咄以無奇，持法硜硜而多忤。蛾眉見妬，分固宜于投荒；鷄骨自憐，情何堪于涉遠。顧念將迎之久廢，竿牘無從；乃辱惠問之先施，筐篚有爛。一字之褒榮於袞，拜賜屏營；七襄之報不成章，題封踧踖。倘垂菲葑之朵，蘄鑒蘋藻之羞。

賀蔡伯達府公

隨京國之鵷班，欣聯朝綴；望泉山之熊軾，喜隸氓編。願入大冶之鑪，僭陳小夫之牘。有懷燕賀，猶阻鳬趨。

恭惟臺下，德履粹明，文心清遠。黃流玉瓚，芬芳不染一塵；翠柏蒼松，夭矯獨凌千仞。馴兩邑雉，黃金錫異於花封；含二署鷄，白雪蜚英於蘭省。特簡望郎襆被，出襄刺史襜帷。舊令尹之雙鳧，去思猶繫；新使君之五袴，來暮已歌。委蛇兮羔羊素絲，江漢以濯；劬勞乎鴻雁赤子，海國用康。朞月而惠問風馳，四境之謳聲雷動。

某猥以樗散，濫附竽吹。歲序蹉跎，感舊懽之如夢；風塵躑躅，聞新政以皈依。未能效任子之規，拔薙一本；已共賦張君之樂，秀麥兩岐。幽壑潛鱗，敢爲揚(陽)鱎錯餌；明月烏鵲，倍思越鳥南枝。恭致緹函，少伸丹悃。中和樂職，方銘日月之常；姓字書屏，即聽星辰之履。

壽王開府代。

華渚流虹，方祝嵩呼於萬壽；弧南垂昴，忽瞻星見于三台。慶叶懸桑，懽騰騎竹。即六幕祈添海屋，矧一陶出自鑪錘。

恭惟閣下，生並甫申，祥鍾嶽瀆。之屛之翰，風猷夙著于十連；不兢不絿，譽望獨高于三獨。下車而求，莫祁寒暑雨；每切其咨，仗鉞以登壇。鼉鼓犀渠，咸瞻具美。奠聖祖飛龍之國，地壯金湯；涖宣父辨馬之墟，江澄素練。維兹帝昊之秋半，正屬皇覽之揆初。月吉誕彌五百年，而生名世；天壽平格八千歲，以爲春秋。

某昔侍馬帷，今依烏府。溪毛澗藻，豈能效三祝於華封；山阜岡陵，願永介九如于《天保》。文爲經，武爲緯，劍履即上星辰；外理國，内理身，鐘鼎以當鉛汞。有懷忭舞，莫罄颺言。

侯掌詹劉大宗伯代。

丹詔起家，紫囊荷橐。常伯正南宫之位，師表庶常；儲端首東禁之榮，聯班翰學。惟求舊人以大用，故處重地于宿儒。

恭惟閣下，江漢鍾靈，貞元應運。胸吞雲夢之八九，藜火燭其校讐；筆躪上林之二三，木天簡而論譔。演絲綸於右掖，文超班馬之華；寅夙夜於容臺，武接夔龍之步。曲高寡和，道大莫容。公遽尋鷗鷺之盟，人共惜鳳鸞之去。甘載之江湖渺矣，雖片雲游物外之心；九罭之袞繡依然，忽半夜動席前之問。十行申命，載起洛英；一節趨朝，復咨伯秩。春卿典三禮喉舌，居北斗之司；端尹肅一宫羽翼，捧前星之重。況玉署延英之地，爲蓬館育材之師。群藹藹之吉人，屬循循之善誘。龜疇衍緑字,拙二酉難見之書;象罔得玄珠,發千古不傳之秘。蓋使多士業斯征邁,預儲國琛;且俾元良學有就將,弼成主器。

某備員南國,無緣伏光範之門;仰止高山,有懷識鄭公之履。引星辰而上,共欣君子之得輿;依日月之光,竊效小夫之貢牘。願益隆於殊眷,亟鼎拜於大鈞。斗中之貴曰文昌,已登八座;魁下之星曰台宿,即面三槐。

千頃齋初集卷二十

祭　文

祭黃學士老師

嗚呼！扶輿間氣，五百昌期。孕靈毓秀，以篤吾師。

師產南服，金相玉姿。初登越解，載魁禮闈。入參史局，兼掌制詞。繙經虎幄，簪筆鳳池。南宮簡試，籲俊搜奇。庚典闈棘，亦衡帝畿。參苓溲渤，收羅靡遺。秩晉宮詹，篆視北扉。爰立伊邇，物望攸歸。奇服誨忌，貝錦傾危。含沙射影，蟻聚蠅飛。師曰腐鼠，嚇我胡為？懇恩賜告，金綺馴駓。掛神武冠，焚學士魚。考槃邁軸，衡泌棲遲。一丘一壑，自謂過之。鴻冥寥廓，矰繳安施。葆光十載，讀禮再期。驥心猶壯，雞骨不支。歲星東隤，白日西馳。位不配望，年甫及耆。朝嗟柱石，鄉惜羽儀。掩鏗絕澗，醞涕纏悲。

某等孤生，謬辱甄推。受知不淺，報德猶微。在昔讒嚚，高張翕訿。吠聲逐臭，構阱設機。亡能剖心，以明素絲。徒虛國士，憨負恩私。翳師白志，百涅不緇。人乎難必，天則已知。蓋棺論定，誰蹻誰夷。師已弄九，由由怡怡。翳師有子，克紹弓箕。伯參齊藩，仲奮董帷。策足天衢，連翩雲逵。聞孫鬱起，文采陸離。師覯象賢，或藉解頤。

某悼吾師，如喪嚴慈。峰頹木壞，吾黨安依？所恃神理，德音不違。不朽者言，文其在茲。侯芭守《玄》，竊附於斯。登徒九辨，庶以明師。嗚呼哀哉！尚饗。

祭前沈丘令淮陰劉師

嗚呼！黃河北帶，大江南滙。中為長淮，藏珠韞貝。乃篤吾師，金相玉姿。

丹鉛丘索，赤幟文詞。遂擁皋比，都講槐市。弓冶嗣芳，衿紳趾美。師應明經，子仍策名。曲臺家業，儼焉世程。畿闈一薦，明廷三獻。蹦躂敝袍，終蹶文戰。初筮英鐸，士矜椠槧。庚綰趙符，俗振頹薄。沈州之政，甘棠載咏。留犢如時，還珠比孟。維沈洊饑，出滯蘇疲。卵翼窮櫚，瘉藥殍糜。歲以無害，盜亦相戒。惠鬯拊嬰，威行拔薤。户歌巷儛，以方卓魯。

師遽引年，翻然解組。有田可畬，有溪可漁。一丘一壑，左圖右書。二三令子，席師福履。宦學蜚聲，後先蔚起。不謂長君，而遽修文。師以是慟，立骨銷魂。猶憑几杖，起居亡恙。歲祝莊椿，八千而上。胡不憖遺，溘爾大歸。山頹木壞，吾黨疇依。

在昔閩棘，掄材是職。辱師甄收，不棄樗櫟。狗知感恩，永託師門。羈紲守官，久缺問存。瘠言長欸，訃音一旦。暮已宿草，燧亦改鑽。既怛且疑，緼涕纏悲。爲位哭師，如初歿時。千里重趼，生芻不腆。何以哀師，登徒九辨。嗚呼哀哉！尚饗。

祭故南京太常少卿王麟翁老師

嗚呼！吾師去閩歲二十兮，閩士思師如一日兮。吾師游岱歲十七兮，閩士思師如初失兮。

昔拜閩命，士方待棘。維師受事，彙月而畢。繽紛閩士，其麗不億。維師衡文，一目別識。滅没存亡，相機辨色。秦鏡照人，心膽靡匿。八月都試，多士雲集。日奏萬牘，遴校一夕。得八十人，其四獲薦。

余小子居，謬叨後殿。維居數奇，久陃郡縣。亦有兄良，屢蹶文戰。並辱甄收，衰然上選。玉耶石耶，一朝剖見。良起諸生，六翮高騫。旋魁禮闈，徊翔木天。再領成均，復貳宮詹。居困駑駘，鞭策弗前。蹦躂公車，屈首冷氊。驥心未死，雞肋徒憐。

嗚呼！一升一沉，慚負恩私。狗知感義，捐糜何時？忽登師門，如欲問奇。音容莫即，醖涕纏悲。不朽者言，日星等垂。澹圃無恙，風流在兹。庶幾守玄，獲遂皈依。西州一慟，薄薦江蘺。尚饗。

祭唐抑所侍郎

聖皇御曆，十有四年。籲俊尊帝，策士臨軒。公起孤生，大廷首對。鼎甲蜚英，卿雲薦瑞。維公文章，金相玉暎。簪筆代言，陸離彪炳。木天視草，承明直廬。持衡棘院，典制石渠。承華置傅，薦擢宮端。既長詞林，復貳春官。出蒐材館，入講經幃。望隆公輔，陪簡綸扉。乃教庶常，乃推統均。聽履側席，帝眷方殷。

胡天不憗，歲在龍蛇。金甌待卜，玉匣興嗟。帝念儒臣，講幄特恩。龍章燁燁，以慰忠魂。爰加贈秩，更議易名。几筵窀穸，生死哀榮。致命遂志，公已獲考。矧多哲胤，家駒國寶。公亦何求，軫在社稷。慘我冠紳，棟撓是盡。言念伯氏，附公同籍。小子登龍，憶逾夙昔。忽耳訃音，幾爲於邑。九原可贖，百身曷恤。絮釀膴肉，敢告靈輿。公神行天，爲我躊躇。嗚呼！尚饗。

又代曹總河。

九峰毓秀，三泖滙靈。挺生名碩，隆棟王廷。皇帝臨軒，擢公上第。首唱臚傳，五雲日麗。乃紬金匱，乃綰玉堂。綸宣兩制，史擅三長。掄材瑣院，編摩東觀。藻鑑澄鮮，詞翰璀璨。帝念儲訓，薦闢銅龍。橫經鶴禁，翼善春宮。爰進端尹，爰貳常伯。禮闈籲俊，得士三百。師表庶常，視篆北扉。嘉謨啓沃，揆席首推。

帝方夢弼，公乃騎箕。欲雨忽霓，欲楫罔維。朝紳共悼，聖恩加恤。顯錫殊稱，永光窀穸。嗚呼！陸有時洋，湖有時桑。生榮死哀，公也不亡。維公壯猷，厥施未究。無涯者知，難必者壽。

某昔建纛三吳，獲遂瞻依。一朝感逝，千古纏悲。素旐南邁，摳趨靡及。酹醑陳詞，臨風於邑。尚饗。

祭甘紫庭開府代周撫院。

大龍挺秀，章貢滙流。天開靈閟，地產琳球。祥鍾名碩，蔚爲國禎。金相玉質,嶽峙淵渟。兩令巖邑,鸑集雉馴。四郊杲日,比屋陽春。楓宸特簡,展采臺端。騋騋驄馬,嶽嶽豸冠。始巡荊楚,載按吳閶。攫搶夜隕,魍魎晝藏。歲逢大弊,佐計持衡。有執無異,矢公矢明。旋遷棘寺,左右士師。引經察麗,弼成棐彝。

帝曰俞哉,允文且武。俾爾中都,建牙開府。中更讀《禮》,牘滿公車。越人得歲,獲借旌旟。睠茲水國,屏翳不仁。土田甌脫,魚鱉與鄰。公拜自靖,爲民請命。疏賑疏鬵,以澤萬姓。起骨加肉,吹律噓枯。餐公粥公,環戶驩呼。願留我公,活此溝瘠。胡甫被新綸,而邃丁斯厄?慶閭吊門,奄忽倚伏。群些畢奏,百身曷贖。

某叨梓里,復忝同寅。聯鑣柏院,篋羽光塵。吳越分疆,幸依鄰照。爰剔爰撫,惟公是肖。方藉共舟,拯人於溺。未竟厥施,而罹茲慼。烏恒隕鄧,襄峴失羊。矧兹吳會,蔽芾遺棠。祝頌謳吟,付之一涙。鍾鼎大鏞,束之一榰。爲吳哭公,涕咽流泉。酸辛聞笛,於邑輟絃。緘詞薦酹,崇蘭以薰。執紼歌之,公聞不聞?嗚呼!尚饗。

祭潘充菴方伯

天眷中興,旦禽接武。毓秀黃龍,作時霖雨。恭定掌憲,柱石廟謨。公難爲子,而擅家駒。學使秉鐸,澄清鑑衡。公難爲弟,而寶連城。華冑高文,袞然鶚薦。蔚爲周楨,爰登夏箭。南宮擢雋,翱翔爽鳩。詰戎典禮,克壯其猷。治河一疏,留署心傾。逮乎當局,果奏平成。于藩于臬,力裁煩苛。衽席湯火,江海無波。漕河作梗,赤子其魚。灑沈澹灾,藉公以舒。輸粟於淮,爲民請命。鄉解倒懸,澤及萬姓。乃晉右轄,西蜀句宣。歲在蠶叢,棠芾錦官。

彼耽耽者,謠諑興毀。浩然遂初,乞骸還里。一丘一壑,月榭花棚。社長耆英,三壽作朋。諸郎鵲起,璧合芝駢。鵷班鷺列,奕世蟬聯。介茲景福,其樂未央。云胡不愸,厄閏黃腸。今歸山阿,蔥蔥鬱鬱。塚像祁連,佳城崒屼。德音云邈,神理綿綿。宜爾孫子,世德象賢。

居生也晚,不獲識荊。幸交哲胤,仰止景行。請祀礬宗,旦夕可須。俎豆尸祝,克配枌榆。薄薦溪毛,以當出祖。公其徘徊,鑒我勿吐。嗚呼！尚饗。

同官會奠潘冲和助教

嗚呼！賈困長沙,揚老執戟。詞人陽九,古今共惜。猗與潘君,學窺無始。曄曄虹光,巖巖嶽峙。謂君不偶,已擢賢科。鵬溟搏徙,槐市婆娑。謂君無年,已幾下壽。鴻漸在前,厥施未究。君昔壯齡,芥睨一第。適弗逢時,霜蹄屢蹶。苜蓿再淹,公車三試。蹢躅風塵,豈摧厥志。胡然涽池,竟鎩其羽。授材枉富,邅運偏寠。南雍迴翔,橫經絳幄。匡鼎解頤,朱雲折角。人言清華,鬱抱可展。君如雉樊,雖王弗善。四愁方賦,二豎遂牽。既嗇其遇,復歿之年。

嗚呼！詩賦唐科,亦遺李杜。不朽令名,豈在龍虎。命之不猶,安可力爭。夸父逐日,自隕其生。最堪悼者,母老孤遺。倚閭望斷,尸饗者誰？亦云慰止,蘭孫玉樹。祖武能繩,父書不蠹。

余叨函席,與君周旋。左模右楷,方慶得賢。休沐幾時,澽焉鵾集。六館無華,諸生甬泣。淒風密雪,素旐蕭蕭。陳詞擬些,侑以申椒。達人大觀,修短鳧鶴。而況浮名,得失蕉鹿。以此告君,君視可含。空華何戀,幻世何耽。尚饗。

同寅合奠黃蒙泉教授學錄正垣父也。

於乎！豨韋日波,民鮮長年。而翁鶴算,黃髮丹顏。瑟琴靜好,或悲斷絃。而翁伉儷,偕老華顛。明經綺歲,毫腐研穿。晚充貢籍,釋褐寒氊。三咏莪樸,模楷森然。談鋒嶽嶽,腹笥便便。絳帷紛擁,初服遂還。肯戀五斗,曳裾梁園。尚羊衡泌,婁娑圃田。關元守一,大道忘筌。壽因德劭,福以昌全。箕裘奕葉,況有象賢。鳳苞鵬翮,日升霞騫。芹宮折鹿,槐市集鱣。含飴繞膝,蘭玉蔥芊。一笻里社,七豆賓筵。凡翁取世,造物所專。幾望如月,方至如川。履坦而行,委順而旋。考終羽化,何異上仙。

獨傷令子,陟岵憂懸。爲親捧檄,冀食大官。一命甫逮,三釜猶慳。封章未錫，訃音忽傳。帝予九齡，胡靳一焉。西傾東晷，大美弗圓。子以是慟，七尺欲捐。哀號風木，永憾終天。

某於令子，鵤列聯翩。誼均弟昆，出入比肩。一朝分手，有涕如泉。載拜載唁，寬譬以言。海漚石火，何物能堅。情也罔極，命也弗延。教忠移孝，子其勉旃。君親家國，孰後孰先。三旄五鼎，亦賁重淵。恩榮不朽，豈必生前。既慰棘人，敢告幽玄。吁嗟楚部，歲星隕躔。呼羌擬些，侑以椒荃。靈蜒蜷兮，鑒此微虔。於乎哀哉！尚饗。

祭吳封君_{大行伯玉父也。}

三泖溯渤，九峰巇嶭。慶篤延陵，秀挺英喆。家起素封，世標俠節。幽履金貞，沖襟玉徹。絫仁積行，扶義喜施。信孚族里，惠卹煢嫠。中遭殖落，幾困數奇。滿籯非積，一經是詒。傾橐延師，迪成賢胤。朝識棟隆，鄉推瑜瑾。桂殿飛黃，皇華發軔。四牡騑騑，寧親省覲。慶典告成，移恩所生。鳳綸錫寵，象服疏榮。翁時拜命，御風泠泠。匕筯日進，几杖時凭。庶徵戩穀，眉壽亡害。

豈嬰微恙，遂成積懟。冢君徬徨，嘗藥灼艾。目不交睫，衣不解帶。願疏陳情，以終養鞠。翁曰毋然，吾猶恃粥。王事靡盬，君言不宿。宜畏簡書，胡久休沐。翁病少間，志樂離憂。駪駪征夫，陟岵遲留。或謂家報，翁疾已瘳。不如遄往，再圖歸休。留者將父，往者急君。使車朝稅，訃音夕聞。俛仰慶弔，奄忽在門。冢君陛辭，哭踊南奔。

君南余北，不及唁慰。矯首南天，咨嗟涕泗。況忝通家，獲交一臂。抗顏茲土，日侍芳懿。一朝大別，能亡畫傷？薄觶楚些，續招呼羌。生蒭潤芷，侑以椒漿。靈連蜷兮，來格洋洋。

祭給諫六橋兄

慶源錫羨，桂州伊始。江都平江，奉常大理。弓裘衿紳，奕葉蘭芷。梟伯縣侯，後先蔚起。篤生我兄，毓靈開美。賢書載登，遂躋廡仕。製錦宣城，豈弟神明。杜母召父,言絃宓琴。楓宸特簡,瑣闥疏榮。皁囊耀日,丹牘璀星。何物赤狐,構彼青蠅。飄然解組,自狎鷗盟。文園養寂,荆扉匿迹。菊松三逕,圖書四壁。泛剡曲舟,躡東山屐。揚榷風騷,品題泉石。汗竹縹緗,流黃紈白。陶謝執鞭,屈賈遜席。宗黨朋好,待而舉火。資寄外藏,餱糧就裹。浚都干旄,填門傾倒。擁篝騶前,賓筵虛左。玄纁安車,胡然弗果。隆棟空韜,國柱疇荷。自營菟裘,自正首丘。三素有約,九仙同遊。白日黯黯,青山悠悠。龍潛一壑,鶴化千秋。

嗚呼！元龜不作,史狐誰託？壺公峰摧,碧溪水涸。鄰里罷舂,守相悲閣。何以哀兄,德厚享薄。

某等或阻龍光,或泣雁行。徒慟西州,靡呼山陽。着長史塵,撫彥先牀。嗟乎子敬,人琴俱亡。所藉後人,世其青氈。威鳳文成,俊鶻高騫。無涯之智,結爲大年。運氣有盡,神理綿綿。嗚呼哀哉！尚饗。

會祭伍母黃太孺人博士際隆母也。

時維秋嘗,伍母終堂。婺星掩曜,娥月沉光。翳母有子,爲清博士。聞訃驚號,徒跣奔馳。入門泣血,摧慟欲絕。杖而後起,哭訴嗚咽。曰孤自畿,拜命南歸。天假之便,省覲庭闈。母也善病,喜懼交併。願乞終養,以怡母性。母曰無恙,老婦恃粥。簡書宜畏,王程不宿。孤勉承志,戒婦留侍。庶保餘齡,惠徹天庇。

豈謂浹旬,而遽棄兒。兒也無良,母獨于罹。昔喪靈椿,猶恃母存。孤繫官守,痛割瞻雲。今兹萱折,一涯羇絏。生不逮將,殁不及訣。岵屺深憂,風木悠悠。季嘆枯魚,曾悼椎牛。始爲親需,乞氊氍毹。囊粟逮親,尚媿侏儒。養無異飼,況奪之養。百身曷贖,五内若喪。天乎母乎,孤乎人乎！一語一涕,如不欲蘇。吾黨臨視,百端開譬。母志云何,而乃過悴。

母出名宗,儷德太公。子始通籍,亦教之忠。受知銓宰,國士見待。驥足蹔淹,鵬溟可逮。三載北征,振翮一鳴。車服膺寵,暈褕貤榮。彤管有煒,以表内美。則百千年，其尚無毀。矧母壽祺，業臻古稀。屬繢之辰，賢孫焉依。誠信不息，庶幾靡悔。子有大孝，深悲可改。吾黨薦詞，侑以椒卮。靈乎不爽，珊珊來茲。

祭黃泹軒學院太夫人代兩道

珠出滄淵，璧產藍田。哲人天挺，有開必先。於赫黃氏，秀毓睢陽。維熊維羆，太君發祥。猗與太君，蘭儀玉度。體坤配乾，方娥比婺。齊德偕隱，以相夫子。俾康而家，鬱爲慶始。玉成冢器，褎然儒宗。人倫麟鳳，萩苑華崧。領解掄魁，讀書中秘。翺翔柏府，澄清攬轡。駫駫驄馬，嶽嶽惠文。風生破柱，霜肅埋輪。帝曰嘉哉，伊誰式穀。覃恩所生，翟冠象服。庶幾純嘏，永錫難老。以康柱史，毋縈懷抱。按部西秦，持衡南紀。畏此簡書，窘言陟屺。太君曰嘻，恪共乃事。雖有離憂，適獲我志。

捧檄而南，日喜加餐。驟聞一疾，方寸摧酸。抗疏陳情，願乞將母。稍慰倚閭，或徼壽耉。天胡不遺，民之無祿。梧棬忽捐，訃音來告。柱史含哀，擗踊遄奔。單車就道，促入里門。彼都舉髦，戶哭巷走。母去吾師，師尚我有。師歸不復，山斗疇依。瞻望靡及，醖涕纏悲。

某等備職末員，辱公覆露。義均戚休，能無永慕？薄言些辭，侑以沼芷。靈連蜷兮，聿來鑒只。

祭唐抑所夫人

九峰嵬嵬，三泖瀰瀰。既生名碩，亦鼇女士。猗與宗伯，鼎甲蜚聲。北扉視篆，東觀橫經。展也夫人，秉德齊軌。淑慎其身，以相夫子。青宮勸講，鷄鳴會盈。誰歌明爛，視夜以興。素絲委蛇，琴瑟靜好。誰則與偕，樂我縶縞。

人言宗伯，爲諸生時，下帷攻苦，家園不窺。於時夫人，紉箴刺繡，舉案相對，分更分漏。人言宗伯，茹蘖餐英，居官居家，不問治生。於時夫人，葳蕤筦鑰，絲枲蘋蘩，靡不躬瀹。禮闈籲俊，群無留良。乃貳秩宗，乃教庶常。赫赫端尹，望重服休。夫人佐之，或從或留。從則襄謀，以贊國政。留則主饋，以代閫柄。帝制有嘉，曰惟哲姒。鳳誥龍章，錫之繁祉。一命曰安，再命曰恭。翟冠象服，疏恩秩隆。猗與宗伯，學爲帝師。求形惟肖，爰立有期。名卿在朝，賢媛在室。副褘六珈，鼎來可必。百年偕老，厥懽未央。胡厭華屋，而就玄鄉？

某從伯氏，獲耳聽屛。抗顔兹土，益諗芳馨。言念世雅，聞訃驚惻。更憫諸孤，唧哀增晝。薄言酹之，潤藻溪毛。靈連蜷兮，鑒我心懍。

祭王洪洲少參元配陳宜人

崒崔機山，汪洋泖水。既產名碩，亦鍾女士。有淑者媛，誕自望冑。彤管揚徽，璿閨禀秀。始笄待年，于歸君子。梟雁興規，旨甘佐饎。瑟琴宜室，雜佩酬賓。入理絲枲，出供蘋蘩。

人言少參，發憤下帷。畋漁百氏，家園不窺。宜人贊之，爇脂丙夜。織紝組紃，毋問冬夏。人言少參，絫試民牧。操比懸魚，愛存留犢。宜人贊之，委蛇素絲。相彼錡釜，樂我縞綦。羖我柱后，驄乘五花。屈軼指佞，獬廌觸邪。維時宜人，獨持壼柄。主饋秉鑰，拮据内政。三徙藩臬，閩楚關中。武以戡亂，文爲士宗。維時宜人，淑慎以相。副幨孔嘉，韜鞸有伉。中遭謠諑，或廢或起。宜人宴如，無愠無喜。晚遂初衣，之邁之軸。宜人偕隱，雍雍肅肅。

門内之治，不忒其儀。群子佐酸，諸孫含飴。承懽娛綵，繞膝稱觴。令妻壽母，燕喜一堂。宜爾君子，適志夷猶。書抽二酉，業擅千秋。是夫是婦，皆天所授。黃髮齊年，何福不茂？人曰慈慶，期頤可跨。胡不百齡，浸假而化。素娥隕曜，寶媛埋光。何陸不洋，何湖不桑。

維昔小子，昔受不塵。兹叩邑鐸，熟耳母賢。聞訃束芻，侑以楚些。薄言酹之，敢告地下。尚饗。

祭何母馬太孺人 紹興司李士抑母也。

鳳生丹穴，龍出滄淵。物猶如此，而矧名賢。天挺名賢，孕精儲瑞。豈子是祥,翳母則類。鴛湖之馬,龍浦之何。蟬嫣二姓,代有鳴珂。

　　何母馬姬,婉嬺夙懋。秉貞璇閨,揚徽中蓳。伉儷贈公,琴瑟鐘鼓。樂我縞綦,佐彼錡釜。斷織勸學,提甕尸饔。克相夫子,以亢厥宗。夫子俠烈,雅游喜施。捐珥傾橐,必先筦鑿。夫子義方,詩書式穀。紃箴刺繡,丙夜課讀。顯允伯氏,奮迹青雲。起家越李,嶽嶽惠文。

　　維時太君,板輿以蒞。亭疑詟枉,讞獄必試。人言司李,冰凛露濃。爰書三刺,嘉石一空。太君之訓,明弼以寬。平反無害,怡然加餐。人言司李,大暢玄風。盟雄虎旰,氣接鴻濛。太君之訓,丸熊畫荻。文史三冬,圖書四壁。司李奏最,牘滿公車。翟冠象服,竚待鸞書。世路波濤,人情鬼蜮。謠啄朋興,貝錦文織。當道憐材,百口煎雪。卒罹計典,量移簡拙。母曰固然,骯髒招毀。與其迂躬,毋寧直己。東西惟命,何戚何快。與爾偕隱,歸耕鰷上。子舍承懽,孫枝繞膝。堂北樹萱,願言永日。濛汜奄迫,風木興悲。溘爾朝瀯,一疾莫醫。司李籲號,伊何我罪?勉仕爲親,三釜不逮。幸而將母,獲正首丘。母也考終,我又何求?

　　余於司李,神交宿昔。抗顏海膠,益欽芳碩。珠沉婺隕,怛焉盡哀。呼些酹酢,敬告泉臺。尚饗。

同官公奠顧母王太夫人

　　於乎!慶源錫羨,有開必先。珠生合浦,璧産藍田。猗與太君,發祥昭族。蘭佩明瑞,肅雍以穆。齊德夫子,室家其宜。相彼錡釜,樂我縞綦。雲司聽棘,楚國芟棠。綸褒從爵,翟茀輝煌。于臬于守,還我初衣。鹿門偕隱,泌水樂饑。

　　有子四人,弓裘嗣美。業擅一經,教成三徙。壎箎迭奏,伯也先鞭。榜花首列,甲第臚傳。東觀弘文,南宮得士。賦動循陔,望懸陟屺。將母來諗,休沐賜俞。含飴娛綵,慈顏孔愉。帝簡詞臣,留雍振鐸。朝擁絳帷,夕侍閨閣。維時仲氏,聯袿騰驥。東歸省覲,燕喜一堂。板輿承懽,金莖上壽。子舍凝和,孫枝挺秀。樹護愛日,願報春暉。庶躋大耋,福履永綏。

胡然一疾，乃困二豎。闔舍徬徨，盈盈淚雨。衣袿不解，目睫不交。延醫嘗藥，神憒形憔。六館諸生，合手共祝。祈永母齡，以安師育。彼蒼不吊，竟隕婺光。青鳥遠逝，白烏徊翔。於乎！滄海桑田，何物不改？七袠加四，亦既壽豈。獨嗟司成，揆望方瞻。函席未溫，遂寢之苫。

某等末隸參陪，幸依山斗。日奉明師，獲聞壽母。憶母初度，下吏稱觴。司成斕舞，色笑洋洋。今夕何夕，遽悲風木。哀感槐市，道嗟巷哭。大招不返，慘我衿紳。酾詞酹醑，敢告靈神。尚饗。

祭陸平翁大宗伯文

天壽平格，重我熙明。爲朝蓍蔡，爲國典刑。代登弘正，元氣渾淪。維公以降，孕秀鍾醇。學富五車，籍窺二酉。奏賦南宮，裒然舉首。於皇肅祖，籲俊儲英。紬書中秘，授簡承明。史擅三長，綸宣兩制。翠幄橫經，棘闈校秋。乃長成均，乃振文鐸。儒術士風，藉公栔擘。翺翔兩都，旋貳銓宰。譽歸水鏡，望隆鼎鼐。揆席在前，急流勇退。榮進恬如，用明於晦。

帝念舊臣，田間特起。聽履則識，造膝斯喜。職司邦禮，秩晉宮孤。鴻裁椽筆，載續典謨。宸眷方殷，金甌待卜。超然脫屣，還我初服。謝傅東山，溫公洛社。游比赤松，堂開綠野。一丘一壑，矯矯冥鴻。覃精內典，悟契參同。服食沆瀣，遺形鍊魄。玄髮朱顔，豈緣金石。年躋大耋，世仰達尊。龍章燁燁，三錫問存。公時拜命，傴僂循墻。既多受祉，亦熾而昌。喆胤嗣武，孝篤陳情。孫枝奕葉，蘭玉蜚聲。五福疇倫，百順備邁。庶幾難老，莊椿等壽。

人方望瑞，公遽上仙。帝予九齡，僅益七焉。衣成缺袵，宮成缺隅。造物忌盈，萬化歸無。居等夙瞻泰岱，未遂登龍。山頹星隕，仰止無從。陳詞酹醑，臨風太息。生榮死哀，豈爲公惻。尚饗。

祭唐汾洲分水令文

龍浦孕精，機山儲瑞。灝氣靈心，人鍾其粹。代有名賢，世德則類。叔季風澆，美或變異。維公至性，真誠坦遂。抱朴煬和，内行淳備。高文鵲起，褎然擢桂。公車十上，禮闈屢躓。晚試一氊，帷擁皋比。立雪坐風，頤解席避。再令目溪，勞心撫字。德比鳳鸞，政謝鷹鸑。悃愊無華，反嬰衆忌。以直取尤，公亦無累。飄然解組，韞玉藏器。人情所難，公乃獨易。居可漱流，衣欲製芰。埽軌杜門，逍遙樂志。況有哲胤，秋林樹幟。名滿南宮，才空北冀。天道張弓，責券如寄。壽必歸仁，大齊豈啻？胡不愁遺，成然一瘵。

鄰里輟舂，知交隕淚。余炙龍光，長懷瞻跂。況於令子，夙敦世誼。悲逝感存，中心如刺。更嗟令子，薦居苦塊。春風馬蹄，暫淹偕計。指日蟬聯，大展厥秘。奕奕文孫，雲迩相繼。酹酒陳詞，以寫哀意。靈兮蜒蜷，歆兹酹觶。

祭張受所憲使

九峰挺秀，三泖滙靈。篤生名碩，隆棟王廷。顯允張公，吳淞之彦。二酉冥搜，七襄錦燦。龍驤鳳舉，翱翔省郎。詰戎振武，粉署輝光。

帝曰嘉哉，夏曹之冠。三楚于宣，百城是監。再更藩臬，所至咨諏。恩流滇服，化乎魯鄒。逮長臺綱，執法平刑。猾吏凛威，蔀屋稱明。明如冰月，威乃秋霜。民隱洞悉，國紀宣揚。

天衢正亨，衝飈忽妬。鎩羽清時，懸車中路。閉關却埽，寄傲林泉。棲衡樂泌，可以盡年。居取容膝，門絶改觀。塵營外屏，神氣內完。守令師之，曰鄉先生。里有惇史，國有老更。人曰黃耇，大齊可跨。胡不期頤，浸假而化。嗚呼！滄海桑田，何物不改。年望九秩，亦既壽豈。況有聞孫，擢桂蟬聯。家聲能世，祖德永延。

某叨世講，仰止景行。頹山萎哲，五內悸驚。薄言酹之，潤藻溪毛。翁靈不昧，鑒我心愵。

祭方伯林象川公

嗚呼！歲在龍蛇哲人萎，清溝水涸，紫帽峰頹。黃耇彫謝，天不愁遺。以公之觀察，人人憚公之嚴如秋霜烈日，而猶不能無係情于去思。以公之旬宣，人人飲公之德如和風甘澍，而猶不能無咨嗟于來遲。當公之一歲三遷也，人人惜用公之晚，而以爲未究于施。及公之一麾以去也，人人意公之未衰，而猶或冀其量移。迨于今，則公竟中廢，而當道莫推。望公者不可知，而思公者無窮期。蓋公之貞不絕俗，直不傷時。志不矯激而近名，行不俛仰而畏譏。坦衷洞裏，信於士大夫，而猶見嗤于詭隨。正氣勁節，謳吟於田畯牧豎，而或取忌于儕夷。乃其恬淡寧泊，終始無虧，忠信孚尹，闇室不欺。天下或有所不及窺，而意公之獨知。

嗚呼！公之存也，爲鄉國之元龜，爲薦紳之羽儀。公之歿也，祭於社，爲鄉先生，血食於名宦，爲赤子之瞻依。神理綿綿，德音不違。此天下之公慟，而吾儕之所共悲。鍾情我輩，感念亡兒，以公而猶未能脫然於斯也。或公之遺憾，吾儕小人何足以知之？嗚呼哀哉！尚饗。

祭周懷白憲副代。

嗚呼！公昔游黌，同餼諸生名附龍尾，齒則雁行，臭味莫逆。婚媾是盟，親稱肺附，誼埒弟兄。某仍後殿，公已先鳴。彤墀奏第，粉署蜚英。于守于臬，所至同聲。甘棠秀麥，茹蘗餐冰。某也鹿鹿，老困明經。一麾落拓，龍蠖沉升。公憐舊雅，把臂忘形。我肘我腋，肝膽盡傾。某拜南命，公亦西征。音容契闊，再易周星。澽焉聞訃，我心怦怦。是耶非耶，喪我良朋。如舟亡柂，如輿失衡。我子公女，誰倚誰憑？

嗚呼！公之器宇，嶽峙淵渟。輕貲重義，金石比貞。公之才藻，霞鬱雲蒸。壯猶文武，干將發硎。一麾出守，再典專城。歲星在吳，拔薤保嬰。弭節分陜，蓄德耀靈。爲霖爲楫，之翰之屏。凡公賜履，露湛霜凝。去思居富，死祀生榮。建牙在望，荷衢方亨。公胡不待，遽即幽冥？況復哲胤，從公九京。彼蒼蒼者，亦大瞢瞢。翳公閥閱，不朽汗青。劍藏浮彩，蘭隄存馨。箕裘未墜，簪紱可承。垂庥積慶，公已千齡。

惟某於公，生死交情。素車白馬，未效范卿。一官羈絏，次且屏營。陳椒呼些，涕泗交零。嗚呼哀哉！尚饗。

祭劉雲橋少宗伯代。

於乎！大江派衍，匡皁靈甄。下滙梓溪，代毓名賢。簪纓鵲起，甲第蟬聯。公也嗣武，六翮高騫。學窺象罔，理脫蹄筌。經箱秋圃，文質炳焉。蚤通朝籍，橐筆櫩軒。書紳二酉，牘奏千言。鰲禁演綸，虎幄開編。爲漢韋史，爲唐許燕。留雍振鐸，模楷森然。度藹風春，鑑朗月懸。無斁譽髦，式禮莫愆。德爲士範，覺在民先。乃副宮尹，乃參講筵。駸駸揆路，華譽邕宣。公仍假沐，養晦林泉。急流勇退，鴻羽翩翩。帝睠舊人，命貳春官。徵書載道，曰北其轅。二節以走，胡車而船。乞骸有疏，邸報猶慳。豈其一疾，溘爾上儒。是耶非耶，我心則恒。

於乎！公之器宇，峙山渟淵。公之操履，白璧朱絃。遇事侃侃，抵掌便便。義所不可，推之莫前。朝綱國是，需公仔肩。庶徼大力，浴日補天。聖主夢賚，象求方占。望諧爰立，地切巖瞻。公何不待，中道棄捐。鏗掩流絕，棟撓榱顚。

某等同升詞苑，席接櫺連。式同粲虆，和比篪壎。承匱陪均，步武英躔。引繩秉蒦，奉以周旋。典刑未墜，宗風足傳。今夕何夕，廣柳西還。慘我冠紳，悲心孔纏。擬招陬酹，公其鑒旃。

祭何公露少參發引代。

嗚呼！維公之生，白蛇入夢。神骨清癯，襟胸須洞。爲家名駒，爲朝威鳳。業並小王，才埒大宋。郎潛二署，秋部冬官。爬搔剔蠹，慮讞平反。留曹多暇，巖游川觀。白雲結社，典擷墳繙。玄風大暢，文譽蔚起。東封之役，疇爲禍始。誤國倚奸，肉食者鄙。公疏除戎，以雪國恥。稍遷臬憲，于江于淛。潑澤露濃，英暮電掣。江則治郵，甦民膏血。淛乃備兵，正其淫褻。扶義摧邪，鋤強出尪。狐豕潛踪，萑苻屏跡。頹綱以張，靡俗亦革。賈狎市肆，農安襏襫。旬宣分陝，尊君舊遊。寬以劑猛，不競不絿。

中遭家難，旋賦歸休。菟裘十耴，豹隱一丘。冥鴻翩翩，弋人猶慕。素絲何緇，貝錦何妬。鑑湖扁舟，東山杖屨。埽軌杜關，初服彌固。晚參大道，矢志薰修。埋齒掩骼，專氣致柔。石髓可得，金丹可求。胡不百年，一疾彌留。

嗚呼！公之風采，廊廟之器。位止藩臬，壯猶未試。公之尊生，大齊之瑞。花甲甫週，成然永寐。公有賢父，堂構垂芬。世司風紀，聲績流聞。公有難弟，接武機雲。駊駊驄馬，嶽嶽惠文。哲胤承家，龍驤鳳舉。力抗虎璫，爲民扞禦。就徵檻車，淹繫囹圄。公納橐饘，於女信處。晚而生還，主恩如天。一堂燕喜，命酒開筵。娛斑子舍，已幾十年。達人知命，公亦由然。翳公孕靈，惟神惟嶽。魂賓帝所，徵在丹鶴。鶴耶蛇耶，妖祥誰卜？適去適來，夢幻蕉鹿。

某從長君，聯鑣仕籍。夙跂龍光，無緣接席。日月有期，返于真宅。不腆束芻，以薦靈魄。嗚呼！尚饗。

祭贈比部郎黃公焚黃

有赫黃公，學富材雄。明經蚤歲，貢鼓維鏞。至文弗耀，大美弗庸。晚充貢籍，司教黌宮。都講嶽嶽，衿佩雝雝。程道自南，丁《易》已東。飄然解組，抗志冥鴻。課成令子，蔚爲士宗。盟狎际虎，業擅雕龍。樹有秋實，享不于躬。

公既大歸，子乃顯融。含雞譽重，爽鳩望隆。國有大慶，錫類群工。寵公夫婦，衮綍褒崇。秩視子官，湛恩露濃。寂寂佳城，頓迴鬱葱。令長儒紳，鼉鼓逢逢。牛酒上塚，驊譁兒童。

某叨海鐸，久跂遺踪。恭逢覃典，有賁其封。溪毛澗藻，薄薦芹悰。公兮來假，驂虬駕虹。

祭姚封君_{比部通所父也。}

駒生渥水，蚌毓珠胎。詎醴無源，而芝無荄。瞻彼上洋，黃龍浩淼。慶篤姚宗，鳳毛矯矯。

問誰錫羨，曰維封翁。竅完渾噩，樸韞鴻濛。世競豪舉，翁獨撝謙。世矜華綺,翁獨守恬。狋韋日波,民鮮壽考。而翁黃髮,永錫難老。祝哽祝噎,老苦中乾。而翁引年,健履加餐。聞翁質行,玉潤春溫。太丘潁川,龐公鹿門。聞翁仁術,肉骨起枯。道殣需糜,溝瘠待蘇。抱奇弗曜,以啓次君。家琛國寶,立致青雲。兩試巖邑,勞心撫字。懽叶一同,績騰三畢。循良課最,璽書褒微。雲司擢雋,粉署蜚英。帝嘉乃勳,遡彼義方。羧冠象服,紫綍輝煌。寵公夫婦,齊眉白首。娛綵稱觴,遐不黃耇。守相式廬,乞言惇史。邦有元龜,貴德尚齒。人言後福,山崇川增。期頤大耋,以次而登。

濛汜奄迫,風木興悲。華摧靈椿,星隕少微。次君聞訃,繩營衰經。啣哀陛辭,淒風慘烈。彤墀新命,曠典方瞻。瑣臺虛左,乃寢之苦。

某叨海鐸,獲登龍門。更從比部,復友蘭孫。世忝通家,豈勝感盡。不腆生芻,表我心惻。侑以蕪詞,擬些呼羌。翁靈不昧,來假洋洋。

同官公奠封翰林檢討徐翁太史子先父也。

狋韋日波,民鮮長年。而翁壽豈,黃髮華顛。祝哽祝噎,老苦中乾。而翁矯矯,健步加餐。胡然而壽,胡然而矯。德厚信矼,視民不窕。問翁至性,葛天無懷。窽完渾沌,衷其猶孩。問翁猥躬,素心質行。抱樸守雌,與物無競。義方訓嗣,蔚爲時英。九天鷟鸑,萬里鯤鯨。乃冠北闈,乃第南宮。紬書金馬,授簡銅龍。翁時迎養,承懽子舍。左右無方,溫冬清夏。帝嘉太史,蜚聲庶常。慶典推恩,紫誥褒揚。翁時拜命,眉壽亡害。庶幾後禄,川至未艾。

胡嬰末疾,而困膏肓。太史驚悸,一言數行。嘗藥延醫,夙夜匪懈。目不合睫,衣不解絓。翁何不愁,溘焉考終。太史哭踊,充充有窮。陛辭酸楚,痛結愁雲。素旐南邁,白日晝昏。

某等抗顏茲土,山斗是承。賓翁虞庠,視翁典刑。況於太史,世講情殷。聞訃傷怛,有淚沾巾。申椒畹蘭,以佐湛醅。翁神行天,庶其臨汝。

又代兩道。

有赫南州,高士標節。慶篤上洋,代挺英哲。維翁素樸,履道愗躬。耕畬食力,纘穄之風。穆穆古心,先民有逸。渾沌竅完,漢陰機息。龍德而隱,積善亦世。式穀象賢,弓箕勿替。四瑚八璉,國寶家琛。片玉崑崗,一枝桂林。乃觧北闈,乃登上第。中秘紬書,承明應制。

翁以子貴,益惇至性。循牆守雌,屏華去競。太史迎養,釋兹在兹。怡顏愉色,媚于麗眉。子舍承懽,太和永固。流水不腐,戶樞不蠹。豈謂末疾,遽困膏肓。太史驚悸,涕泣徬徨。赤墀新命,曠典方瞻。簪筆幾何,卒寢之苦。

余等備兵南紀,久欽耆碩。更嗟太史,煢煢毀瘠。素旐南來,靡因謳紼。釃酒陳詞,訴我伊鬱。

祭 陸 丞

國有民模,鄉有士式。猗與先生,人域是域。膠序名馳,文戰屢北。卒業成均,終困京國。乃謁銓曹,始分牧職。人謂秩卑,公則殫力。疏剔效勤,節愛流澤。冰蘗自甘,簠簋必飭。道晴贊府,庶無淹抑。奇服誨忌,亨衢反塞。

飄然拂衣,還我耕稼。豈嚇鼠腐,而戀鷄肋。鉅抱薄售,位不配德。乃成哲胤,風雲積臆。化鯤搏鵬,天池奮翼。南宫高第,計日而得。餘慶弓裘,令聞何極。況有蘭孫,世其學殖。一試衮然,觀光闈棘。盈堦玉樹,蘭芽岐嶷。且膚絺綌,享有秋實。胡寋二豎,薾薾蕞息。

余等司鐸海邦,夙瞻儀則。賓之虞庠,固辭弗克。豈謂彌留,俄然疾革。輪奐方新,於斯哭盡。慶吊相隨,為我心惻。更嗟令子,猶淹金敕。嗚呼!何艸不黃,何日不臭。陳詞告公,夜臺生色。尚饗。

祭史處士代。

紛錐刀之俗競兮,夫孰爲之澄湔。翳我公之蟬蛻兮,紲心計于桑研。積鉅絫纖兮,遺著盈千。卹窮收族兮,里社流傳。鳩桑燕翼兮,堂構永綿。種玉秋蘭兮,庭堦鬱芊。既息肩於苦海兮,遂適志于榆年。悵鳳樓之寂寞兮,陪燕子以留連。獨樂兮顏應駐,忘憂兮鬢未宣。隨杖屨兮閱歲月,餌靈丹兮欲九還。胡赤日之難繫兮,迅白駒其不延。厭屠酤之滿市兮,駕鶴馭而上儦。

余辱昏於季子兮,邁冰玉之良緣。詎岵屺之見敓兮,嗟藐諸其誰憐。幸而諸昆,孝惇閔騫。草塘二謝,荊樹三田。念蓼莪之勞劬兮,痛鶺鴒之在原。庇葛藟以同根兮,培常鄂其韡翩。紹爾世業,遵厥遺言。武既讓弟,惲恥越賢。吹壎篪於既翕兮,篤門祚之自天。報卵翼於慈烏兮,妥冥漠于九泉。

余忝姻婭,聞訃潸然。胡以奠之,魯酒荊筌。嗚呼哀哉!尚饗。

祭楊敬西處士

嗚呼哀哉!自翁之辱與先君子游也,而某始以父執父翁矣。自翁仲子國穎之室吾妹也,而某始以姻戚戚翁矣。自某獲交翁之子恩及穎也,世講滋益綢,而耳翁之內行特稔矣。

翁之尊人曰西衢公,中道見背,遺丈夫子七。長授書,幼在襁,而翁以中子拮据治生,重息紊繭,得其贏奉母,兄驪庚割而授諸季,男室女家,事居送往,壹於翁乎倚辦,即蕭然垂橐弗顧也。門內之食指千,授衣授糈,取若外藏。人謂氾稚春之兒無常父,衣無常主,翁殆有焉。

而翁之子曰恩,曰穎,並韶秀而文。穎復負儁諸生間,庶幾其一日千里,以為友于者之報。而穎無祿矣,恩猶困蓬累未樹也,翁以是悁悁憾,而髮日加皤,而神日加耗。某嘗一再登翁之堂,察翁之眉宇,淚汪淫而不收,言錯愕而失度,則竊竊然憂之。已而聞其豪飲善飯狀,則又逌然喜曰其徵有天年。而撫國穎之遺孤,而見二三子之林立,而詎意其溘焉長逝耶?

嗚呼!玉樹朝摧,靈椿夕折。西河之睫未乾,南粵之魂空返。子叩墬而籲天,孫泣父而呼祖。豈門祚之中衰,胡彼蒼之降鞠!興言及此,疇不酸心。矧某小子屬在通家,感朋舊之彫零,憫吾甥之失怙,其能毋仰怵於天裁而俯悼乎人理?寫悰片言,含哀一涕。蓋以未定者付諸冥冥之造物,而以可必者望之振振之後人也。嗚呼哀哉!尚饗。

祭黃處士代。

以君之孝，爲閔爲王，甘毳惟腆，滫瀡必良，胡有母尸饔而其養弗終？以君之友，如武如包，貲割其涼，產取其磽，胡二惠競爽而有傲象之譖嚻？以君課子，遷儒籑經，種玉秋蘭，蕙茝芝英，胡樹有秋實而弗及觀于厥成？以君石交，醪醇金利，管鮑謝信，雷陳遜義，胡爈也無戎中道而我遐棄？謂壽有徵，而君豐下魁然其形；謂靜得延，而君恬澹不艾其年。何顏何蹠，孰彭孰殤，星輝日晦，鳧短鶴長，吾其以問巫咸而愬諸昊蒼。豈善人之不穀，抑尺幅之有常？翳君齊年，修短一視，真宰鑪錘，鼠肝蟲臂。有涯者生，無涯者智。天道張弓，責券如寄。有子象賢，俾豐而熾。

嗚呼！惟其絲矣，是以長矣。惟其熾矣，是以昌矣。吾儕何知，而哭吾私。玉頹松折，行道曰咨。剡在金蘭，附以蘿絲。生芻致唁，宿草興悲。呼山陽於一慟，嗟冰玉其疇依。文縮意永，景隔心疑。嗚呼哀哉！尚饗。

祭姑夫陳朋淮

吁嗟嗟乎！翁非先王父之愛壻，而吾先君子夙昔所嚴事者耶？當王父之棄先君子于髫丱也，翁寔挈提擁護，矻矻劬劬，以先君子底于成。先君子喜俠，而時託於酒人以自豪，翁一至，則投轄浮觥，促膝糜間，其沕沫而懽洽也，未嘗不稱晜弟之雅也。先君子即世，王母周孺人年八十耄矣，維翁安意怡志存遺，造請無虛日。無祿，王母以天年終。某羈行役，襄大事，庀含殮，翁寔綱紀之，附身附棺，必誠必信，某是以得弛於皋墊，是以得釋於終天之永憾。蓋翁之勤施而爲德於王父母若某父子，蓋三世矣。

方藉翁以畢吾先事，聯屬吾子姓，詎意翁逾耆而衰，疾未浹旬而逝。哭吾王母未幾，旋復以哭王母者而哭翁也。嗚呼！翁能盡送終之禮於王母，而某不能伸死生之訣於彌留。翁能以愛王母者而波及某父子，而某無能以父母之報而報翁也。某尚得爲人乎哉！謹扶淚搦管而述其存亡骨肉之感如此。

若夫信義排紛，孝友睦族，有鄉之月旦與陳氏之家乘在，茲不具贅，聊以哭吾私云耳。嗚呼哀哉！尚饗。

祭陳室趙孺人

嗚呼！霞散綵於風前，蘭摧芳於露下。安仁之嘆，古今同悼。豈孺人之淑惠而弗克終其壽考？方宸甫之失張孺人，而徽音之嗣難也，翩翩求凰，偃蹇者數矣，凡再筮而始委禽焉。曰之子也婉嫕，豈福人而不在貴族乎？乃孺人笄而婦，若習為婦，笄而母，若習為母，能使君子忘亡而跡不駴於發筍。字前子，前子戀之，無異張也；友丘嫂，丘嫂驩之，無異張也；撫臧獲媵御，臧獲媵御奉之，無異張也；施及族姓，戶外之賓交口譽之，無異張也。僉曰：是宜後張者食張之報，其在夫人。

胡女德則張，梱政則張，年顧不逮張而殀或先之也？宸甫是以有斷絃之悲，其嚴慈亦切隕珠之痛。弱子呱呱，攀號陟屺，上自姒姁，下逮閭里，亦咨嗟於造物之不仁，而婉嫕其未已。矧余不佞辱在世好，申之以盟誓，重之以婚姻，令子弱女並屬韶齔，能毋怡怡兒女戀耶？蓋先是孺人疾亟，余一再問起居，歸以語家人，家人徬徨走而禱百神，息女聞之色憂，意若不自得者。亡何孺人之訃至，家人涕泗交零，息女則淚及於睫矣。嗟乎！肺附之親，發乎天性，孩提之愛，不學而能，況乎琴瑟之好，鳲鳩之愛，素所煦嚅（煦濡）而卵翼者乎！

宸甫燕婉之思，諸子慈烏之慕，蘋藻在筐，裘褐在笥，瞻遺挂而憶梧梡者，意孺人之音容口澤，儼千秋其如存也。吾儕小人，又何於鳧鶴乎較修短？聊寫片些，以佐宸甫之鼓盆云耳。嗚呼哀哉！尚饗。

祭陸母張孺人 孝廉明揚母也。

塗山一祠，彤管千秋。天開嫠曜，懿德好述。好述伊何？張姬陸婦。昔為令妻，今為壽母。爇脂夜作，相夫下帷。螢囊雪案，家園不窶。和丸斷杼，教子明經。雞窗萬字，燈火五更。逮乎中葉，遭家不競。戮力劻勷，仔肩內政。維時夫子，集蓼茹荼。夫人佐之，拮据枝梧。處屯而亨，遇蹇能夷。既章婦績，亦表母慈。夫君禄仕，贊府道晴。餐冰飲蘖，以贊廉丞。晚來偕隱，白髮蕭蕭。慶鍾令子，逸翮凌霄。桂林一枝，蘭孫蔚起。鳳翥龍驤，振振未已。

夫婦諧老，大齊可跨。胡不愁遺，浸假而化。何日不戾，何艸不黄。年望八袠，豈不壽康。所嗟令子，屢痛蓼莪。靡怙靡恃，逢此轗軻。三年讀《禮》，再輓公車。副韋褕翟，猶待鸞書。

余從哲胤，夙瞻壼儀。況友文孫，辱在襟期。酹椒呼羌，用抒哀臆。不昧者靈，庶其來即。

祭誥封恭人顧母王太夫人發引

嗚呼！天降甫申，亦釐女士。如圭儷璋，以蕙和芷。俁俁恭人，紛有内美。巽質鍾醇，坤維隤祉。作賓亞中，偕德齊齒。展也婦師，動遵女史。于守于皋，百城是倚。興誦誰嗣，户歌樂只。恭人佐之，内外和理。樂我縞綦，相彼釜錡。四索得男，振振麟趾。伯壎仲篪，彭纓接起。顯允司成，儒宗士軌。無斁譽髦，以培豐芭。朝課誦絃，夕捧滫瀡。仲亦省覲，堂開燕喜。玉茂蘭芬，幾百其指。繞膝稱觴，母爲加匕。庶享期頤，永綏福履。

胡然七袠，加四而止。口澤如新，機聲在耳。日月有期，歸于蒿里。聚寶新阡，龜趺螭峙。營魄永藏，則百千祀。

某等承乏南雍，實步令子。軫淑欽芳，唁生哀死。薄言酹之，藻斤澗沚。出祖紼謳，敢告筵几。尚饗。

祭　四　姑

歲乙未冬十一月晦，柯母黄碩人以疾終于寢，其兄子某、姊子某、弟子某某聞疾革，扶服眡含殮，哭總帷並擗踊慟盡哀。其朣之望，乃能抆淚致誠函牲帛而爲文，以告姑母碩人之靈。

嗚呼！姑母生卒乙未，週甲子者一朞矣，不可謂弗壽。有子三人，孫男女十有六人,長者克家,幼者岐嶷,門內之治雍如斬如,不可謂渺福。而某昆弟所爲悁悁悢悢不能釋憾於姑者五,是以淚淋淫不收,而哭不絶聲。

夫姑三十而寡,茹荼飲冰,坋齒無間,固宜享有遐齡,以安爲子者百年之養,而今已矣,厓公憒憒,尺幅謂何?一憾也。愛丁於季者最深,而季行役,倚閭欲穿,停雲靡極,生不逮養,死不逮喪,迨其屬纊,而視不可含,二憾也。昊天不弔,十載之間,喪我仲父、長兄,延我王母,胡猶不足而遽及余姑,月骨昔功,洊遭荼毒,三憾也。姑之母,吾王母也,老而孺慕;兄吾父而弟吾仲父也,洶手足也;子吾晜弟殷殷猶子,某昆弟未能共刀匕奉姑一日驩,茲即無解于心,欲報而不逮矣,四憾也。以姑之《柏舟》自矢,如共姜;辛勤拮据,昌阜故業,如巴懷清婦;熊丸荻灰,以諸孤厎于成,如柳仲郢母、歐陽夫人;聖朝襃旌,年所及格,而陁于田間,湮坋弗耀,即某昆弟猶守蓬蓽之義,亡能顯融而光大之,五憾也。嗚呼!其前四憾者,既脉脉不可追,而後一憾者,章懿揚光,猶有待乎後之人,姑亦以是而含咍地下矣。

昔陳夫人柳氏以志屬其姪宗元曰:"子恪而文,將安子之爲也。"某於碩人有河東之誼,而情詞踢踴,僅以其弗韻弗倫之言薦之筵几,慟不及文也,姑而有知,其將安子之爲也耶?嗚呼哀哉!尚饗。

祭蕭母夏太夫人

憶昔成均,二三兄弟,函席雝雝,班行濟濟。曰維比部,雙白在堂。承懽娛綵,左右無方。猗與太君,其儀不忒。作嬪封翁,齊年耦德。大家逐子,迎養潘輿。將母來諗,既樂只且。背樹忘憂,筵開燕喜。諸爾瑟琴,慰子岵屺。母也懷土,扶侍西歸。循陔愛日,永戀春暉。母曰毋然,老婦恃粥。畏此簡書,王程不宿。肅肅鴇羽,志樂離憂。子之能仕,我又何求?子遵母言,脂轄南邁。國爾忘家,母心則快。令妻壽母,偕老百年。黃髮鯢齒,出入比肩。庶徼帝釐,生沾寵數。胡不慭遺,溘先朝露。

比部聞訃,擗踊盡哀。一言一涕,五內若隕。昔也迎母,母安子養。匪養之腴，匕筯無恙。今也哭母，在人一沮。瞑不及訣，危不及持。天乎母乎，百身曷贖！兒則無良，而禍母酷。

吾儕匍匐，閧譬百端。母言在耳，毋過悲酸。矧母屬纊，有而翁在。周身周未，迄可靡悔。子有大孝，善保子軀。而翁念子，重傷是虞。翳母令儀，彤管可紀。施及吾儕，是履是眎。薄言酹之，有纍些辭。髣髴環珮，姗其來遲。

祭朱母□太夫人

惟靈孕秀昭族兮，儲祥帝鄉。亶金相而玉質兮，展蕙郁而蘭芳。肆委禽於鼎閥兮，爰結褵於茂良。若佩衡之和芷兮，譬以圭而儷璋。貢箴規於鳧雁兮，潔蘋藻之馨香。嗣音徽於女史兮，媲淑懿於姬姜。佐冰蘗於刺州兮，蔚治行之孔揚。相錡釜以毋怠兮，樂綦縞而未央。既壼政之肅穆兮，亦母訓之明章。鷇長離於丹穴兮，璞照乘於荊陽。聯桂籍於南省兮，掇璇魁於文昌。握鑾坡之斑管兮，若蛟舞而鳳翔。秉衡鑑於人倫兮，嚴袞鉞於縹緗。惟帝心之簡在兮，策荷衢其方亨。

乃將母以來諗兮，每陟屺而懸情。輙橫經於東觀兮，貳秩宗於陪京。兼夷虁之禮樂兮，勤夙夜之寅清。出問政於鳩部兮，入稱觴於鯉庭。翻萊彩以朱紱兮，弄孫飴於錦繃。介眉壽於五福兮，極鼎養於三牲。何璧月之沉曜兮，暖寶婺其翳明。委雲衣而厭世兮，紛鶴馭以來迎。恨堂蔭之朝悴兮，撫梧槚而淚盈。蓋猶結戀於永日兮，忘其花甲之再庚。

余輩忝交常伯兮，同簉羽而彰纓。景素舒之嫩暉兮，望繐帷而怔營。亦知古稀之逾邁兮，況殁哀而生榮。獨惜夫金之礪而旱之霖兮，方資良弼以秉國成。胡不憖遺一母兮，怛棘人之煢煢。把瓊芳而莫致兮，呼楚些以無聲。敢攄哀於毫素兮，用累德於旒旌。

三忠祠告文

嗚呼！湯武革命，亦順天人。夷齊扣馬，迺有君臣。革除之際，日月重新。

247

前徒既倒，後夫亦迆。三公矢志，力扶乾坤。勤王赴義，致命成仁。寧殉故主，甘作頑民。其血已碧，其名未湮。六君慨慷，從師自閩。生三義重，遑恤一身。留都俎豆，一拂是鄰。清風忠節，異代同倫。

某等枌榆晚進，仰止後塵。春秋歲事，薄薦藻蘋。用表幽魄，且勵衿紳。神乎如在，鑒此明禋。

祭俞母代。

於乎！珠出滄淵，璧產藍田。物猶如此，而矧名賢。天挺名賢，鍾陵儲瑞。豈子是祥，翳母則類。俞母某姬，蘭儀玉度。體坤配乾，方娥比嫠。齊德夫子，宜其室家。蘋蘩禋潔，琴瑟靜嘉。斷機勸學，弋雁興規。尸饔主饋，無儀無非。夫子不試，以遺喆胤。國寶家珍，懷瑜握瑾。文林簪羽，桂殿飛黃。策名上第，用賓于王。玠材傾都，衡賦貴紙。荷衢方亨，漸陸伊始。問誰穀者，翳母善誘。爲畫荻歐，爲和丸柳。北堂有喜，南陔猶慕。陟岵瞻雲，脉脉南顧。一疏終養，烏鳥私情。菽水是懽，旌鼎非榮。母志逾樂，母壽彌康。溫清定省，左右無方。八袠含飴，大齊可跨。胡不百年，浸假而化？

於乎！何旦不夜，何海不桑。既昌而熾，亦壽而臧。獨嗟冢君，情深愛日。一命甫膺，三釜未畢。昔母初度，同儕稱觴。冢君舞綵，色笑洋洋。今夕何夕，倏悲風木。哀感路人，戶咨巷哭。而況同紳，能無驚惻？痛切一家，傷纏一國。薄言酹之，澗芷溪毛。靈兮不昧，鑒我心忉。

祭涂母邵太安人同鄉公奠。

俁俁碩人，坤維隤祉。秀毓璇閨，教閑女史。作嬪名門，好逑君子。如琮儷圭，以蕙和芷。耦德偕隱，裘褐糟糠。敬饁方冀，賓案比梁。柔滑瀄灂，色養尊章。筥筐無怠，珩珮有鏘。宜其家人，以雍以肅。施于宗黨，維媚維睦。慶衍蘭芬，祥鍾桂馥。斷杼和丸，訓之式穀。顯允伯子，篆職輶軒。四牡周咨，不宿君言。兩都司會，歲閱推恩。六珈三釜，天寵睠存。陟岵有懷，休沐將母。舞綵娛斑,酌以大斗。願賦循陔,膝下相守。躬曳板輿,手薦靈壽。母曰毋然,畏此簡書。王事靡盬,不遑啓居。老婦恃粥,離憂可舒。含飴佐餕,既樂只且。春草嚴程,星軺于邁。一節以趨,在公匪懈。料量惟平,秤秸靡敗。母神逾王,母心則快。言念辭母,日月幾何。匕箸亡恙,慈顔有酡。訃音突至,或夢或吪。豈云義馭,莫挽魯戈。

嗚呼！人代滄桑,何物不改。八袠加四,亦既壽豈。屬纊視含,有兒孫在。袽身袽棺,庶幾靡悔。所嗟民部,蒞事方新。忽悲風木,煢煢棘人。擗踊孺慕,行道酸辛。口澤雖遺,容睺誰親。

余輩誼忝枌榆,有涕莫灑。鄰應輟舂,里爲罷社。束芻些詞,臨風一寫。靈蟬蜷兮,鑒此椒醑。

祭王參知代。

嗚呼！維師孕毓,七澤三湘。維師器宇,嶽峙淵泓。維師藻思,川湧雲行。維師丰采,電掣雷轟。

師起丁年,策足衢亨。公車甫對,褎然一鳴。通籍容臺,簪羽陪京。瑣垣持簡,謇諤流聲。靡邪不觸,有鱗必攖。奇服誨妬,遠跡春明。梟滇藩楚,始握閩衡。引繩秉萬,右行尊經。人歸山斗,士仰陶型。鴉音頓改,蛾蜒斯成。再參江政,拔薤保嬰。桑麻無恙,鷄犬不驚。

帝虛大纛,方倚百城。胡爲尺翳,乃點太清。飄焉解組,脫屣浮榮。門無車馬,社有耆英。爲鄉祭酒,爲國老更。三壽作朋,百禄攸并。云何一疾,翛爾夢楹。頽山萎哲,喪我典刑。

某才本樗櫟,質匪瑤瓊。幸從鼓篋,辱師題評。期以國士,拔之孤生。十年乃字,師訓是程。狗知感遇,恩重報輕。秣陵承諱,有淚沾纓。燧已改鑽,草亦宿塋。築場負土,莫踐初盟。遙天展酹,薄薦微誠。哀師《九辯》,脉脉含情。尚饗。

千頃齋初集卷二十一

疏

重修上海縣城隍廟募緣疏爲劉明府題。

恭惟上海縣城隍之神，襃封聖代，作東海之藩屏；肇祀國初，鎮上洋之滬瀆。權司造化，鑒淫善以無怨；福庇生民，調雨暘於時。若禱祠萬戶，社稷千秋。伏臘走村翁，祈詛響答；英靈聚廟貌，赫濯電馳。捍大患，禦大災，屹矣金湯之保障；怙若父，恃若母，翕然善信之皈依。

惟神居積久漸傾，或混巢窠而栖鵁。藉仁侯鼎新鶯建，遂暎金碧以飛甍。乃締構甫及三年，而鬱攸俄焉一旦。威煽回祿，棟礎忽蕩之尼連；熖烈崑崗，樓臺已化爲灰燼。良自天之作祟，豈由人而興妖。衆方閔閔以叩閽，侯獨皇皇而請命。齋心頒諭，何論宋景之言三；引咎省躬，恍惚商湯之事六。戒羽流以修復，即冀觀成；首大衆而捐貲，爰圖經始。

顧茲浩費，獨力難堪；尚賴諸方，共襄合舉。彼竺乾柱下之教，琳宮梵宇，且廣種乎福田；矧聰明正直之神，戶祝家尸，肯頓忘其覆露。所望同志，咸結勝因；破大慳貪，宏衆利益。苟檀施不分乎群姓，則竣役何待於三時。奠一邦香火之居，從茲妥矣；樹億劫人天之果，豈有愛焉。投模悉準前規，喜捨毋庸私募。恭題赤疏，爰引青蚨。

海上重修丹鳳樓募緣疏

黃龍浴日，盤環滬瀆一區；丹鳳摩空，俯瞰上洋萬戶。楊鐵史之咏，表以齊雲；趙吳興之碑，標其勝地。昔作靈妃紺宇，軒鬌水涯；今爲兜率琳宮，徊翔睥睨。市烟杳靄,百雉紆餘;野色莽蒼,千里超忽。夕露爲珠網,朝霞爲丹腹,妝成駕海三山;層臺臨大壑,飛閣倚重霄,幻出擎天一柱。漁舟欸乃,隱見波濤;鮫室虚無,噴薄雲霧。左接文昌之府,應象緯以魁三;右列武安之祠,壯金湯於百二。此宰官居士所以虔念皈依,且子墨客卿於焉舒懷騁覽。

秦柱史之改建,疇曰人謀;陳市舶之故顏,疑有神護。顧近天風雨,窗櫺不免敲摧;閱歲烟嵐,薪木終歸腐壞。王文學嗣侍御志,宜切杞憂;顧羽人發菩提心,尤資檀越。期群輪以經始,藉佛力而重新。庶幾舊貫可仍,事半功倍;況復衆輕易舉,費少利多。願開喜慧之福田,共種波羅之善果。隨心所施,勿吝青蚨;應手而投,必登赤籍。使募者慎其出納,可遠侵漁之譏;而捨者實其初盟,毋貽畫餅之誚。恭疏片楮,普告十方。

攝山西林募建淨土閣疏

人緣地水火風,假合而成四大;因之生老病死,沉淪難脱三塗。婆娑豈久住之鄉,根塵終幻滅之相。所以無量壽佛乘大願船,泛生死海,憫閻浮之墮火宅,啓極樂於西方,度衆生以出愛河,示韋提於東旦。四十八願功滿,只在佛號單提;八千億劫罪消,不出阿彌十念。身具光明妙相,果證無生;跡踐寶樹香臺,位居不退。觸耳聞大乘之教,如久客之還家;差肩鄰補處之人,若嬰兒之投母。是超輪迴之徑路,泂截苦海之津梁。

然而博地凡夫,每惑纏縛;參禪學子,或墮頑空。至貶淨業爲權乘,且詆誦持爲麤行。不知初機信淺,非他力以難修;惟是我佛願深,隨有緣而皆受。釋迦賓,彌陀主,總之折攝之一門;離八苦,謝五衰,無過欣厭之二法。

西林繳山通大師者,夙苞種智,冥契玄宗。疏《楞伽》之真詮,洞透釋天密印;説《金剛》之了義,直指如來秘因。自度度人,首倡遠公之社;即心即佛,提獎安養之緣。睠兹芥子之微塵,儼若蓮華之妙境。開山卓錫,因虎穴之叢林;選地布金,修鹿苑之淨土。憑高結棟,上控九霄;駕險連楹,下臨十界。顧大事匪資獨力,善緣宜結同心。祥基締祥,願破疑城歸信母;福宇延福,毋躭慾海落愁坑。況檀施居六度之先,而慳惜爲諸纏之最。死物上作活計,祇是貪癡;慧業中捨淨財,方成圓覺。庶幾自佛顯露,自有彼佛來迎。七寶池中,同受菩提之記;九品臺上,齊處跂致之門。惟精進于往生,勿退怯于中道。使傑閣成經營于不日,將陰功歷浩劫以長圓。普告名流,共襄勝果。

募刻胎骨血盆諸經疏

孝爲百行之總,佛有三報之文。父母恩深,雖承旨怡顏,僅修目前之養;死生事大,非救難拔苦,罔寄歿後之思。典載十事之恩,劬勞鞠育;經陳五種之利,報德修因。自象教頹殘,致衆生愚戀。墮貪癡之障,業識難消;迷罪福之繇,皈依無地。永沉六趣,既置身于火坑;深負四恩,亦陷親於苦海。豈知胞胎驢馬,任差遣于冥司;怎脱業報獮猴,隨輪迴於塵劫。

泉南古稱佛國,邇益重朗慧燈。栽菩提之果,世不乏人;歸般若之門,士各有志。

某夙種善根,粗知冥對。痛嚴慈之蚤逝,升斗未供;切報反以無從,日夜存想。偶閱胎骨血盆諸經,知爲追養繼孝之本。頌二親卵翼之德,浩浩難量;示人子酬答之方,種種非一。義奧詞顯,旨遠憂深。授梓人以廣法施,鳩衆生共作外護。通釋教便通儒教,豈云儒釋分途;報佛恩即報親恩,洵矣佛親等大。咨爾善信,求聖解且盡凡情;隨其富貧,種福田必除慳網。或多助,或寡助,隨捨青蚨;若在家,若出家,同輸寶布。過現獲福,永是有漏之因;忙急回頭,立證無生之忍。是則余耿耿之懷,循循之誘云耳。

募修靈谷寺四天王殿疏

江左名刹以十數,而靈谷爲之長。寺跨獨龍崗,鍾山當其右,拱揖都城,擁衛陵寢。蓋自高皇帝改建窣堵坡,崇奉寶誌,敕書"天下第一禪林",則舍利與其傳衣在焉,毫光時見,炤耀人天。

而所爲四天王殿者,攝八部,降四魔,佛之前茅,門之外護。今且棟宇摧殘,風日穿漏。枯株破瓦,寂寥龍象之觀;法界香臺,蕭瑟烟嵐之氣。金剛何以弩目,菩薩寧無低眉乎?

去春,家大宗伯拉余登山,顧而太息。余曰:"是孝陵香火領在祠官,不可以不治。"宗伯曰:"此司空事也。然五方殿已久廢,且奈時詘何?"因各賦一詩以志慨。余曰:"南中自不乏檀信,會當有興斯役者。"都人高文學見而發慈念,謀之鄭居士澤曰:"是及其未壞新之,可事半功倍,不則,與五方殿鞠爲茂草矣。"各捐貲爲倡,而思獨力之難成也,乞余疏,廣募比丘四方,阮家一文錢,東方一囊粟,從所施捨。諸長者善知識,能無發懽喜心,聚沙布金,共襄勝舉耶?

衆生靈性本絶慳貪,事度之門啓於誠信。如鄭、高兩君者,扶義種福,修姑孰鳩茲通逵,贊庸贊賄,效已見于前事矣。四方善信信而兩君檀度化人,如券取負,亦何藉于余言?作財施法施,無畏施也。佛法首重君親,意者惠徵于高皇,創造二百餘年之休養生息,吾儕四民豈其忘報而愛其錙銖龠合,不以赴終事之義?庶幾五方殿以次漸還舊觀,其與八功德水孰大焉。若志公所云,漏因小果,則以砭冠達帝,非爲衆生說法也。

爲王母周孺人乞言

孺人出周氏,歸吾王父西丘公。先是王父娶丁、楊,則既前有子若女矣,孺人至,撫楊所遺孤而字之也,逾己出。事舅若繼姑孝敬淳備,甘腉瀹瀡之奉,齋盥而進之。舅若姑益安孺人養,而孺人益善眱其滕,曰:"吾舅之接,何敢間焉?"性精勤,督臧獲嚴而恤,肩鎬米鹽,必躬必親。今年及耄矣,猶憑几杖,問畜產滋息幾何,歲錢穀出內幾何。初年佐王父,庀產積貲累千,而採其笥,絕緡錢尺縷之羨。然寠子告困,輒傾橐賑之,宗黨姻戚待而舉火者比比也。

王父捐舘,長公割產,瓜分之,以其磽與季。季,孺人出也,孺人意殊安之,不色慍。王父有遺金數百瘞窖中,閟無知者,或謂孺人可自橐爲季地,孺人則立召季曰:"若善自竪,孰與仲多?玆尊人之遺,亟以授而兄,毋溷廼公爲也。"季唯唯。季爲考君懷西公元爽喜遊,不問家人產,而時託於酒人以自放,戶屨常滿。孺人曰："若從豪長者來耶？"則飭厨庖，精殽醴以待。即客非時至，取咄嗟辦無爽。蓋季生也晚，孺人暱之，不欲拂其意。然季竟以喜客得俠聲，孺人所教也。

　　孺人撫諸孫，獨憐愛居中甚。居中幼而棄所恃，鞠於孺人。考君督居中嚴，孺人則佐以寬，然終不以寬故廢鞭策，有過輒譙讓，其愛勞多此類。曩歲居中與計偕，念孺人耄，不欲行，孺人固勉曰："吾老猶恃粥，若奈何不急一第，以竟而父志？若能脫穎公車間，吾神當益王。"雖有離憂，其志樂也。居中頓首驅車去，惟是樸樕偃蹇，末繇叨鍾釜之養，爲孺人寵光，則何以壽孺人哉？稱千秋之觴以寧母志，則惟徼惠君子有賜言。

千頃齋初集卷二十二

志　銘

明勅封晉階文林郎前河南沈丘縣知縣豐津劉先生暨元配封孺人李氏合葬墓志銘

往居中之雋于鄉也，與家宗伯明起同出淮陰先生門。先生以廣文分校而受成于兩主考，兩主考則太史櫺李黃先生、司馬郎新昌蔡先生也。先生得余牘，大奇之，上兩先生，且以魁其經，以表記義主丘月林氏説，抑實第二，然猶録其論二策以獻，其第五策，則家宗伯卷也。蓋先生於余兄弟有國士之知。計偕往返，輒取道淮陰，問先生杖履。先生出杯酒相勞苦，留連累日不能去。辛丑南還，附一使臣槎，風颭駛不可待，馳一价起居先生，先生眠食尚無恙。迨甲辰再過，則先生以壬寅二月游岱矣。燧火幾鑽，墓草久宿，羨中石未勒，余以是悁悁恨，悵音容之莫追，而往者之不及訣也。

壬子春，余拜南雍丞。其秋，季君文學以師母李之訃至，復草先生母李狀，再拜前請曰：“是將合孺人之兆於先府君也，惟子知府君，以不朽府君者累子，吾子孫其世世藉焉。”夫謂余言不朽先生，詎敢承顧？受先生知可三十年所矣，碌碌靡寸竪爲先生一日酬，即志若銘，其忍辭？

按狀：先生姓劉氏，初名均，其薦京兆猶稱均，避今上嫌名庚世光，字晦卿，別號豐津居士。始祖彥廣公繇泗徙淮，遂世爲淮人。以郡推擇宿得詣闕，疏吏姦貪，高皇帝優禮焉。家故善麴糵，貲雄里中，五傳至茶亭公珤，中落矣。然矜一介，無少苟。嘗拾遺金，守以還其主。傳子文源公儒室于徐，耦德並邁，語具家宗伯所爲志中，凡三索而得先生。

先生幼有至性，七歲背母，柴毀如成人，朝夕齋誦，以資冥福。事父文源公及繼母王温清備禮，人謂扇枕黄童，今有雙矣。稍長就傅，書過目立誦，爲文濡筆立成。從經師林東湖公授大戴《禮》。東湖故博碩儒，帷中高足掇甲乙科者比比，顧獨心器先生，曰："能傳吾《禮》者，子也。"十七補郡諸生。會文源公病廢目，産日替，親黨恩先生事殖，先生意殊不屑，謂吾方用儒起吾宗，贏可百倍賈，奈之何鹵莽而祈有秋哉？日鍵精舍，偕勝侣切劘博士業，刻晷程書，不中程不寢食，用是業益精進。婁試輒高等，食子衿餼。督學艾所褚公、郡太守五嶽陳公負人倫鑒，皆目爲國琛，名伏一時。淮南治大戴《禮》者，於先生禀業，履滿戶外。即四方人士負笈從游，往往傳先生彖指，歸雋省闈，三晉兩粵間，無不名劉氏《禮》矣。丙子里選，褚公且超歲額，以先生應，而固讓其同舍生。是秋，伯子登賢書，年十六。或謂先生有子成名，可少休，先生志逾勵。戊寅貢入成均，篝燈下帷，吾伊徹申旦，遂舉己卯順天試，父子同詣公車，時人榮之。庚辰落第，課諸子及自爲課益力，續文幾千首。癸未再試，以膳録者訛，危入穀輒北，乃謁選得英山諭。

英僻處萬山中，士椎少文，聞先生名儒，請業惟謹。先生亦加意陶埴，立科條，飭文行，談經講秋，矻矻丙夜，無異諸生時。文譽流聞，登臺薦者七，檄獎者十有五。乙酉應閩闈辟，所得士自家兄弟外，若觀察鄧君原岳，民部潘君瀾，孝廉李君開芬、陳君鳴勳，皆年少芝英，後先魁南宮，以文名顯，主者服其冰鑑云。丙戌復躓春官，稍遷趙城令。旋持王孺人喪歸。服除，補沈丘令。

趙、沈皆巖邑，屬歲皆大祲，先生所爲孚翼而煦濡之，不遺餘力，在趙甫二月，惟地之隱疹，是究是袪，趙賴以完。其聽趙獄如列缺，生恃洒，死恃甦。鄰邑有疑訟，請移趙訊，莫不稱平。沈俗寡積聚，饑則枵腹待盡。先生訪古常平法，爲社倉者七，以預儲胥，查庚癸以抵歲遰，疏溝塍以時瀦洩，嚴保甲鄉約、練民兵以弭寇盜，其治略如趙，而拮据興釐、綜覈章瘴有加焉，則久近淳漓之異也。乃其蒿目荒政，不翅子視民，家視邑。捐帑請賑，平糶勸分，不給則佐以餘俸，及嘉肺之羡緍。尫者起，餒者糜，瘵者藥，骴者埋，全活數千命，爲兩河最。又以其間成興梁，改甕門，修邑乘，創學田，課士興賢而助其昏喪，劭農息訟而抚其不率，囂俗一新，歲閱益懋。部使者下記褒厲，業署上考，登剡矣。忽訛聞有封警，薦竟格，然沈實無警，旁邑菑民流入沈疆耳。先生喟然曰："何物五兩，足涸乃公？為二親徽一命不得，胡戀雞肋？"絫書乞骸骨。兩臺監司力挽不可，吏民遮道，攀號如失怙恃，則相與鐫石頌德，肖像祠，尸而祝焉。歲時猶走數百里，存問安否，低回涕泗不忍別。於乎！此詎可以聲音笑貌得哉？

既解組歸，即庀黃浦莊，菟裘其中，以貳徐侍。溪可漁，秫可釀，露葵筍蕨可採。日宴坐，焚香誦《黃庭》及諸子史。客至，則割鮮命酒，佐以手談。絕不錯趾郡邑，即郡邑以上賓延，僅一再往。有干庪及者遣子弟通刺，謝不勝謁而已。初鐫學宮，輒推故產讓二昆，拊其孤，岬其嫠。諸所爲緩急、婚喪，至傾橐廩不嚄唶，推恩祿入，散貧交疏，兄弟以逮母黨、外氏有差。凡待而舉火者幾家，長至祀始祖，合族而餕，陳禮明法，罔不肅雍。外王父徐、外父李無後，歲晏設几筵，寒食展墓，誡子孫禮帥初，毋餒若敖鬼也。子諸婿不殊己子，儒授經，賈授貲，百丐百應，業得以母鞫。今平陽守高君登龍，則女子之子，以宅相期者，是可不負先生矣。伯子第進士，筮仕常山，先生授之縣譜，文亡害，察能調長興，以亢爽中謠詠，更調信豐，先生移書誡曰："簞蔌菉葹，朝賢暮佞，勉之。毋以咀祝繫念。"後伯以痎得欯疾，卒于官，先生悼之甚，賦育雛空以寄哀。

越二年，先生亦卒。卒之日，倉無溢儲，篋無長物，諸子至鬻產以給喪及治孼女奩也。兩世為令，皆膏邑寒素自如，田廬不加拓。於乎！是可以觀先生矣。

元配封孺人李氏，大河衛明經燧之愛女，奇先生，許字焉。婉淑閒靜，持家棟，執婦道甚修。奉翁媼以孝，友娣姒以睦，課子女愛而勞，督臧獲嚴而恤。其襄文源公大事，袝身袝棺，必誠必信，則孺人實解衿襧左右之。至勤織絍，治酒漿以佐先生敦學，而供從游者需，執經弟子謂，師能教而母能食也。乃先生置貳，宦游橐裝，肩鑰不問，撫愛孼女，百兩御之，有加毛裏，尤人所難云。伯子最長興進先生階，孺人亦膺譽命。先生念父母不及顯，嗛然若無容。孺人亦卻錦綺不御，曰："福宜惜，老婦焉藉此，且以傷夫子志也？"其晢於大義如此。

先生生嘉靖丙戌七月十七日，卒萬曆壬寅二月一日，春秋七十有七。孺人生嘉靖己丑八月八日，卒萬曆壬子三月三日，春秋八十有四。丈夫子三：伯一臨，己丑進士，以信豐令先先生三年卒，娶光祿署丞高第女，封孺人；仲一鑒，以諸生入太學，娶太學生張稷女；季一炤，邑諸生，娶沂州同知蕭應登女，繼娶績溪訓導楊憶凇女。女五：長適王輔；次適封承德郎户部主事高鹿鳴，以子貴，贈安人；次適賈承孝；次適郡諸生張肇京，俱李孺人出；次適大河衛指揮僉事韋如江，側徐出。孫男女：一臨出者，自竑，聘高承德公繼室李女；自靖，聘程太學生士式女；女許郡諸生杜惟芝。一鑒出者，女適邑諸生顧本善。墓在西湖石橋之新阡，以仲冬日啓先生窆而孺人合焉，禮也。

居中生曰：《禮》自高堂生而降，推魯徐生傳子至孫，延襄言《禮》者由徐氏，其後大小戴，授后氏記，亦名其家學，皆立博士。然徐生第容爲《禮》，不甚通經。戴守九江，治行多不法，經術飾吏，豈其然乎？以余觀劉先生，偉幹豐頤，美風神儀觀，循牆傴僂，耆耋不衰，夫豈不工爲容者？然父子世其清德，居富去思，生榮死祀，以學若此，而治效章章若彼也，斯不亦遠跡絃歌而攝袂曲臺之上者耶？余傳先生《禮》，無能紹明師説，顧汙不阿好，獨詳其治行家學，以白鉅儒之用焉。

所著有《英山志》、《沈丘志》、《二金草》、《青藜舘集》，藏于家。銘曰：

爲儒而醇一經授，試吏則良碑有口。畏壘千秋誰俎豆？冰蘗承家澤逾厚。杖而懸車施未究，西河有淚悲疾首。天道無親仁則佑，朝零夕秀艾爾後。若斧者封松櫃茂，坎而雙埏偕其耦，門人勒珉書不朽。

祁門大坦汪次公墓志銘

余居恒矜許可，尤不喜爲無情諛墓語，矧其昧平生素不相習之人。茲銘汪次公，以太學文登故。文登遜業三舍，魚雅善自束，余心器之。其狀次公，恂恂篤行長者也，且徵之余學士而信。學士傳處士，則次公之父，以耆德表閭里，而次公世其家，亦學士云。余不知次公，而能知學士質言非溢美，是惡可隱巖穴之

義,不一文其隧中珉而朽逝者骨也。志曰:

汪次公者,諱應明,字子智,廉泉其號。系出唐越公華,別子徙祁之柏溪大坦,遂爲大坦人。世有隱德,凡數傳至克義,籍成均弟子。克義子尚禮,負儁儒生,汪於是乎始儒。尚禮子晝以賑饑辟黨正,縣大夫賓之,鄉射書名旌善亭,余學士所傳處士者也。處士再索而得公,稱次公。

次公少事儒,而父賈也。徽俗三賈一儒,次公以幼慧故儒,儒不效則釋而之賈,念賈有遠行而違膝下養也,定省温清,依依子舍,諸所以奉甘脆菽水,靡不得父懽,而侍母孫病,調醫藥,時臥起,禮斗籲天,祈以身代,而母霍然已也,人以爲孝感。父事伯兄,產不擇肥,事不避難,哀兄客死,幾不任生,跳而之賃廡,以喪歸。而營其窀穸事,拊其孤,卹其嫠,一錢一縷,必橐而授孤。以孤卒業南雍,而成丘嫂節,其篤於内行如此。次公即不竟儒乎,然於載籍,亡所不博覽,與薦紳學士談,滚滚若懸河,不傾其腹笥不休。而性亢爽,不能容人過,口中雌黄,即豪貴人不少避。然坦直無它腸,令受者意消,聞者頤解,人以此益附公。奉爲祭酒,里有譁訟,得次公一言居間,其人往往冰釋,不煩有司。僉曰:次公匪直,族我師我且吏我也。

家故席父饒,每折節爲纖儉,鶉衣藿食,亡所紛華。而加恩親黨,然諾緩急如嗜慾,市義田百畝以贍族人。室家其曠者,槥殯其死者,雍孫其餒者,貸不辭,負不責,或已負復貸,或更負更貸,傾囊應之,無悋色。蓋待而突烟者幾家,所謂富行其德,不以錐刀後人倫者耶?要束近屬,曰討而訓之于孝悌力田,毋淫汰齮齕以隕其家聲。謂伯也材宜賈,爾鹽筴維揚爲廉賈,仲也材宜儒,爾授經冑子爲文儒,戒哉戒哉,勤夕以補晝,縮出以償入,肅雝仁讓,保世亢宗。復顏其堂曰"存誠",以詒孫子,曰:"此吾行之三十年,衾影無媿者。爾曹其聿追祖德,無貳爾心,斯可不負兹堂矣。"故終翁之世,而子弟儀之,無懆無憸,即間有蕩佚,必惴惴曰:"何可使公知?"里署德門,郡錫章服,有以也。志而銘之,非謟語矣。

次公以萬曆戊申七月七日卒,距其生嘉靖己亥,週甲子者又十年。室于張,舉丈夫子二:曰大儒,婦仰氏;曰國子生大定,婦馬氏。女一,字程某。孫男女,爲儒出者文德,國子生,娶某;文健,娶某;文衡,聘某;女字馬某。定出者文選,未聘;女字林某。曾孫男國柱,未聘,某出。墓在某山之陽,以某年某月某日厝焉。銘曰:

以賈奪汝儒,以親奪汝賈。送往事居,汝獨當戶。岬鄰收族,汝適爲主。蓋蚤服不爲儒梟,而重積不爲賈竪。丘罜如封若斧,宅汝魂,篤汝祐。余志余銘,以汝永不腐。

明登仕郎江西吉安府知事鳳臺黃公墓志銘

吾黃之所自出則晉晉安守元方自光州來徙閩,實稱鼻祖。至唐桂州刺史岸,遷莆之涵江,爲涵江黃。岸生閩令謠,謠生散騎常侍華,華生金華令昌朝。昌朝有子曰岣,曰巘,岣遷東里,巘遷碧溪。碧溪之黃最著者爲四門學正祜、大理寵、奉常中庸、平江令徹、江都令府、朝請郎安石、宣義郎選,世擢宋進士科,簪組蟬聯若綴矣。而遷金墩則自江都令公始,吾祖千一松府君實江都公曾孫,復自莆徙泉,再徙安平,於是乎有安平黃。其弟千七櫃仍居金墩,千九楅分居塘下,蓋世譜猶呼金氏云。櫃子教授應孫,應孫子源,源仲子震,震子雅,雅子市舶司吏目柏,柏之第四子省祭春。春子柳城尉曰賢,以避地僑寓白下,凡三世矣,而歿猶反葬于莆,未忘首丘也。柳城公舉丈夫子三:則知幕公爲之長,出自盧孺人;而仲攸鎮宰建和,季國子上舍建章,及其女弟皆林孺人出。

知幕公幼慧孝友,本其天性。九歲喪母,哀毀如成人。奉父柳城公、繼母林,晨昏省眎惟謹。稍長,習司空城旦家言,文亡害。侍其父尉于柳,破箐險,披瘴霧,車耳裘鶉而無悴色。柳城公以撫苗功膺臺獎,亦時時攝令治理流聞,則公實左右之。而友仲若季雍雍穆穆,以家橐授仲使筦質庫,葳蕤鑰不問出入,凡季之卒業南雍與女弟之笄而字,一切倚辦公,不以累二尊人。蓋二尊人老而益安公養,至舉以勵仲若季曰:"若事我如伯,洵能子矣。"而林孺人亦愛公與仲、季埒。謂林也母者,不知公之爲盧出。諸父松山公顏其堂曰"敦怡",有以也。

公既畢二尊人窀穸事,乃就選人,得分司登寧場。場故隸膠萊,姦胥窟穴其間,公爲搜齹蠹條,上觀察來公、鹽使者馮公、轉運劉公,咸報可。公益滌掌奉法,即豪有力者欲中公,矻不爲動。居登垂三載,積旌牘十數,亡不以廉能稱者。稍遷五開司倉,倉中儲一目亡爽,上官偵其才,紊有委使,其攝收溪篆,則苗獠雜處,獷不可馴。公用德劑法化羯羠爲禮讓,苗駁駁識中華風,子女吹蘆箏歌儷,尸祝聲相屬也。而公亦以撫苗功擢江西吉安府知事,益恂恂共其職。郡以公司權,人爲之津噱曰:"是奚難陸大夫彙?"而公矢冰蘗,至不能名一錢。故監司黃公、守楊公、理郭公嘖嘖黃幕廉幹,即螺川薦紳先生交賢之,如出一口也。蓋積欿以隕,歸裝淡如槁葉,幾不具含殮。嗚呼!是可以觀公矣。

公幼名如岡,更建中,字朝高,別號鳳臺。生嘉靖二十八年己酉八月二十四日,卒萬曆三十八年庚戌正月初八日,凡週甲子者又二年。元配塘下張氏,州倅雲之第四女。相公孝友宜家,終其身無裏言,今守在閨幃。舉子六:長汝錦,娶朱文汪女;次汝錡,娶隨州同知許一棟女;次汝鉉,娶功曹林逢舉女,繼娶宋國任女;次汝鏜,娶功曹吳逢奇女;次汝釗,聘典史吳標女;次汝鈞,未聘。鏜、釗、鈞俱殀殤。孫男一,碩果錦出。孫女五,俱幼未字。

維公於余爲族父行,余北上過公白門,往往投轄,叙《行葦》之好,至徘徊不能去。最後旅食長安,起居公幸舍,驩甚無間。其宦吉州,歲問遺勿絶。迨余官南雍,則汝錦等以公輿櫬歸,且改鑽矣。傷逝感舊,人情何能已已!兹辛亥中春之念日,汝錦且厝公于秣陵冲西村之原,而持文學朱文相所爲狀來乞銘。嗚呼!余曷忍銘公,又曷能不銘公?銘曰:

誰謂母也繼?孝以感慈,鳩桑均愛。誰謂胞也異?因心則友,荆樹同蒂。誰謂郎也賮?酌泉茹蘗,皭然不緇。誰謂苗也獸?威服惠懷,獷獰可揉。廣柳歸乎江之東,有丘罩如乎土厚而豐。若坊若斧,佳哉鬱葱。是曰閩越黃寓公之幽宮。

明處士西川孝友長公暨配孝節李孺人合葬墓志銘

西川處士者黃姓圴,而宗黨共諱之,曰"孝友長公",稱孝友長公云。家系出汝南,在晉,晉安守元方避晉亂,僑閩。迨唐大曆,桂州刺史岸載遷莆,而繇莆來徙泉著安海,則自千一松公始。千一生竹西,竹西生雲軒,雲軒生逸心,逸心生矯齋,矯齋生恬齋。恬齋有子曰齡、曰碩、曰顥、曰穎,碩、顥無子,子齡之子,仲鑰、季鐈,而其伯諱鑊,字伯享,則所稱西川處士者也。

處士生有至性,慈父見背,處士燥髮耳,毀瘠柴,立苫凷不去淚,得孝稱。事母蔡溫清備禮,當蔡懂,蔡爲忘亡。已請遺著授故臧什一,壹意學而間課仲若季學。會臧賈吳者,坐株累,大亡其財,橐若洗。處士顧謂仲若季曰:"令我袖書以槁耶?我能忍餒,不能忍母餒。夫丈夫亦何必非計然?"乃謝去博士業,脱身賈,游走吳越。然終不以賈游故廢書,行李數卷不輟手。賴有天幸,多奇羨,數歲遂成上賈。室仲、季之未室者,家女弟之未家者,以次均橐中裝授之,各極意去。歲時伏臘,租庸踐更,諸米鹽一切倚辦,不問仲若季。三老嗇夫以公事至,不知齡公有子三也。初,處士爲王父母治藏不吉,謀庚之,則謂諸父貧病,仲、季孱不任瘁,斥囊金百,篳路籃褸,以啓山林,厝三竁,父齡母蔡衵焉。重繭繫息,封樹穿中,去週甲而佳城鬱葱,千章之木拱乎,實處士綱紀之矣。窀穸竣事,形家言於讖,金牌世世,先發在季,而後喜可知也。曰:"幸哉有後!豈必何先?"庶幾哉!蹈人所難,而慷慨不惑者耶?

其秋還自吳,亟馳塚舍,周際芟夷,積歊歸可十日而卒。未卒前一日,族厚善者則謂:"處士金多,弟不任。"曰:"即不任,弟也。"又謂:"乃公經營久,幸須臾及弟畚均。"處士頷之,徐曰:"有成籍後,弟鉤校歷歷,而所授經營者纍什百,不知也。"族故多父行,諸父行若族人,顧獨嚴事處士,一諾爲重,亡敢譁。弱冠時,受其從父詫孤一倩,守簿書,竄負券乾没千金,群從莫對,處士指墨痕濡許折之,倩懇服。人以是占遠識云。

處士圽之一年,而其配孺人以慟死,稱孝節。孺人出李氏,故參知雍之從孫女,笄而歸處士。無揚無遂,門内之給斬如。處士賈,孺人捐璣珥佐賈。色養嚴姑,婉娩承志,友諸姒,曲愛出卑,久而益詠。家故素封,而能將裘褐荆笄皂緆,一布素補綴纍纍,獨相處士賑施不少悋,凡處士所爲拆閱重來,致千金,急悌嗜義,内行篤摯,則孺人左右之,可不謂婦才而德哉!

處士生弘治辛酉五月二十五日,卒嘉靖甲午十月六日,得年三十有四。孺人生弘治乙丑四月十五日,卒嘉靖乙未七月二十五日,得年三十有一。並稱殀。子某,娶某。女適某。孫某,娶某。曾孫某,聘某。墓在南安三十五都大帽山之原,葬以萬曆某年某月某日。狀以處士之從子、進士志清,誌若銘則處士之族孫、余小子某。某曰:賈於五民稱末業,而孝弟淳至獨勞。讓利斌斌,有章縫之遺致。若西川處士,所謂儒而賈隱者耶?今人或仲襌其冠而蠅營蝸鬭,錐刀睚眦,可勝道哉!乃三十春秋,七十事業,即衢州公亦云,則安在其耄耋而稱大年!處士死孝,李孺人死節,固足銘也。銘曰:

詘于儒,仲于積,嗇于年,豐于德。賈行而士心,今人而古質。卓彼伉儷,從三終一。嗚呼!鬱如者封,礪如者藏。宜爾夫婦,魄其康,後其昌。

明故處士西衢楊季公暨配孺人顔氏合葬墓志銘

嘉靖壬戌,季公捐館。舍庚三紀,爲萬曆二十三年乙未,而配孺人顏氏從之。其孤學時奉治命,以冬十月之吉畢窀穸事,手顏左史魁槐所爲狀,而謁余不佞請志若銘。志曰:

季公姓楊氏,名喬,字本度,世家石井海上。父曰芳正,母曰朱媪,凡三索而得公。公幼岐嶷有遠志,甫從外塾,輒恥佔呻。十歲通經史大義,間旁及稗官小說,若形家、養生家言。業幾就,會失所怙,而伯氏蚤喪,仲遘宿疾,不任賈,乃輟儒而之賈。併力合囊以規什一,齊、魯、吳、越之墟足殆遍,賈可不貲,均其贏奉伯、仲驩,而獨處其瘠,曰:"吾敢後手足而先錐刀哉?"邑大夫盧公仲佃箕民間錢城石井,擇司正一人董厥成,三老嗇夫首舉楊季公其人長者。公既受役,相地度功,延袤若干丈,睥睨亭障若干所,計費城旦若干緡,握算覆之,不爽錙銖。蓋盧令心折焉。未浹莽而城成,島夷突至,薄城下,公乘障登陴,冒矢石爲丁壯先,治饘粥以食守者,守益堅,雉堞無害,則季公以也。

狀又言:公内行篤摯,急義喜施,事母甘旨尤謹。治先祠,割橐中裝。撫外氏有恩、母、妻母生事死殯無憾。辛壬之歲，兵疫交作，饑者糜，瘵者藥，所全活以千計。卒之日，里中兒奔號纍纍，涕泣涔淫，相與語："疇爲里閈贖我公也，維公實生我。"嗚呼！此可以觀公矣。

公廣顙豐下，美鬚髯，人望之若神仙。其先世繇固始來，徙泉而載遷石井，則自一致政公始。凡七傳，以有公。公壯遊湖海，什九在外，春秋僅僅四十有八耳。七丈夫子，五未樹，其鞠育昏媾以藐諸底于成，則顏孺人左右之。

孺人爲左史之從女，頍笄而歸公。婉婉嫺内訓，奉尊章以孝著，慈友諸姒以恭著，睦課孺子耕讀以式穀著。亢宗迄今，儒者力學，賈者力生，孺人教也。門内之食指千，雍如肅如，歲旦高會，以次上壽稱觴，怡怡岡聞，即子姓有微欮，長者坐堂皇，少者長跽受笞，亡敢譁，孺人所詒也。賢哉孺人！鳩桑燕翼，能食之，能教之，母而父哉！孺人卒時，蘧蘧羽化，年八十旄矣。其卒以七月四日，而生之期爲正德丙子三月八日。公卒以三月二日，而生之期爲正德乙亥四月二十一日。息子女孫、男女婚娶具狀中。墓在漸尾山之原，負巽揖乾，公手自卜，以奉父若母而已與其仲祔焉。夫公魂魄思此山，昆季承驪，生同室，死同穴，如公如孺人，固足銘也。銘曰：

爲儒也者行，而獨賈其名。爲壽也者徵，不及艾其齡。百雉之埔，曰維公城。千夫之齒，曰維公生。翳公有子，壎篪和鳴。箕裘百世，公壽于彭。嗚呼！漸山一壑，我公是卜。樂哉斯丘，土周於槨。棲爾伉儷，祔爾昭穆。得全全昌，天道尺幅。我書玄堂，以揚公之世族。

明安平處士顔次公配柯氏合葬墓志銘代。

邑諸顔望安平，其先故張姓，至正末，別子德諒繇攀鱗來贅顔，襲顔氏，支庶蕃衍絫千指。其以簪紱起家，則自都諫公容舒、左史公魁槐始。左史有宗兄曰次公，卵翼左史，底于成，忉而左史喪之，服其服，子其子，不朽其遺行。里人嘉次公之能施與左史之不背德，並足術也。余是以志而銘之。志曰：

次公名理學，字道儒，一字道裕。父曰君峰公瑄，母曰黄孺人。瑄息子四，凡再索而得公。公有至性，幼失黃，柴毀如禮，得孝稱。繼黃者賴，御前子肅甚，或謬風次公曰："咄咄！孺子忍蒺藜乎？"次公曰："母實玉我，非此母，曷有此？身彼寒衣而饑食者，其誰耶？"益務曲意當母驩。父聞之，喜曰："家無閔母，乃得閔氏兒也。"稍長，勝冠從父賈，以識幹器。父賈吳，次公賈粵，會島夷訌閩中，父蹌踉歸，嬰劇疾，次公忽怦怦心動，自粵戴星馳而入，政及永訣，屬纊瞑含襚，孝緒冥通，次公有焉。初，次公慟父甚，如不欲生，既而念仲、季貌諸，家中落，頻卬且不給，復彊起而就賈。萍遊六載，駸致不貲。公雖遊於賈人乎，然矜己諾，重取予，以仗義得諸賈竪心。嘗領官符貿夷舶，有齮齕公者，旁一賈胡獨憫公，挺身護公，貲卒無害。屬有天幸，賈亦起，歸而舉王父母喪、父母喪，以次封樹。室仲季之未室者，家女弟之未家者，裝遣伯氏遺孤女，凡百資斧，率於公乎倚辦，無德色。仲、季既任賈，則出先贏，復割橐中裝授之賈。心知季也材而負斨跐曰訐，而訓之于父母締造之艱，而天之不假易也，季卒感厲為良賈。至今季有子若女，咸戴公如怙恃云。

公性儉樸，穀衣食齋，用無所芬華，至折節逢掖而加意繽諸，懸鶉無愧，間有以刀布貸者，或焚其券，罷勿償。撫近屬以迨外氏，凡待而舉火者幾家。左史公於公，疏兄弟也，孩而孤，中遭亂離，幾輟儒者數矣。公則堅之儒，衣之，糈之，廬而處之，自白衣籍縣博士，以及計偕南宮，一切經費胥供億于公，左史公之得安於學而政壹意為廉吏，無內顧憂，則次公以也。蓋次公之言曰："始先人字我，儒我，不儒而賈也。今其敢以賈紲儒？夫儒則屬爾二三子，其努力明德，以畢前志，則余子也。"諸子容芳、容敏及左史所子胤忱遵父言，並於左史授書，後先補諸生，以儒顯。史氏曰：儒而賈，心則滲也；賈而儒，服則蛻也。今之冕衣裳者，若崇蘭矣。或鬩牆燃萁，眎在原若秦越，此其人豈不亦儒名而賈心？次公賈乎哉？其祔異母弟，以翼左史若同乳，恂恂乎儒矣。諸子之能儒而食左史報也，天道張弓其爽乎！

歲戊戌，次公病風，囏臥起，其配柯孺人口饘粥，手匡牀，扶抱抑搔，凡七易月不休，積欻死。

孺人出閫右，婉娩而端，凡公所爲德，則孺人左右之。至事尊章，煦煦弟妹，課子女，奉左史公之母而友其姒，稱於女史，若鄭袞妻、柳仲郢母矣。生卒年月、息子婚嫁具狀中。墓在洪嶺山之三關崙，負坤揖艮，公手所治兆。左爲公、孺人窀，右爲左史壽藏及其宜人黄氏。初，公語左史曰："吾兩人者，居相依，行相趾，千秋百歲後，願與子樂斯丘也。焄蒿精魄，永永無間，則吾志也夫。"左使遂以丙申厝宜人，而今己亥暮春之初，諸子奉公、孺人合葬焉。銘曰：

則而砥躬而孝友矣。則而治生而創守矣。則而忠信孚蠻夷矣。則而謙冲叶朋醜矣。䘏舊收族，吐而贏矣。知雄守雌，去而牡矣。碩果不食，樹有秋矣。以祚爾子，昌而阜矣。嗚呼！洪嶺一封，若斧若坊。厥樹夭矯，厥壤玄黄。琴瑟壎篪，白首同藏。世萬孫子，謂篤不忘。太史爲辭，書之幽堂。

明黄室鄭孺人墓志銘

余兄東明君之失其偶鄭也，冢子從學時行役于越，聞訃蹢躅匍匐歸，不勝哀毁。得欽疾匪菁，疾良已，乃克襄大事。因手次母鄭贄行，履苴扶桐，頓顙泣向余前請曰："惟叔父志之，以亡朽逝者。不孝學，其庶幾藉是以釋憾終天。"余載拜受狀而爲之志若銘。志曰：

孺子出於鄭，字于黄，里人鄭益山公之伯姬，余世父鵬南公之介婦也。幼婉嫕端詳，年十三從其母兄避倭郡城，攝家秉，中外斬斬，唾聲不踰閾，履聲不出庭，人以知其有女操。笄而歸東明君，事舅鵬南、姻陳當其驩，舅、姻刺刺語人，"介婦賢，介婦賢"。東明君擁父貲服賈，什九在外，孺人代之内。居恒以雞鳴具二尊人膳，下逮臧獲㸑釜，靡不自其十指出。食畢課耕織，貿遷諸米鹽，男女不易職，晝夜不棄晷，老稚以次庀舂刈薪蕘，無一遊手者。而孺人復身先諸姒，軋軋機杼間，理中庖，慎門牡，井臼粗纖，秩然得所。東明君用是得壹意計然無内顧，而鵬南公之貲日益矣。鵬南公故饒於貲，折而受諸兒，不能無少耗。東明君收遺箸而息，孺人佐之，亡異婦鵬南公時。日訓誡諸子諸婦，力本嗇用，吾相而翁治生，鐘釜其入而圭撮其出，豐歲息二，平歲息一，儉歲財之亡虧，贏得過當,南畝丙舍益拓,則孺人家法也。孺人嚴卞束濕操下,子婦夔夔共職,非孺人食莫敢食,諸媵御亡敢以膏沐見,臧獲謹稟奉約束,亡敢惰且譁。巫師牙嫗以及俳優女伎之屬,亡敢跡其戶者。嘗曰:"嘻嘻而吝,孰與嗃嗃悔厲而吉耶?"性儉樸,衣不重綺,食不二簋,簪荊襦布,委蛇姊娌文繡間,意殊豁如。即姊娌有非意干者,降色拊之,弗報也。以故終孺人世,門內之治雍如肅如,東明君得優游奕棋,不問家人產。

蓋至孺人歿,而東明君哭曰:"已乎!疇爲我筦葳蕤鑰者。"諸子諸婦哭曰:"已矣!疇衣我、餔我、室我、家我而卵翼式穀我也。"諸臧諸獲哭曰:"已矣!疇衣我、餔我、室我、家我而別勤惰我也。"孺人素不佞佛,晚而葷腥不入口。大漸之辰,趣家人具飯飯輿人,"輿人以絳節來迎我矣"。言訖而化。蓋壬寅六月念八日也。渠其生之日爲嘉靖丙午九月念四,春秋五十有七。子男四:從學,娶蔡貢士國基女;從朱,娶柯,繼娶□;從先,娶柯;從懿,娶蕭。女二,一適伍桂毓,一適柯□□。孫男二:侯鎮,侯鎬,俱從學出。墓在嶺頭壽山之原,負卯揖酉,東明君所治兆而孺人左右之。以歲嘉平四之日,諸子奉孺人厝焉。銘曰:

爾婦則良,爾母則莊。嗃嗃非厲,家是用康。爾封其吉,爾後其昌。余言非佞,潛以益光。

黃室陳孺人墓誌銘

孺人姓陳氏,將仕佐郎陳公崇女,攸鎮郵宰黃公建和之配也。郵宰公之父曰柳城尉公,與將仕公俱莆產,同枌榆社,又同僑寓金陵,相友善。聞孺人幼慧,爲其仲子委禽焉。年十八歸于黃。事舅柳城公、媼林碩人執婦道甚勑,供滫瀡,調饘酏,井臼操作爲諸姒先。梱以內翌如,諸姒亦雍雍穆穆,一門友于,人稱敦怡黃氏,則孺人以也。其治翁媼喪,戚不廢易,含殮哭奠如禮,宗黨嘖嘖"介婦賢,介婦賢"。

郵宰公少試功曹,以年勤需次都下,孺人捐簪珥佩裳佐其資斧。既官攸鎮,孺人以家侍,南北飾厨傳過者,祖迎無虛晷。郵宰公積痞疾幾殆,孺人手湯藥,衣不解袿，目不交睫，祈天減年以益夫算，郵宰公幸亡恙。復割橐中裝賑郵徒，病者藥，餓者糜，所全活以百計，人交口頌宰公實生我，則孺人左右居多矣。孺人少婉嫕，有至性，能曲中父母懽。母林以兄藩幕君德迎養西江，卒于官邸，孺人聞訃，哭踊者數，一毁幾絕。迨于母櫬東還，益慟不自勝，神傷骨柴，疾轉亟。子汝銘刲股以進，竟不可藥，蓋死孝也。而先是郵宰公亦以刲股起母病，人曰"江夏世有黃童"，稱雙孝云。

　　余與郵宰公同系金墩，疇昔計偕客公所，孺人時時治具，出饘薇餉余及諸僕御，皆望腹。今再過南中，而孺人長逝且五稔矣。傷哉孺人！年不配德，有足悲者。余是以志而銘之，并紀其息子婚娶及生卒葬期如左。銘曰：

　　金墩爾嬪，以亢爾宗。金陵爾宅，以識爾封。宜爾孫子，得金吉逢。人云江夏，世有黃童。千秋彤管，德音靡窮。我思無斁，銘此幽宮。

千頃齋初集卷二十三

墓　表

明承直郎禮部精膳司署員外郎事主事悝予沈公墓表代。

吳興沈氏，於余父子世同南宮籍，余既父少司空公，而兄仲潤太史、叔敷儀部，莫逆稱肺附。膳部性甫君者，司空季弟也，其郎客曹時與余同舍，暱甚，蓋弟畜余，余兄之如仲潤、叔敷也。居二年，君持外艱去，余旋拜浙學使者，間欲從校文之隙逆君苕水上，而君以己亥冬杪前捐館舍矣。又二年辛丑，余量移參其省政，守東陽諸部。其孤渼等扶服泣請曰："無禄，先子之受羣公知也，同里惟許司馬、朱太史，同朝惟夫子。日者窆歲有期，太史狀之，而司馬銘之。不腆先塋將使七尺石翹然松檟間，其在夫子之一言，敢徼惠焉？"余悲朋舊之彫落也，又重傷君之才之志，而阨於年，不克竟以死也，故不辭而爲之表。夫表，標也。標其行而著之隧，使過者式也。如君之行，可以式矣。

君諱之啥，字性甫，鼻祖撝和公繇洪城徙馬要。其家馬要而顯者曰贈州貳潍，曰孝廉湍。湍生塾，以司空貴封符卿，符卿有丈夫子五，君最少，副吳出也。幼警穎，負食牛，符卿心器之，而慮其或踦跪，束之嚴，君亦不以嚴故殺頭角。爲文眈眈虎眎，不肯豔附作俳體入媚有司，故從頖澤宮，久未知名。所善朱文寧太史，獨許可，投分深相結，名並起。尚書西河劉公負人倫鑒，來視學，拔寘異等，廩諸生，遂舉壬午省試，癸未成進士。釋褐盧龍司李，其治獄獄惠文而肉視單赤。巨漲來嚙郡城，不浸者三版，君亟下令司楸徙民入，又編筏以渡其溺不能徙者，而粥其餓者，全活亡算。時葉太保夢熊以備兵至，每嘖嘖才君，以爲緩急足倚也。一邊帥悍而墨，結朝貴奧援，當道檄君按治如法。政府書緩頻，亡所假貸。直指有疑獄，必以屬君，君察枉從末減，直指命改讞，報如初，曰："吾敢欲三尺而狥風旨耶？"攝灤篆，灤富室亡財，盜弗得，游徼誣其傭，傭戇莫辨。君廉其有冤色，立釋傭，正游徼者皋，輒得真盜。其神明多類此。

治理流聞稱三輔冠，徵拜南工科給事中。念符卿老，引疾歸，三載，以符卿命強出。會司空公在事，例改客部主政，尋署精膳副郎。時有議三王並封者，舉朝大鬨，君抗疏數千言獨責難主上，時論韙之。又持某貴人奪婚事，數數庭辯，觸衆媢，兩擬銓部，中格，亦坐媢者故。一日，聞符卿病，大悸。請司空公以父命嚴重兄，止弟歸。得潞差，八月致命，抵茶城，而符卿之訃至矣。君號慟如不欲生，已復悁悁恨曰："奈何以一曹郎易終天永訣？"凡一蹻踊輒嘔血數升，訖終制，柴毀骨立。又哭中子淳、孫兒宋、長倩溫，益悒悒不能堪，嘔轉劇，謝事養疴虎林山中。復走吳門請告，遞愈遞發。其中秋以舉吳太孺人八十觴，不任委頓，又投藥弗良，故益欻，然尚強起朝太孺人興居，不十日溘焉長往。傷哉！

君孝友惇摯，篤宗黨，急窮交，挲挲涸己溉人無德色。在官鍰餘不入私帑，居家足跡不及城府，齹使者王公其理永平，實與君爲代，雅重君。客有求居間者，齎千金爲壽，峻却之。遇事勁骨挺竪，恣議颷發，侃侃不少讓。意所不愜，或面折，至拂袖去，人以爲少車塵。照鏡風然，無它腸，不發人私，故怨者終莫能瑕疵，而知者深相許。所交皆名流，獨與余薑桂臭味。其攝灤時，啜灤魚甘之，念生致二親不可得，遂絕匕箸。獨歲以餉余京邸，曰："非子莫可當吾餉也。"余縈疏國事，而最後望當路語過激，君夜過余，謂余不習明喆，且曰："以而藐諸孤，奈何輕千金一擲？"余殊感其言，而益以知其非矯爲戇者。居恒自矢曰："士大夫居鄉有半點欺昧，居恒有半點軟畏，不稱丈夫。"又曰："人有膽有目，一段直正事業自氣海中溢出，激爲目光炯炯，射日閉口，僂躬何爲者？"

嗚呼！迹君之言與行，較然不欺其志矣。朱太史氏謂君固守一"剛"字，至評其文，如出匣之劍，或虞缺折，豈謂剛耶？孔子曰："棖也慾，焉得剛？"君矢志冰蘗，按其外矯矯巖巖，叩其中錚錚皞皞，是所以剛也。而憚君者，或訾君面冷不易近，不善委蛇世故。嗟嗟！君誠委蛇者百鍊不化而繞指耶？寧爲玉碎，毋爲瓦全。善乎！司馬之推言之也。

余故表之曰：明膳部員外郎沈公之墓，以媿世之色厲内荏者。

明中憲大夫福建提刑按察司提學副使明齋方先生墓表代

明齋方先生督閩學之逾年，以積瘁乞骸，卒於劍州。其門人某時待次公車，不勝山頹木壞之痛。後七年守雲間，始克以雞酒酹，而先生之墓草宿矣。嗚呼！世澤未零，音徽漸杳。感陸莊之就荒，悲融帳之落穆，招魂築室，兩媿昔賢。今策馬過先生門，其能亡西州慟哉！既徇士民請，請學使者以先生祀學宫，兹復以太學君述表先生阡，曰：庶幾藉手而爲先生役，甚幸。

先生姓方氏，諱應選，字衆甫。其先汴人，宋建炎間扈蹕入杭，因家焉。別子安道公自杭徙華亭横港西，凡再傳，曰州牧瑜，瑜而下數傳，曰奉政某，先生父也。長厚稱長者，三歸遺金，里人德之。配王宜人，一索舉先生。

先生生而岐嶷，有遠器。十歲工屬文，十二島夷内訌，鎮城陷，張兩翼而下，以身護母王重創，閲歲不休沐，人稱孝童焉。十八補博士弟子，試輒冠其儕，聲燁燁起菰蘆中。而奉政公方食貧，復齮齕豪宗，產益挫。先生自舞象時即下帷教授，供父母甘膬，身自鶉衣穀食，宴如也。

萬曆初元，以《易》舉應天第二人。三上春官不利，乃更《易》而《書》，最後癸未以《書》魁南宫。公車牘流傳，輦下紙貴，主者殊以不得首先生爲悒悒。初守薊州，平徭賦，清獄訟，以禮化其囂者，文其椎魯者，法巨猾之構蜚語持吏長短者，俗爲斌斌易觀。而先生遂以其閒飭膠序，闢垂虹，繕雉堞，月朔朝諸生課經術文秋，一如其誨子弟，燕趙間負笈者環橋門，尊若明師矣。盜納兵空槊羣而行喪，掠閭右已氏，先生授秘計，賊曹不浹旬就捕，皆伏法。柏鄉失貢金，索盜弗得。有持金首而引其仇者，既誣服矣。先生按犴藉覆之，則亡金時，首人以盜牛繫獄，實受某甲賄，報睚眦，非真盜也。其摘奸雪枉多此類。

丙戌，持王宜人喪，扶服歸。己丑服除，補汝。治汝如治薊，其大者，葺汝乘，復顏魯公祠，零雨雨澍，餔饑饑不害。答神之憑民女者，女立瘥。

辛卯分校省闈，掄《易》、《書》兩魁皆名士，士亦喜出先生門。治理卓犖，爲中州冠。壬辰擢職方員外郎，會東封事起，先生廷辯，本兵力言非計，而夷使小西飛者來議款，仍求市易，先生設晝夜柝，闌出入，籍貨物，禁私予，迄竣事，肅然亡敢譁者。

甲午，奉上命，副今宮端耀州王先生典閩試，簡拔多淹滯，得王畿等九十人，皆後先登第，稱得士。

乙未，晉武選郎，轉盧龍治兵使者。居亡何，而灤東有南兵之警。南兵者，故烏傷游民，以東援應募，習獷而驕。屬朝鮮難解，當事者憂國詘疏撤，遂懷洶洶。黠魁胡懷德、陳文通、李無逸等鼓噪，要東征功賞，索厚餉，刑牲歃血以誓於衆曰："今日不願兵，非厭吾。"挾不已，遂縛中軍張德成，脅錢、王二參將，質營中，劫戍臺兵，臺幾虛無人。諜報旁午，聲甚惡。先生計此曹逆狀已著，勢不得不兵，然非下溫語，必陡出非常。即草檄諭以禍福，復檄北兵代臺戍，勅山海臺頭嚴訶備。密諭被劫臺兵毋怙亂，而察諸帥，獨王冠軍威練而武，可共大事。時冠軍有內顧憂，計紿之，飛騎至，借箸手中畫各一"兵"字，遂與偕南，徵兵幕府，詭言爲請餉也者，密遣中軍漸以火具薪而入，而薊道項公德禎及冠軍所調諸路兵後先踵集，二參將亦突圍出，分騎掎角，斬鹵百二十餘人。因竪降旗、出赦紙，諸兵蒲伏乞降。得首惡若干人，梟首者六，杖死者二十五，而胡懷德等十一人讞刑省候處分，脅從赦勿治。上神武內斷，支解三人，斬首八人，徇九塞而後諸邊悍卒始股栗，奉要束。是役也，市不易，戶不閉，我兵無一斃釰者。而先是議撤，先生奏記樞府，謂宜以歲月消磨，急恐生叵測。人始服先生先事之明，應猝之略云。大司馬論功，視越例，詔督撫冠軍而下，陞賞有差，而先生與項公各陞俸一級，賞銀十二兩。會閩學使者缺，以先生調。先生需代久，又哭仁聖喪，以歲杪出校士而秋期逼矣。先生星馳按部，丙夜不停瞬，風雨無寧趾，甫六月而畢八郡試，精揚扢，杜干請，所得士倍曩時。人嘖嘖冰鑑，謂王奉常、龔中丞而後所僅有。

然先生竟用是得羸疾，至武闈撤棘，寢瘵日不支，移文乞休，以戊戌正月報可。行次劍浦之泥坑,逝焉,春秋五十有四。訃聞,兩臺藩臬大夫縞而几哭,其吏士師生巷哭,所過耆孺擁廣柳車野哭。至今閩人尸祝,稱名學使,必首先生云。

先生至性惇摯,孺慕王宜人,殁身不衰,疾革無它語,惟以不終奉政公養爲怏怏,則又强飾眠食,曰:"毋使大人傷於志。"然奉政公竟先先生殞,不克終養也。捐瘠復故産,悉推二弟,又置水鄉蕩贍其役,而篤近屬,收朋舊,或授之室,或資之學,或恤之喪,五服内外以及知交閒左,無不濡潤先生者。

所著時義,如《緑雪亭稿》、《信都稿》、《粹和堂稿》,渾璞精鏐,識者以爲得震澤、海虞三昧。詩歌、古文詞有海上刻,閩中刻,刻畫追古,方之唐宋諸大家,具體而微矣。居恒千秋自許,雅負干城,恨不一當緩急,稱天子封疆之臣。年不酬志,位不滿望,聲不邕實,恨然有足悲者。然再典方州,絫試詰戎校士,咸以壯猶顯世。謂儒者委蛇禮樂,不閑軍旅,豈其然乎!至曲突而策東事、南兵,符若左券,使蚤用先生言,豈其河決魚爛,以至於是?而談笑戡亂,揮尺一如意,縈縈就俘,尤爲文士吐氣矣。

某於先生,亡能阿所好,而惜其用之未究,故表先生隧,獨詳於平叛始末,使世知先生具文武材,不獨以三寸不律鳴也。元配曾,繼配胡,贈封俱宜人,有淑行,於法得附書。子一,春榮,即太學君。孫國珍、國器。孫女三,婚嫁皆名族。生卒年月具述中。

千頃齋初集卷二十四

行　狀

明柱國光祿大夫少保兼太子太保兵部尚書兼都察院右都御史
經略陝西四鎮宣大山西邊務召還戎政予告贈太保範溪鄭
公暨元配誥贈一品夫人陳氏行狀代。

少保安肅鄭公之請老也，實在萬曆壬辰云。章二十五上，天子温旨慰留，最後不得已乃許休沐。賜金幣，録蔭其子孫，詔吏部，"病痊日具奏起用"，一時公卿大臣謂公甚壯武，即縣官有緩急必召公。既歸，猶問"公尚健飯否"，以爲國安危。嗚驪鶴書，可旦夕下巖谷。而至庚子蜡月，公卒嬰末疾，捐館舍。天子聞而震悼，爲輟朝。下宗伯、太宰、司空議祭九壇而加一，遣官治葬。贈太保，妻一品夫人陳氏並祭合葬，諸所以榮哀之典，靡所不備至。

而公自其游宦三十六年，絫官二十五任，事三朝，歷七鎮，自侍郎至尚書，加柱國，皆上特恩，不由資俸銓補。故事：大臣兼官，兼兩而止。而公以少保兼太子太保，兵部尚書兼右都御史，經略兼總督，三邊三兼矣。賞賚白金御史三、兵備四、巡撫六、總督十六、經略三。巡撫以後白金重以文綺飛魚，二蟒衣五綵段，表裏十八襲，皆異數也。五臺塔院工成，復蒙慈聖皇太后賞銀三十兩，紵絲三表裏，人臣而得賜於皇太后，又異數也。協理京營時臥病私第，上遣中使羊酒存問。總督經略陛辭，上賜路費金幣。制虜有功，上三降璽書褒獎。上御經筵，以孤卿侍文班首。上祀北郊，以京營官設帷幕，戎服迎法駕。上御思善門，以兵部侍郎召引飛雲輦，賜酒饌，撤御膳，遣二中使賜私第。其爲上所寵眷如此。而覃恩前後敕命及其親，誥命都御史及其祖，一品及其曾祖，任子三，一錦衣指揮世襲,可謂挾震世之功,極人臣之遇。勳名閥閱,始終無間者矣。

於是公之子少參君材等,將以某月某日奉公、夫人合葬於賜塋之某兆,而謀所以侈國恩、永先烈,謹伐石以竢鉅公大人之銘若碑,而屬不佞某狀其事,以備采。惟其於公枌榆晚進,又辱公宇下國士之知,熒熒方寸間,非一日矣。即微君請,某固將效之,其敢辭?狀曰:

鄭之先出滎陽鼎族,自宋迄元,家班姬山下之黑山村。其顯者曰節度使慶宣、武將軍德鄰,多偉略大節,爲德於里。里人思而勒諸石紀,奕葉世系,然缺有間矣,其詳靡得而考云。明興,縣黑山徙遂城,則自文政公始。文政生通,通生臻,仕浙江織染局大使。臻生隆及陽,陽第進士,仕巡撫陝西、右副都御史。隆生昱,舉嘉靖辛卯鄉試,贈柱國、太子太保、兵部尚書,則公父也。自都御史公貴,業贈通公、臻公如其官,而最後臻公、隆公並稱柱國、太子太保、兵部尚書,則皆以公贈云。贈公娶於劉,封太孺人,累贈一品夫人。始劉夫人未舉子,置側室孫氏,復不宜子,則子從兄之子濱。而久之劉夫人乃自有子,是爲公。

公生秀穎,異凡兒。六歲而贈公劬,劉夫人撫而教之。八歲授書,過目輒成誦。十歲能文,任丘邊中丞試以偶句,曰:"少甘羅二歲,僅能成文。"公應聲曰:"加孔子數年,卒以學《易》。"邊公大偉異之。十八補郡弟子員,屢試輒高等,食諸生。既以田四十畝讓其兄濱,濱辭謝曰:"是曩者所折(析),爲吾弟奉母甘毳也。奈何予我?即予我,不過分其半,奈何盡予?"公曰:"度弟歲既可當四十畝租入,足供母矣。"卒讓之。乙卯領順天薦,邑大夫例派編戶錢米以贈。公力辭曰:"士未拜官而先失守,惡用舉矣。"沿習乃革。里人至今誦義。

明年丙辰成進士,觀比部政。時選郎於公有世雅,同年就選者必面謁,公獨落落投一刺。或謂公曰:"公選額宜大行,當事者訝不相識,且節推授矣。公何悋一見乎?"公曰:"長者某固願見,所以不私見者,正欲成世父之公耳。縱一謁可博美官,所傷實多。"竟不往,乃授山東登州府推官。

登州地濱海,自設官鮮除制科,無行取者。公不行人而推官,且海瀕,則不一謁之故也。除目下,公絕不色愠,坦然之任。執李法不阿。登州盜竊礦,海道檄萊州捕無辜貧民,皆陷獄。公白狀直指,直指曰:"竢按萊鞫之。"公私念是衆者,安能枵腹緩旦夕死待命乎?而會寧海囚張某富而當大辟,直指以屬公斃諸杖下。公召語之曰:"汝能輸粟活諸礦徒於直指下馬之日乎?宥汝拺死。不者,吾不能違直指意。"囚叩首唯唯。其後直指按萊,惟罪元兇數輩,株連百許,盡開釋,而寧海囚亦自以其罪蔽法云。昌邑有夜殺娼門數命者,其一賊曰:"吾萊陽孫華也。"一老娼記而證之,獄遂成。而公故嘗道萊陽,呼保正孫華問民疾苦,至是檢獄詞,昌邑殺娼之夜,即公問俗於華之日也。公驚詫曰:"萊陽去昌邑三百里,是夜華方迎接官長,能遠地殺人耶?華豈有兩身,抑能翼而飛也?"亟白直指,釋之。諸所平反多此類。郡邑有疑獄,數十年不能決,必以移公,公出片語立定,老吏無以易也。

辛酉選御史。時分宜父子尚擅,而大理卿某、刑部侍郎某、文選郎中某者,比周奧援,如虎而嵎,莫敢攖。侍御長安鄒公應龍彈去分宜父子三人,勢始詘。分宜且去,上言:"臣去子戍固當。第朝臣謂上崇玄居西苑,及廷杖言官,皆臣之故。若然,則論臣者未已,臣無死所矣。"肅皇帝覽之心動,諭內閣,云"嵩已退,世蕃已重治,更有言及者,與應龍俱斬"。諭下,舉朝失色。其黨如三人者皆彈冠,而欲終鄒公事者復結舌矣。公愀然曰:"此世道治亂之機也。儻其黨與內援分宜再起,天下事安可知?"遂抗疏劾三人不法狀。疏入,謁相國華亭徐公。徐公曰:"君言誠正。然獨不見聖諭耶?且明日止(上)封事,即下部覆,須兩月,彼錢神行,君禍叵測矣。"公曰:"爲國去邪,遑卹其它。"旦日諭旨下,三人皆落職。於是,舉朝頌肅皇聖明,而壯公之敢言,分宜黨始解,後侍御莆陽林公潤發其未盡之姦,則公開之也。

癸亥,京察,公資俸在諸臺後,當事者越而委重糾大宗伯以下十四人,並黜免。尋按四川,攬轡入境,即以柱后惠文彈治藩臬、郡邑吏若而人,墨吏望風解綬去。巡行郡國,雖衣履所不及,必躬涉其地,慮因平法,務在得情,不拘拘成案。壁山一讞,釋三百戍。而木商某者,以三殿工歲久磧盭,公爲請於朝,所全活數千命。甲子大試,蜀棘以得人稱。乙丑連第者十二,皆前矛士,其後亦相繼成進士。過其仇,云是歲土酉薛兆乾、黃中爲患,公以計平之,兼圖善後,滇、黔、楚、蜀之間安於覆盂。既報命,稍遷四川參議,旋調分守鄖中。

鄖故肅皇湯沐邑,中涓護衛陵寢橫甚。公始至,謁陵,中涓喝之曰:"陵寢培土,皆我輩躬舁。如使君不能,我以鄉情私免之。"蓋中涓范陽人,故云。公曰:"中使過矣。陵寢何地,可言鄉情?然畚土非一人力,我與中使共之。"趣從者扛大畚來,中使惶恐謝過。公曰:"陵土不親培,自中使始矣。"中涓色沮,自是數以計術消其姦。中涓度無可奈何,則爲蜚語中公。公笑曰:"士君子爲宦官謗,便自人品增重,禍福安足論哉!"後中涓爲御史所糾,公竟以法窮庇其罪,鄖人益安。肅皇念顯陵甚,將勤工師,敕少司空及司禮近侍往督之。天遣一出,所在繹騷,又歲苦陽侯,人懼不支,公爲章程,豫請於部使者。其略曰:舊邸雖在承天,然主上以四海爲家,修理之費不當取之一省,諸官供億不當責之一郡。當以天下之財力助大工,以全省之財力佐供億。工作當從傭募,不可議編派。供億當從官辦,不可累里甲。要使公私兩便,上下相安而已。部使者深然之。役興,而民不擾。

丁卯,擢澤潞治兵副使。澤潞遭虜蹂躪,郡邑皆嚴城守,小民困踐更不得佃作。公至,悉罷登陴諸隸曰:"吾不自爲虜也,第檄諸賊曹,修防禦,令家人子盡知。尺籍有警,則農皆兵耳。"郡人便之。夏大雩,公率諸僚吏露禱爲詞誓神,雨立澍。

己巳,調嫣上。庚午,晉秩右參政,治兵自若。會詔舉邊材,臺省以公名首推者,章二十上。而公念劉夫人老,表請終養。不報。遂轉晉臬長,未任,再遷豫右轄。其秋,即以入賀歸里,圖遂初志,表未上,而劉夫人已前逝矣。公柴毀,如不欲生。

越三年,爲今皇帝改元之明年甲戌,乃起,補越藩,尋拜御史中丞,鎮撫山西。前鎮撫有心疾,喜文法刻深,里中惡少年因而告訐,逮繫纍纍,諸善類重足立。公至,乃下教,凡前鎮撫所受詞皆勿聽,即民有冤苦,許再告,晉大悅。已,又念晉轄三關,爲通虜要地,巾車周覽,自偏關至老牛灣延袤百五里,咸築亭堠。

亭相距百步許,令刁斗易傳,控弦可及,晉於是屹然金湯矣。

又明年三月,移節雲中。雲中逼虜巢,宗儀軍民雜處難治。時代藩以信用群小戴罪,公劾奏無道宜廢。上念懿親,特令修省。王被譴惶懼不能振,諸宗益橫。公表請鈐束宗人,以爲修省之實。或謂公方彈糾,而又請加事權,不矛盾乎？公曰："宗室以王敖爵,無所憚,必生蕩心。王方失職縮朒,忽假以柄,當厚自澡雪,以法令爲兢兢。吾一舉而兩成之道耳。"議上,上嘉納,降溫旨策勉王,卒改行成賢王,諸宗亦逡逡奉法,則公鼓舞之術也。往宗祿屢責逋有司,有司不能行境外,逋益多。公請例京邊餉,嚴考成,於是宗廩贍腴,宗人益安。雲中邊垣久圮,請修築畍三晉,蓋制府蒲坂王公爲政,而公實綱紀之。或過計以是生虜心,公獨毅然決筴,不搖群喙。凡所築餘五百里,樓櫓斥堠相望,邊防益峻,迄今賴焉。

戊寅晉貳樞筦。己卯賜節鉞,控制雲中上谷三晉軍。是時,虜順義王俺答耄矣,無復躍馬引強意,獨其子黃酋、從子青酋,數桀驁爲邊患。黃酋要撫賞,歲增金繒以爲常,不得則擁騎剽掠。公露布撤兵,任其狂逞,黃酋計不遂,始就約束。終公之世,白登不敢索一縷。青酋潛行幕南,以射鵰爲名,闌入獨石口,傷我戍卒邊吏,莫敢誰何。公以爲示弱非策,表請盡法以狗,酋乃讋服。頃之順義物故,中國皆謂邊釁且開,虜亦以其王死中國,不復煦沫,訛言遽起,群情洶洶。公惟布威德而待以忠信,虜求封爵如故。黃酋死,子楂酋剽而無禮過其父。公帥百騎出塞,與訂盟。時盛夏霪雨,酋故稽延,或攜撼它事以嘗我。公怒曰："封事可一言定,若數日不決,何也？若受則封,不受則不封,再有曼言,吾立斬若矣。"酋卒俛首受封。是役也,虜酋始終無畔意,則公羈縻計深耳。蓋俺答有外孫女曰三孃子,愛其色,納之。孃子實有智數,俺酋帳下虜屬焉,而孃子自練精兵復萬計,夷情嚮背,半係孃子。夷俗,父死,子得妻其妾。俺酋死,孃子當歸黃酋。黃酋者,老而病,孃子意嫌之,將別屬。公曰："孃子握精兵,別屬,我封此老酋何用？"乃令人往說孃子,曰："黃酋王,汝不歸王而它屬,王力能斬汝。且歸王,則夫人。天朝以夫人禮賞賫汝。不歸王,一群夷婦耳,豈得冒毫毛之賜？"又說黃酋曰："汝不與孃子聚者，夷中事未畢，何以受封？"於是，黃酋急求孃子，孃子逼利害，不得已歸黃酋。黃酋死，楂酋當嗣封，聚孃子。而楂酋業有諸姬百數，孃子懼不得專房，則又難之。公遣譯諭楂酋曰："孃子三世歸順，汝能孃子聚則封汝，不亟聚，孃子歸它人，恐封別有屬也。"楂酋懼，盡逐諸姬，悅孃子。孃子得配王，又專房，則日夜焚香祝公，願得爲公死，無所辭。嗣後傾心中國，即夷情有不順，必曲爲居間，得其安帖乃已。公以孃子之賢聞於上，封忠順夫人。夷俗，君長死，以所愛殉。公曰："順義華號，葬宜用華禮。"爲請卹典，改其殉虜，喜得厚葬。而王左右愛幸得不死，更感恩次骨，向中國甚於事虜王矣。虜負戎馬足，懷禽獸心，上世莫能制。公所以牢籠羈馽，如弄嬰兒股掌上，即邊吏日伺公戲下者，亦莫測其要領。從此邊郵晏然，歲省餉額百四十五萬有奇。蓋至西征之役，孃子猶使使叩轅門曰："太師勿怒。孃子速令虜王歸巢，不敢忘太師恩也。"公蒞雲谷五年，廷推協理京營戎政，上命文書官口傳：鄭洛在邊鎮，節省錢糧，勞績素著，如何推京營實在閒散？其照舊總督。語具吳門申相國《綸扉司草》中，中外秘莫知也。又五年，復推前銜，始得命。然公已積勳纍加太子太保、兵部尚書矣。

公由總制還朝，朝士想望其丰采，一見嘖嘖曰："鄭公虎頭燕頷，不萬里封侯不止也。"居亡何，西海流虜火落赤等住牧莽剌，揑工兩川，闌入洮河，殺副將，聲言犯臨鞏。虜王楂酋適西行，火酋挾以爲重，中外震恐。上命九卿推轂重臣往經略之，以公名上。上臨便殿，語相國曰："朕觀是人陛見聲音洪亮，器局若武將，是能其任者。"遂拜公經略陝西甘固延寧及宣大山西七鎮戎馬，仍兼攝三邊總督事。會聖節在邇，公宜同九列祝釐，有詔急裝毋候，公即日陛辭而西。時朝議甲乙，紛如聚訟，有言虜勢猖獗，須提兵十萬乃可橫行者。有言楂酋爲達虜君長，突騎雲集，我兵積孱，望風喙息，不如以內帑五十萬恣經略所爲，要以和戎安邊爲上者。紈袴之子欲倖邊功以希爵賞，或圖乾没以潤私囊，率假獻策從征之名以干録用，長安貴人爲作曹丘者，數以澤量。公一切謝絶，惟以庫部主政嶺南梁君、遼東僉憲偏關萬公往參軍。而公獨計，以爲提兵數十萬，良足快意，餉安從出？以金繒和虜，宋事已誤，豈容再誤。昔後將軍至金城，圖上方略，臣車徒西入，始敢決勝耳。或勸公疾走臨洮，解虜圍者，公曰："虜謀未合，豈能十日居內地？是行誅已退之虜，非虜待吾兵而退也。"公前旌出居庸，報虜退，與所料無異，然猶出入洮河，殺掠人民畜產，害未已。公由邊外耀武過陽和，會制府泰安蕭公爲諭檄解散之，曰："火落赤率真相台吉等悖逆內犯，皇帝命出師殲厥渠魁，其支屬穴處及西行弗援者罔治，漢過不先，爾其圖之。"檄布，虜衆漸貳。公乃選精銳西度榆林、朔方，抵皋蘭，察兵食多寡，山川險阨，問諸將吏方略。自虜酋假道扁都，鎮羌要挾莊涼、山丹、扁都開市，而邊吏從之。又虜羌合謀爲虜嚮道，而邊吏弗問，復爲建寺青海，以處族屬，虜志益驕，則洮河所由入耳。乃約諸將招募欻飛，日椎牛饗之，分遣宿將習羌者，喻意旨。屬梁、萬兩君，東西招徠。羌雖雜處虜穴乎，然數苦搜牢，一見漢官威儀，皆環拜泣下，內附者三十萬有奇，願中馬易茶效命，殺虜以報。公喜曰："得諸羌用之，以夷攻夷，破之必矣。"遂請絕假道，禁搶番，厚犒築堡以固羌心。羌倚我爲藩屏，我借羌爲耳目，羌心逾附，虜勢逾孤。乃下令曰："虜自北南徙者誅，自南北徙者聽。"頃之青抄數酋果率部落南徙。松虜闖鎮羌，我師出擊，斬首八十餘級。套中王子卜酋復擁衆西來，由水泉扁都入海，輜重躑躅，公曰："是見吾守不敢犯，撤守虜必入。伏兵夾擊，可擒也。"秘授計甘肅大將軍，令戍卒佯退，誘卜酋扒邊入。三伏俱發，虜驚潰，捕斬百餘級，鹵獲衣畜萬數。其莊涼等鎮市賞復盡革。虜王度不能抗，乃還所掠人畜謝過，卜酋亦悔罪。

公遂移駐湟中，尚力誅火落赤。檄諭羌部，各取道進兵。我軍由湟中渡歸德，扼河腦，截其川海道路，火真遂棄莽捒，永酋亦棄海嵎，虜王棄仰華寺，逾野牛灣，咸惴惴震業。顧火真雖宵遁乎，然所遺兩川人畜尚多，公令河東大將軍縱擊之，俘斬百五十餘名顆，鹵獲衣畜復萬數，自是火真不敢南下牧馬。虜王一意歸巢，唯唯願由川底。川底者，殊非虜便，實逼我趣而佯順我，冀秋高馬肥，即請邊以內行。公曰："是非虜所宜，吾姑念爾歸順許爾，其所過堡落，即依違片晷，踐一芻，食一米，吾必汝誅。"虜唯唯東歸，部落數十萬秋毫無犯，亦足以明經略威令矣。公以虜雖東,猶慮遺種,且梵刹巋然,爲虜奥區,計其出必再入也,乃合兩河兵深入川海,搜除無噍類,列炬焚仰華,收其經像而還。而先是虜詐羌入西寧,公計以羌擒虜,虜盡被擒,益大驚,遣使謝公計。縱之則見狎,僇之則見讎,乃以屬西寧將軍俾率健卒,榜掠欲殺者三而馳赦之。虜使歸告其主曰:"太師,天威也。"以是虜王懼,乞歸,無敢衡命。

公乃條上備邊十二事:一曰嚴借路以杜虜訌,二曰急自治以整兵將,三曰鼓番族以固藩籬,四曰扼川底以殺虜勢,五曰守歸德以扃重鎮,六曰飭茶禁以困海虜,七曰明番路以絶交通,八曰時鬻勸以消荼毒,九曰殲渠魁以正典刑,十曰重首功以鼓健闞,十一曰廣招降以散烏合,十二曰收服屬以示羈縻。言言皆石畫。十月班師,十二月入白登。以積懣移病,詔勿許,若曰:"卿經略備涉囏危,令事畢東還,朕心體念。賜白金一鎰,蟒衣一襲,酬勞勩,卿其節慎醫藥,以終朕命。"公乃强起視事。

會虜王遣使求貢市,公以在西不能因火酋督過使,使以火酋亡匿爲解。公曰:"火酋匿矣,史酋固在帳中,縛來,吾赦爾,不者,則削爵罷貢。"使歸報,即日虜王繫史酋戲下待罪,公謀於制府蕭公,懲而釋之。史酋感畏,馴擾如故。史酋者,以屬夷居上谷,靖胡四海冶間最久,捍外夷有力焉。逃入漠北,且爲中行説,公一言而生致伏辜,賢於十萬騎矣。至是,乃稍復虜王貢市,其賞準初封,而濫觴之費裁革什五。虜亦讋服,亡敢譁。最後寧夏之變,孛氏行萬金結虜助逆,虜王叱去曰:"鄭太師生我,我乃爲此,即太師呵讓,我死矣。"而公之策虜亦曰:"虜不助火酋,乃助哱氏乎?"然後知公之威德遠也。

辛卯,詔公還朝,復典禁兵。而公素骯髒於當路,罕所通謁,竟中謠諑,掎齕其功,凡所籍奏將吏汗馬勞,率多議格。公歎曰:"洛不佞,不能當執事者意,無所逃罪。將吏冒霜雪,犯白刃,徼一級爵耳。洛昧死疏名,而執事者皆絀其勞,洛何面目見諸部曲乎?"投劾乞骸骨,章數十上,詞益懇,始得旨歸。

歸數年,而西師剿虜羌有力焉,邊臣奏捷,追叙公招羌首功。有曰"守在四夷,功高一代"者,有曰"曲突徙薪,是宜優異"者。上報曰:鄭洛收番有功,其遇缺起用。所蔭子加錦衣指揮僉事，世襲。然後公功始白，公志益伸云。

　　公既歸，而抗志冥鴻，無復出山想。以前後所賜金庀第，闢一園，第左顏之曰"惠養"，蓋取疏氏惠養老臣意。每晨夕逍遥其中，林水翳然，有濠濮間想。足跡於城府可數，臺使、監司、守令自公謁外，不一見。閉關卻客，或心知契舊枉干旄而過，則欣然爲具雞黍，去亦無所報謝。歲時過從，惟少年同學、閭里親知，即田叟野父，必盱衡遇之，跪起扶掖如平等，間與話桑麻及民間疾苦，竟日不倦。聞世風爭靡，則慨然撝摯，思所以挽其逝波。誘掖後進，必以先輩典刑相勗勉。惟絶口不言西征功，所親或侈言之，但曰："主上寵靈，將士謀勇，洛何力之有焉？"於朝政亡所干涉，然亦時有借箸策東西事若符券。哱、劉之亂，公曰："是横者不過數輩，餘悉脅從，且多反側。當事者直挺身入，諭以禍福，即片言可定，奈何白大人而救火也？"我師援朝鮮者，始有王京之捷，公曰："國威張矣，急振旅，毋再舉也。"聞大將軍乗勝窮追，則曰："畫蛇添足，復必多事。"亡何，果有碧蹄之敗。倭求封貢，則曰："城下之盟，萬萬不可。今日惟宜議守，乘間乃可圖也。"人以是服其遠識云。

　　公歷中外垂四十年，未嘗以竿牘通津要。嘗言仕宦干進，猶處子失節，有恥者不爲也。總督時絫著邊伐，而世廕未及，或言非貪緣不可得。公曰："以貪緣得，是違天也。違天則天必厭而斁之，禍其子孫，吾不敢也。"後上以執金吾世及公，表辭，不獲，始拜命。邊鎮專征武弁，得行用舍。或以親識冒功，級平民，至紆青紫。公握兵符久，未嘗以是假人，嘗曰："爵賞，朝廷公器。安得以比私昵乎？"涖官所至，首慎勾稽，曰："吾朝拜官，而夕可代也。"總督嚴重支費，故無簿計，公月要歲會，如畏上官綜覈者。後去任，所司迎合閱視，欲於此中傅皋，而不知尺籍具在，米鹽亡漏，其人愕然媿詘。制府蕭公以是歎公蚤見也。蓋公博大精明，沉毅有器局，而治務大體，不責苛細。嘗以小過笞從官，會其人以病請假，即數日不樂，其人病已來見，然後色喜。以軍法懲大皋，意其人死矣，後偶於稠人中見之，不覺失聲曰："若固無恙耶？"退而愉快曰："用重典而人不死，法恩具在，吾與彼均無憾矣。"其慈仁平恕如此。

性至孝,奉母劉夫人備極志養。其遷澤潞也,次禹州,而劉夫人病甚,公徬徨籲天,請以身代。劉夫人從室中呼曰:"若社稷身也,何自苦?"公趨前省問,劉夫人曰:"吾見若踞中庭,聞若語也。"夫劉夫人臥床笫,安得見公戶外?公齋心密禱,劉夫人安得聞公語?人謂孝緒冥通,公殆有焉。劉夫人歾矣,奉庶母孫如劉夫人。孫卒歸葬,公執紼哀慟,感動路人。而以祔葬屬少參君,曰:"孫全節保孤,而王父忠臣也,是宜祔以慰王父心。"於是孫乃得祔。居家嚴而有禮,不冠不見。諸子孫有過,不爲譙讓,惟傍喻托諷,或鬱鬱不樂。竢其若訓,乃進匕筯。別創廟祀以奉祖先,立祊田百畝,齋而致祭,廟之傍,作廡舍爲宗學以迪子姓,設義倉以周乏絕。庚子洊饑,出粟二千石賑其里人,族百石,諸生百石,封内餬口者千八百石焉。西師奏捷,武安見夢,盡以征西俸營武安廟。城西而建藥王祠、火神祠,雩祈徼福,與衆共之。敦重故誼,即童年塾師,猶執北面,脯資餼饋不乏。而知交死友,聞訃出涕,罷宴遊之懽者三閱月。其内行惇備又如此。

公素強少疾,至是病劇,猶爾神王。屬纊之辰,戒勿近婦人,即所幸姬亟請侍,亦不得。中夕,忽謂諸子曰:"人言神出舍,吾見吾神熒然參吾前,是真我,此委形非真我也。"已,又謂侍者曰:"傳門者啓中門,列吾儀衛,吾乘張騫槎去矣。"言訖而化。化之後,鬚髮白者盡變而鬒,入殮,魄甚輕。家養一鶴,亦化去。嗚呼!公殆飄飄僊舉也哉。

公諱洛,字禹秀,別號範溪。於書無不窺,下筆數萬言立就。議事起草,令掌史從旁手録,頃刻淋漓滿紙。文好司馬遷、左氏,詩古、選俱大家,而近體學杜者什七。其經世,見《巡蜀疏稿》、《興都事宜》、《撫晉條議》、《雲中疏稿》、《修邊事宜》、《總督奏議》、《撫夷紀略》、《禦虜俗言》、《邊計一覽》、《經略奏議》。而手所刪訂,有《少保史鈔》、《法藏碎金鈔》、《内典真詮》、《大雄氏法語鈔》、《李杜歌行》、《古塞下曲》。所著有《恩綸册》、《永思録》、《陳情疏》、《白賁堂詩草》、《塞下曲》絕句百首,諸書行世,而文章簡札未及剞劂,藏於家。

元配陳氏,封孺人,加封淑人,纍贈一品夫人。幼婉嫕,有女操,劉夫人聞而委禽焉。笄而歸公，年十四，人或以其少而婦也，而易之，乃一品顧習爲婦，治絲枲、井臼、酒漿無不精鑿，而篝燈熒熒以絣緞紞佐丙夜讀。曰："妾敢先夫子休、後夫子作也？"以故公益尚精學殖，無内顧。公司李東海，什九在外，所以奉姑育子，惟一品是倚。姑春秋高，一品起居益肅，臥病侍醫藥惟謹，瀊髓必親調，中裓必親滌，口饋粥，手匡牀，扶掖抑搔，不休歇。然時公方巡蜀，絕不使公知也。課兒女食而教督臧獲嚴，而恤《樛木》、《小星》之愛，愛其所出不翅己出。子侄標如子，子標之弟栗及栗之妹如標。凡公所爲政，於家爲德，於鄉若族，則一品實陰佐之。至爲諸生讓田，中鄉書卻饋，爲御史劾權奸，治兵嫣，上表請終養，諸種種奇節，一品當之不色動，且左右慫慂以翼公于成也。豈不笄幃男子哉！

公生以嘉靖庚寅十一月六日，卒于萬曆庚子十二月五日，享年七十有一。一品生以嘉靖癸巳八月二日，卒以萬曆己卯九月廿日，享年四十有七。子五：伯材，萬曆甲戌進士，山東右參議，備兵懷隆，娶張蕎女，封孺人，加封宜人；仲樸，錦衣衛都指揮僉事，娶西安守甕蕙女，封恭人，加封淑人；叔棻，官生，娶山東憲副郭天祿女；季棻，丁酉舉人，娶序班徐硱女，皆一品出。五棐，官生，娶吏科給事中劉道亨女，黃出。女四：長適南光祿卿蔣遵箴，一品出；次適諸生高陞，李出；次許重慶守管學畏子潤，次未許，黃出。孫男四：延勳，官生，娶山西參政韋以誠女，繼娶戶部員外郭可楨女，材出；延烈，聘進士陳萬策女；延烋，聘諸生徐樨芳女，棐出。延壽，棐出。孫女二：一許南京戶部郎中甕幼金子洵，一未許，棐出。曾孫二：爾基，錦衣衛指揮僉事，應襲，聘諸生陳居敬女；爾礏，未聘，皆延勳出。

先是，己卯之冬公葬一品婁山，業志而銘之。後光祿蔣君相其地不吉，請庚之新安三台。公有治命，曰："異時合穸，其綴一品於狀末而並祭。"合葬則徼上恩焉。某是以合而狀之，若夫彰懿揚幽，勒之貞珉，以竢信史。

明奉直大夫南京工部營繕司員外郎止菴方公行狀代

自王文成氏倡絕學，建東南旗鼓，而其徒舞之最著者，曰山陰王先生汝中、錢塘錢先生洪甫兩先生。設皋比都講，環橋奕奕，若吾鄉止菴方公，其一也。公即名王氏學，然實宗朱而衷陸，紊試邑，長郡司馬、冬官大夫，鑿鑿表堅，出入不悖于所聞。晚而爲政於家，準四禮，行宗法，脩祊田，里社駸駸乎洙閩遺矣。其自陪京請急歸里，里居者八年，爲萬曆乙巳春二月晦，忽嬰末疾，捐舘舍。冢子藩幕君以其冬葬公同坂中塢山，羨中石未勒，將乞言於當代作者，而屬不佞某狀其事，以備采狀。曰：

方公諱養時，字以中，號養吾，晚更止菴，浙之遂安人也。其先故汪姓，系出越王華第七子明，十六世孫京自歙大坂徙開化馬金。五季時，曰羅者自馬金徙遂安源岐，傳十一世孫振，有女字同里方閏子通，無子，子其内兄孟明之子曰思永，遂襲方氏，家銀峰。思永有子三，其伯子正凡，數傳至嚮，以詣闕訟族人湛湘冤，脱其分成辟獲免，一族世世德之。嚮生倣，倣生廷政，廷政生奉政大夫亨，公父也。以公貴，封長泰令，加封肇慶丞，稱奉政大夫。配余宜人，亦以公封，繇孺人晉宜人。夫歸齊德，白首相莊。舉二丈夫子，長曰善，次即公。

公生而警，穎異凡兒。少受《易》於余，明經東陳令君勳咸器之。弱冠補郡諸生，紊試輒異等。負笈虎林，棲雲居，友四方同志，名益噪。而奉政公磊落多奇節，嘗割廋産拊其兄之孤，捐身拯同舟之溺。余宜人以爲陰德，後宜顯，其在孺子乎？乃公自業博士時，輒恥佔呻，志聖賢之學。會宛陵周恪來令遂安，倡文成良知之旨，公投贄，獨先與聞其說。而遂之瀛山有宋詹儀之先生讀書臺，其下爲方塘，朱晦翁"源頭活水"之咏，即其處也。儀之與晦翁共訂格致，補遺傳，往來論學，以闢斯堂。歲久，圮弗治。公請於周令，捐貲鳩工，復書院而亭其塘，顔曰"瀛山精舍"，中爲格致堂，後爲三先生祠，祠晦翁、儀之，而社稷周令，以寄畏壘之思。群弟子弦誦其中，語具錢、王二先生記。二先生故文成高弟，而周令北面焉。時會講天真書院，公擔簦趨函丈受業印證，宛陵之所論說，昭若發矇矣。遂以其秋登賢書，公不喜得雋，而喜獲聆錢、王緒論。更延王先生，泝富春，登瀛山，坐格致堂，舉朱子晚年定論，合文成奧旨，參訂揚榷，鐫之石，相與廣方塘詩而别，蓋庚午冬十月也。公既不尚爲公車業，益講求理性經世之術，學彌邃，而試輒齟齬。計偕四上，雙白在堂，奉政公命之曰："士貴自樹，有志者不問格。吾老矣，顧猶然蠕望，脫養不逮，其若皋魚何？"

庚辰謁選，得閩之長泰令。甫下車，法主藏吏乾没三百金，驅猾隸之不受既者百人，公庭肅然。已而定賦期，革耗羡，懸法馬，給由帖，審權量，平物價，吏無所輕重，市魁亡所低昂，邑甿便之。月朔朝三老，飭鄉約，禁賭盜，戒諭諄諄。旌其良者，抶其不率者，復嚴保甲法，什伍互相調察。一田更守瓜，癉而失衣被，愬之公。公召里胥，錄其素稱警跡者，責捕偷，不獲則治警跡。三日，里胥持衣被來，云得之積草間，窮治轉鞫，則所稱警跡人也。叩頭伏臯，請更始，諸偷屏息。形家圭測，學宮石崗之文星缺陷，寅興訕焉。公爲捐贖鍰，甃石封土，崇麗譙其上，以祀文昌。峻嶒突兀，薩薩改觀。掘地得古磚，銘曰："石崗平，四山明。文星現，賢才生。宋景定元年識。"邑爭詫以爲奇。其秋，登解額者五，歷數試蟬聯不絶，有掄南宫魁者，泰人士至今頌德云。又，邑故隸漳，晦翁昔守漳邑，於是乎有祠。會時宰廢天下書院，祠在鷖中。公奏記兩臺，爭之彊曰："先賢有遺化，粥祠非美名，不得，則請以官贖。"議遂格。復請復李延平祠、新晦翁祠，撤高東溪主祠其鄉，晉陳北溪、方若水配。祠典一新，時論韙之。居邑三年，治理流聞。其浚黃蠟永利陂，疏復蓮池、楓陵渠，爲耕夫世世利，或比之西門鄴渠焉。臺薦婁騰以最，封奉政公文林郎如公官，母秩如之。

乙酉秋，稍遷端州丞，剖陽江，職山海干陬。端素稱盜藪，奸商駕餘皇出没亡常，或負海而穴。公條上一號票以杜影射等六事，仍舉長泰聯鄉保約法，飭各屬邑行之，盜息民安。撫民許恩住城西，其黨數百散處北津港，控扼塞觀望，實懷貳心。公立召恩曰："若等既就撫，皆良民。而自異編民，可乎？"籍其名于官，烙其船，稽出入，復移北津兵戍海口，闢教場練水兵，恩用讋伏，閭右亦藉以安堵。其署高涼時，劇盜蔡邦良、邦堅攻剽聚落，勢張甚，支解招者手刃官兵十七人，司掫者憚，莫敢誰何。公列其狀督府，得密札，謂高涼在在皆兵，不妨便宜行事。遂撤捕兵給訓，諭令所親持示，待以不死，俾立功自贖。良即日束身歸命，械送督府，磔而傳首，山中孽黨悉解。筦庫吏阮紳盜帑金八百餘，計無出。

公籍紳家得其出入券，疏名通衢，令以銀贖券者免辟，不則實諸理。不十日，而帑金悉還如數。郎官山產異石，猺盯控取射利，聚黨三百餘。游徼搜捕，即獸遁東西伏，莫可蹤跡。公遣一偵卒潛入山，偽與猺通，得習知某某住某寮，籍名密報，縛渠魁就卒質，皆俛首無辭，薄其罪，檄諭解去。澳夷樵採十二人飄入北津，徼卒鹵獲且冒首功。公譯審，皆夷奴，白督府釋之，莫不咋舌輸心。撫酋李茂、陳德樂陰蓄叛謀，復聚群不逞犯珠池。督府檄諸司征勦，公督舟師分道夾擊，五月而池平。論功奏績，璽書賜金五，先後兩臺疏薦，列上考。而奉政公之訃至矣。奔歸，母宜人繼逝。擗踊幾絕，彊起襄大事，以九月四日出祖。而恩綸至，復以瓊海功賜金十一。時艷稱侈爲盛事云。

壬辰，公除，仍補端丞，職守如故。端人喜逾更生，望公如望歲。而公亦以輕車熟路，信下獲上，思展其所未竟。設方略平亂，婁建奇功。窺池賊劉英等往來剽商舶，公潛師尾其後，一鼓殲之。孼黨萬廷貴等嘯聚島嶼間，公擒斬其酋戴隆、林東津、李念齊，復授秘計哨官胡良琮，潛跡廷貴，出不意捕之，械送幕府，餘寇悉平。當是時，山海諸寇出沒縱橫，爲嶺南大梗。公兩在事，遄發巡撲，無使滋蔓。其所授神率秘策，輒懸合機宜，以故往無不克，諸所招附什倍斬馘。而公又當六年報政之期，當事者業以專城待公矣。

丁酉，擢南繕部員外郎。公之郎繕部也，委権龍江瓦屑關。關主告緡，龍江則竹木薪炭襟會之市，積胥猾儈或夤緣爲奸窟，商賈廢職。公至，則首湔除之，條八議上大司空，咸報可。一曰酌期會以甦守候，二曰革包攬以杜侵費，三曰權收納以省催比，四曰給號籌以稽私越，五曰嚴收放以防冒破，六曰酌商本以定批納，七曰嚴稽察以懲脫漏，八曰清冊籍以稽影射。種種皆石畫，惠商裕國，宿蠹爲之一清，而公復矢冰蘗，勤勾校，吏胥無所染指。啓閉以時，無論雨雪寒暑，關上下無滯宿者。五方稱平，如出一口。長年賈客近集遠歸，不翅苑積而川決也。

昔年政成，且有顯陟，然公業倦游，願遂初服，遂以戊戌請急歸。棲瀛山精舍，招同志講學論文，賡唱于喁，裴徊天光雲影間。因自號"止菴"以見志。慨古禮久湮，銳意興復，解橐中金百斤創先祠，捐庚田百畝祠鼻祖以下，春秋合舉，宗二十五世之主祔焉，歲時伏臘，聚族而饗之。因以稍贍其貧者，昏喪不能舉火者，而司出納于才子弟。又斥祠南隙地，爲里社鄉厲壇各一，讀法申誓，掩骼埋胔。間取冠昏喪祭之儀，與《家禮》、《集禮》合者，刊定一書，示族姓閭里勉共遵守，蓋不獨方氏規而已。

公素彊無恙，既得請歸，即堅臥不出。忽以萬曆乙巳二月二十九日奄然長逝，距其生嘉靖丁酉九月三十日，春秋六十有九。元配章氏，封孺人，加封宜人，婉嫕有淑行。息子三：世教，雲南布政司都事，婦余；世敏，邑諸生，婦毛；世效，太學生，婦章；並以政術文行世其家。女月嬃，字太學生王任儒。孫男：學祖，學祐，壽保，長保。孫女：紫芝，雲芝，玉芝。外孫，太學生王家臣。子姓蕃衍，詵詵未艾。

所著有《瀛山書院志》、《讀書漫興稿》、《孚格公移》、《復古維風錄》，行于世。

某生曰：自新建學興，左祖陸而弁髦宋氏矣。要之，襲躬行者以貌，襲神解者以言，揆以由中，百不得一。即庭內不能無操戈，況望門而瞰者乎！公之學，雖自致知入，然所在尸祝新安，不翅祖禰，守官牧，愛窮檽，拆衝樽俎。居家敬宗善俗，力行古禮，灼灼皆經世實用，足爲道學解嘲矣。疇昔紅旗之夢，尊朱赤幟，兆在公乎！某從諸昆後，獲稱世講，得藉手而狀公，甚幸！謹次其事，以竢信史。

明敕封孺人劉母范氏行狀代。

都諫劉先生之失其母孺人范也，毀幾不勝喪。越明年辛丑，哀痛稍定，乃克襄大事。以三月壬寅，啓給事公之兆合窆焉。而手行草，屬其門人某曰："孤生也多疢，藉母孺人以有今，孤之身，母身也。甫亂疹發甚厲，幾死。十歲頭誤觸風，幾死。既授室，復患耳瘡甚，殊不欲生，時呼母分痛，母爲雨淚，抑搔不去手，凡廢餐寢者若而月。壬午入棘，受觸仆地，賴友人掖，得不死。十八年餘言之，母淚未嘗不簌簌下也。蓋至大漸之辰，孤痛極而暈，母臨飾巾，猶瞪目問孤飯不？頭復岑岑，不是孤以貌焉之軀始終累母，而於母壯亡能榮，老亡能安，病亡能起，孤尚得比人乎哉！所藉以亡腐化者，則惟惠徼吾子之一言。且往者業壽母諫母，知母莫子。若吾子狀矣，孤將藉手以丐銘表於作者。"夫小子某，則何能不腐母？然知先生之篤孝與母之懿行實稔也，其又敢辭？狀曰：

孺人出霸閭右，父曰處士暉，母曰媼李。李息女三，孺人季也。處士骯髒負節俠，有弟曰亳州守暘，清修鯁介，紀在州乘，則處士實成之。而州諸生劉惠直公某，亦仗義喜施，雅稱臭味莫逆，時從杯酒間，各指孕而盟昏也。亡何，李舉孺人，惠直公之配宋亦舉給事公，某兩家大喜如願，復持牛酒交賀，曰："昏自此定矣。"蓋若天所定云。

孺人生而敏慧，婉嬺有女操，通《孝經》、《女誡》諸義，事兩姊甚謹，處士絕憐愛之。笄而歸給事公。年十八，會惠直公中挫产，室如懸罄，孺人晝夜操作，而前爲伯姒先。度雍孫不給，則脫簪珥佐之，蓋夫婦相對藜藿也，而堂上之甘毳充豆矣。其庀家秉，能削饒爲嗇，勵逸以銳，管葴蕤之鑰，指撝臧獲，畢盡其才力。而相給事公學，篝燈熒熒，以緋繡佐丙夜讀，曰："妾安敢後夫子興、先夫子宿也？"以故給事公得尙精學殖，無內顧。旋補博士弟子，以經術教授里中。得脯修之羨，授孺人。孺人不爲私置，壹以共尊章菽水，而課耕織、井臼諸龐纖，男女不易職，昕夕不棄晷，尊若章益安孺人養。每剌剌語人，"新婦賢，新婦賢"。其喪嬋宋，悉捐橐中裝庀具，亡少悋，至伏臘諱辰，泫然涕交於頤。一時五宗九屬具曰："劉得孝婦。"即給事公亦云："微夫人，吾不任子也。"給事公既婁不得志於公車，乃去而明農，而日課伯子及劉先生學，孺人以莊佐之，亡所假貸。時討而訓之曰："而父未竟之志，以屬二兒，兒亦不易哉！"伯子學成，餼諸生，無幸中道殀。而劉先生遂以乙酉領順天薦，第丙戌進士，改庶吉士，讀中秘書。戊子解館，授刑科給事中，奉孺人就京邸養。

人或謂先生才堪史局，不宜移省垣者。孺人曰："留而史官，出而諫官，等天子之侍從臣，以朝夕啓沃上心者也。夫史官之效緩，而諫官速，若奈何愛其緩者？其勉之，盡忠報國，勿衈其它。"庚寅奏最，封給事公如其官，而孺人之封秩亦如之。先生飾翟褘以進，一御而罷曰："吾豈學田舍嫗，小得意即沾沾爲富貴容者?"簪荆襦布,佐給事公力農如初。辛卯,先生典試東魯,孺人拳拳訓以公忠,且曰:"簡書至嚴,勿以家爲念。吾聞齊魯之國,斌斌文學,庶幾得七十子者,報命天子,附以人事吾之義,老婦與有光矣。"先生祗役竣事,以得士稱。丁酉,三殿災,詔補諸言官需次闕下者,先生以公除首拜吏垣。孺人復謂先生,聖恩高厚,其直陳闕失無諱。戊戌,佐大察分校南宫,仍以公忠訓有加焉。先生奉命唯唯,遂極言人主得失及宗社安危大計,若朝講郊廟,册立冠昏,絫疏力諍無所避。又時詣政府,促之伏闕。而政府阿上意,間有所變亂雜進,先生持之强。至令人唊以後效,怵以叵測,屹不爲動。

當是時,先生直聲震天下,然竟用是忤當路,干雷霆,卒至貶謫。而後孺人喜可知也,曰:"爲諫官當如是矣。"初,先生之謫也,怡然就道矣。而念孺人耄,且慮行遠,傷親意,以爲大戚。孺人正色曰:"而豈吾有耶? 齷齪兒女子何居? 昔劉安世之母曰,諫官爲天子諍臣,當以身殉國。正得皋放逐,無問近遠,吾當從汝所之。即遠竄何恨?"先生乃扶輿出國門,神王意適也。中途中痰疾,寝劇,醫望之却走。先生徬徨,籲天而禱百神,祈減算以代。始以蒲牀徐行,及方城而蘇,抵舍則能言語矣。又三年,而匕筯日進有加矣。郡邑大夫以逮親知里閈,海內英碩共舉八十之觴。即某亦從二三君子後,鞠腰修酌者之敬。僉謂:大災不死,可期頤難老。乃一嬰痾而積疢以歿。悲夫!

歿之日,爲萬曆庚子八月念九,距其懸帨爲正德庚辰三月初一,週甲子者又二十一年。子女凡十一,乳育者僅伯若仲。伯諸生爲霖,娶趙氏。仲即劉先生,名爲楫,吏科都給事中,奉旨欽降遼東苑馬寺主簿,娶李氏,贈孺人,繼娶尚氏,封孺人。孫男女,伯出者:長清殀;顯祖,娶省祭官苗選女,繼娶省祭官聾思謙女;壽祖,娶諸生李洞然女;女適諸生楊櫃子,諸生;一元適太醫院吏目李默然子啓常。仲出者:光祖,娶吏部考功司主事王君樂善女;胤祖,聘山西兵備副使楊君應中女;弘祖,未聘。女適太學生樊民傑子,諸生;爾繼許字漳德知府馮君盛明子;某二未許。曾孫男臯,聘諸生李致敬女,顯祖出;駿,光祖出,並爲孺人孫曾男若女。

孺人儉勤慈仁，蓋其天性。工鍼繡絍刺諸伎，然不以一縷施體。治食味甚鮮腝，然不以匕勺入口。鶉衣糲餐，觳于中人，而周兩姊及姑以迨疏屬，外氏異姓，絶遠之家，取若外藏。以子覃封，徵有恩命，貴矣。而戢身機杼，庀劉先生邸中資斧，婚嫁伯子遺孤，無不自其十指出。聞義慷慨，有烈丈夫風。而遇俠家齮齕稱百忍，以慰給事公，犯而不校。雖操內政，然米鹽瑣細，非關白夫子，莫敢頡探其笥。不私一錢，與給事公白首相莊。扚而毁瘠，稱未亡人者八年，卹哀茹素如一日。蓋女德婦順，壼範母儀，孺人殆兼而有焉。至不愛其貲以成夫於孝，不刲其膚以成子於忠，則喆媛猶或譅之。列諸女宗，稱桓孟妻，公父文伯、鄭善果母矣。此某所爲聞諸劉先生者如此。謹手掇其概，備采擇焉。若夫有煒彤管，勒之貞珉，以垂永永，則有鉅公之言在。

千頃齋初集卷二十五

傳

史母黃孺人貞節傳

《詩》美共姜,矢死而儀兩髦也,則東宮妃也。秦寡巴婦清,以不見侵犯也,其家故不貲也。夫擁財爲衛,倚子爲天,垂瑜珥而稱嫠德者,多有之。乃若委巷之姿,間關瘁瘏,忍死立孤,綫閟攸繫,方諸沃土思義,蓋其難焉。作《黃貞節傳》。

黃貞節者,家義烈季姬也。笄而字史應魁,以絣緶佐魁學。捐珥修饎不乏絕色養翁媼,翁媼驩之。歲時奉賓祭惟謹。魁補文學掌故員,益攻苦下帷,不勝欱,得瘵而劇,貞節徬徨,手湯藥,減飡,籲天祈以身代。竟弗起,時貞節年二十八,絕粒日念死,三就雉經,介姒三解之。

介亦嫠也,泣語貞節曰:"老姑未盡之年,伯氏無祿之祀,壹以累丘嫂,嫂安得死?夫生固有賢於死者。爲生者生,爲死者亦生。氏有二孤,其一以後伯,伯氏無子而有子,血食在焉,際匹婦之溝瀆遠矣。"貞節於是乎始粒。朝於廟,請於姑,聚族而議,子介姒之孤於始孩,而兩嫠翼之,煢煢相依,形影獨吊。啓戶則奉婦饁,扃戶則課女紅,自始髫以迄皓首,垢衣蓬髮,口不挂簾外事,即臧獲罕覿其面者。家故四壁立,重遭閔凶,懸罄益甚,缾無粟,突無烟,三餐不能一飽。貞節窮日夜拮据,不遺餘力,紡纑紃綴,鬻升斗給食。與姑兒併命,即朝虞夕孫,夕虞朝雍,備諸纖儉瘏苦狀。然終不以缺姑養,生具鮮灑,歿庀襚殮如禮。間拊孤,而號曰:"天乎!天乎!史氏祀危若綴旒,惟茲三尺孤,惟天所授,所不鳩桑烏餔以孤亢若宗者,異時何以下報九京?"於是乎孤始讀,則操機杼侑之讀。已,輟讀而就賈,復操機杼侑之賈。孤舞勺而弁,爲孤逆婦吾宗,飾禽筐采,凡百經費,靡不自其十指出者。今孤卒以其家亨母,二母若一。歲以珍膳復陶進,貞節却不御曰:"未亡人眹息人間,其忍背夫子而安孤一日養也?"蓋冰蘗至性,老而彌堅。何論女懷清,列諸《柏舟》自靖不殊,而荼蓼備嘗,猶或過之。至康而家造,續一縷于千鈞,以儗下宮之夫人則趙客矣。此之爲生,顧不賢於死哉!藉令貞節當時毋從頌而死以殉,名烈矣,若敖之鬼不其餒,而此所云,從一存孤而待有終者也。孤名章能,介姒姓許氏。

外史氏曰:歲戊午,島寇薄安平,余族祖仰以諸生倡義,帥衆禦賊死之,鎮賴以全。詔贈州司馬,則所旌義烈而貞節父也。父以烈殉國,女以節殉家,臣道、妻道,一也。死存城,生存祀,亦各信其志乎。許娶白首同心,章能以所後母顯名。何史之多賢?殆天所以報貞節也。余故書其門曰"節孝",而傳其事以風焉。

沙村吏隱傳

沙村吏隱者,莆金墩黃利濟也。世居沙堤,嘗一爲英德簿,自免歸,稱沙村吏隱云。

父曰臨高令必大,母曰周媪,舉五丈夫子,其季爲利濟。生而岐嶷,有遠志,嘗從其兄諫議謙、蘇州倅議受毛氏經不成,去攻古文辭聲詩,以詩鳴。肅皇帝朝,廟工興,有詔得輸金拜爵,佐司空乏,客以風臨高公。召之前曰:"孺子家世簪紱,奈何老褐寬博耶?"而諫議蘇州亦從臾其行,則從選人得粵之英德簿。

爲簿攝令,餘半載,用一切拊循法,邑大治。邑之人無不令奉簿者,每出,則呼"髯公來,髯公來"。始公視邑時,邑猾胥謂公少年遊冶,心易之,則欲傲公以其所不知而不能已,又驚詫,以爲老吏不如也。邑有讁火,公散髮仰天而號,爲邑萌請命,言出口而雨澍,得不灾。桀酋卓文昌者,嘯聚千百輩,爲邑患。公計縲其愛妾,招撫之。文昌蒲伏稱死罪,"唯使君生我"。公爲奏記幕府,條生死文昌利害,狀甚皙,而昌立受晳矣。則夜橐其三百金以謝,公麾金籍之學宫。邑爲賦《卻金頌》,一時臺司襃章慰勞,治行隆隆起。

然公意有所不足,曰:"令吾以七尺軀而老坐矮屋乎?令吾纖趨曲跽,候道旁貴人塵乎?吾歸吾歸耳,田足耕,圃足稼,下澤欵段足怡老,胡不歸?"蓋歸而割禄羨之入營菟裘,蓄名畫法書,古彝鼎鏄曡其中。客至,出傳翫以爲樂。又其半則以急貧宗突無烟者,桁無襦者,窶無以室,圽無以喪者,咸倚若外府,凡十餘家。而其庀沙堤先祠,捐橐佐之,際畚舌不休。櫛沐任俠,好行義,其天性也。少耽書,至老不輟吾伊。詩好杜陵,文好韓昌黎、柳河東,間旁及稗史九流,而尤精於形家。一日,喜月峰山之勝,卜首丘焉。中構三層臺,樹奇卉,怪木環之。春夏之交,一厄一盂,携故老逍遥其巔。倦則枕木石,鼾鼾眠。忽聽松濤聲,狂呼絶倒,以爲詩腸鼓吹。浮白而歌,歌益豪,飲益劇,飲可七八斗,而醉二三,輒弄酒罵其坐客或子姓,然無它。端客子姓以此愈益附公。

　　往余造公樹蕙堂,公時時出酒觴之。客歲歸自燕,會公中酒,病未已。居無何,而從者以公之訃至矣,蓋傷于酒也。從者又言,公易簀時,不死女子手,索筆自輓,有"正氣駕虹霓"之句。噫!如公真巖巖正氣已。公偉貌修軀,美鬚髯,故人稱髯公。其詩膾炙人口者,爲"萬里晴雲橫素練,半空飛雨駕銀橋"。人或稱黄半空云。諱誨,利濟其字。

　　居中曰:余家系出金墩,其於公蓋惠連康樂也。時把臂爲忘年交,暱甚。又辱與公之愛孫履康者遊,文名俠氣,稱竹林大小阮,故知公特詳。夫公,邑判薄耳。一籲天而雨立澍,此以際退彗反風,其善言異政何如也?而麈暮夜金不入囊,庶幾有還珠却硯之遺致焉。史稱于門之結駟,楊庭之唧鱣,並以廉平吏,子孫世食其報,是在履康乎!履康博古,負儁聲,方修千秋之業,未見其止。嗚呼!是可以不朽公矣。

千頃齋初集卷二十六

誄

明故中大夫江右行省參知情符蔡公誄

萬曆壬子秋七月，江右行省參知蔡公以齎捧北上，行次方城之葉縣，冒暑中惡，暴隕于車，春秋四十有九。嗚呼哀哉！

公世家晉江之龜湖里，高、曾而下，皆力田不任，至公始用經術顯第。戊戌進士，郎度支，督吳餉，出守雲間，擢江右治兵使者。改視學政，移今官。所至愛利居，富去思，而自御儉泊，一粟一絲，不以旁擾屬邑。其於士大夫容接造請，咨地方利病，語不及私，人亦亡敢以私澒公者。蓋終公在事，庭絶篚筐，囊如槁葉，瀕行至不能治裝。即非意望公者，欲伺公以其隙，終莫得而雌黄。嗚呼！是可以觀公矣。陳徵君碑公，謂公氣局端凝，辭令簡確，張弛甘苦，多有妙裁。而獨拈"重"之一字，雅得公神情相近。吁，知言哉！

公既卒，訃聞兩邦。兩邦之人哭者逾月，靈輀所過，輟肆罷舂。矧余小子以文學末隸，夙受公知，其忍聞山陽之笛、皷伯牙之琴也！且禮賤不誄貴，余才劣位卑，惡用蕪言，累其芳烈。所惜者，公之壯猶偉度，秩不台司，年不及艾，斷魂逆旅，畢命窮途。以德以貌靡得而相民之無禄，殲我國琛，敢揚懿於旗旐，用攄哀于毫素。詞曰：

遥遥華胄，出自宗周。濟陽衍派，汝水分流。委入于泉，世隱弗燿。食力耕畬，信矼不究。厥考重積，因壘作基。樹有秋實，未及饗之。

公起孤生，如泉初瀰。澹泞澄渟，蓄極而出。爰自黌校，漱潤擷芳。文成斧藻，筆吐琳瑯。乃擢賢科，乃奏上第。吳鈎始硎，越砥以礪。棘曹試政，粉署含

295

香。入司戶版，出饋吳饟。庚癸無呼，料量惟當。萬井回春，三軍挾纊。

壯哉松郡，阻海襟江。賦繁牘冗，風澆習厖。帝睠東南，妙簡良牧。公由郎潛，一麾剖竹。恭身約下，朱絃素絲。省括則釋，張弛惟宜。松俗訛嚻，公鎮以靜。萋言不入，刑清事省。松俗浮佻，公鎮以沉。不隨不激，莫窺淺深。松俗汰奢，公鎮以節。食不力珍，衣不重繢。松俗善幻，公鎮以誠。推赤洞裏，小大必情。游刃恢恢，批郤導窾。猾史負霜，彫黎解瘡。愛僚恤屬，前挽後推。同公舉儁，逢人說斯。或倅而守，或丞而令。吏戴鼇山，人稱水鏡。章相急士，以禮爲羅。陽鱎屛跡，械樸興歌。干旄浚都，促膝溫洽。政俗咨諏，弗狎于渫。

凡公治理，破雕爲觚。不令喜怒，無得親疎。四載雲間，杲杲出日。男畝婦桑，歲無厲疾。量移江臯，復提士衡。詰戎校蒐，武緯文經。左行右文，謝華啓秀。植彼嘉禾，芟其稂莠。螟祝嬴肖，表直景從。如泥在範，如金在鎔。桃李門牆，圭璋廊廟。藉甚人倫，衡平鑑照。乃參省政，保釐湖東。澤有歸雁，村無吠厖。視事甫茸，旋奉嵩祝。畏此簡書，不遑信宿。六月于邁，大火修途。軒帷焚灼，僕夫告痡。蕭蕭宵征，熾燎附體。虐焰中人，暴終旅邸。手足誰啓，米具誰含。魂搖斗北，魄散天南。嗚呼哀哉！

公之風儀，金相玉質。公之器宇，嵞淪嶽立。施未展抱，德不享年。壽徵福相，胡謬不然？嗚呼哀哉！廣柳南來，白日慘淡。悽我士民，五內震撼。烏桓隕鄧，襄峴失羊。輟市巷哭，劈面摧傷。嗚呼哀哉！

余昔從公，遇以國士。弱羽培風，感恩知己。一朝承諱，悔余素襟。溘焉長往，莫酬賞音。嗚呼哀哉！憶昨杪秋，偶披薦牘。不見公名，展轉反覆。有客言狀，驚悸移時。真耶夢耶？懜悅然疑。一涕無從，三號若失。欲賦大招，幾爲閣筆。嗚呼哀哉！蕝諸未竪，有母尸饔。橐如秋葉，產不及中。冰糵詒家，脂膏見操。廉吏可爲，惡知天道。年慳半百，名已千秋。試觀夷跖，孰短孰修？嗚呼哀哉！

公澤在吳，公神在楚。兩地甘棠，家尸戶俎。人貌公者，僅得其膚。"重"之一字，庶幾情符。余於徵君，文則不逮。所不朽公，惟寸心在。嗚呼哀哉！

劉母贈孺人王氏誄代。

贈孺人王者，封文林郎劉公之配而司諫君之母也。婉嫕有女操，年十六歸封公。旦夜操作，奉尊章惟謹，無論甘臑，即醯醢井臼，諸米鹽靡不自其十指出。嘗手兩桶水，給雍孫數十口，至勞苦矣。抵暮猶爲封公製一袷衣，其拮据勤内多類此。以嘉靖己酉七月七日，從封公社村農行，汲墜井死。後四十年，子司諫君奏安陽最，贈母有今稱。司諫君哀聖善之劬勞，痛梧檟之永絶，既祠母社村而亭其井幕矣。又以狀屬其通家子某，追爲之誄。在禮，誄不及閨帷，而死三不弔者，曰畏壓。溺母之死，死孝也，亦安在其溺之不弔，而閫德之不外見也？余亦有母，棄余藐諸中，余捉筆時淚涔涔下矣。誄曰：

濯濯孺人，婉娩雍肅。教稟公宫，化始南國。結褵弱閨，宜其家室。勞宣沼沚，好諧琴瑟。賓餕如冀，齊案比孟。以儉佐勤，以順爲正。色養尊章，絺綌庀鮮。鹿挽鮑車，鯉躍姜泉。雍孫十口，靡朝伊夕。出采蘋蘩，處麗絺紛。手兩桶水，製一袷衣。思媚諸姑，遑恤我肌。姑曰勞止，汔可少息。豈不懷安，提甕婦職。胡爲獨行，失足坎井。綆短汲長，而罹斯警。妯娌悱惻，翁媪涕泗。夫傷喪淑，家悼隕芘。慈烏失哺，啞啞哀音。行人酸鼻，宗黨摧心。夜臺重扃，娥月永蝕。春暉莫酬，寒泉罔極。子之能仕，移孝作忠。貤榮褕翟，譽命渥隆。既最鄴令，載入省垣。矢志龍比，伏蒲叩閽。

朝有直臣，家稱令子。歸美所生，慶流女史。瞻彼松楸，睠兹風木。構祠社村，作亭井幕。庚述母行，言囑其友。俾操觚翰，爰圖不朽。

小人有父，棄余襁褓。小人有母，亦背中道。陟岵興哀，循陔增慕。若母吾母，淚盈旐素。稱妻則桓，方婦則萊。斯人斯呢，貞姜漸臺。何以誄之，曰孝曰敬。有煒彤管，紀之家乘。

校點後記

《千頃齋初集》二十六卷,明黃居中著。

黃居中(一五六二——一六四四),字明立,又字立父、坤吾,號海鷗,晉江縣八都黃墩(今屬晉江市安海鎮)人。明萬曆十三年(一五八五),居中與從兄黃汝良同科鄉薦,後來九上公車皆不第,直至萬曆三十二年方授上海縣學教諭,歷南京國子監丞,遷黃平知州,未赴。

居中五十六歲時作《丁巳生朝自述》:"少小矜書淫,老更作魚蠹。篡言每鈎玄,疑義必刊誤……世間何物能久存,惟有文章垂竹素。荏苒韶華春復秋,昨日迷途今始悟。"平生浸淫詩書,沉酣六籍,年八十猶篝燈誦讀。

鄉試同榜解元李光縉稱居中爲文"一落筆,烺烺象表,縱橫揮霍,莫可控制……駕輕就熟,且不知其瞬息而千里也"。又稱"余讀其所爲文,聳而瑋,雅而都,贍而不穢,鮮而不詭。博大昌明,如撞千石之鐘,而倒三峽之水,洋洋乎大國之風矣"。

居中之詩有中晚唐風致。清道光《晉江縣志》本傳稱居中"爲詩秀骨玲瓏,老氣無敵"。

居中著作爲《千頃堂書目》收録的有《文廟禮樂志》十卷、《皇明文徵論録》、《千頃堂藏書目録》六卷、《千頃齋雜録》十卷、《千頃齋初集》二十五卷、《千頃齋二集》四十卷、《千頃齋三集》四卷、《二酉齋詩》六卷、《明文徵》九種;見載道光《晉江縣志·典籍志》有《洗心文集》一種;據李光縉《景璧集》卷七《黃伯仲北山譚業序》,有與黃汝良合著的制義集《北山譚業》一種;據黃汝良《河干集》卷四《刻明立金臺制義序》,有《黃明立制義》一種,合計十二種。

詩文集今僅存《千頃齋初集》一種。

《千頃堂書目》稱《初集》二十五卷,現存明崇禎刻本爲二十六卷,其中詩十卷、文十六卷。卷首有南京禮部尚書李維楨序,落款無作年;有崇禎七年(一六三四)進士、靖江知縣陳函煇序,落款爲庚辰,即崇禎十三年,稱居中有《千頃齋》二集;又有直隸武進萬曆二十六年進士張師繹序、松江華亭著名學者陳繼儒以及羅大冠序,落款均無作年。

《千頃齋初集》所錄詩文,大多作於南京、上海一帶,以南京爲多。其詩記錄了金陵詩壇唱酬的某些情況。居中早年受知於著名學者王世懋,宦上海,居金陵,結識萬曆中期之後江浙不少著名詩人,例如李維楨、費元禄、林雲鳳、潘景升、潘之恪、陳繼儒,以及閩人鄧原岳、蔡獻臣、蔣孟育、王毓德、林子丘、林古度等。曹學佺倡立金陵詩社,極一時之盛,時人輯有《金陵社集詩》。萬曆三十六年,曹學佺調任四川布政使司參政,居中任南京國子監丞。這個時期居中在金陵與友人酬唱的作品,爲後人留下金陵詩社後曹學佺時期的某些痕跡,可供文學史家研究。

這次點校,以《續修四庫全書》影印崇禎十三年庚辰序刻本爲底本。原本卷六等處有缺頁,因無他本補,暫付闕如。

編　者
二〇二二年四月

圖書在版編目(CIP)數據

千頃齋初集／(明)黄居中著；陳煒點校.—北京：商務印書館，2023
(泉州文庫)
ISBN 978-7-100-22555-7

Ⅰ.①千… Ⅱ.①黄… ②陳… Ⅲ.①古典文學—作品綜合集—中國—明代 Ⅳ.①I214.82

中國國家版本館CIP數據核字(2023)第108079號

權利保留，侵權必究。

責任編輯　閻海文
特約審讀　李夢生

千頃齋初集
(明)黄居中　著

商 務 印 書 館 出 版
(北京王府井大街36號　郵政編碼100710)
商 務 印 書 館 發 行
山東韻傑文化科技有限公司印刷
ISBN 978-7-100-22555-7

2023年9月第1版　　　開本705×960　1/16
2023年9月第1次印刷　印張21.25　插頁2
定價：168.00元